GRANDIR

Claude Halmos, psychanalyste formée par Jacques Lacan et Françoise Dolto, est une spécialiste de l'enfance connue pour ses interventions sur France Info, dans *Psychologies* et dans *Le Monde de l'éducation*. Elle a déjà écrit de nombreux livres sur la question : *Parler, c'est vivre*, *Pourquoi l'amour ne suffit pas* ou encore *L'Autorité expliquée aux parents*.

Paru dans Le Livre de Poche :

L'AUTORITÉ EXPLIQUÉE AUX PARENTS
(entretiens avec Hélène Mathieu)

CLAUDE HALMOS

Grandir

Les étapes de la construction de l'enfant
Le rôle des parents

FAYARD

ISBN : 978-2-253-13154-0 – 1re publication LGF

À la mémoire des milliers d'enfants et d'adolescents qui furent enfermés en France dans des bagnes, des prisons d'enfants, des colonies pénitentiaires. Et traités de façon tellement inhumaine que beaucoup en moururent. Parce que la société de leur époque, ignorante du psychisme et de sa construction, ne savait pas qu'ils n'étaient pas des monstres, mais seulement des enfants privés d'éducation.

Pour que cela ne recommence jamais.

Pour Carole

Introduction

Comment grandit-on ? Comment passe-t-on de l'état de nourrisson à l'âge adulte ? Par quel chemin ?

Concernant le corps, la science ayant eu raison au fil du temps de la plupart des mystères, la réponse ne fait guère problème. Mais, s'agissant du psychisme, elle n'en finit pas de faire débat. Non sans raison.

À ce niveau, en effet, l'opération suppose une mutation d'une extrême complexité. Car « devenir grand » – il est important de l'expliquer aux enfants –, ce n'est pas seulement devenir une personne « grande ». C'est devenir une « grande personne » et, qui plus est, une grande personne « civilisée ». C'est-à-dire un être dont l'état atteste qu'il a pu, au cours de son développement, déployer pleinement les potentialités que lui octroyait sa condition d'humain : penser, parler, acquérir des connaissances, éprouver des émotions, faire preuve de sensibilité à l'égard de ses semblables (et notamment de leur souffrance), nouer des relations, aimer. Un être capable d'accepter les lois humaines et de s'y soumettre pour vivre en harmonie aussi bien avec lui-même qu'avec les autres.

Entreprise des plus vaste, dont la réussite n'a rien d'automatique et qui peut même échouer, la vie courante le démontre tous les jours. On peut avoir grandi dans son corps et être cependant resté – totalement ou dans certains domaines : la vie relationnelle, sexuelle, sociale, l'accès à la culture, etc. – comme à mi-chemin, bloqué. Et l'échec peut même être plus grave encore, car certains humains, on le sait, se conduisent de façon véritablement inhumaine. Ils volent, violent, torturent et même tuent, suscitant à chaque fois, chez ceux qui sont informés de leurs actes, la même interrogation vertigineuse : comment est-ce possible ? Pourquoi ?

Ce questionnement – légitime – n'est en rien nouveau. Mais il prend aujourd'hui une importance particulière car, le traitement social des déviances (maladie mentale, délinquance des mineurs…) occupant désormais sur la scène politique une place de premier plan[1], les réponses qui lui sont apportées sous-tendent des enjeux de société majeurs.

Les interrogations portant sur le développement du « petit d'homme », en effet, n'ont pas changé.

• Comment expliquer son devenir, « normal » ou non ?

• Est-il déterminé à sa naissance, ou procède-t-il d'une évolution ?

• Cette évolution peut-elle se faire « naturellement », ou nécessite-t-elle une éducation des parents ?

1. Comme en témoignent la volonté de réformer l'ordonnance de 1945 qui régissait jusque-là la justice des mineurs, le discours prononcé au Centre hospitalier spécialisé d'Antony, le 2/12/2008, par le président de la République, M. Nicolas Sarkozy, discours traitant de la maladie mentale et de l'avenir de la psychiatrie, etc.

• Si c'est le cas, de quel type d'éducation doit-il s'agir ? Faut-il parler, ou seulement sévir ?

Mais elles sont maintenant inéluctablement liées à toutes celles qui, dans le champ social, concernent la façon dont la société entend traiter ceux dont la conduite atteste de « ratés » dans ce développement.

• Existe-t-il une tendance à la délinquance que l'on pourrait repérer dès l'enfance ?

• Doit-on se contenter de sanctionner et d'enfermer les mineurs délinquants, ou chercher au contraire à les éduquer ? Etc.

Dans une telle conjoncture, la question du développement de l'enfant ne peut plus être considérée comme un objet d'étude réservé aux seuls spécialistes. Elle ne concerne plus seulement les parents et les professionnels de l'enfance. Elle devient l'affaire de tous les citoyens, car ils ne peuvent, sans repères, évaluer véritablement les mesures proposées par les politiques.

Mais la conjoncture actuelle pèse également sur les professionnels du psychisme qui essaient de faire avancer la réflexion dans ce domaine, car elle les investit d'une responsabilité particulière. Acceptant en effet de répondre aux questions qui relèvent de leur compétence et qui se résument à : « Comment grandit-on ? », ils se trouvent aujourd'hui du même coup (et quoi qu'ils en aient) en position d'apporter des réponses à celles de la société : comment traiter ceux qui ont « mal grandi » ? Ils risquent donc plus que jamais de voir leur apport théorique utilisé pour cautionner certaines pratiques sociales, voire pour en initier d'autres.

En matière d'éducation, par exemple, prôner dans la famille le retour du bâton conduit inévitablement à légitimer l'usage, dans la vie sociale, de ce même bâton. Et ce danger est d'autant plus grand que le public n'a que rarement conscience de cette intrication grandissante du champ du politique et de celui du « psy ». Il peut, de ce fait, se laisser séduire par une théorie sans entendre qu'elle sert une cause qu'il ne veut pas forcément soutenir.

Quiconque entreprend aujourd'hui de répondre – comme le fait ce livre – à la question du : « Comment grandit-on ? » doit donc préalablement, nous semble-t-il, permettre au lecteur de situer ses réponses sur l'échiquier des réponses en vigueur.

Celles-ci sont aujourd'hui multiples. Mais l'on peut néanmoins, sans prétendre pour autant étudier chacune d'elles en détail, distinguer en leur sein trois tendances.

« NORMAL »... « PAS NORMAL »

Pour la première de ces tendances, tout – ou presque – serait joué dès le départ. Chaque individu viendrait au monde nanti d'un capital cérébral qui le vouerait peu ou prou à une destinée. Le délinquant (sexuel ou autre) comme d'ailleurs le malade mental porteraient ainsi, dès leur premier souffle (et même déjà *in utero*), les germes de leur folie ou de leur délinquance. Tous les enfants ne courraient donc pas le risque de devenir – en fonction de l'histoire qu'on leur fait vivre – des adultes déséquilibrés, pédophiles, voleurs ou assassins. Seuls certains – indépendamment de leur histoire – le courraient. Il conviendrait donc de les dépister au plus tôt afin de pouvoir, par la grâce de la médecine et de la pharmacopée, enrayer leurs mauvais penchants, leur capacité innée à nuire.

Le très sérieux Inserm[1] produisit ainsi, il y a peu, une « expertise » dans laquelle il définissait un certain nombre de troubles – baptisés par ses soins « troubles de conduite » – susceptibles d'indiquer, chez l'enfant qui en serait affecté, une tendance inquiétante à la déviance. L'enfant de deux ans coutumier des colères violentes, par exemple, serait, aux dires de cette très scientifique étude, possiblement promis à un avenir de délinquant, et même, assurait-elle, de violeur…

Cette « expertise » suscita, on le sait, l'indignation de milliers de professionnels et de parents. À juste titre : parée des plumes de la scientificité et de la modernité, elle opérait en fait un formidable retour en arrière, puisqu'elle ne faisait que recycler, pour la resservir, tel un brouet fétide, l'idée de « tare » par laquelle, faute d'un savoir plus avancé sur le psychisme et les étapes de sa construction, on expliquait, au XIXe siècle, aussi bien les maladies mentales que les déviances[2].

---

1. Institut national de la santé et de la recherche médicale.

2. Aux termes de la théorie dite de l'« hérédité-dégénérescence », elles étaient en effet conçues à l'époque comme la conséquence de « tares » dont on pensait que, dues à l'alcoolisme et à la syphilis, elles se transmettaient, en s'aggravant, de génération en génération. On ne parle évidemment plus aujourd'hui de « tares héréditaires », mais le problème reste le même, puisque l'on cherche toujours à déceler des anomalies qui permettraient de distinguer, au sein de la population « normale », un groupe d'« anormaux ».

Recul de la pensée d'autant plus grave et dangereux qu'il apportait une providentielle caution à ceux qui, niant la construction du psychisme de l'enfant et le rôle qu'y joue l'éducation, entendent revenir, eux aussi, aux temps (les mêmes) où l'on ne se préoccupait pas d'éduquer les mineurs dont la délinquance prouvait qu'ils ne l'avaient pas été, mais seulement de les enfermer dès leur plus jeune âge et pour des durées qui nous semblent aujourd'hui aberrantes. Un enfant, un adolescent qui, poussé par la faim, avait volé un pain ou une saucisse pouvait, à cette époque, être condamné pour ce vol à des années de bagne[1]. Et il n'y avait rien là que de très logique : si le délinquant est conçu par une société donnée comme porteur d'une « tare » (ou d'une quelconque anomalie) qui le rend inamendable ou pour le moins dangereux à vie, que peut faire cette même société pour s'en protéger, sinon l'exclure ?

Face à la levée de boucliers qu'il avait provoquée, l'Inserm a reculé et retiré son expertise. Mais on aurait tort de s'en réjouir outre mesure, car le problème n'est pas réglé pour autant, loin s'en faut. Dès lors qu'ils touchent au champ de la psychiatrie ou à celui de l'éducation des mineurs et de la justice dont ils relèvent, les discours des politiques s'organisent aujourd'hui autour d'un axe unique : réprimer. Enfermer le plus longtemps possible et – pourquoi pas ? – définitivement[2].

---

1. Comme le montre Marie Rouanet dans son livre *Les Enfants du bagne*, Paris, Payot, coll. « Documents », 1992.

2. Comment entendre autrement la proposition de maintenir en détention, après qu'ils ont fini de purger leur peine, certains détenus (auteurs de crimes sexuels, par exemple) ?

Toute volonté de penser, de réfléchir, d'expliquer est présentée dans ce domaine comme une faiblesse, une perte de temps dans une situation d'urgence. On raisonne comme si le savoir accumulé au fil du temps par les chercheurs en sciences humaines, les psychiatres, les psychanalystes, les travailleurs sociaux, n'avait jamais existé. Leurs recherches sont niées au profit d'un leitmotiv, martelé jour après jour : la violence nous menace, nous sommes en danger !

Cette violence, présentée comme grandissante, prend, au gré des discours, divers visages : celui du « fou » forcément assassin, celui du « jeune » forcément incontrôlable et violent, etc. Mais, à travers ces portraits, on construit peu à peu l'idée d'êtres différents des autres, d'êtres étranges et terrifiants qui, comme dans les pires cauchemars, pourraient à tout instant fondre sur chacun de nous pour en faire leur proie.

Les conséquences pour les intéressés sont graves. Car, ne voulant retenir que les actes et leur violence, sans tenir compte de la personnalité de leur auteur, on en vient à nier la spécificité de la maladie mentale. Un malade mental a commis une agression ? Il doit être puni… comme tout le monde ! C'est-à-dire sans considérer le fait – pourtant avéré – qu'il était, au moment de son acte, prisonnier d'une vision du monde que lui imposait sa « folie ».

De la même façon, on nie la spécificité de l'enfance et de l'adolescence. Un enfant de 12 ans a commis un acte délictueux ? Que l'on ne vienne plus nous dire qu'il l'a commis parce qu'on l'a privé d'éducation et laissé, de ce fait, dans un fonctionnement infantile dominé par le pulsionnel et le principe de plaisir, dans une méconnaissance de la loi ! Que l'on ne vienne plus nous dire qu'il est un être en construction chez qui rien n'est encore définitivement joué, chez qui tout est encore possible ! Qu'il a donc besoin d'être sanctionné, mais aussi aidé, c'est-à-dire éduqué ! Foin de tout cela ! Il doit être considéré comme un adulte, puni comme tel et – pourquoi pas ? – incarcéré dans des geôles identiques. Le Mal (le Malin ?) n'a pas d'âge…

Mais les intéressés ne sont pas les seuls à faire les frais de cette volonté de nier le psychisme, sa construction, sa complexité ; la société tout entière en est affectée.

Les avancées de la psychiatrie et de la psychanalyse avaient en effet, au fil du temps, œuvré à démontrer que les déviances et la « folie » n'étaient pas l'effet d'anomalies constitutionnelles, mais de problèmes survenus dans la construction d'êtres qui étaient au départ aussi « normaux » que les autres. Et elles avaient prouvé que ces problèmes étaient, dans la majorité des cas, réversibles au prix de soins. Le « fou » et le « déviant » s'en étaient trouvés humanisés. Ce qu'ils faisaient était bizarre, incompréhensible, contraire à la morale ou à l'ordre public, et leurs transgressions devaient être sanctionnées, mais ils étaient néanmoins des êtres humains à part entière auxquels la société pouvait tendre la main pour les aider à sortir de l'ornière.

Ils y avaient gagné. Chacun d'entre nous aussi. Car cette réhabilitation de leur souffrance avait contribué à dédramatiser nos propres errances[1]. Mais la société elle-même avait bénéficié de ces progrès. Car, devenue capable d'accueillir un peu moins mal qu'auparavant[1] ces différences, elle s'en était trouvée elle aussi humanisée.

Rompant avec cela, on en revient des siècles en arrière. Installant progressivement, insidieusement dans les têtes, sur le mode le plus redoutable qui soit, celui de la fausse évidence, cette idée qu'exprima il y a peu un homme politique de renom. Déclarant à propos d'un délinquant sexuel qu'on ne lui ferait jamais croire qu'un homme capable de faire ce qu'il avait fait était un homme comme les autres.

L'expertise de l'Inserm ne disait pas autre chose…

Une certaine « science » et une certaine politique cheminent aujourd'hui main dans la main. Les enfants, les adolescents que leur histoire fait déraper, ces êtres en errance et en souffrance que sont les malades mentaux, sont d'ores et déjà les premières victimes de cette alliance, ou plutôt de cette collusion.

L'ÉVOLUTION « NATURELLE »

La seconde tendance, elle aussi très importante, se distingue de la précédente sur deux points.

---

1. Poser que le « fou » et le « déviant » ne sont pas des êtres anormaux revient en effet à poser que nos propres difficultés (moins graves que les leurs, mais néanmoins angoissantes) ne font pas de nous des « anormaux ». Et cette évolution a permis que tout un chacun puisse aujourd'hui envisager de consulter un « psy » sans se penser pour autant porteur d'une grave pathologie mentale.

1. Même si beaucoup de chemin restait encore à faire.

Elle ne met pas l'accent sur un « capital cérébral » avec lequel l'enfant viendrait au monde (même si elle suppose en toute logique qu'il y en ait un). Elle s'attache essentiellement à son évolution, posant que celle-ci pourrait se faire « naturellement ». « Programmé » pour sa croissance physique, l'enfant le serait aussi pour son développement psychique, et il pourrait, poussé par des processus internes, parvenir, quasiment sans intervention extérieure, à l'état d'être raisonnable et raisonnant, apte de ce fait à vivre avec ses semblables. Autrement dit, grandissant en taille, il grandirait aussi en sagesse et en maturité.

Elle est par ailleurs beaucoup plus difficile à cerner que la précédente, car elle relève moins de l'affirmation scientifique que de la croyance. Et l'on doit, si on veut l'appréhender, la déduire des raisonnements et des comportements. On la repère en consultation, par exemple, à l'étonnement que manifestent nombre de parents – pourtant intelligents et attentifs à leur enfant – lorsqu'on leur explique que, s'ils ne lui apprennent pas telle règle, s'ils ne lui enseignent pas telle conduite, il ne les connaîtra jamais.

Il n'est pas rare que l'on constate alors à quel point ces parents sont stupéfaits de réaliser qu'ils étaient en fait (sans en avoir conscience) persuadés que, selon la formule consacrée, « cela viendrait tout seul ». C'est-à-dire que l'enfant pourrait, sans leur aide, acquérir de lui-même ces savoirs.

Mais, il faut le souligner, cette croyance en une nature qui serait à l'œuvre chez l'enfant pour le conduire à la civilisation n'est pas l'apanage des seuls parents.

Elle est aussi – ce qui montre son importance – partagée par de nombreux professionnels.

Bien des familles racontent ainsi comment, confrontées à un enfant qui devenait violent, opposant, etc., et faisant part de leurs inquiétudes à leur pédiatre, elles se sont entendu répondre : « Ne vous inquiétez pas. Cela s'arrangera en grandissant. » Alors qu'il s'agissait de troubles qui non seulement ne se sont pas arrangés, mais se sont même en général notablement aggravés.

Cette théorie d'une évolution naturelle atteste à l'évidence d'une méconnaissance radicale de la construction psychique de l'enfant et du rôle qu'y jouent les parents. Et elle n'est pas sans conséquences.

Comme la précédente, elle favorise d'abord la stigmatisation et le rejet des déviants. En effet, si l'accès à l'état d'adulte civilisé dépend de processus naturels, que penser de ceux qui n'ont pas atteint cet état ? Qu'en penser sinon que, dépourvus à l'évidence de ce « naturel » dont seraient dotés les autres, ils sont à classer parmi les « anormaux » ?

De plus, elle minimise notablement le rôle des parents et celui de l'éducation qu'ils peuvent dispenser. Elle ne nie pas qu'ils aient un travail à accomplir ; mais, le développement psychique de l'enfant et son accès à la maturité étant supposés dépendre de processus naturels, l'éducation qu'ils peuvent assurer n'est considérée que comme un « plus » qui lui permettrait de se socialiser. Elle se trouve donc réduite à n'être que l'instrument d'une sorte de « formatage social ». Cette limitation de sa fonction a des conséquences importantes, car elle induit une conception problematique des rapports parents/enfants. Si l'on pense en effet que les géniteurs n'ont pas un rôle déterminant dans la construction psychique de leur enfant ; si l'on pense que leur travail se limite à lui apprendre, une fois qu'il est construit, à se soumettre aux lois sociales, quel est l'essentiel de leur tâche ? À quoi servent-ils ? La réponse est simple : ils servent… à aimer. La théorie du développement naturel induit donc la vision d'un rapport parents/enfants réduit aux sentiments. La *vox populi*, d'ailleurs, ne cesse de le dire : apportez-leur de l'affection. Aimez-les, cela peut tout résoudre et c'est le plus important. Puisque, du reste, Dame Nature se charge… Lourde erreur !

L'éducation : une nécessité

La troisième tendance pourrait regrouper tous ceux qui, ne pensant pas que tout est joué dès le départ, et ne croyant pas non plus que tout pourrait se faire « naturellement », accordent une importance déterminante à l'éducation. Mais les tenants de cette position – de récents débats l'ont amplement montré – sont eux-mêmes divisés :

- sur la vision qu'ils ont de l'enfant,
- sur le sens qu'ils donnent au mot « éducation »,
- et sur la visée qu'ils lui assignent.

Deux courants s'opposent, dont il convient de comprendre les thèses. Car loin de ne renvoyer qu'à de minimes différences d'appréciation ou à d'inintéressantes querelles de spécialistes, elles engagent une conception de l'enfant, une approche de l'être humain et, au-delà, de véritables choix de société.

Hiérarchiser, ordonner, frustrer

Le premier de ces deux courants[1] s'organise autour de trois notions clés : hiérarchie, ordre et frustration.

Pour ces auteurs, l'enfant est un petit être jouisseur, avide de plaisirs. Il veut tout, tout de suite, et se montre également prêt à tout (à intimider ses parents par des colères, à les manipuler par ses pleurs, etc.) pour parvenir à ses fins. Habité par cette quête incessante de jouissance, il est évidemment inapte à la vie sociale, et une éducation est nécessaire pour qu'il devienne capable de l'affronter. Il faut qu'une autorité parentale inflexible le contraigne à accepter ce qu'il refuse : les limites imposées par l'existence des autres.

Dans cette optique, le rapport parents/enfants est décrit sur un mode que l'on peut qualifier de quasi militaire : celui d'une hiérarchie. Hiérarchie aux termes de laquelle le parent domine un enfant sommé de se soumettre. Ce parent lui donne des ordres que – sous peine de paraître s'excuser ou se justifier – il ne doit en aucun cas expliciter. Et l'enfant, quant à lui, doit, contraint et forcé, apprendre à obéir.

En quoi consiste cette obéissance ? En l'acceptation de « frustrations », maître mot du dispositif. Ces frus-

1. Représenté essentiellement à l'heure actuelle par Aldo Naouri, *Éduquer ses enfants. L'urgence aujourd'hui*, Paris, Odile Jacob, 2008 ; et par Didier Pleux, *Génération Dolto*, Paris, Odile Jacob, 2008.

trations portent sur les gestes spontanés (bousculer, prendre, frapper) que l'enfant peut faire sans tenir compte des autres. Il faut, sans explications, les lui interdire. Elles portent sur l'envie qu'il pourrait avoir, dans son avidité, d'accroître ses possessions. Il faut – toujours sans explications – s'y opposer : « Tu voudrais ce jouet ? Eh bien non ! Tu dois apprendre à t'en passer. »

Mais elles portent aussi sur les objets auxquels il a pu, au cours de son développement, s'attacher : les biberons, les tétines, par exemple. Ils doivent, nous dit-on, lui être arrachés – eux aussi sans explications – à un âge (le même pour tous) décrété par l'éducateur.

Le but (il n'est pas énoncé comme tel mais on ne peut que le déduire de ces préconisations) est que l'enfant apprenne à renoncer à ses plaisirs. Il s'agit donc ni plus ni moins de lui faire passer – pour son bien, cela va sans dire… – le goût du plaisir. Un auteur[1] propose même à cet égard de lui interdire la masturbation. Conseil que l'on ne se serait guère attendu à trouver au XXIe siècle dans un écrit de professionnel...

À une époque marquée, comme celle que nous vivons, par un grave recul de l'éducation, ce retour à la fermeté (ses excès mis à part) pourrait sembler à première vue salutaire et marqué au coin du bon sens (chacun sait que l'on n'a jamais rendu service à un enfant en le laissant n'en faire qu'à sa tête…). Il peut donner à des parents en plein désarroi (ils

1. Aldo Naouri, *Éduquer ses enfants*, *op. cit.*, p. 272.

sont aujourd'hui légion) l'impression qu'on leur offre enfin une solution susceptible de les sortir de l'ornière.

Il mérite néanmoins d'être examiné plus avant. Car, contrairement aux apparences[1], les auteurs ne proposent pas seulement une éducation « plus sévère », une de celles dont d'aucuns pourraient dire (et l'ont dit) : « Et alors ? J'ai bien été élevé à la dure, moi. J'ai eu des parents sévères, et je n'en suis pas mort ! » Ils proposent une éducation dont non seulement les conséquences sur le psychisme de l'enfant peuvent être très graves, mais qui est, de surcroît, parfaitement contre-productive.

Une éducation destructrice

Les auteurs partent en effet d'un constat juste : l'enfant petit vit avec pour seul guide son bon plaisir. Il manifeste en permanence l'envie de ne faire que ce qu'il veut, comme il le veut, quand il le veut, sans tenir compte ni des règles ni des autres, et cela le rend inapte à la vie avec ces autres. Il faut donc que ses parents l'éduquent, c'est une nécessité absolue ; et, pour cela, se montrent capables de lui opposer des limites, sans lui permettre de les discuter à l'infini pour les repousser, bref, sans fléchir.

Partant de ce constat juste, cependant, les auteurs développent une théorie qui est à la fois fausse et dangereuse.

1. Et ne pas s'arrêter aux apparences suppose que l'on ne s'en tienne pas aux déclarations (tonitruantes) faites dans la presse par les auteurs, mais que l'on lise attentivement leurs livres.

Une vision fausse de l'enfant

Méconnaissant en effet la construction psychique de l'enfant et les processus inconscients qui la sous-tendent, ils donnent une interprétation erronée de la façon dont il vit. Ils ne le décrivent pas comme ce qu'il est : un petit humain, prisonnier d'un mode de fonctionnement inhérent à son âge et dont les racines sont inconscientes. Fonctionnement qui n'est pas sans lui apporter du plaisir, mais qui est également, pour lui, source d'angoisses et de grandes difficultés, et dont il ne peut, quoi qu'il en veuille, se défaire sans l'aide des adultes.

Ils le présentent comme un petit être jouisseur, conscient, lucide et déterminé, qui aurait la parfaite maîtrise de ce qu'il fait. Et opèrent, à partir de là, un glissement lourd de conséquences. Car, raisonnant de la sorte, ils sont conduits à faire le portrait d'un enfant dont la seule chose que l'on puisse penser est que sa nature première serait mauvaise, puisqu'il serait habité par une force qui ressemble à s'y méprendre à ce que l'on appelait autrefois des « mauvais penchants ». « Mauvais penchants » qu'il faudrait au plus vite éradiquer sous peine qu'en venant à le dominer ils le rendent dangereux.

Cette dangerosité potentielle de l'enfant – il faut le souligner – n'est en rien une extrapolation ou une vue de l'esprit. Elle s'incarne parfaitement dans le concept développé par l'un de ces auteurs, celui d'« enfant tyran[1] ».

---

1. Didier Pleux, *De l'enfant roi à l'enfant tyran*, Paris, Odile Jacob, 2002.

« Enfant tyran » : la formule a plu. Et, comme il en va souvent des formules qui plaisent, elle s'est imposée (elle est aujourd'hui reprise comme allant de soi par tous les médias) sans que l'on se soucie apparemment de l'examiner plus avant. Elle mérite pourtant de l'être. Car la comparaison qui la sous-tend est beaucoup moins anodine qu'il y paraît.

Qu'est-ce en effet qu'un tyran ?

• C'est un être tout-puissant et… heureux. Heureux parce qu'il jouit de sa toute-puissance et en jouit sans limites. Puisque, étant celui qui peut édicter, au gré de son bon plaisir, des lois, il n'est soumis à aucune.

• C'est par ailleurs un être qui a de vrais pouvoirs (car seul peut être dit « tyran » celui qui exerce un pouvoir réel) et de vraies armes (sa police, son armée) qu'il utilise pour soumettre chacun à sa volonté.

• C'est donc un être qu'on ne peut, étant donné la réalité de ce pouvoir, combattre qu'avec les plus grandes difficultés, et toujours au péril de sa vie.

Parler d'un enfant comme d'un tyran revient donc, les comparaisons n'étant jamais innocentes, à faire de lui un despote (potentiel ou avéré) capable, grâce au pouvoir réel qu'il détiendrait, de réduire chacun à merci.

Or, qu'en est-il ?

L'enfant est effectivement un être qui peut se penser et en général se pense (si on ne lui oppose pas des limites) tout-puissant : livré à lui-même, il peut se croire le roi du monde, le chef de la maison, le mari de sa mère (ou la femme de son père), etc. Et peut donc – les consultations en témoignent – réussir à régenter sa famille, à asservir ses parents, à faire que toute vie leur soit interdite.

Peut-on néanmoins imputer cette « victoire » (toujours possible) à une force particulière (et particulièrement maléfique) dont il serait doté ?

En aucun cas. Car, contrairement au tyran, l'enfant n'a aucun pouvoir réel. Il n'a que celui que les adultes lui laissent prendre. Les capacités surhumaines qu'il croit détenir n'existent que dans son imaginaire. Et il suffit que ses parents manifestent, par des paroles et des actes fermes et répétés, leur autorité, pour que sa toute-puissance, telle une baudruche, se dégonfle.

Et contrairement au tyran (qui n'envisage jamais de perdre son pouvoir), l'enfant est, lui, d'autant plus prêt à se laisser ainsi remettre, par eux, « à sa place », qu'il est, par rapport à sa toute-puissance, parfaitement ambivalent. Il s'y accroche, en effet, car elle lui procure un indéniable plaisir (quelle joie de transformer maman en petit pantin et de lui faire faire tout ce qu'on veut !). Mais, en même temps, il attend qu'on l'en débarrasse, car elle est source d'angoisses et le rend malheureux[1]. Mais, surtout, parce qu'il sent toujours (inconsciemment) qu'elle l'empêche de se développer.

Cela explique d'ailleurs ce que nous avons, pour notre part, constaté mille fois dans notre cabinet. Ces enfants réputés insupportables, « ingérables », rétifs à

1. Les enfants tout-puissants sont toujours des enfants malheureux et insatisfaits. Car, n'ayant jamais acquis le sens des limites, ils pensent toujours qu'ils pourraient avoir plus ; et qu'on ne le leur accorde pas parce qu'on ne les aime pas assez.

toute autorité, etc., qui, s'entendant « recadrés » par l'analyste (lequel leur explique les règles et la nécessité que chacun s'y soumette) avec une fermeté qu'ils n'ont jamais rencontrée, non seulement ne s'opposent plus aux interdits énoncés, mais demandent, à la stupéfaction de leurs parents[1], à revenir en consultation.

Faire passer, aux yeux des parents, la toute-puissance imaginaire de leur enfant pour une toute-puissance réelle revient donc ni plus ni moins à leur faire prendre des vessies pour des lanternes ; et sans nul doute à accroître leur désarroi, car nombre d'entre eux, qui n'arrivent pas à se faire obéir par leur enfant, sont déjà prêts à penser – et le disent – qu'il est par nature « si dur » qu'ils n'y arriveront jamais. Cela revient, de plus, à accréditer dans la société l'image d'un enfant dangereux dont il faudrait se protéger, image que propagent déjà tous ceux qui, refusant de l'éduquer, préconisent aujourd'hui de l'enfermer (dès 12 ans, par exemple…).

Une vision fausse de l'éducation

Partant de cette vision erronée de l'enfant, les auteurs développent une vision tout aussi fausse de son éducation. Et d'abord du but visé par cette éducation, puisqu'ils ne lui assignent pour objectif essentiel que sa socialisation. Une socialisation que, fort peu préoccupés de son épanouissement, ils ne décrivent pas comme une capacité (qu'on l'aiderait à acquérir) de s'épanouir dans une vie (heureuse) de communication avec les autres, au sein d'un monde rassurant

---

1. Qui soit pensent qu'ils vont, comme d'habitude, résister, soit redoutent que l'autorité du professionnel ne les traumatise…

parce qu'humanisé et régi par des règles acceptées par tous ; mais comme une adaptation contrainte et forcée à des obligations sociales qui ne seraient qu'astreignantes. La vision qu'ils donnent du social, de la vie en société, est en effet celle d'une sorte de moule dans lequel l'enfant doit réussir vaille que vaille à rentrer.

Comment ? Là est tout le problème… Car, concevant cet enfant comme porteur de tendances mauvaises, et le déclarant décidé à ne pas les lâcher, ils n'envisagent pas un seul instant de faire appel à sa compréhension[1]. Et l'envisagent d'autant moins qu'ils considèrent, nous l'avons dit, la parole comme un signe de faiblesse et un danger, puisqu'ils la croient antinomique avec les actes.

Tout dialogue étant exclu, ne reste donc que la force. Il faut « briser » l'enfant. L'obliger à casser ces morceaux de lui qui n'entrent pas dans le moule, tout ce « mauvais » en lui qui l'empêche de se socialiser. Il faut briser cette spontanéité qui le conduit à commettre des gestes inconsidérés, ce goût du plaisir sans limites qui le pousse à en vouloir toujours plus, etc.

Là encore, comment ? Non pas par des coups, cela va sans dire. Car les auteurs prennent bien soin d'affirmer qu'ils s'opposent fermement aux châtiments corporels, et que toute fessée est une infamie. Mais par une autre violence autrement plus subtile mais sans doute plus destructrice encore que la violence phy-

1. L'un de ces auteurs, Didier Pleux, déclarait même en décembre 2008 au magazine *Psychologies* : « Je ne crois pas que l'enfant […] ait une faculté de comprendre, de tout saisir. Je pense que c'est […] à la préadolescence que l'on peut parler d'un psychisme qui se construit. »

sique : celle de la contrainte. Une contrainte exercée par un parent tout-puissant et muet, qui, du haut de sa force et de son pouvoir d'adulte, décrète, juge, ordonne, prive et sanctionne. Un parent auquel il faut – les mots étant bannis – que l'enfant obéisse « au doigt et à l'œil ».

Un parent, autrement dit, comme ceux dont des générations ont pâti. En des temps où, faute d'un savoir sur le psychisme de l'enfant, son éducation ne pouvait être envisagée que comme un rapport de forces avec ses éducateurs. Rapport de forces destiné à lui imposer l'amputation d'une partie de lui-même, action supposée nécessaire à sa socialisation et dont on sait aujourd'hui que, si elle ne lui permettait pas toujours de se socialiser, elle réussissait par contre toujours à annihiler (au moins partiellement) sa personnalité, sa liberté, sa créativité.

Une éducation dangereuse

Pour dire les dangers d'une éducation de ce type, les témoignages n'ont jamais manqué. Et sa mise au goût du jour par nos auteurs modernes ne réduit en rien sa dangerosité.

Un enfant en effet élevé par des parents qui, tout en maintenant fermement les limites, lui en expliquent l'utilité et ce qu'il a à gagner à les accepter réussit toujours (même si c'est au prix de grands efforts) à les respecter. Il peut ainsi modifier progressivement sa façon d'être et devenir capable de vivre, avec bonheur et sans problèmes, au milieu des autres. Soutenu par l'autorité de ses parents et par leurs paroles, il parvient à effectuer lui-même le travail intérieur nécessaire à sa transformation. Il « se » transforme et reste par là même « sujet » de l'opération. Son épanouissement et sa « civilisation » vont de pair.

Il en va tout autrement de l'enfant qui, par l'effet d'une contrainte que lui impose un adulte (par définition plus fort que lui), se voit obligé, jour après jour, de se soumettre à des règles que non seulement il ne comprend pas, parce qu'on ne les lui explique pas, mais qu'il interprète en général à sa façon.

Nombre d'enfants pensent par exemple (faute d'explications) que leurs parents ne leur refusent certains plaisirs que pour les consentir à d'autres, ou se les octroyer à eux-mêmes. Ils se construisent de ce fait dans un sentiment d'injustice qui les fait souffrir en permanence et fausse leur vision du monde. Élevé de la sorte, un enfant n'est pas un sujet auquel on s'adresse pour lui apprendre ses droits et ses devoirs ; il n'est qu'un objet dont l'adulte s'occupe. Il ne peut donc de lui-même se transformer en rien. Il obéit aux ordres[1] parce qu'il n'a pas le choix. Mais, faute de pouvoir comprendre que toutes ses envies ne sont pas réalisables, il les garde en lui, bien décidé éventuellement à les réaliser dès que l'occasion s'en présentera.

L'opération n'aboutit donc pas à une avancée de l'enfant vers la civilisation, à une transformation de sa personne ; elle n'est qu'un conditionnement imposé de l'extérieur (et par la force) par l'adulte. Conditionnement qui s'apparente ni plus ni moins à un dressage.

---

1. À moins que, s'inscrivant en miroir du parent tout-puissant, il ne s'installe dans une opposition permanente à lui.

Ce dressage est, pour l'enfant, destructeur à maints égards.

Il porte atteinte à son narcissisme : comment, dans une relation aussi déshumanisée, pourrait-il acquérir un quelconque sentiment de sa valeur ?

Et il est générateur de troubles : l'interdiction systématique du plaisir, par exemple, peut conduire un enfant à ne plus chercher de satisfaction que dans le déplaisir, et à se construire ainsi dans ce que l'on appelle le masochisme. Nombre d'adultes prisonniers de ce fonctionnement relatent, sur le divan du psychanalyste, des parcours éducatifs de ce type.

Les privations brutales et non expliquées de biberons, de tétines, sont, on le sait aujourd'hui, à l'origine de nombreux troubles, notamment alimentaires. Car autant le sevrage est essentiel au développement de l'enfant, autant, effectué sans paroles et dans la violence, il crée chez lui un vide qu'il essaiera parfois, sa vie entière, de combler.

Une éducation contre-productive

Mais cette éducation n'est pas seulement dangereuse ; elle est aussi contre-productive.

D'abord, ne permettant pas à l'enfant de se transformer, elle se contente de le faire vivre dans un carcan qui, comme tout carcan, peut fort bien craquer un jour. Mais surtout, loin de lui permettre de se socialiser, elle risque fort de générer chez lui de la violence : parce que, fonctionnant sur le mode du rapport de forces, elle lui impose de la violence ; et parce qu'elle lui donne comme modèle de vie cette violence même.

L'enfant se construit en effet en s'identifiant aux adultes qui l'entourent (et en premier lieu à ses parents) ; à la façon dont il les voit se conduire entre eux, avec lui et avec les autres. Or, dans une éducation-dressage, l'enfant est confronté à un type de rapports humains où les plus forts (les parents) soumettent les plus faibles (les enfants).

Il risque donc :

— soit de rester à cette place que le dispositif lui assigne, et de devenir un être soumis, susceptible (à l'adolescence, notamment) d'accepter la domination de quiconque se prévaudra d'une supériorité, courant ainsi le risque d'être entraîné (dans des bandes, par exemple) à commettre des actes qu'il n'aura pas choisis ;

— soit, au contraire, de n'avoir qu'un rêve : devenir grand pour être, à son tour, le plus fort. On rencontre ainsi, en consultation, des adolescents chefs de bande qui ont eu des enfances de cet ordre.

Ce danger est d'autant plus grand qu'aucune explication ne lui étant donnée, l'enfant ne peut en aucun cas comprendre que le parent qui l'éduque est, comme lui, soumis aux règles qu'il lui demande de respecter. La loi lui apparaît donc non pas pour ce qu'elle est : un ensemble d'obligations et d'interdits qui s'imposent à tous et que les parents doivent apprendre à leurs enfants, mais comme l'instrument des plus forts. Il pense que le parent (comme le tyran) « fait la loi », et qu'il peut essayer, dès qu'il le pourra, de la faire à son tour.

Là encore, les consultations attestent tous les jours de dérives de ce genre.

Destructrice et dangereuse, cette vision de l'éducation sert, nous l'avons dit, la volonté de répression sociale de notre époque. Mais – il faut le rappeler – elle a aussi des échos de sinistre mémoire, et ce texte (qui mérite d'être lu attentivement) en témoigne :

> En ce qui concerne le caprice, il se présente comme un moyen d'expression naturel dès la première enfance, dès lors que l'enfant sait traduire son désir de quelque chose par des gestes. Il voit un objet qu'il voudrait obtenir ; il ne peut pas l'obtenir, cela le met en colère, il crie et tape des pieds. Ou bien on lui donne quelque chose qui ne lui convient pas ; il le jette et se met à crier. Ce sont de mauvaises habitudes dangereuses qui entravent toute l'éducation et ne produisent rien de bon chez l'enfant. Si l'on n'élimine pas le caprice et la méchanceté, on ne peut pas apporter à l'enfant une bonne éducation. Dès que ces défauts apparaissent chez un enfant, il faut prendre d'urgence des mesures contre le mal, de manière à ce qu'il ne s'enracine pas encore plus profondément par l'habitude, et que la personnalité de l'enfant ne soit pas entièrement gâchée.
>
> Je conseillerai donc à tous ceux qui ont des enfants à éduquer de considérer l'élimination du caprice et de la méchanceté comme leur tâche principale, et de s'y attacher aussi longtemps qu'il faut pour parvenir au but. Ainsi que nous l'avons noté précédemment, on ne convainc pas un enfant qui ne parle pas par des explications ; il faut donc éliminer le caprice par un moyen mécanique ; et, à cet égard, il n'y a pas d'autre façon que de montrer à l'enfant l'importance de la chose. Si l'on cède une fois au caprice, la seconde fois il est plus fort et plus difficile à éliminer. Si les enfants ont eu l'occasion de s'apercevoir qu'ils arrivaient à imposer

leur volonté par la colère et les cris, ils ne manquent pas de réemployer ces mêmes moyens. À la fin, ils deviennent les maîtres de leurs parents et de leurs gouvernantes et ont un esprit mauvais, capricieux et insupportable […]. En revanche, si les parents ont la chance d'interdire le caprice dès le départ par les remontrances sévères et la baguette, ils ont de bons enfants soumis et obéissants à qui ils peuvent ensuite donner une bonne éducation […].

Le premier principe et le principe le plus général auquel il faut veiller consiste à inculquer à l'enfant l'amour de l'ordre […]. Il faut très exactement faire tout ce que l'on entreprend avec l'enfant suivant les règles du bon ordre. La boisson et la nourriture, l'habillement et le sommeil, toute la petite existence quotidienne de l'enfant doit être bien ordonnée et ne jamais être modifiée en rien par son caprice ni par ses humeurs, pour qu'il apprenne dès la première enfance à se soumettre rigoureusement aux règles du bon ordre. L'ordre que l'on observe avec lui a une influence incontestable sur l'esprit de l'enfant, et lorsque les enfants sont habitués très tôt au bon ordre, ils en déduisent que celui-ci est naturel ; car ils ne se souviennent plus qu'on le leur a enseigné artificiellement. Si, pour faire plaisir à l'enfant, on modifie l'ordre de sa petite existence chaque fois qu'il veut en faire à sa tête, il est amené à penser que l'on n'attache pas beaucoup d'importance à cet ordre et qu'il doit toujours céder à son caprice. […] Lorsque l'enfant demande quelque chose qui va à l'encontre de l'ordre, il faut lui répondre : mon cher enfant, c'est impossible, ce serait contraire au bon ordre, que l'on ne doit jamais enfreindre, et ainsi de suite […].

Le second élément capital sur lequel on doit axer son effort dès le départ, dans la deuxième ou la troisième année, est l'obéissance absolue aux parents et aux personnes responsables, et l'approbation de tout ce qu'ils font. Non seulement ces éléments sont tout simplement nécessaires à la bonne marche de l'éducation, mais ils exercent une influence très profonde sur l'ensemble de l'éducation. Ils sont nécessaires à l'éducation parce qu'ils inscrivent dans l'esprit les principes d'ordre et d'obéissance aux lois. Un enfant qui est habitué à obéir à ses parents se soumettra sans difficultés aux lois et aux règles de la raison, une fois libre et devenu son propre maître, parce qu'il aura déjà pris l'habitude de ne pas agir selon sa volonté. Cette obéissance revêt une telle importance qu'en fait, toute l'éducation n'est rien d'autre que l'apprentissage de l'obéissance [...]. Une fois que par un premier effort d'éducation, on a chassé le caprice de l'âme tendre de l'enfant, l'essentiel de l'effort doit donc porter sur l'obéissance. Mais cette obéissance n'est pas facile à inculquer à l'enfant. Il est tout naturel que l'esprit veuille suivre sa propre volonté, et si l'on ne s'y est pas pris correctement dans les deux premières années, on a du mal à atteindre son but par la suite. Ces premières années présentent en outre également l'avantage que l'on peut utiliser la force et la contrainte. Avec le temps, les enfants oublient tout ce qu'ils ont vécu dans la toute petite enfance. Si l'on parvient alors à leur ôter la volonté, par la suite ils ne se souviendront jamais d'en avoir eu une, et l'intensité des moyens que l'on aura dû mettre en œuvre ne pourra donc pas avoir de conséquences néfastes.

Il faut donc dès le début, dès lors que les enfants sont capables de comprendre quelque chose, leur montrer aussi bien par la parole que par les actes qu'ils doivent se soumettre à la volonté des parents. L'obéissance consiste à ce que les enfants 1) fassent de bon gré ce qui leur est ordonné, 2) renoncent à ce qui leur est interdit et 3) s'estiment satisfaits des prescriptions qui leur sont faites.

De qui est ce texte ? De l'un de nos actuels partisans du bâton ? On pourrait le croire, car son auteur propose le même type d'éducation que celle que ceux-ci promeuvent, et développe la même idée de l'enfant et de la façon dont il convient de le traiter. Sa phrase : « Lorsque les enfants sont habitués très tôt au bon ordre, ils en déduisent que celui-ci est naturel ; car ils ne se souviennent plus qu'on le leur a enseigné artificiellement », fait, par exemple, en tout point écho à celle d'Aldo Naouri : « Ces conseils tiennent le plus grand compte de la place de cet enfant et de sa physiologie particulière, mais aussi de ses étonnantes capacités d'adaptation : il sait en effet toujours “faire avec” les conditions qui lui sont offertes et qui ont pour lui valeur de vérité, puisqu'il n'en connaît pas d'autres[1]. »

Ce texte, pourtant, ne date pas de 2008, mais de 1748. Il a été écrit par un pédagogue allemand, J. Sulzer, et Alice Miller le cite, au titre de ce qu'elle appelle (à l'instar des « années noires ») la « Pédagogie noire[2] », dans son livre *C'est pour ton bien. Racines de la violence dans l'éducation de l'enfant*[3].

L'horreur politique, l'horreur économique ne demandent, on le sait, sans fin qu'à renaître. L'« horreur éducative » aussi.

1. *Éduquer ses enfants*, *op. cit.*, p. 187.
2. Terme qu'elle emprunte à Katharine Rutscky, *Schwarze Pädagogik*.
3. Éditions Aubier-Montaigne, Paris, 1984.

Une éducation humaine et humanisante : Françoise Dolto

Contrairement à ce qu'affirment les auteurs précédemment cités, qui ne manquent jamais de répéter que quiconque ne se rallie pas à leurs méthodes ne peut prétendre éduquer, un autre type d'éducation que celle qu'ils préconisent existe. Il revient à Françoise Dolto d'en avoir jeté les bases et d'avoir développé les concepts qui permettent de le mettre en œuvre.

L'enfant, otage du « pulsionnel »

Françoise Dolto part elle aussi du constat que l'enfant petit est, de par son fonctionnement, à mille années-lumière d'un mode de vie civilisé. Mais elle n'interprète nullement ce fonctionnement comme la conséquence de « tendances mauvaises » dont il serait porteur. À la suite de Freud, elle le décrit comme habité par le « pulsionnel ». C'est-à-dire par des « poussées » internes qui le conduisent à des gestes et à des actes qui peuvent se révéler violents. Par ce que la théorie analytique nomme « principe de plaisir » (l'enfant petit recherche ce qui lui procure du plaisir et refuse tout ce qui pourrait lui causer du déplaisir) et par un sentiment aigu de sa toute-puissance (il se croit, au début de sa vie, le centre du monde). Prisonnier de ce mode d'être inhérent à son âge, il ne peut respecter ni les autres ni les règles ; il ne fait que ce que bon lui semble.

Ses parents doivent donc l'éduquer, et Françoise Dolto a toujours fait preuve à ce propos d'une fermeté exemplaire, puisqu'elle pose qu'il s'agit là, pour eux, d'un *devoir*. Devoir auquel ils ne peuvent, sous peine d'hypothéquer totalement le développement de leur enfant, se soustraire.

L'éducation qu'ils doivent dispenser, en effet, n'a pas pour elle comme but une simple adaptation de l'enfant à la vie sociale. Elle a une tout autre portée, puisqu'elle vise ni plus ni moins qu'à son « humanisation ». En éduquant leur enfant, les parents doivent lui permettre à la fois de se développer harmonieusement (nous y reviendrons) et de devenir un être humain digne de ce nom. Autrement dit, un être humain dont le potentiel d'humanité aura pu se développer, un être humain humanisé, civilisé et heureux de l'être.

Car l'enfant ne naît pas civilisé. Il naît porteur de toutes les possibilités de le devenir. Mais il ne peut, sans l'aide d'adultes « éduquants », développer ces potentialités présentes en lui dès la naissance.

Comment éduquer ?

Comment ses parents peuvent-ils l'éduquer ? Par la force ? Il n'en est pas question. Car Françoise Dolto sait, pour l'avoir écoutée et entendue, la détresse absolue des enfants qui ont avec leurs parents ce type de rapports. Elle sait à quel point la soumission aveugle à leur pouvoir est pour eux mutilante. Il n'est donc pas question de force, de contrainte brutale, et elles ne sont pas nécessaires. Car l'enfant qu'elle décrit est un enfant qui, dès son premier souffle, est accessible à la parole, qui comprend tout ce qu'on lui dit.

Ses parents doivent donc lui parler pour lui expliquer le monde et ses règles. Et pour lui faire comprendre que son fonctionnement de petit sauvage lui procure certainement des satisfactions, mais que, dans une société civilisée, il est interdit, car incompatible avec une vie à laquelle les autres participent. Et que, d'ailleurs, il le coupe de ces autres : il est rare que l'on réussisse, en bousculant et en frappant tous les enfants du square, à s'en faire des copains avec qui jouer, communiquer, etc. Il a donc tout à gagner à renoncer, même si c'est pour lui difficile, à sa sauvagerie.

Faisant de la parole l'un des instruments essentiels de l'éducation, Françoise Dolto préconise-t-elle pour autant de s'en tenir à elle ? Donne-t-elle de l'enfant l'image d'un petit être merveilleux qui, par la grâce de cette seule parole, se mettrait instantanément et comme par miracle à obéir ? En aucun cas. Car elle sait ce qu'« enfant » veut dire. Elle sait qu'il n'est pas décidé à lâcher ce plaisir (de n'en faire qu'à sa tête) qui est, au début de sa vie, le seul qu'il connaisse ; qu'il est prêt à tout (à toutes les séductions, toutes les intimidations, toutes les manipulations) pour le conserver intact.

Elle pose donc que les parents ne doivent pas seulement parler (ce qui les conduirait, à terme, à transformer leur parole en « parlotte » vide de sens), mais faire en sorte que cette parole s'incarne dans des actes. Il faut certes expliquer à l'enfant les interdits, leur raison d'être et leur sens. Mais, une fois qu'ils sont expliqués, il faut lui imposer de les respecter, et le sanctionner s'il les transgresse. Parler et agir ne sont pas deux notions incompatibles, au contraire. Elles vont de pair. Si l'on *dit* « non », il faut *faire* « non » sous peine que les mots n'aient plus, pour l'enfant, aucun sens.

L'éducation : une alliance entre parents et enfants

Cette fermeté, nécessaire à son éducation, nécessite-t-elle que le rapport parent/enfant soit conçu comme un rapport de forces à caractère hiérarchique ? En aucun cas. Et ce, pour plusieurs raisons.

• Le rapport parent/enfant n'est en rien un rapport duel, comme celui du supérieur à son subordonné. Car il n'est pas un rapport à deux termes, mais à trois. Il inclut le parent et l'enfant, mais il inclut aussi la loi. Cette loi dont l'enfant doit apprendre qu'elle s'impose aussi au parent qui lui demande de la respecter. Et qui, de ce fait, peut lui dire : en refusant de respecter la règle que je te demande de respecter (en continuant à dérober à ton camarade ses jouets, par exemple), ce n'est pas seulement à moi (ton père, ta mère) que tu désobéis ; c'est à la loi que tout le monde respecte parce qu'elle a cours dans la société et que je dois, moi aussi, même si je suis une grande personne, respecter. Tout adulte que je suis, si je prends la voiture de mon voisin parce qu'elle me plaît plus que la mienne, je commets ce que la loi appelle un vol. Et, pour ce vol, je peux aller en prison.

• Le rapport parent/enfant n'est pas non plus (même s'il passe par des moments que l'on peut qualifier d'« épreuves de force ») un rapport de forces, car les deux protagonistes sont, sur la question de la loi, beaucoup moins opposés qu'il y paraît. L'enfant refuse, en effet toujours, dans un premier temps, de se soumettre aux règles (il en va, nous l'avons vu, de son plaisir). Mais, si on les lui explique et si on les maintient avec fermeté, il finit toujours par les accepter. Parce que (nous l'avons déjà évoqué) elles lui sont nécessaires pour sortir de la jungle angoissante dans laquelle le pulsionnel et le principe de plaisir le font vivre. De ce fait, une partie de lui dit « non » aux limites, tandis que l'autre, inconsciemment, dit « oui ». Loin d'être un rapport de forces qui opposerait deux lutteurs aux intérêts contraires, l'éducation est donc une alliance. Une alliance entre le parent qui dit la loi (et l'impose) et la partie de l'enfant qui attend cette loi.

Le parent ne brise donc pas l'enfant, il l'aide. Et, s'il l'aide avec fermeté, il l'aide aussi, dans cette conception de l'éducation, avec amour. Un amour que semblent oublier les partisans du bâton, et qui est pourtant indispensable. Car si, comme nous l'avons précédemment montré[1], l'amour ne suffit pas, si les sentiments ne peuvent remplacer l'éducation, ceux-ci sont cependant, pour l'enfant, aussi indispensables à sa construction psychique que l'air, la nourriture et l'eau le sont à celle de son corps.

---

1. Claude Halmos, *Pourquoi l'amour ne suffit pas*, Paris, Nil Éditions, 2006.

Sans éducation, l'amour de ses parents ne permet pas à l'enfant d'avancer. Mais l'éducation sans tendresse est pour lui sclérosante, dévalorisante, et l'installe dans un sentiment de malheur qui le hantera parfois sa vie entière.

Ne pas dresser mais transformer

Les paroles de ses parents, leur tendresse et leur fermeté se conjuguent donc non pas pour faire subir à l'enfant un conditionnement, non pas pour le dresser, mais pour l'aider à faire lui-même le travail intérieur nécessaire à sa transformation. Nous l'avons écrit ailleurs[1], dans l'éducation, le travail des parents consiste à poser à l'enfant des « sens interdits » qui empêchent le pulsionnel et le « principe de plaisir » présents en lui de se développer à leur guise. Et c'est en prenant appui sur ces « sens interdits » et sur la certitude que, quoi qu'il arrive, ses parents les maintiendront, que l'enfant modifie son fonctionnement. Il parvient ainsi à trouver, dans des plaisirs autorisés, des satisfactions aussi grandes que celles que lui procuraient naguère ses transgressions systématiques.

L'éducation prônée par Françoise Dolto ne brise donc pas l'enfant, elle l'aide à se civiliser. Elle ne passe pas par la force, mais par la fermeté et la parole. Elle permet donc d'articuler autorité et respect de l'enfant et constitue, de ce fait, une avancée majeure.

1. Claude Halmos, *L'Autorité expliquée aux parents* (entretiens avec Hélène Mathieu), Paris, Nil Éditions, 2007.

Les parents, supports de la construction psychique de leur enfant

Mais, nous l'avons dit, pour Françoise Dolto, les parents n'œuvrent pas seulement à la civilisation de leur enfant. Leur tâche dépasse largement ce cadre, car ils sont les supports essentiels de sa construction, les artisans de son développement.

Le développement du « petit d'homme », le franchissement par lui des différentes étapes de ce développement n'ont en effet, en dépit de ce que d'aucuns pourraient croire, rien de naturel. Contrairement à la croissance de l'animal qui, réglée par l'instinct, est identique pour tous les individus de la même espèce et se déroule – sauf anomalies physiques – sans problème, celle du petit humain est liée à son psychisme. Et, par là même, à sa relation aux autres. En premier lieu, à ces premiers autres (si importants) de sa vie que sont ses parents. Il peut donc avoir, tout comme l'animal, des problèmes somatiques. Mais il peut aussi, sans rencontrer aucune difficulté de cet ordre, voir son développement bloqué, arrêté pour des raisons qui tiennent à ce qu'il éprouve dans son rapport avec ces autres.

Un bébé peut ainsi échouer à tenir sa tête, à s'asseoir ou à marcher, pour des raisons qui n'ont rien à voir avec son corps. La survenue de ce genre de problèmes est d'autant plus fréquente que le passage d'un stade à l'autre de son développement, loin d'être automatique, demande au contraire à l'enfant un énorme travail psychique.

Pourquoi ? Françoise Dolto l'explique : parce que, mû par la recherche incessante (et normale) de jouissance qui l'habite, l'enfant découvre, à chaque étape, des plaisirs qui sont liés pour lui à la satisfaction de ses besoins. Le bébé qui tète, par exemple[1], éprouve un plaisir lié à l'apaisement de sa faim. Mais il découvre aussi à cette occasion un autre plaisir, celui de la succion. Plaisir qu'il pourra faire se reproduire seul (par un mouvement de ses lèvres) indépendamment des tétées. Plaisir que l'on peut dire « sexuel », au sens de la sexualité infantile (qui n'a, on le sait, rien à voir avec celle des adultes). Passer à l'étape suivante (manger à la cuiller) supposerait donc que l'enfant renonce à ce plaisir. Il n'en a aucune envie, et ne peut y parvenir que si ses parents, et notamment sa mère, interviennent. Comment ? En posant ce que Françoise Dolto appelle une « castration[2] » et qu'elle définit comme « l'interdit radical opposé à la satisfaction recherchée et autrefois connue ». La mère pose à l'enfant une limite : « Tu es trop grand pour téter », et s'y tient, l'obligeant ainsi à passer à l'étape suivante.

La castration doltoïenne

Cette « castration » posée par la mère impose évidemment à l'enfant une frustration. Mais celle-ci n'a rien à voir avec les frustrations préconisées par

---

1. Voir p. 78.
2. Françoise Dolto, *L'Image inconsciente du corps*, Paris, Le Seuil, 1984, p. 200.

les tenants de l'« éducation rapport de forces », parce qu'elle n'est que momentanée. Et, surtout, parce qu'elle ne dicte pas à l'enfant un renoncement au plaisir, mais un échange entre un plaisir « qui n'est plus de son âge » et d'autres plus adaptés à son développement et porteurs d'avenir.

Au moment du sevrage, la mère explique à son enfant qu'il n'aura plus le plaisir, blotti contre elle, de téter ; mais que, leurs corps à distance, ils pourront parler, échanger, regarder ensemble des choses intéressantes, communiquer avec d'autres. Elle le soutient de ses paroles et de son amour pour qu'il puisse passer le cap, supporter l'épreuve.

Car la « castration », Françoise Dolto le dit, est toujours, pour l'enfant, une épreuve, puisqu'il doit lâcher, pour l'inconnu, le plaisir qu'il connaissait et auquel il tenait, lâcher la proie pour l'ombre…

Épreuve pour l'enfant, la « castration » en est aussi une pour la mère, car celle-ci doit également se priver de plaisirs qu'à cet âge de son enfant elle éprouvait avec lui. Elle doit elle aussi passer à autre chose. Accepter qu'il grandisse, se sépare d'elle chaque jour un peu plus.

Ces « castrations » posées par la mère et soutenues par le père, qui imposent à chaque fois à l'enfant un temps de souffrance (lui rendant indispensable le soutien de ses parents), lui permettent d'avancer. Elles sont, de plus, nous le verrons, la condition de son accès à la loi. Car elles requièrent qu'il supporte de différer la satisfaction immédiate de ses pulsions et accepte, le cas échéant, d'en changer le but.

On peut tout penser, on peut tout dire, mais on ne peut pas tout faire : l'enfant doit l'apprendre. Tous les désirs sont légitimes (Françoise Dolto ne cessait de le répéter), mais tous ne sont pas réalisables. On peut donc avoir envie, par exemple, d'agresser les importuns, mais il est interdit de le faire… sauf éventuellement en paroles. Privilège des humains !

Les « castrations » sont également la clef de son accès à l'intelligence. Car le renoncement à l'apaisement immédiat et brutal des tensions pulsionnelles laisse une place pour la pensée, pour un temps d'attente et de réflexion qui n'est accessible qu'à un enfant élevé par des parents capables de lui mettre des limites[1].

Françoise Dolto développe ce concept de « castration[2] » et explique la façon dont, à chaque étape du développement de l'enfant, il opère, dans un livre essentiel et trop peu connu, *L'Image inconsciente du corps*. L'ouvrage que voici, *Grandir*, prend appui sur ce livre et sur notre propre (et longue) expérience du travail analytique avec les enfants et les adultes. À ce titre, il constitue une sorte de tissage entre la parole de Françoise Dolto et notre propre réflexion, issue elle aussi de la clinique. Il mêle les deux, donnant à entendre une transmission entre une génération d'analystes et une autre.

---

1. La justice, par exemple, constate souvent à quel point cette capacité manque aux adolescents délinquants qu'elle juge.

2. Pour une analyse plus approfondie de ce concept, on peut se reporter à Claude Halmos, *Pourquoi l'amour ne suffit pas*, Paris, NIL, 2006.

Mais il est aussi, à plus d'un titre, une histoire d'enfants. Une histoire qui unit des enfants : ceux que Françoise Dolto a rencontrés et dont elle disait qu'ils lui avaient appris ce qu'elle savait ; ceux que nous avons rencontrés et qui ont été, pour nous aussi, des maîtres. L'enfant qu'elle fut et qui détermina sans doute sa façon d'être analyste ; l'enfant que nous fûmes, qui trouva (et qui trouve toujours) dans son enseignement de quoi élucider ses souffrances.

Ce livre est une histoire d'enfants. Notre espoir est qu'il serve aux enfants d'aujourd'hui et à ces ex-enfants que sont les adultes qui les entourent et les élèvent.

CHAPITRE PREMIER

La naissance et la « castration ombilicale »

La vie de l'enfant n'a donc rien d'un « long fleuve tranquille » qui pourrait en toute sérénité couler sans obstacles de sa source à son embouchure. Elle est faite tout au contraire d'une succession d'étapes qu'il lui faut franchir l'une après l'autre, au prix de renoncements à chaque fois douloureux.

Françoise Dolto ne s'est pas contentée de donner de ce parcours une vision abstraite. Elle montre très précisément comment il se déroule. Comment les « castrations » scandent le développement du « petit d'homme » ; posant qu'elles commencent avec sa vie même, puisque la première d'entre elles a lieu, dit-elle, au moment de sa venue au monde.

Françoise Dolto confère en effet à la naissance le statut de première castration et s'en explique : « La naissance, sans doute, est d'abord apparemment le fait de la nature ; mais son rôle symbolique pour le nouveau-né est indélébile et marque de modalités émotionnelles premières sa venue au monde en tant qu'être humain, homme ou femme, accueilli selon le sexe dont son corps témoigne pour la première fois et selon la façon dont il est accepté tel qu'il est, frustrant ou gratifiant pour le narcissisme de chacun des parents[1]. »

Cette castration, dit-elle, a lieu au moment où l'accoucheur coupe le cordon qui relie l'enfant au corps de sa mère. La vie naît de cette première séparation. Mais celle-ci est source pour le nouveau-né de bouleversements intenses[2] dont on sous-estime généralement à la fois la violence et l'importance.

La naissance fait en effet, aujourd'hui encore, l'objet d'un double malentendu.

On la considère d'abord, le plus souvent, comme un fait « normal », « naturel », qui n'affecterait pour l'essentiel que le corps du nourrisson, et que, sauf cas exceptionnels, il pourrait vivre sans en être véritablement conscient. Or, il n'en est rien. Le « petit d'homme » vit sa naissance avec tout son être. La mémoire de l'événement s'inscrit au plus profond de lui. Sa vie entière en portera la marque.

Mais le malentendu ne s'arrête pas là, car la naissance n'est, de surcroît, envisagée que sous le seul angle d'une séparation mère-enfant. Or, elle est bien plus que cela.

En opérant une partition définitive entre son corps, les enveloppes et le placenta qui lui étaient nécessaires *in utero*, la césure du cordon ombilical fait effectivement du nourrisson un être à part entière. Elle signe

1. F. Dolto, *L'Image inconsciente du corps*, *op. cit.*, p. 90. C'est à cette édition que nous nous référerons désormais.

2. Elle les qualifie de « modifications cataclysmiques ». Cf. *ibid.*, p. 91.

l'avènement de ses propres limites : celles de sa peau. Mais, ce faisant, elle n'a pas seulement pour effet de le disjoindre du corps maternel. Elle le coupe également d'une partie de lui-même. Elle le sépare de ce qu'il était auparavant.

Le nourrisson – on n'en tient pas suffisamment compte – existe en effet avant sa naissance. Il vient au monde nanti déjà d'un vécu important dont certaines analyses – d'enfants ou d'adultes – permettent de retrouver la trace. La naissance inaugure son existence « aérienne ». Mais elle marque aussi l'abandon de la vie intra-utérine, riche et intense, qui l'a précédée. Épreuve pour son corps, elle en est donc une aussi pour sa sensibilité, puisqu'elle abolit, d'un coup, les repères qui furent ceux de cette première vie.

Brutalement (et sans moyen de comprendre ce qui lui arrive si on ne le lui explique pas), le bébé est arraché à la chaleur, à la lumière, aux rythmes et aux perceptions qui constituaient jusque-là son univers[1]. Ses sens sont violentés de toutes parts. L'audition assourdie, propre à la cavité intra-utérine, est subitement remplacée par le tintamarre du monde. Ses yeux sont agressés par la lumière. Sa peau, sensibilisée par la traversée du corps maternel, devient l'objet de mains auxquelles la douceur fait parfois défaut. Des sensations nouvelles l'assaillent. Elles proviennent de la masse de son corps, qu'il sent pour la première fois ; de ses intestins, qui émettent le méconium.

1. On pourra lire à ce propos le bel article de Boris Cyrulnik « La vie avant la naissance », in *Sous le signe du lien*, Paris, Hachette Littératures, coll. « Pluriel », 1997.

L'olfaction, jusque-là inconnue de lui, entre en jeu. Elle sera son premier repérage par rapport au corps de sa mère. C'est désormais à son odeur qu'il la reconnaîtra. Mais, surtout – et cela constitue sans doute l'essentiel de l'épreuve –, sa vie « se greffe[1] » sur l'air.

Cette mutation, considérée souvent elle aussi comme « naturelle » et « automatique », n'a, en fait, rien d'évident. Nombre d'enfants continuent longtemps après leur naissance à témoigner, par des troubles respiratoires persistants, de la violence du changement qui leur a été imposé. Violence au demeurant compréhensible puisque, de passif et « assisté » qu'il était lorsque le cordon ombilical lui apportait, grâce au sang placentaire, l'oxygène dont il avait besoin, l'enfant qui naît doit devenir actif : chercher en lui le désir et la force de respirer seul. Étape d'autant plus difficile qu'il ne peut puiser seul, dans son corps, l'énergie pour la franchir. Il a besoin, pour y parvenir, d'être porté par ce qu'il sent de ses parents. Par leur désir de le voir « être », vivre et respirer. C'est en s'appuyant sur ce désir qu'il va trouver la force de s'accrocher à la vie.

Le contexte de la naissance

Sa venue au monde est donc, pour tout bébé, un événement violent. Mais cette violence peut être atté-

---

1. C'est le mot – très juste – qu'emploie Françoise Dolto (*L'Image inconsciente du corps*, p. 92).

nuée – ou, au contraire, majorée – par le contexte dans lequel elle intervient.

L'enfant vit en effet le « traumatisme de la naissance[1] » selon des modalités qui dépendent de ce qui l'entoure : de la qualité de l'équipe médicale, de la capacité de celle-ci à prendre en charge sa mère, à l'accompagner ; de l'attention portée non seulement à ce qui se passe dans son corps, mais à ce qu'elle pense et ressent dans ce moment si intense ; mais aussi de l'aptitude de cette équipe à l'accueillir, lui : non pas comme un « numéro », un bébé de plus, anonyme et indifférencié, mais comme un nouvel humain qu'il convient de traiter avec d'infinis égards, car il vient de faire un très long voyage…

Le vécu du bébé dépend des mots que les adultes présents peuvent lui dire, du respect dont sont ou non empreints leurs gestes, de leur chaleur, de leur tendresse. L'enfant qui naît est littéralement « traversé » par ce qui se joue autour de lui (et, là encore, on en retrouve la trace dans les analyses). Il perçoit les sentiments, les émotions qui assaillent sa mère – et son père, s'il est présent –, mais aussi ce que peuvent éprouver, même s'ils n'en sont pas conscients, les soignants.

Françoise Dolto parle, ainsi, des « traces indélébiles[2] » laissées dans le psychisme de certains enfants par l'angoisse de l'accoucheur devant des complications avérées ou simplement redoutées.

---

1. Terme avancé par le psychanalyste Otto Rank (*Le Traumatisme de la naissance*, 1928, Paris, Payot, 1976) et repris par Françoise Dolto.

2. *L'Image inconsciente du corps*, p. 98.

La « castration imaginaire » des parents

Mais le vécu par l'enfant de sa naissance dépend surtout de l'accueil de ses parents ; de la manière dont ils vont recevoir ce petit être issu d'eux-mêmes, cet autre à la fois si proche et si lointain, aussi familier que bizarrement étranger ; de la façon dont sa venue peut – consciemment, mais surtout inconsciemment – les remplir de joie ou, à l'inverse, être pour eux source de peine.

Contrairement à ce que voudraient nous faire croire les marchands d'images d'Épinal (qui, en ce domaine, ne manquent guère), le moment d'une naissance n'est jamais simple pour les parents. Il est même infiniment complexe, car la venue au monde de leur enfant les oblige toujours à subir, l'un et l'autre, ce que Françoise Dolto nomme une « castration imaginaire ».

Aussi heureux soient-ils, en effet, de la venue au monde du nouveau-né, il leur faut faire – au moins inconsciemment – le deuil de celui qu'ils avaient imaginé. Ils doivent accepter l'enfant réel qui leur arrive et qui, pour merveilleux qu'il soit, est cependant toujours différent de celui qu'ils avaient fantasmé. L'enfant réel n'est jamais celui du rêve. Pour accueillir leur enfant réel, les parents doivent faire le deuil du rêve d'enfant qu'ils avaient conçu. Le passage est moins celui d'un enfant à un autre que celui d'un univers à un autre.

Le passage du rêve à la réalité implique toujours une perte – quelle que puisse être au demeurant la munificence de cette réalité – et même, pourrait-on dire, une double perte. La réalité est en effet toujours synonyme de finitude. Elle est ce qu'elle est, mais elle n'est que cela. Son arrivée sonne le glas de tous les « possibles » dont le rêve permettait de jouer sans limites : « on dirait qu'on serait », « on dirait qu'on ferait », « on dirait qu'on aurait un bébé qui serait… », etc.

Au jour de sa naissance, le bébé ne « serait » plus. Il est.

Mais l'épreuve, pour les parents, ne s'arrête pas là. En quittant le registre du rêve, ils abandonnent aussi la maîtrise absolue qu'ils avaient de l'objet de ce rêve. L'enfant « imaginé » est toujours le reflet sans failles du désir du parent qui l'imagine. Il a le visage de son fantasme. L'enfant réel, lui, est avant tout… à l'image de lui-même. Il est un fragment, plus que tout, incontournable de cette réalité sur laquelle viennent buter nos rêves et achopper notre toute-puissance.

Il n'est pas rare que les parents en analyse évoquent ces premiers instants de désarroi. Mais, faute de pouvoir leur donner un sens, ils ne les abordent en général que dans la douleur et la culpabilité, et s'accusent de n'avoir pas su d'emblée aimer leur enfant. À tort. Car cet « épisode » normal et inévitable ne relève en rien du registre de l'amour ou du non-amour. Il est un moment de « désillusion », au sens fort du terme : un moment – nécessaire – de sortie de l'illusion.

On peut donc regretter que ce premier temps – inconscient – de la rencontre avec l'enfant, que cette « castration imaginaire » ne soit pas plus souvent et plus précisément étudiée. Cette explicitation de leurs doutes éviterait certainement aux parents bien des souffrances. Mais elle présenterait aussi un autre avantage : celui d'apporter à la théorie freudienne un éclairage supplémentaire.

Freud pose en effet que l'être humain fait (inconsciemment) de son enfant le dépositaire de ce qui fut son « narcissisme primaire[1] ». Il le pare, dit-il, de toutes les qualités afin de retrouver à travers lui sa propre toute-puissance infantile perdue ; de restaurer par son intermédiaire le sentiment qu'il avait, nourrisson, d'être le centre et le maître du monde. Sentiment auquel il a dû, en grandissant, renoncer.

Pour expliquer ce rôle donné par le géniteur à sa descendance, Freud invoque le concept de « répétition » : l'homme ne peut jamais renoncer totalement à ce qu'il a connu. Il le remet donc répétitivement en scène.

L'idée de « castration imaginaire » avancée par Françoise Dolto permet de préciser cette hypothèse en montrant le rôle joué par le moment de la naissance dans ce « transfert de toute-puissance » du parent à l'enfant. Elle met en lumière la façon dont, confronté à son enfant qui vient de naître, l'adulte est mis à rude épreuve. Dans l'éblouissement de l'arrivée du bébé, cet adulte vit en effet un moment inouï. Car, d'une part, il peut, face à ce nourrisson qui est « son œuvre », s'éprouver, dans l'ivresse, « créateur », se sentir pour un instant l'égal des dieux, expérience qui lui permet sans doute de retrouver – inconsciemment – l'écho de la toute-puissance absolue qu'il croyait

1. Sigmund Freud, « Pour introduire le narcissisme », in *La Vie sexuelle*, Paris, PUF, 2002.

sienne aux premiers temps de sa vie. Mais il est, d'autre part, et quasiment dans le même temps, obligé de prendre acte que cette toute-puissance n'est qu'illusion. Sa création, pour magnifique qu'elle soit, n'est pas la reproduction parfaite de ce qu'il avait imaginé. La réalité lui apporte donc une fois de plus la preuve qu'elle est la plus forte. Et l'on peut comprendre que, se voyant brutalement retirés les pouvoirs sans limites qu'il venait à peine de reconquérir, l'adulte ainsi floué se précipite pour les reporter sans plus attendre sur l'objet de sa création.

Il vient à nouveau d'échouer à être Dieu ? Qu'à cela ne tienne ! Sa création sera, elle, à l'image du divin. Parfaite, sans failles, parée de toutes les vertus. « His Majesty the Baby », comme le nomme si joliment Freud…

Les bénéfices pour l'enfant de la « castration imaginaire » de ses parents

La route qu'ont à faire – sur le plan du psychisme – les géniteurs pour devenir « parents » est donc bien plus difficile qu'on pourrait le croire. Mais leur souffrance est loin d'être vaine, car l'enfant en tire un immense profit. Leur « castration imaginaire » prend en effet pour lui valeur de seconde naissance. Elle est le mouvement grâce auquel ceux que l'on nomme les « auteurs de ses jours » peuvent, après avoir mis sa personne au monde, donner vie, sur le plan symbolique, à son être. Elle leur permet de le reconnaître comme « étant », comme « existant » ; et de lui offrir, par là même, le support dont il a besoin pour commencer à construire le sentiment qu'il aura de son existence.

C'est parce que ses parents peuvent prendre acte qu'il « est » – qu'il est devenu réel – que l'enfant, peu à peu, pourra se sentir « être ».

Cette réalité de leur enfant – si difficile à appréhender pour eux – est définitivement signifiée aux parents lors de son inscription à l'état civil[1]. La mention de son nom sur les registres où la société recense ses nouveaux venus n'a en effet rien d'anodin. Elle ne se réduit en rien à une simple démarche administrative, car sa portée symbolique est considérable. Elle marque même, dans le parcours des géniteurs, un point de non-retour : en donnant à la « réalité » et à l'« altérité » de leur bébé une base sociale, elle rend celles-ci incontournables.

À partir de son inscription à l'état civil, l'enfant est, aux yeux du monde, un être à part entière, à tout jamais séparé de ses parents. Un Autre. Un « troisième » par rapport à leur couple.

Cette étape est des plus décisives pour eux, car elle inaugure un nouveau temps ; elle les place devant une nouvelle nécessité : celle de l'« adoption ». L'enfant de leurs rêves – « morceau » fantasmé d'eux-mêmes – n'est plus. L'enfant réel, « autre » et « étranger », est advenu : le fait est désormais inscrit. Il leur faut donc dès lors l'« adopter », le reconnaître comme « leur ». Admettre que, quoi que ne coïncidant pas parfaitement avec ce qu'ils avaient imaginé, ce bébé est néanmoins la « chair de leur chair », le produit de

1. *L'Image inconsciente du corps*, p. 94.

leurs désirs conjoints, l'héritier symbolique de leurs deux lignées.

Cette « adoption », véritable rencontre avec l'enfant réel, est le plus souvent, pour les parents, source de joie, car elle est faite de la découverte émerveillée de ce qu'il est. Mais elle exige cependant d'eux un travail psychique d'une rare complexité.

Les « adoptions » difficiles

La difficulté de ce travail peut être de surcroît, pour certains d'entre eux, majorée du fait de particularités de l'enfant. Il n'est pas rare, par exemple, que des parents racontent combien ils furent, à la naissance de leur enfant, désorientés par la ressemblance qu'il leur semblait – à tort ou à raison – déceler entre lui et un membre de leur famille dont l'évocation restait pour eux synonyme de souffrance : « J'ai pensé qu'il ressemblait à mon beau-père. C'était terrible ! » Il n'est pas rare non plus qu'ils disent combien ces souvenirs douloureux se sont pendant tout un temps interposés entre leur bébé et eux. Comment ils ont obscurci, tels des nuages menaçants, le ciel de leur rencontre.

Les fées (mais surtout les sorcières), dont on dit qu'elles se penchent sur le berceau des nouveau-nés, ont souvent les visages de l'« imaginaire » de leurs parents, ceux des fantômes qui l'habitent...

Le sexe de l'enfant

Mais les plus grandes difficultés que doivent affronter les parents tiennent au sexe de leur enfant.

En effet, même si – comme c'est aujourd'hui possible grâce à l'échographie – ils en ont été préalablement informés, ce sexe prend, lors de la naissance, une existence incontournable. Le bébé est « un garçon » ou il est « une fille ». Un point d'arrêt est mis, là aussi, au fantasme.

Or, cette sexuation du nouveau-né peut être, pour l'un ou l'autre des parents, voire pour les deux, source de souffrance. Elle peut, par exemple, les renvoyer à des difficultés jamais résolues avec leur propre identité sexuelle. C'est le cas de ceux qui n'ont jamais vraiment accepté le sexe que la nature leur avait donné et qui l'ont toujours en quelque sorte subi. Elle peut leur faire revivre – inconsciemment – les affres de la naissance d'un frère ou d'une sœur (du même sexe que le bébé) qui fut, pendant toute leur enfance, un rival haï. Elle peut aussi susciter l'évocation inconsciente de pans enfouis de leur histoire. Une femme, par exemple, victime dans son enfance d'abus sexuels, peut considérer la féminité comme un danger potentiel, et, de ce fait, vivre comme un drame l'arrivée d'une fille, etc.

Ces hésitations, ces rejets[1], ces souffrances, l'enfant les perçoit toujours, même si ses parents font tout pour qu'il n'en sache rien. Même s'ils se les cachent à eux-mêmes. Ils traversent à leur insu leur corps. Ils transparaissent dans chacun de leurs gestes et retentissent dans le son de leur voix. L'enfant

1. Dont il convient de préciser la nature. Car, contrairement à ce qu'ils croient (et dont ils s'accusent), ce n'est pas leur enfant que les parents rejettent, mais ce dont leur inconscient le charge.

« s'imprègne » de la réticence ou de la joie qu'il sent chez eux. Et elles lui sont particulièrement perceptibles – Françoise Dolto le souligne – lorsqu'il les entend prononcer les syllabes de son prénom, ce prénom dont la fonction est précisément de « dire » son sexe.

L'importance du premier accueil

Ces « ressentis premiers » s'inscrivent en lui de façon indélébile comme autant de « premières marques » fondatrices de son être. Ils forment la trame d'une sorte de « mémoire primordiale » dont le support essentiel est son corps. Leur importance pour la suite de sa vie est considérable.

La tonalité – joyeuse ou dépressive – de ce premier accueil est en effet si importante que l'on en retrouve l'écho dans maintes analyses d'enfants et même d'adultes. Elle est une sorte de lumière qui, rayonnante ou triste, et parfois même sinistre, nimbe à tout jamais la scène. On pourrait parler d'elle à la façon dont les cinéphiles évoquent celle d'un film. Analogie qui n'est pas de pure forme, car la cure analytique permet bien souvent de constater que, « réglée » en ces premiers instants de la vie du bébé, elle a continué, immuable, à « éclairer » son existence entière. On la retrouve, par exemple, dans certaines dépressions chroniques et graves. Elle y apparaît comme l'une des premières pierres de l'édifice de cette tristesse permanente et obsédante que celui ou celle qui en est atteint ne parvient pas à comprendre et dont il n'arrive pas à se débarrasser parce qu'il en ignore l'origine.

La naissance est une « première fois » décisive parce que s'y joue et s'y concentre tout ce qui est et sera à l'œuvre dans la vie de l'enfant : ce qu'il est – inconsciemment – pour sa mère et son père, la place qu'ils lui donnent par rapport à leur couple, à leurs deux lignées, etc. Elle fonctionne comme une sorte de « précipité chimique », de dévoilement brutal de toutes les cartes du jeu.

Son influence sur le bébé est d'autant plus forte que ses parents n'ont, le plus souvent, nous l'avons dit, aucune conscience de ce qui les traverse. Ils ne peuvent donc l'en protéger, ni même lui en parler. De ce fait, privé de paroles qui pourraient nommer, pour lui, ce qu'il ressent, il n'a aucun recul, aucun recours possible.

La scène s'empare de lui. Il est possédé par elle. Et c'est à partir d'elle que, par la suite, il va à la fois appréhender lui-même, les autres et le monde.

La « castration ombilicale », source de vie

L'importance de la naissance – entendue au sens de cette « castration ombilicale » dont nous venons de définir les grandes lignes – est telle que Françoise Dolto la définit comme source de vie. Elle est, dit-elle, à l'origine de ce qu'elle appelle « deux sources de vitalité symboligène », c'est-à-dire deux sources d'énergie vitale. Vitale non seulement pour le corps de l'enfant, mais pour toute sa personne.

Deux sources de cette force qui lui sera nécessaire sa vie durant pour avancer, se développer, affronter les difficultés ou simplement continuer à « être ».

Françoise Dolto le dit clairement : « Il s'agit d'une mise en marche de la source dynamique inconsciente qui va soutenir, de façon riche ou appauvrie, le développement de l'enfant[1]. » Cette source dynamique est, dit-elle, liée à deux facteurs :

• L'enfant prend appui en premier lieu sur l'impact qu'a eu sa naissance sur l'« équilibre psychosomatique de sa mère[2] », c'est-à-dire sur les effets produits chez elle par sa venue au monde. Le bébé dont la naissance est pour sa mère – consciemment, mais surtout inconsciemment – un événement heureux et dynamisant enracinera, dans le surcroît de vitalité qu'il lui apporte, son propre désir et sa propre joie de vivre. À l'inverse, celui dont l'arrivée sur terre coïncide avec une maladie organique, une dépression ou, pis encore, la mort de sa génitrice, peut, se croyant la cause de ces drames, en porter le poids toute sa vie[3].

• Il s'appuie aussi sur les « bénéfices narcissiques » que ses deux parents peuvent tirer de sa naissance, c'est-à-dire sur la façon dont elle peut les remplir de fierté ou, au contraire, porter atteinte à l'image qu'ils se font d'eux-mêmes. La naissance d'un enfant peut être en effet pour ses parents source de « dénarcissisation ». Des parents dont l'enfant naît handicapé, par exemple, peuvent, s'ils ne bénéficient pas de l'aide et du soutien dont ils auraient besoin, rester culpabilisés et meurtris par sa naissance. S'ils ne trouvent personne

---

1. *L'Image inconsciente du corps*, p. 96.
2. *Ibid.*, p. 95.
3. Cependant, si un travail analytique lui permet d'identifier ce poids, il lui permet par là même de s'en débarrasser.

capable de leur faire entendre qu'ils ne sont pas responsables de ses problèmes, et surtout capable de leur faire découvrir les richesses que, par-delà son handicap, il recèle, ils peuvent, leur vie entière, s'accuser – inconsciemment – d'être de « mauvais parents » qui, n'ayant pas été capables d'en concevoir un « bon », ont mis au monde un « mauvais bébé ».

L'enfant dont les géniteurs sont blessés de la sorte ressent toujours leurs blessures. Elles l'atteignent à son tour, car il s'en attribue l'origine. Et elles le contraignent à avoir de lui-même une image négative. De la même façon que ses parents se sentent « mauvais parents », il se sent, lui, « mauvais bébé ». Incapable, croit-il, d'apporter de la joie à ses géniteurs.

Malentendu fondamental dont découle pour lui une dénarcissisation initiale, d'autant plus difficile à combattre qu'elle est souvent attribuée par l'entourage, les soignants et les parents eux-mêmes à la réalité du handicap. À tort : car ce n'est pas, dans ce cas, son handicap qui dévalorise l'enfant, mais la dévalorisation induite chez ses parents par ce handicap.

Le malheur n'a pas toujours besoin, pour croître, de la réalité. Il se suffit aisément des fantasmes induits par cette réalité…

Les effets sur la fratrie

Aux deux sources de « vitalité symboligène » liées à l'impact, sur les parents, de la naissance, Françoise Dolto prend soin d'en ajouter une troisième. Celle-ci tient aux effets produits dans la fratrie – quand elle existe – par l'arrivée du nouveau-né.

Il est difficile, en effet, pour un bébé de sentir que sa présence rend un aîné malheureux. Et il n'a aucun moyen de décrypter seul cette souffrance. Si personne ne lui explique qu'il n'en est pas la cause, qu'elle n'est pas liée à la réalité de sa personne, mais au fait que son frère (ou sa sœur) n'a pas été suffisamment préparé(e), par ses parents, à son arrivée, il ne peut que se sentir coupable.

Cette culpabilité porte inévitablement atteinte à l'image qu'il a de lui-même, à son envie d'avancer, au plaisir qu'il pourrait avoir à vivre. Elle peut même l'amener, mû qu'il est par la crainte de « faire de l'ombre » au reste de sa fratrie, à sacrifier tout ou partie de ses potentialités.

[illegible]

[illegible] Françoise Dolto, [illegible] que « fils ou [illegible] » [illegible] cette illusion. [illegible]

[illegible]

Chapitre II

Le sevrage et la « castration orale »

Le second renoncement imposé au bébé sur le chemin de son développement est le sevrage, nommé par Françoise Dolto « castration orale ». Cette « castration » le contraint à une double séparation : il doit abandonner à la fois la nourriture lactée qui était la sienne et le sein de sa mère (ou le biberon qui en tenait lieu). Abandons d'autant plus difficiles pour lui que, ne faisant pas encore la distinction entre lui et l'autre, il vivait ce lait et ce sein comme des parties de lui-même. Le lait et le sein lui appartenaient et il pouvait se les incorporer à loisir : soit réellement, dans le cas du lait, soit, en ce qui concerne le sein, fantasmatiquement. En tétant sa mère, en effet, l'enfant s'imaginait la dévorer ; il était par rapport à elle, dit Françoise Dolto, dans une « illusion cannibalique[1] ». Le sevrage met fin à cette illusion. Une fois

1. On retrouve d'ailleurs, dans la langue française, des traces de cette conception orale, archaïque de l'amour, dans maintes expressions qui l'associent à la dévoration : « Je t'aime tellement que je te mangerais », « il est à croquer », etc.

sevré, l'enfant peut continuer à aimer sa génitrice, mais il doit renoncer à imaginairement la dévorer.

Le rôle de la mère

Le passage n'est donc pas, pour lui, sans difficultés et il ne peut l'effectuer sans l'aide de sa mère. C'est d'elle que dépend sa capacité d'accéder à la « castration orale ». Pour qu'il puisse se détacher d'elle, il faut qu'elle-même accepte – et surtout supporte – qu'une distance s'installe entre eux deux. Le sevrage n'impose pas seulement une séparation à l'enfant. Il en impose aussi une à sa génitrice. L'affronter exige d'elle un travail psychique dont on aurait tort de sous-estimer l'importance.

La dépendance de l'enfant

L'enfant au sein est en effet, par rapport à sa mère, dans un état de dépendance totale. De ce fait, le temps de l'allaitement constitue pour elle une sorte de prolongement des mois durant lesquels elle l'a porté. Il lui permet de retrouver (imaginairement) quelque chose de son état de grossesse. Son bébé n'est plus en elle, mais il reste encore néanmoins attaché par le mamelon à son corps. Tant qu'elle allaite, elle ne perd pas tout à fait cet « enfant de l'intérieur d'elle » dont l'accouchement est venu la priver.

Le sevrage l'oblige une deuxième fois à se défaire de lui. Il la contraint une deuxième fois à disjoindre d'elle ce bébé que, déjà, elle a mis au monde.

Mais cette dépendance de l'enfant n'est pas la seule chose dont le sevrage prive la mère. Il lui impose aussi de renoncer au plaisir qu'elle éprouvait lorsqu'il tétait. À l'intense bonheur du corps à corps avec lui.

Le rapport érotique mère/enfant

Le plaisir conjoint de la mère et de l'enfant lors de l'allaitement n'a pas été découvert par la psychanalyse. Bien avant l'invention freudienne, maintes peintures l'ont, au cours des siècles, représenté, glorifié, magnifié. Mais il a fallu la psychanalyse pour questionner sa véritable nature et découvrir qu'il est autrement plus complexe qu'il y paraît…

Françoise Dolto n'ignorait rien de cette complexité. À la suite de Freud, elle pose clairement que le corps à corps mère/enfant relève du registre de l'érotisme. Le corps à corps avec sa mère est, dit-elle, pour le bébé, « érotisant[1] », terme que l'on pourrait traduire en disant qu'il fait éprouver au bébé du plaisir et le situe comme objet de désir.

Cette érotisation de l'enfant par sa mère – Françoise Dolto le souligne – est normale et nécessaire à sa construction. Mais elle suppose évidemment, chez la mère, un plaisir équivalent à celui du nourrisson. C'est en effet parce que celui-ci perçoit à travers sa peau, dans tout son corps, le bonheur que sa génitrice éprouve à son contact, qu'il peut se sentir aimé et désirable. À condition, bien entendu, de préciser que

1. *L'Image inconsciente du corps*, p. 100.

le désir et le plaisir dont il s'agit chez la mère n'ont rien à voir avec le « sexuel », entendu au sens de la sexualité adulte (génitale).

Parler d'« érotisme » entre la mère et l'enfant ne signifie nullement que l'enfant soit l'objet d'un quelconque désir à caractère pédophile. En effet, si une mère – parce qu'elle répète sans le savoir quelque chose de sa propre histoire – éprouve au contact de son enfant une excitation d'ordre sexuel, l'expérience n'a pour ce dernier rien de positif, au contraire. Un tel désir est pour lui destructeur[1]. D'une part, parce qu'il se trouve, sans avoir aucun moyen de s'en protéger, traversé par une sexualité adulte dont la violence est pour lui dévastatrice[2]. D'autre part, parce que sa mère, en étant sexuellement excitée par lui, lui donne, sans le savoir, une place équivalente à celle qu'elle-même a vraisemblablement occupée autrefois pour un autre. Il n'est pas, pour elle, un objet d'amour unique, précieux et irremplaçable ; il n'est que l'objet d'une jouissance pulsionnelle. Cette jouissance vise à se satisfaire avec lui comme elle le ferait avec n'importe quel autre objet, par définition interchangeable et sans valeur.

---

1. Sauf si la mère, consciente de ce qui lui arrive, fait le travail nécessaire pour comprendre le sens de son excitation et peut ensuite en parler à l'enfant.

2. On pourrait dire, pour expliquer ce que produit chez un enfant ce type de maltraitance sexuelle, que l'effet est le même que lorsque, dans une installation électrique, on branche du 220 V sur du 110 V. La sensibilité de l'enfant n'est pas à même de supporter une charge d'une telle puissance.

Les renoncements maternels difficiles

S'il n'est pas « génital », le plaisir de la mère lors de l'allaitement est cependant intense. Elle peut donc avoir du mal à y renoncer, et ce, pour diverses raisons :

• Certaines femmes, par exemple, ne peuvent l'abandonner parce qu'elles n'en ont pas d'autre. Leur sexualité est pauvre ou même inexistante. Elles n'ont pas de compagnon ou n'ont avec lui que des relations insatisfaisantes.

• D'autres maintiennent le corps à corps avec leur enfant parce qu'il a été, dans leur existence, une sorte de « première fois ». Dans une vie restée jusque-là vide de tendresse, elles ont pu enfin, avec ce nourrisson, sentir leur corps vibrer. C'est le cas des femmes qui, privées dans leur petite enfance d'un contact maternel (et maternant), ont vécu, jusqu'à leur maternité, dans une sorte de « désert émotionnel ». Elles avaient comme perdu leur corps et, avec lui, leurs sensations. Rien ne pouvait les toucher. Elles n'étaient accessibles ni au contact sexuel ni à aucune forme d'expression autre qu'intellectuelle de la tendresse. L'arrivée de l'enfant leur permet une reconstruction fragile et partielle de leur sensibilité. Par peur que celle-ci ne leur échappe à nouveau, elles restent collées à lui.

• Mais les raisons pour lesquelles les mères peuvent avoir du mal à sevrer leur enfant ne renvoient pas toutes à l'érotisme. Certaines ne parviennent pas à le faire parce qu'elles ont, sans le savoir, un besoin vital que leur bébé reste totalement dépendant d'elles. Les mères qui réagissent de la sorte sont souvent des femmes à qui leur histoire personnelle n'a pas permis de faire la différence entre « avoir » un enfant et « posséder » un enfant. La maternité est pour elles synonyme de propriété.

• D'autres, toujours du fait de leur histoire, éprouvent des difficultés lors du sevrage parce qu'elles ne peuvent se sentir mères que dans le corps à corps avec l'enfant ou dans l'accomplissement de certaines fonctions : nourrir, changer, promener, etc. « Je nourris, je change, donc je suis (une mère). Le serais-je encore si je n'avais plus à accomplir ces tâches ? » Ces femmes, par leur détresse, disent en fait le vide que recouvre pour elles l'idée de maternité. Vide qui renvoie sans nul doute à celui qui a présidé à leurs relations avec leur propre mère.

• Enfin, une mère peut ne pas réussir à sevrer son enfant parce qu'elle répète l'échec de son propre sevrage : soit que sa propre mère, ne pouvant mettre un terme à l'allaitement, l'ait laissée s'enliser dans une stagnation mortifère ; soit qu'au contraire la fin de l'allaitement ait été pour elle si brutale qu'elle en garde – inconsciemment – une blessure, le souvenir d'une douleur qu'elle a peur d'infliger à son tour à son enfant.

Le sevrage est donc, on le voit, une opération difficile et délicate aussi bien pour la mère que pour l'enfant. Il est cependant indispensable à ce dernier car, comme toutes les castrations, la « castration orale » est la condition *sine qua non* pour qu'il avance. Françoise Dolto le dit clairement : « Il ne faut pas oublier que le corps à corps d'une mère pour son bébé est érotisant. Il est nécessaire, d'ailleurs, que cela soit : cela fait partie de la relation mère-enfant. Mais le sevrage doit venir y marquer une étape différente, de mutation, de communication pour le plaisir, à distance du corps à corps : une communication gestuelle qui n'est plus possession de l'enfant, et qui le laisse s'identifier à sa mère dans sa relation aux autres et à l'environnement[1]. »

Les conditions d'un sevrage réussi

Quelles que soient ses difficultés, le sevrage n'est cependant qu'un passage. Il n'est qu'une zone de souffrances, de turbulences que mère et enfant doivent traverser dans le voyage au long cours qu'ils ont à accomplir ensemble.

Une fois ces écueils franchis, ils peuvent retrouver une mer calme. Leur ciel peut redevenir bleu. Et peut-être même, si l'on en croit Françoise Dolto, encore plus bleu qu'auparavant. Car l'expérience, dit-elle, peut être, pour les deux protagonistes, « euphorisante ». En effet, le sevrage ne porte aucunement atteinte à la chaleur et à l'intensité de leur relation. Si tout va bien, l'enfant ne prend plus le sein (ou le biberon), mais il garde les repères sensoriels de sa relation à sa mère. Il conserve son regard, dans lequel il lit sa tendresse ; sa voix, qui lui dit son amour, et tout ce qu'il sent – par ce qui passe de son corps au sien lorsqu'elle le porte – de la force de leur lien.

---

1. *L'Image inconsciente du corps*, p. 100.

Quant à la mère, la relation à son bébé reste heureuse, car ses progrès la comblent d'aise.

À quelles conditions l'expérience peut-elle être aussi positive ? Là encore, Françoise Dolto apporte des réponses.

Elle souligne d'abord que le sevrage ne peut être réussi que s'il est progressif. La mère et l'enfant ont en effet besoin de pouvoir se préparer ensemble, à leur rythme, à l'événement. Condition des plus importante, car nombre de « ratés » de cette étape, rencontrés en consultation, ont pour cause la précipitation. L'enfant et sa génitrice ont été bousculés par un diktat médical, par exemple, ou parce que la mère devait impérativement reprendre son travail. Ils n'ont pas pu vivre jusqu'au bout ce qu'ils avaient à vivre ensemble. Ils n'ont pas pu prendre « leur » temps. On le leur a volé. L'extérieur est venu rompre avec brutalité leur tête-à-tête. Il les a violentés.

Le droit donné à la mère de respecter son rythme et celui de son bébé est donc, pour la réussite de l'opération, un élément important. Mais cette condition, si elle est nécessaire, n'est pas pour autant suffisante, car la réussite du sevrage dépend également de la qualité de la relation mère/enfant à la fois pendant la période qui l'a précédé et pendant celle qui va le suivre.

L'avant-sevrage

Pour que la rupture de la relation d'allaitement soit « bonne », il faut en effet que cette relation l'ait elle-même été, c'est-à-dire que le rapport de la mère et de l'enfant lors de l'allaitement n'ait pas été fondé seulement sur le corps à corps, mais sur la parole.

Le bébé a en effet besoin que sa mère, en le nourrissant, lui parle ; qu'elle lui signifie, en s'adressant à lui, qu'il existe pour elle, et lui donne par là même le sentiment d'exister. Si la mère ne parle pas à son bébé, si elle se contente de le caresser, il ne peut avoir ce sentiment.

La situation est encore pire pour lui si, lorsqu'elle le nourrit, elle est « absente ». Or certaines mères le sont : soit parce qu'elles « répètent » ainsi, sans le savoir, l'« absence » de la mère qui les a elles-mêmes nourries ; soit parce que – toujours du fait de leur histoire – l'enfant qu'elles nourrissent ne peut être pour elles un « autre », parce qu'il n'est qu'un objet, un tube digestif qu'elles remplissent afin qu'il ne meure pas ; soit encore parce que, souffrant (sans que ce soit forcément perceptible par leur entourage[1]) d'une dépression, elles vivent murées dans leur monde intérieur, coupées du présent et de la réalité.

Dans tous ces cas, la situation, pour l'enfant, est dramatique car il se retrouve seul face au vide. Son seul lien au monde est la nourriture. Celle-ci a certes le pouvoir d'apaiser sa faim « physique ». Mais elle n'a pas celui de l'apaiser, lui. Car sa génitrice n'étant « pas là », son lait est vide de chaleur, de tendresse, d'émotion, de partage. L'enfant ne peut donc trouver

---

1. Le travail en analyse permet souvent à des femmes qui n'en avaient aucunement conscience de repérer une phase de dépression traversée par elles pendant les premiers mois de la vie de leur enfant.

en lui de quoi se construire. Il peut néanmoins accepter de l'ingérer. Et, souvent même, en trop grande quantité. Parce qu'il n'a, pour appuyer le sentiment de son existence, que les sensations physiques qu'il lui procure. Et surtout parce qu'il tente ainsi de combler le vide[1] créé en lui par l'absence de l'« autre », par la défection de cet « autre » essentiel qu'est sa mère.

Mais il arrive aussi que l'enfant refuse cette nourriture. Parce qu'il en appelle à une autre qui, porteuse de parole, d'amour et de vie, aurait pour lui du sens.

Et il peut persévérer dans ce refus bien au-delà du sevrage[2]. Parfois, au péril de sa vie. Parce que, ne parvenant pas à exister dans la relation à sa génitrice, à être considéré par elle comme un « sujet », il tente de trouver dans la mort ce statut que la vie lui refuse. Façon ultime et désespérée d'affirmer un « je » que sa mère ne peut reconnaître.

Lorsque la relation à sa mère n'a pas été « suffisamment bonne » lors de l'allaitement, que peut représenter le sevrage pour l'enfant ? On est en droit de se le demander. Une privation de plus, sans doute. Tout aussi dépourvue de sens que le reste de sa vie, mais probablement porteuse de la même violence…

---

1. C'est sans doute un vide de cet ordre que les boulimiques essaient de remplir par les énormes quantités de nourriture qu'ils ou elles absorbent ; et finissent par vomir lorsqu'ils sentent, désespérés, qu'ils n'obtiennent d'elles que du malaise, et qu'elles ne comblent rien.

2. Illustrant par là même la formule de Jacques Lacan qui dit que, dans l'anorexie, ce que le sujet mange, c'est le « rien ». En tant que ce dont il a été sevré n'était rien pour lui.

L'après-sevrage

Si la qualité de la relation qui l'a précédé est essentielle, la réussite du sevrage dépend aussi de ce qui se joue après qu'il a eu lieu. Pour que tout se passe bien il faut en effet que la mère – qui se devait d'être « présente » pendant l'allaitement – réussisse à transformer la relation qu'elle avait alors avec l'enfant sans pour autant porter atteinte à sa chaleur et à son intensité. Il faut qu'elle se sente autant liée à lui qu'elle l'était lorsqu'il était au sein ; qu'elle trouve dans cette nouvelle forme de lien un plaisir qui, quoique différent, soit aussi grand que celui qu'elle prenait à l'allaiter.

Pour que cela soit possible, il faut qu'elle éprouve une joie réelle, un vrai bonheur à investir sa tâche de mère, d'accompagnatrice, d'initiatrice, de guide sur le chemin de la vie ; qu'elle soit heureuse de parler, babiller, chanter avec son bébé. Heureuse de solliciter sa motricité et de « guider ses phonèmes », comme dit Françoise Dolto. C'est-à-dire de l'éveiller à la communication.

Si elle n'y parvient pas, en effet, elle sera contrainte, pour maintenir l'ancien lien, de remplacer le corps à corps de l'allaitement par d'« incessants tripotages[1] ». Elle ne donnera plus le sein à son enfant, mais elle ne pourra s'empêcher de rechercher en permanence un contact physique avec lui. Il ne bénéficiera donc pas de l'écart entre eux qui lui est nécessaire pour avancer.

1. L'expression est de Françoise Dolto.

Il faut aussi qu'à cette étape la mère soit attentive à ce qui se passe chez son enfant. Les « après-sevrage » difficiles ne sont pas, en effet, seulement le fait des mères. Les enfants sont eux aussi en cause, car ils rechignent toujours, nous l'avons vu, à abandonner leurs plaisirs passés.

Ainsi certains enfants privés du sein refusent d'y renoncer et tentent par tous les moyens de retrouver, malgré sa disparition, le plaisir qu'il leur procurait. Ils s'ingénient à recréer l'« illusion cannibalique » dans laquelle ils étaient par rapport à leur mère, et, pour ce faire, ils essaient, dit Françoise Dolto, de la reporter sur leur propre corps. Ils prennent alors l'habitude de sucer leur pouce ou leurs doigts. Recherche éperdue du plaisir d'autrefois, mais tentative aussi de réassurance, car certains ont, dit-elle, besoin de vérifier ainsi que, le sein s'étant enfui, leur bouche n'a pas disparu avec lui.

Crainte que la mère, évidemment, peut faire disparaître si elle explique à l'enfant ce qu'il en est : sa bouche n'est pas partie, elle reste disponible pour d'autres nourritures, d'autres façons de s'alimenter (la cuillère) et, plus tard, pour la parole.

Les « fruits » de la « castration orale »

Si le sevrage est mené à bien, la « castration orale » – comme toute castration réussie – permet à l'enfant d'avancer, de passer d'un plaisir à un autre, de faire de nouvelles découvertes. Elle marque pour lui le début d'un long chemin.

De la bouche aux mains

Une fois le sevrage passé, le plaisir pris par la bouche avec le sein se transfère en effet, dans un premier temps, sur les mains. L'enfant qui ne peut plus prendre, grâce au sein, du plaisir avec sa bouche découvre rapidement qu'il peut en prendre, grâce aux objets, avec ses mains.

Découverte qu'il ne peut – cela va sans dire – faire seul, et qui doit être induite par sa mère. Elle s'y emploie en l'initiant au jeu lors des moments d'intimité privilégiés qui scandent leurs journées. Celui, par exemple, qui suit le repas et précède le sommeil. Elle lui tend des objets qu'il peut mettre à sa bouche et, chaque fois, lui dit leur nom.

En agissant de la sorte, elle sollicite donc ses mains. Il s'en sert d'abord comme il utilisait autrefois sa bouche[1]. Il triture, grâce à elles, les objets. Il les malaxe, les déchiquette, reproduisant ainsi l'activité de ses mâchoires[2]. Mais il ne s'en tient pas là, car il poursuit l'expérience en les utilisant pour faire disparaître les objets. Il jette ses jouets hors du berceau pour que sa mère les ramasse : activité ludique que toutes les mères connaissent, mais dont Françoise Dolto donne une interprétation éclairante. L'enfant qui agit ainsi, dit-elle, reproduit ce qu'il ressent en mangeant. C'est-

1. *L'Image inconsciente du corps*, p. 305.

2. Ce constat qu'elle avait fait avait conduit Françoise Dolto à parler aux enfants, en thérapie, pour évoquer cette période, de leur « bouche de mains ».

à-dire la sensation qu'il éprouve lorsque, après avoir été malaxée dans sa bouche par ses mâchoires, la nourriture, grâce à la déglutition, disparaît tout à coup dans son estomac. Par le biais des objets, il déplace sur l'extérieur cette sensation interne. Il fait en sorte, dit-elle, que l'espace « avale » ces objets.

Ces jeux entre la mère et son bébé ne sont pas seulement pour lui source de joie. Ils constituent aussi un appui important pour sa construction. Dans le bonheur partagé du jeu avec sa mère, le bébé découvre en effet le plaisir de la motricité. De ce fait, il a de plus en plus envie de bouger, et développe chaque jour un peu plus son agilité motrice.

Ce surcroît d'activité permet à ses mains de devenir de plus en plus mobiles et de se différencier ainsi peu à peu de sa bouche. Au fil des jours, il les perçoit de plus en plus comme le lieu de sensations particulières, les instruments d'activités de plus en plus spécifiées.

Ces activités revêtent d'abord un caractère apparemment destructeur (ce qui est normal, puisque les mains, comme autrefois les mâchoires, broient et disloquent). Puis, peu à peu, elles se modifient et deviendront, à terme, constructives.

Les mêmes mains qui ont « touché à tout » et désarticulé tout ce qui pouvait l'être apprendront ainsi à « rassembler » : à empiler des cubes, par exemple.

Des mains à la bouche

Mais le chemin ne s'arrête pas là, car le plaisir, qui était passé de la bouche qui tétait aux mains, va faire retour à cette bouche pour en faire une bouche qui parle. Le sevrage permet en effet à l'enfant d'avancer sur le chemin de la parole.

Il est même la condition pour qu'il y accède : « On ne parle pas la bouche pleine », rappelle à juste titre la sagesse populaire.

Là encore, la mère sert à l'enfant d'initiatrice. Elle est pour lui un indispensable guide. En jouant avec lui, en effet, elle ne se contente pas de solliciter ses mains. Elle lui parle. Elle nomme les objets qu'elle lui tend et lui donne donc ainsi à entendre un grand nombre de phonèmes. Ces sons venus d'elle et qu'il entend, l'enfant les retient. Ils sont pour lui d'une importance capitale, car ils lui permettent de « se parler à lui-même » lorsqu'elle n'est pas là.

Grâce aux phonèmes qu'il engrange, l'enfant, dit Françoise Dolto, passe d'un « circuit court » – lui, sa mère – à un « circuit long » – lui, le langage, sa mère.

Le langage devient pour lui symbolique de sa relation à elle. Il devient le lieu où il peut – symboliquement – la retrouver lorsqu'elle est absente. En proférant les sons qu'elle lui a répétés – ou en se les remémorant dans sa tête –, il a, lorsqu'elle n'est pas là, la possibilité de la rendre présente pour lui. Elle n'est plus dans la pièce, mais elle n'a pas pour autant disparu. Il peut, en « parlant », parler d'elle… et à elle. Elle habite chacun des phonèmes qu'il énonce et qui, tous, viennent des mots qu'il l'a entendue lui dire. Elle se cache dans le « ba » de « bateau », dans le « bi » de « biberon ». Les sons sont devenus sa maison…

Cette présence de sa mère dans le langage est essentielle à l'enfant, car c'est elle qui le mène à la parole.

Mais son utilité ne s'arrête pas là, car les sons engrangés lui permettent également d'accéder à deux éléments essentiels de son développement :

• Grâce à eux, il peut en effet commencer à construire en lui un début de vie intérieure. Vie intérieure dont l'existence est impensable sans le langage : on ne peut être en relation avec soi-même que si l'on peut « se parler ». L'enfant le fait d'abord en se répétant ce que sa mère lui dit.

• Mais les phonèmes entendus et retenus lui donnent aussi la possibilité d'un autre acquis : ils lui permettent de jeter les bases d'une sécurité nouvelle pour lui, parce qu'elle est intérieure. Nanti des sons qu'il a mémorisés, il n'a plus besoin de la présence permanente de sa mère pour se sentir en sécurité, car il peut, grâce à eux, s'éprouver en permanence accompagné par elle. Il peut donc vivre sans crainte les moments où elle n'est pas là[1].

Cette assurance lui permet une avancée très importante, car elle le dote d'une capacité nouvelle : celle d'aller vers autrui. Grâce à la présence intériorisée de sa mère, il peut en effet accepter en toute quiétude la présence des personnes qu'elle connaît. Il n'a plus à redouter les rencontres. Elles sont pour lui sans risques, puisqu'il demeure relié intérieurement, de tout son être, à elle.

La « castration orale » qui l'a déjà mis sur la voie de l'habileté manuelle et du langage ouvre donc à l'enfant une nouvelle voie : celle de la socialisation.

---

1. À condition, bien sûr, qu'elle lui ait parlé de son absence, ne soit pas partie trop loin ni pour trop longtemps.

Séparé du corps de sa mère et heureux – comme elle l'est elle-même – de leurs nouveaux échanges, il peut aller vers les autres. Ces autres qu'il connaissait déjà, mais avec lesquels, captivé par la relation quasi exclusive avec sa mère, il ne pouvait avoir que des relations limitées.

Il peut désormais découvrir son père, ses frères, ses sœurs, sa famille et ses proches.

Une nouvelle fois, de l'épreuve de la castration naît la vie. Françoise Dolto l'écrit ainsi : « Par la castration symboligène [...], la mère qui a sevré son enfant et constaté, par ses cris, son malaise à vivre et à accepter cette épreuve s'ingénie à le consoler. D'autant plus que, souvent, elle aussi souffre de ce changement de relation à son corps propre et à son bébé. Elle initie l'enfant à se sentir aussi proche d'elle et encore plus agréablement qu'avant la privation, en échange avec elle. Elle l'initie à trouver, dans la communication langagière avec elle, une introduction à l'attention d'autrui : le père, les frères et sœurs, consolateurs et interlocuteurs de remplacement, alliés de la mère, qui viennent révéler au bébé le monde social. Quand un enfant est souriant, tend les bras et qu'une autre personne est là et dit : "Comme il est gentil, votre bébé, comme il est souriant", cette personne l'introduit à une autre que sa mère ; et, de rebondissement en rebondissement, de personne à personne qui le reconnaissent comme communiquant, il entre dans la communication avec la société. C'est ainsi que, justement, le sevrage, cette castration orale, est symboligène[1]. »

---

1. *L'Image inconsciente du corps*, p. 84-85.

L'assimilation de la langue maternelle, fruit de la « castration orale »

Attentive à démontrer l'articulation du psychique et du somatique dans le développement de l'enfant, Françoise Dolto accorde une attention particulière à la façon dont il assimile sa langue maternelle[1].

Cette assimilation commence – nous venons de le voir – après le sevrage. À condition, bien entendu, que la mère n'ait pas alors pour seule réponse aux appels de son bébé la nourriture ou les soins corporels. En effet, un enfant ne se manifeste pas seulement lorsqu'il a faim ou éprouve le besoin d'être changé ; il sait aussi se faire entendre, par des cris et des pleurs, lorsqu'il a besoin de communiquer. Parler avec d'autres lui est aussi nécessaire que manger, boire ou dormir.

Comment se fait, à cette étape, l'apprentissage de la langue ? Il commence, dit Françoise Dolto[2], par l'assimilation de groupes de phonèmes. Ceux-ci proviennent de deux sources :

- des sensations physiques produites chez l'enfant par la présence charnelle de sa mère, par la proximité de son corps, par ses mains qui le touchent, etc. ;
- des émotions que suscitent chez lui son approche ou son éloignement.

La langue s'enracine donc chez l'enfant dans le terreau du corps et dans celui de la sensibilité.

1. *Ibid.*, p. 102.
2. *Ibid.*

Françoise Dolto nomme cette étape initiale de l'assimilation de la langue l'« époque imprécise du langage », précisant qu'elle la qualifie de la sorte parce que l'enfant ne peut pas, à ce moment de sa vie, manifester les fruits de ce qu'il est en train d'engranger. Il assimile le langage, mais ne peut pas encore parler.

Il ne pourra témoigner de ce qu'il a acquis que plus tard, à un autre stade de son développement. Au moment où il découvrira le plaisir lié à la maîtrise de l'objet anal, les excréments. Il apprendra alors à maîtriser ses sphincters et, en liaison avec les demandes de sa mère, à garder ou à expulser ses excréments. À ce moment-là seulement il pourra, toujours à la demande de sa mère, maîtriser les sons, décider de les produire ou non. Ils lui serviront alors à nommer ses parents, les excréments, la nourriture, etc.

Sur un rythme à deux temps

Comme bien des auteurs – et comme tous les parents –, Françoise Dolto constate que ces premiers mots énoncés par l'enfant ont une particularité : ils sont presque tous formés de deux syllabes : « mama », « ca-ca », etc. Elle donne de cette duplication une explication poétique et belle, mais aussi particulièrement éclairante. Cette répétition de syllabes, dit-elle, est pour l'enfant une façon d'exprimer le sentiment qu'il a de son existence. Car ce moment de sa vie est pour lui une « époque de rythme à deux temps ». Ces deux temps s'originent, dit-elle, dans les battements du cœur, mais surtout dans le rapport qu'il a à sa mère.

À cette étape de son développement, l'enfant se perçoit en effet comme associé à sa génitrice. Il éprouve la conjonction de leurs sensations : lui et elle vivent en duo. Les mots de deux syllabes sont une représentation de ce duo. Mère et enfant sont doubles ; ils se dédoublent lorsque la mère s'en va, et se réunissent, lorsqu'elle revient, pour être à nouveau doubles. Leur incessant « pas de deux » les éloigne, puis les rapproche. À chaque heure du jour, leur vie, tel un cœur, bat à son rythme : Ma… ma-ma… Ma… mama…

Ce « deux » qui ne fait qu'« un » donne leur forme aux mots. Mais il est aussi essentiel en ce qu'il offre à l'enfant la possibilité de différencier progressivement le « un » du « deux ».

Ces allées et venues de la mère, ces allers-retours, ces séparations suivies de retrouvailles (si elles se passent sans traumatismes, dans la joie et la parole) lui permettent en effet de faire peu à peu la différence entre les sensations qu'il éprouve lorsque sa mère est présente et celles qu'il ressent lorsqu'elle n'est plus là. Il peut ainsi prendre progressivement conscience de la différence entre son être et le sien, et, peu à peu, s'éprouver lui-même comme « un ».

Vers de nouvelles découvertes…

Où en est donc l'enfant après le sevrage ? Où en est-il, une fois franchi le cap de la « castration orale » ?

Il a, dit Françoise Dolto, entre 6 et 8 mois. Il commence à avoir des dents. Il a acquis un langage mimique expressif. Il sait, avec son visage, manifester ses sentiments. Il a acquis un début de langage modulé qui va progresser pour culminer vers 18 mois. Surtout, nous l'avons vu, il a acquis, grâce à la relation à sa mère et au langage, une vie intérieure. Il est donc en sécurité lorsqu'elle est à portée de voix, et il ne s'ennuie pas.

« Nous assistons ainsi, chez l'enfant sevré depuis 2 ou 3 semaines, [...] à l'avènement des fruits symboliques d'une castration orale qui s'est faite en bonne intelligence avec la mère. C'est le langage mimique expressif, modulé de façon variable suivant les personnes de l'entourage et suivant les sensations et les sentiments de l'enfant ; nous assistons chez l'enfant à l'avènement d'un langage modulé, pas encore grammatical, qui atteint son intensité la plus grande vers 18 mois. L'enfant devient ainsi capable de manipuler les personnes de son entourage à distance. [...] Il sait très bien, par exemple, dès lors qu'il fait dégringoler des objets, s'il fait du bruit ou s'il crie, que cela va faire revenir l'adulte. Et il le fait comme on tire sur une corde pour faire sonner une cloche ! Pour lui, c'est un langage[1]. »

La « castration orale » a fait son œuvre. Elle a été, pour l'enfant comme pour sa mère, l'occasion de moments difficiles. Elle a donné lieu à beaucoup de souffrances. Mais elle a fait avancer l'enfant sur le chemin de la vie.

Le plaisir de téter (le sein de sa mère ou le biberon) ne lui a donc pas été barré pour rien.

---

1. *L'Image inconsciente du corps*, p. 104.

Le fait mérite d'être souligné à notre époque où, par peur de les « traumatiser », les parents laissent de plus en plus longtemps – parfois jusqu'à un âge avancé – leurs enfants utiliser un biberon (alors qu'ils sauraient, si on le leur permettait, se servir depuis longtemps d'un verre ou d'un bol), et où l'on assiste de plus en plus souvent au spectacle affligeant d'enfants de 2, 3, 4 et même 5 ans, contraints de vivre à longueur de journée la bouche close par une sucette. Interdits de parole (ou, *a minima*, voués au charabia). Condamnés par le vide éducatif ambiant à une pseudo-satisfaction mutilante, parce que régressive.

Chapitre III

Développement moteur, propreté, accès à la loi : la « castration anale »

La « castration anale »

Le troisième grand tournant de la construction de l'enfant, après sa naissance et la « castration orale », est la « castration anale ». Cette phase éducative concerne la période de 18 mois à 3 ou 4 ans. Elle est essentielle pour son avenir, mais elle est, pour ses parents, source de grandes difficultés.

Les enjeux de cette étape sont en effet importants dans la mesure où le vocable « castration anale » recouvre deux acceptions.

Françoise Dolto désigne d'abord par cette expression l'accès de l'enfant à l'autonomie physique, c'est-à-dire, d'une part, une capacité de plus en plus grande à déambuler sans aide, à explorer l'espace ; d'autre part, la possibilité de se débrouiller seul pour tous les actes du quotidien : se laver, s'habiller, aller aux cabinets, manger, se coucher.

Mais elle désigne également par ce terme l'intégration par l'enfant de l'interdit de tout « agir nuisible ».

C'est-à-dire de tout acte qu'il accomplirait pour son plaisir et qui pourrait porter préjudice aussi bien aux personnes qu'aux animaux et aux objets qui l'entourent.

La « castration anale » consiste donc en l'accès de l'enfant à deux dimensions essentielles de son développement : l'autonomie dans la vie quotidienne (elle le sépare encore un peu plus de sa mère et fait, à ce titre, figure de second sevrage), et la compréhension de la « loi », c'est-à-dire de l'ensemble des règles qui régissent la vie des humains : en premier lieu l'interdit du meurtre – « on ne frappe pas », « on ne blesse pas » – et celui du vandalisme – « on ne vole pas », « on n'abîme pas », « on ne casse pas ».

Contrairement à ce que pourrait laisser entendre le mot « anal », Françoise Dolto ne fait donc pas de l'apprentissage de la propreté le thème central de cette période. La raison en est simple : pour elle, cet apprentissage n'a rien de spécifique. Il n'a pas, dit-elle, à être isolé comme phénomène particulier. Il n'est qu'une conséquence du développement moteur de l'enfant et de son envie de « devenir grand ». Si tout va bien, celui-ci devient propre sans apprentissage particulier, parce qu'il y est poussé par l'envie d'être semblable à ses aînés.

L'axe central de la « castration anale » n'est donc pas, pour Françoise Dolto, la propreté, mais le développement moteur de l'enfant. Pourquoi la nomme-t-elle néanmoins « anale » ?

Parce que, dit-elle, l'anal est, pour l'enfant, la première motricité « relationnelle », c'est-à-dire la première motricité qui soit liée pour lui à un plaisir partagé avec l'autre. L'enfant – on le sait – prend du plaisir à la fonction excrémentielle. Mais – on le sait moins – il suppose également chez sa mère un plaisir équivalent. Appliquant à sa génitrice la logique qui, à cette époque, régit sa vie – si l'on prend une chose, c'est parce qu'elle est bonne –, il imagine en effet que c'est parce qu'elle en est friande qu'elle se saisit de ses excréments. Qualifier d'« anale » cette période est donc, pour Françoise Dolto, une façon d'affirmer une fois de plus que le développement de l'enfant ne relève pas seulement du somatique, mais qu'il est pris dans les rets de la relation à l'autre, dans le maillage serré de sa relation à sa mère.

L'autonomie motrice

Le chemin qui mène à l'autonomie motrice, premier axe de la « castration anale », commence bien avant 18 mois et comprend plusieurs étapes.

Première étape : vers la marche

Ce chemin trouve sa source dans le plaisir qu'éprouve l'enfant lorsqu'il découvre, à partir de 9 ou 10 mois, qu'il peut utiliser son corps pour des actions volontaires. Cette motricité active concerne d'abord son buste et ses bras, puis elle gagne son bassin et ses jambes. Il peut alors déplacer des objets, se déplacer lui-même en restant assis sur le sol, ou marcher à quatre pattes. Elle culmine au moment où, debout sur ses deux jambes, il peut se risquer seul à la marche.

Françoise Dolto rend compte de cette étape de deux façons :

• Comme elle l'avait fait pour les jeux consistant pour ce bébé à jeter les objets hors du berceau[1], elle montre d'abord que les mouvements de l'enfant correspondent à une projection, à l'extérieur, de phénomènes internes. En déplaçant des objets avec ses mains, puis en se déplaçant lui-même, il reproduit avec son propre corps ou avec ces objets, dit-elle, le péristaltisme digestif, c'est-à-dire l'ensemble des contractions qui, à l'intérieur de son tube digestif, assurent la progression de l'objet oral – la nourriture – que sa bouche a ingéré.

• Elle pose également que les progrès dans le développement de l'enfant se font au moyen de transferts d'une partie de son corps à une autre, transferts qui sont à la fois de plaisir et de compétence.

À l'issue de la « castration orale », les mains, nous l'avons vu, avaient hérité de l'agressivité de la bouche. Elles trituraient les objets comme les mâchoires avaient malaxé la nourriture. Avec la « castration anale », ces mêmes mains passent à leur tour le relais aux pieds : ceux-ci héritent de l'agressivité manuelle. Devenu capable de déambuler, le bébé qui, dans son berceau, agrippait avec ses mains les objets, doit désormais faire en sorte que ses pieds s'agrippent au sol. Marcher implique en effet d'avoir des pieds « vivants », capables, grâce au jeu des muscles, de fournir au corps un appui solide. Contraints, pour ce faire, à des efforts dont la plupart des adultes ignorent

---

1. *Cf.* chapitre précédent, p. 81.

l'intensité et sous-estiment la difficulté, mais que connaissent bien ceux pour qui le corps est un instrument de travail : les danseurs, par exemple, obligés par leur discipline à maîtriser en permanence, et quelle que soit leur position, leur équilibre.

La deuxième étape : « Tout seul ! »

La deuxième étape de l'autonomie motrice est l'acquisition par l'enfant de son autonomie dans le quotidien.

Lorsqu'il est devenu capable de marcher, l'enfant a en effet gagné le droit d'être debout « comme les grands » et de déambuler seul, sans aide, comme eux. C'est le moment où, s'identifiant à eux, naît en lui l'envie de plus en plus pressante de « faire comme eux ». D'accomplir les gestes qu'il les voit faire à chaque moment de la journée. Il a donc besoin à ce moment-là que ses parents soient capables de l'aider à devenir autonome, qu'ils l'encouragent à se passer d'eux pour la satisfaction de ses besoins et la réalisation d'un certain nombre de ses désirs.

À ce stade, l'enfant doit en effet pouvoir renoncer progressivement à leur assistance et se prendre en charge pour se laver, s'habiller, manger, aller aux toilettes, se coucher, etc. Tout comme il doit devenir capable d'aller chercher seul, dans le compotier, la pomme dont il a envie.

Mais que l'on ne s'y trompe pas : cette autonomie de l'enfant n'est nullement synonyme d'abandon. Elle ne signifie en aucun cas qu'il est désormais livré à lui-même. Apprendre à se débrouiller seul ne veut pas dire « être lâché dans le vide ». Bien au contraire !

Le rôle des parents

À cette étape du développement de leur enfant, le rôle des parents est en effet plus que jamais essentiel. Rien ne peut se faire sans eux. Et leur tâche est particulièrement délicate, car ils doivent continuer à « entourer » leur enfant tout en lui permettant l'accès à la liberté. Contradiction qui n'est pas sans leur poser, jour après jour, nombre de problèmes…

Sécuriser l'espace

Il leur faut, en premier lieu, « sécuriser » l'espace dans lequel l'enfant apprend à se mouvoir. Cette sécurisation s'exerce à deux niveaux :

• Elle est d'abord réelle : les parents doivent en effet débarrasser les lieux où circule l'enfant des obstacles susceptibles d'entraver sa déambulation ou de provoquer des accidents. Opération qui oblige à de nombreux aménagements et peut, par le bouleversement de l'ordre antérieurement établi qu'il implique, angoisser, plus qu'ils ne le croient, certains d'entre eux.

• Elle est aussi symbolique. À partir du moment où il peut se déplacer seul, l'enfant perd en effet les repères sécurisants qui étaient auparavant les siens. Il ne bénéficie plus de la présence permanente et rassurante des adultes, ni des garanties que lui offraient leurs bras qui le portaient, le soutenaient, le guidaient.

Il a donc besoin de trouver une nouvelle forme de sécurité. Pour la lui donner, l'adulte doit inventer une nouvelle forme de présence.

À ce stade, en effet, la « sécurisation » de l'enfant ne peut plus avoir pour seule base le corps à corps et le toucher. Il n'est plus possible de rester, par exemple, pour lui éviter tout faux pas, « collé » en permanence à lui. Ce mode d'assistance ne pourrait que le faire régresser.

Mais cette « sécurisation » ne peut pas non plus passer de façon trop pesante par le regard. L'adulte est certes obligé, pour des raisons évidentes, de surveiller plus que jamais l'enfant, mais il ne doit pas pour autant l'épier en permanence. Si l'enfant sent son père ou sa mère incapables – du fait de leur angoisse – de le lâcher des yeux, il est entravé dans ses mouvements et inhibé dans ses initiatives. Il devient captif de leur regard, comme il le serait d'une caméra de surveillance qui le filmerait en permanence. Et n'a plus, dès lors, qu'un seul but : trouver ce qui pourrait satisfaire l'observateur et éviter surtout ce qui serait susceptible de lui déplaire. Au moment même où il devrait, guidé par son seul désir, explorer librement l'espace qui l'entoure, il se retrouve donc aliéné à un autre, attaché en permanence à lui comme par une laisse invisible…

Pour éviter ces écueils, l'adulte doit donc rester présent, mais se maintenir à distance et fonder sa présence sur la parole. Il faut que, séparé du corps de ses parents, l'enfant retrouve, grâce à l'intensité du lien qui le relie à eux, et grâce à leurs paroles, une sécurité aussi grande que celle que leurs bras, autrefois, lui donnaient.

La découverte du monde n'est pas une opération sans risques. Mais le danger est limité. Car la vigilance de ses parents, leurs mots, et surtout la confiance en ses capacités, telle qu'ils la lui manifestent servent à l'enfant de « filet ». Ils jouent pour lui le rôle d'une protection qui, s'interposant entre le monde et lui, lui permet d'affronter sans crainte l'inconnu.

« Mamaïser » l'espace

Dans le domaine de la sécurité de l'enfant, la mère – Françoise Dolto le souligne – joue un rôle particulier et particulièrement important. C'est elle, en effet, qui, pour l'essentiel, l'a jusque-là porté. L'autorisation qu'elle lui donne de se mouvoir seul est donc pour lui essentielle. En lui permettant d'exister encore un peu plus sans elle, elle lui offre une fois de plus l'occasion d'une nouvelle naissance.

Mais la mère ne s'en tient pas là, car elle a également le pouvoir de transformer, grâce aux mots qu'elle prononce, l'univers dans lequel se meut l'enfant. Celui-ci, en effet, se déplace dans un espace qu'il ne connaît pas : il ne l'a vu jusque-là que d'en haut, puisqu'il était porté par ses parents. Il peut donc lui sembler inquiétant. Pour qu'il cesse de l'être, il faut que sa mère lui en explique chaque détail ; qu'elle exorcise, par ses paroles, les dangers qui se cachent au détour de chaque meuble et dans l'ombre de chaque objet.

Ainsi, cerné par ses mots, habité grâce à eux par elle et la sécurité qu'elle représente, l'espace se modifie. Il devient – selon l'expression de Françoise Dolto – « mamaïsé », c'est-à-dire imprégné de la mère et, de ce fait, familier et rassurant.

À l'inverse, si ce travail n'est pas fait, l'espace reste, pour l'enfant, étranger et menaçant. Vision que l'on retrouve chez nombre de phobiques, enfants ou adultes. Parce que, vide de toute parole qui l'eût rendu praticable, l'extérieur est demeuré pour eux le lieu d'où l'horreur peut à tout instant surgir.

Expliquer les êtres et les objets

Mais l'enfant n'a pas seulement besoin de paroles parentales – et surtout maternelles – pour s'approprier l'espace. Elles lui sont nécessaires aussi pour apprivoiser chaque élément du monde. Nanti d'une capacité d'exploration nouvelle, il découvre en effet chaque jour de nouveaux objets. Il rencontre des animaux dont il ignorait l'existence : le pigeon qui se pose sur le rebord de la fenêtre, le chat de la voisine qui fait une incursion sur le palier, etc. Il croise sur son chemin des personnes qu'il ne connaissait pas.

Il a donc besoin qu'on l'aide à « négocier » toutes ces découvertes. Il a besoin qu'on lui permette, en lui disant leur nom, leur couleur, leur usage, de faire connaissance avec les objets ; qu'on l'encourage à les toucher pour apprécier leur forme, leur poids, les sensations qu'ils permettent d'éprouver : le froid du métal, la douceur de la laine, etc.

Il a besoin qu'on lui apprenne les règles de la rencontre avec les humains (tirer les cheveux de la petite fille n'est pas la meilleure façon de lui dire bonjour…), mais aussi avec les animaux (on ne peut pas d'emblée caresser un chat ou un chien que l'on ne connaît pas ; ce geste peut les effrayer et provoquer de leur part des réactions agressives…).

Un savoir sur le corps

À cette étape de sa vie, l'enfant a également besoin qu'on lui fournisse, dit Françoise Dolto, des explications sur son corps.

Du fait de la marche et des rencontres qu'elle lui permet, l'enfant, confronté à la proximité du corps des autres, appréhende différemment le sien.

De plus, alors qu'il ne pouvait autrefois le découvrir que par le biais des sensations provoquées, lors des soins, par les mains de sa mère, il a désormais, grâce à l'agilité qu'il a acquise, la possibilité de l'explorer lui-même. Il faut donc qu'il comprenne comment fonctionne ce corps, ce que sont ses différentes parties, notamment la région du sexe qu'animent des sensations intenses. Il a besoin de savoir ce que signifient digestion, respiration, excrémentation. Et il a surtout besoin – Françoise Dolto le souligne – de recevoir l'assurance qu'il est « comme les autres ». Que ce qu'il ressent n'est pas dû à une bizarrerie de son être, mais à un état de nature partagé par tous.

Aider à faire

La tâche des géniteurs ne se limite pas à faire connaître le monde à leur enfant. Ils doivent aussi l'aider à devenir capable d'agir sur lui. Il leur faut donc lui apprendre à se servir de ses mains, à développer leur habileté et leur agilité pour devenir industrieux et adroit, qualités que l'on n'acquiert jamais sans un apprentissage long et difficile.

Pour parvenir à ce résultat, les parents vont lui expliquer, lui montrer les gestes à faire, et, patiemment, lui enseigner à les faire seul. En l'aidant, à chaque étape, à surmonter les difficultés et à rétablir la confiance en soi que ces expériences nouvelles mettent à rude épreuve. Les boutons sont ainsi de redoutables ennemis qui tentent sans cesse d'échapper aux doigts qui veulent les emprisonner dans les boutonnières ; les manches ont un véritable génie pour se retrouver l'une comme l'autre sur le « mauvais » bras, etc. Autant d'expériences qui font subir à l'enfant des humiliations cuisantes dont les adultes méconnaissent pour la plupart l'importance et la gravité.

Nombre d'enfants, on le constate en consultation, s'installent pourtant, à cette étape, dans la certitude qu'ils sont « maladroits », voire même « bons à rien », et peuvent rester leur vie entière dans ce sentiment d'« infirmité ».

L'enfant a donc besoin que ses parents soient plus que jamais attentifs à ce qui lui arrive ; qu'ils lui expliquent ses échecs, le consolent, l'aident avec tendresse à devenir capable de donner une dimension ludique à la lutte acharnée qu'il mène contre l'hostilité des choses.

Les « savoirs boussole »

Mais l'enfant ne peut garder confiance en lui que s'il comprend précisément les causes de ses difficultés (« Ça n'a pas marché parce que… »). Et il ne peut y parvenir que si des repères précis lui sont donnés.

En fait, par rapport à l'« agir », l'enfant a besoin que lui soient délivrées un certain nombre d'explications essentielles. Il lui est nécessaire de comprendre :

• qu'il existe, pour chaque acte, un savoir technique : tel objet est lourd et ne peut être porté qu'à deux mains ; si on le saisit autrement, il se renverse. Tel autre est situé sur une étagère trop élevée pour qu'on puisse l'atteindre sans l'aide d'un tabouret, etc. ;

• que, s'agissant de ces savoirs techniques, l'adulte et lui sont logés à la même enseigne. S'il veut réussir, l'adulte doit respecter lui aussi certaines règles. S'il se contente de sauter pour attraper l'objet sur l'étagère (au lieu de monter sur un tabouret), il échouera, tout comme l'enfant ;

• que l'adulte ne possédait pas, lui non plus, ces savoirs à la naissance. Il a dû, comme lui, les apprendre et en passer par un apprentissage long et éprouvant, fait comme le sien d'échecs répétés.

En somme, l'enfant a besoin que lui soit délivré un message que l'on pourrait résumer ainsi : il existe, pour chaque acte, une « bonne façon » de l'accomplir. Personne ne la connaît à sa naissance. Tout le monde l'apprend. Et cet apprentissage est difficile pour tout le monde, parce qu'il faut, avant d'atteindre la réussite, accepter d'échouer souvent.

Ces « savoirs boussole » sont évidemment la condition pour que l'enfant progresse dans ses apprentissages. Mais leur utilité va bien au-delà de la simple efficacité technique. Ils sont en effet essentiels pour deux raisons :

• parce qu'ils permettent à l'enfant – Françoise Dolto le souligne[1] – de ne plus voir le monde comme un univers magique animé de pouvoirs mystérieux. De ne plus l'imaginer régi par une toute-puissance qui, tantôt bénéfique, tantôt maléfique, ressemble à s'y méprendre à ce qu'était pour lui, dans ses premiers mois, sa mère : une force invincible et absolue. L'enfant pense, par exemple, que le robinet de la cuisine qui l'éclabousse parce que, faute d'en connaître le mode d'emploi il l'a ouvert en grand et d'un seul coup, agit ainsi intentionnellement, parce qu'il est très fort et très méchant. À l'instar de la table du salon qu'il a « oublié » de contourner et dont il est sûr qu'elle s'est mise volontairement au milieu de la pièce dans le seul but de le faire trébucher, etc. ;

• parce qu'ils donnent à l'enfant la possibilité de comprendre que ses échecs ne sont pas le fait d'une incapacité constitutive dont il souffrirait, et lui évitent aussi à la fois de se décourager et de se dévaloriser.

S'il n'est pas informé du long chemin que les adultes ont dû parcourir pour parvenir à faire correctement tous les gestes qu'il observe, l'enfant ne peut en effet que se sentir, face à leur réussite, incapable,

1. *L'Image inconsciente du corps*, p. 135.

humilié, impotent, et s'imaginer, faute d'explications, qu'ils ont su de toute éternité, eux, faire ce qu'il les voit faire. Certitude qui peut l'amener assez logiquement à penser que les « grands » appartiennent à une race supérieure dont il est, lui, à tout jamais exclu.

Amenés en consultation parce qu'ils refusent tout effort, de nombreux enfants redeviennent ainsi entreprenants. Informés que les plus grands joueurs de football ont été un jour, comme eux, des « petits » incapables de frapper correctement dans un ballon, ils sortent de la mauvaise image d'eux-mêmes dans laquelle, faute d'explications, ils s'enlisaient, et voient l'avenir s'ouvrir à nouveau devant eux. Apprendre que les adultes ont eux aussi appris… et échoué permet à l'enfant de comprendre que son non-savoir est normal, qu'il n'a rien de honteux et, surtout, qu'il n'est, tout comme son impuissance, que momentané. « Tu ne sais pas parce que tu n'as pas encore appris. Tu ne réussis pas parce que tu ne t'es pas encore assez entraîné. Encore quelques efforts et tu vas y arriver… »

L'âge de l'autonomie

À quel âge doit s'effectuer cet accès à l'autonomie, si important pour le développement de l'enfant ?

À cette question, notre époque, prisonnière du « flou » déjà évoqué, a tendance à donner une réponse qui, quoique souvent implicite, n'en est pas moins récurrente.

Dans ce domaine comme en bien d'autres, il n'y aurait, à entendre certains, pas vraiment de règles.

Chacun n'aurait donc à faire que ce qu'il peut (ou veut).

En fait, le « vide éducatif » aidant, cette autonomie a tendance à se conquérir de plus en plus tard, et l'on reçoit fréquemment en consultation des enfants de cinq ans (voire plus) qui sont encore lavés et habillés par leur mère, dépendants de son assistance quand ils vont aux toilettes, etc.

Or, pour l'obtention de cette autonomie, Françoise Dolto – qui ne nie pas les difficultés et les souffrances qu'elle peut engendrer de part et d'autre – fournit des repères précis dont la justesse se vérifie chaque jour dans la pratique :

« Pour beaucoup d'enfants, ce lâcher par la mère est une épreuve insupportable (et que dire de cette épreuve pour certaines mères !). Pourtant, autant que le sevrage […], la séparation physique, l'interdit du plaisir du corps de l'enfant au plaisir du corps de la mère, cette castration dite "anale" est la condition de l'humanisation et de la socialisation de l'enfant de 24 à 28 mois[1]. »

24-28 mois : le propos est clair. Françoise Dolto s'en est d'ailleurs toujours tenue à ces repères, puisqu'elle affirmait que l'on ne devrait jamais accepter d'inscrire à l'école un enfant qui ne peut pas se prendre en charge seul dans le quotidien[2].

---

1. *L'Image inconsciente du corps*, p. 72.

2. Position des plus justifiée, car les adultes méconnaissent l'angoisse que peut éprouver un enfant qui se sait incapable d'assurer sa survie lorsqu'il est plongé dans l'univers inconnu de l'école, univers dans lequel il doit en outre partager l'adulte référent avec beaucoup d'autres enfants.

Et, pour répondre aux « Mais vous croyez vraiment qu'il est assez grand ? », elle précisait : « Arrivé à 22 mois, si, depuis l'âge de la marche (12 à 14 mois), il a pu s'exercer à tout faire comme les adultes, l'enfant est tout à fait capable de manger seul proprement, de prendre habilement ce qu'il lui faut, de se servir d'instruments à table, de se servir dans le plat, tout cela à l'instar des adultes, s'il désire prendre ses repas avec eux. Il est fier, si la liberté lui est au jour le jour donnée, de faire seul ses besoins dans ce qui est les lieux d'aisance pour tous, de s'essuyer seul si évidemment on lui a appris à le faire en l'assistant pendant le temps nécessaire. De progressivement se laver, se vêtir, se dévêtir tout seul. Se coucher seul quand il a sommeil, et laisser dormir les autres quand il ne dort pas. Jouer avec tout ce qu'il rencontre, écouter chansons et histoires, poser constamment des questions, certain qu'on va lui répondre et devenir ainsi très rapidement confiant en lui et dans son autonomie[1]. »

À 28 mois – soit moins de deux ans et demi –, l'enfant, parce qu'il en est, dit Françoise Dolto, capable, devrait donc, y ayant été encouragé et aidé par ses parents, avoir accédé au « tout seul ! » qu'il revendique et à la fierté qui l'accompagne toujours.

La fonction de l'autonomie

Cet accès précoce à l'autonomie est d'autant plus important pour l'enfant qu'il n'a pas pour seul intérêt

1. *L'Image inconsciente du corps*, p. 258.

de lui permettre d'accomplir des performances. Il remplit pour lui des fonctions essentielles.

L'autonomie, clef de l'intelligence

L'autonomie est en effet une condition déterminante de son développement intellectuel. Beaucoup de parents l'ignorent. Et ce, d'autant plus que notre époque, qui valorise à l'excès les succès scolaires, semble avoir oublié qu'il faut, pour réussir à l'école, posséder une intelligence « en état de marche ». Or celle-ci, comme les muscles, a besoin, pour se développer, de travailler. Et ce n'est pas en s'initiant au suédois ou à la physique nucléaire qu'un enfant de deux ans peut l'exercer, mais en cherchant, jour après jour, les moyens susceptibles de lui permettre d'accomplir les actes nécessaires à sa vie quotidienne. En multipliant, à chaque heure de la journée, les tentatives, les essais d'abord infructueux, puis peu à peu couronnés de succès, visant à réussir les mille gestes qu'exige de lui cette vie (attraper un jouet, tenir sa cuillère, enfiler une chaussette, etc.).

Un enfant dont la mère fait tout à sa place ne peut pas apprendre à réfléchir par lui-même. Il n'en a pas l'occasion. Dès lors, il est, lorsqu'il se retrouve à l'école, handicapé. Car lorsqu'on lui demande combien font « 2 + 2 », il ne peut, pour résoudre le problème, envisager qu'une solution : celle qui a cours dans le reste de son existence. Il se tourne donc – imaginairement – vers sa mère pour qu'elle réponde à sa place… et échoue parce qu'elle n'est pas là pour le faire.

L'autonomie, clef de la sécurité

Clef de l'intelligence, l'autonomie est également celle de la sécurité. Pour circuler dans la vie – et d'abord dans la maison – avec le moins de risques possible, l'enfant doit en effet avoir intégré un certain nombre d'interdits.

La casserole qui chauffe sur la cuisinière est susceptible de brûler : on ne doit pas la toucher. Il est dangereux de se pencher par la fenêtre, etc. L'enfant ne peut intérioriser ces interdits que s'il en comprend le sens. Et il ne peut les accepter que s'il est convaincu qu'ils ne sont pas là pour le tenir en sujétion, mais pour le protéger.

Or, une telle compréhension lui est impossible si son père et sa mère agissent à sa place. Car, dans ce cas (même s'il semble trouver la situation agréable et confortable), il n'est jamais dupe de leur attitude et sent toujours – au moins inconsciemment – qu'elle s'oppose à son désir d'avancer. Il ne peut donc, dans un tel contexte, entendre comme protecteurs leurs interdits, et les interprète au contraire comme une volonté de leur part de le maintenir en dépendance, de le garder « petit ». Il ne peut donc que refuser de les prendre en compte.

À l'inverse, l'enfant dont les parents acceptent la progression vers l'autonomie sait qu'ils approuvent et encouragent son désir de grandir. Il ne nourrit donc, par rapport à leurs paroles, aucune prévention. D'autant que, libre d'agir, il fait toujours, à un moment ou à un autre, des expériences qui lui démontrent leur bien-fondé (il s'approche un peu trop de la porte du four, par exemple, et constate que l'on peut s'y brûler, etc.).

Nanti, à propos des dangers de la vie courante, à la fois de conseils, d'interdits et de souvenirs d'incidents qui lui ont prouvé la validité de ceux-ci, il apprend peu à peu à prendre soin de lui, et devient responsable de lui-même. Il comprend qu'il doit se protéger, veiller à sa propre sécurité, et qu'il en est capable. Acquis des plus essentiels. Trop d'enfants, en effet, face à des dangers auxquels ils pourraient aisément faire face, se révèlent démunis : attendant toujours passivement qu'une autorité supérieure les sauve, ils n'ont développé aucun réflexe de sauvegarde.

L'autonomie : nécessaire pour se sentir un être à part entière

Enfin l'autonomie permise à l'enfant par ses parents, aidée et accompagnée par eux, joue un rôle considérable dans la construction de son narcissisme. Elle lui permet en effet de sentir qu'il n'est pas, pour eux, un objet, mais un être à part entière qu'ils respectent et inscrivent dans un avenir qui leur importe. Françoise Dolto le souligne : « Tout cela veut dire pour l'enfant qu'il est considéré comme un être en constant devenir, projeté dans l'avenir, dans l'imaginaire de son père et de sa mère, devenant grande fille, grand garçon et bientôt homme ou femme. Qu'il est reconnu par les adultes tutélaires comme un sujet animé de désir, dont la liberté et les fantasmes sont respectés[1]. »

1. *L'Image inconsciente du corps*, p. 270.

Quand ses parents le poussent à devenir autonome, l'enfant comprend qu'ils ont pour lui un projet de vie. Et c'est sur ce projet qu'il prend appui pour donner lui-même un sens à son existence. Dès lors, sa vie et son avenir peuvent, parce qu'ils comptent pour eux, se mettre à compter pour lui.

Des parents mis à rude épreuve

Mais, à ce stade du développement de leur enfant, la vie des parents, nous l'avons dit, n'est pas simple. Pour lui offrir les moyens de devenir capable de se prendre en charge, ils doivent en effet subir eux-mêmes une castration ; ils doivent, dit Françoise Dolto, être « castrés analement » de lui.

Qu'entend-elle par là ? Elle s'en explique : « Il faut que la mère, elle aussi (et le père de même), ait accepté d'être castrée analement de son enfant. Qu'est-ce que cela veut dire ? Qu'elle n'a pas besoin tout le temps de son enfant pour son plaisir oral et anal, voire pas besoin de jouir de sa présence, d'agir en fonction de lui, pas tout le temps besoin de le tripoter, de le manipuler, l'habiller, le déshabiller, le parer, le laver, le coucher quand il lui plaît à elle… Au contraire, l'enfant est appelé à s'assumer lui-même dans tous les gestes qu'il peut désormais, au jour le jour, découvrir, qu'il peut faire seul et qu'il désire faire seul. Il est nécessaire qu'elle s'intéresse à lui, qu'elle ne soit pas indifférente à ses progrès, bien sûr. Si, après avoir dit : “Tu peux faire tout seul”, elle ne s'en occupe pas, il se sent abandonné et ne sait plus rien. Il sait de façon autonome dans le regard de sa mère et dans les paroles qu'elle lui donne pour lui délivrer sa liberté comme une relation d'elle à lui : et c'est lui qui, alors, s'automaterne, avec son autorisation, et nécessairement, au début, avec son aide verbale. Il a besoin qu'elle s'associe en paroles à ses joies, ses réussites quand il vient lui en faire part ; et qu'elle compatisse en le consolant, en paroles tout au moins, et quelquefois avec de petits gestes maternels, des caresses confortantes, lors d'une expérience qui s'est révélée pénible pour lui, mais riche aussi d'enseignements. Elle peut, tout en le consolant, verbaliser les faits, sans juger, sans le gronder parce qu'il y a eu un échec. Et sans toujours donner tort à un autre s'il lui dit que c'est de l'autre qu'est venu cet échec. Est-il venu de la relation entre lui et l'autre ? Ce serait à comprendre, si l'on peut[1]. »

La « castration anale » de l'enfant, on le voit, impose à ses parents – au premier chef à sa mère – de franchir une nouvelle étape dans la séparation.

Elle leur impose de le considérer désormais comme un être à part entière. Il n'est certes pas un adulte ; il reste un enfant. Et il a, à ce titre, besoin de l'aide, de la protection et de l'éducation des adultes (qui ont le devoir de les lui dispenser). Mais il est devenu « un » à lui tout seul. On pourrait dire, de façon triviale, qu'il a désormais un « moteur » autonome.

Accepter ce nouveau statut implique, pour la mère, un certain nombre de renoncements qui ne sont pas – on peut le remarquer – sans évoquer ceux que lui avait

1. *Ibid.*, p. 270.

imposés, déjà, la castration précédente : le sevrage. Confrontée à son enfant devenu grand, elle doit en effet renoncer à la toute-puissance que lui garantissait, au temps où il ne pouvait rien faire sans elle, son impuissance de bébé. Et elle doit, de la même façon, renoncer au plaisir que lui procuraient les échanges corporels avec lui.

Laver un enfant, l'essuyer, l'habiller est, pour sa génitrice, source d'émotions. Elle doit, si elle veut qu'il grandisse, se priver de ces émotions. Sa tâche, à ce niveau, est d'autant plus difficile que, le plaisir qu'elle éprouve étant largement partagé par l'enfant, celui-ci fait tout pour le conserver, et sait, pour y parvenir, user de toutes les armes. Celles, notamment, qui consistent à lui faire croire, à lui signifier de mille façons qu'il est encore trop petit pour se « débrouiller seul », qu'il n'est pas prêt, qu'il n'y arrivera pas, etc. Justifications sur lesquelles elle peut se jeter – avec crédulité ou délices, selon les cas – pour maintenir le *statu quo ante*.

La situation, dans ce cas, est d'autant plus problématique qu'elle donne lieu le plus souvent – généralement à l'insu de la mère – à un jeu que l'on peut qualifier de « pervers » et qui est, en fait, fondé sur un malentendu. Les contacts répétés avec elle qu'occasionnent la toilette, l'aide aux W.-C., etc., provoquent chez l'enfant des sensations physiques ; ils lui procurent du plaisir. L'assistance maternelle est donc, pour lui, érotique. Cette relation érotisée n'a rien de problématique tant qu'elle a pour cause la nécessité : la mère lave l'enfant parce qu'il serait dans l'impossibilité de le faire lui-même, et il ne l'ignore pas. Elle le devient à partir du moment où il sait parfaitement – car un enfant le sait toujours – qu'il serait capable de se débrouiller seul. Dès lors, en effet, il ne peut imaginer qu'une chose : que sa mère connaît ses capacités (car les enfants pensent toujours que les mères savent tout...), mais qu'elle continue néanmoins à l'assister parce que cela lui procure du plaisir à elle.

Arrivé à cette conclusion, l'enfant ne peut que persister dans sa pseudo-impuissance, à la fois pour son propre compte (pour avoir du plaisir) et pour le compte de sa mère. Pour continuer à lui assurer la satisfaction qu'il pense ainsi lui donner. Il se fait donc l'objet d'une jouissance qu'il suppose chez elle. Installant ainsi, sans qu'elle s'en rende forcément compte, une relation d'autant plus aliénante pour lui qu'elle revêt un caractère évidemment incestueux : « C'est avec moi, avec mon corps – et non avec celui de mon père ou de son amant –, que ma mère prend du plaisir. »

L'épreuve de l'angoisse

Pour que tout se passe bien pour l'enfant, il faut aussi que sa liberté nouvellement conquise n'angoisse pas outre mesure ses parents. Or, elle peut être ressentie douloureusement par eux. C'est le cas s'ils ont vécu eux-mêmes, dans leur propre enfance, prisonniers de l'inquiétude et de la surprotection de leurs parents. Ou si, au contraire, sommés un beau matin de se débrouiller seuls, l'autonomie a été pour eux synonyme d'abandon. Ou si, encore, du fait d'événements survenus dans leur vie, ils sont obsédés par la dangerosité du monde. Penser que son enfant peut, sans risques, faire du vélo n'est pas facile, par exemple, pour la mère ou le père qui a vu, enfant, son petit frère (ou sa petite sœur) avoir, sur ce genre d'engin, un accident dramatique.

Si les parents restent captifs d'une problématique de ce genre, il leur est difficile de « sécuriser » l'espace de leur enfant. Car cet espace est le lieu même sur lequel ils projettent leur angoisse. Les conséquences de cette difficulté sont toujours très lourdes, car un enfant, on le sait, voit toujours le monde à travers la vision qu'en ont ses parents. Et peut le vivre sa vie entière comme dangereux si, pour eux, il l'était.

Besoin de tolérance et de patience

Supporter que l'enfant existe de façon autonome et ne soit pas seulement un appendice de leur personne suppose également, de la part des adultes, tolérance et patience.

Un enfant qui vit fait toujours du bruit et il est toujours facteur de désordre. Il salit et se salit. De ce fait, nombre d'entre eux sont élevés dans la dictature du « pas toucher » et du « pas bouger » : « Attention ! », « Ne touche pas à ça ! », « Viens ici ! », « Ne va pas là ! », etc. L'adulte crie et proteste dès que l'enfant s'éloigne de quelques pas ou prend la moindre initiative. Quand il ne le met pas dans l'un de ces « parcs » (que les enfants vivent toujours comme une prison et même une cage). En lui fermant de surcroît la bouche par une sucette... Cette contention du corps, de la parole et de l'esprit garantit la tranquillité des « grandes personnes », mais hypothèque toujours lourdement le développement de l'enfant.

La propreté

Une fois entamé ce chemin vers l'autonomie, si ses parents le laissent libre d'avancer et l'y aident, l'enfant découvre, à cette période de sa vie, le désir d'être propre. Il prend chaque jour de plus en plus de plaisir à se sentir capable de faire « comme les grands », et, certain que ses parents sont fiers de ses progrès, il est conduit logiquement à vouloir faire aussi comme eux dans le domaine de la propreté. La continence survient alors. Généralement vers 25-27 mois, dit Françoise Dolto qui, comme toujours, donne là un repère précis. L'enfant, dit-elle, est physiologiquement apte à être propre lorsqu'il peut monter et descendre seul, sans aide, quelques marches d'un escalier et y prend du plaisir ; et lorsqu'il trouve également du plaisir à s'accroupir longtemps pour jouer.

Une fois de plus, on le voit, Françoise Dolto insiste davantage sur le plaisir de l'enfant que sur ses possibilités réelles. Une chose est en effet d'avoir les capacités requises pour une activité, autre chose d'avoir découvert l'envie et le plaisir de l'exercer.

La propreté doit être le fruit d'une décision prise librement. L'enfant doit devenir propre non parce qu'il en est « capable », ou parce que ses parents l'y contraignent, mais parce qu'il le désire, lui.

Cette dimension du désir de l'enfant est essentielle à prendre en compte, car il en va, dit encore Françoise Dolto, de sa dignité, et donc, par là même, de l'image qu'il a et aura de lui-même : « Le sentiment de la dignité humaine est très précoce [...]. La continence sphinctérienne, l'autonomie pour la satisfaction des besoins excrémentiels fait partie de l'exercice de la dignité humaine. Ni plus ni moins que l'activité et le repos, ou le manger seul et par plaisir, avec la technique observée chez les aînés adultes et modèles. Ces moyens d'autonomie gestuelle qui intègrent l'enfant au groupe de ses familiers comme un être humain parmi d'autres et par eux respecté, il faut, pour les conquérir, ne pas être traité en animal domestique soumis à des injonctions verbales impératives[1]. »

Le propos est clair : mettre un enfant sur le pot alors qu'il n'en a pas exprimé le désir et l'obliger à y faire passivement ses besoins revient à le traiter non pas comme un être humain, mais comme un animal domestique. C'est le condamner à un état qui ressemble en tout point à celui du chien auquel on « apprend le caniveau » ou du chat que l'on envoie dans sa caisse. Quelle image cela peut-il lui donner de lui-même ? Comment pourrait-il, considéré de la sorte, se sentir un être respectable ? Comment pourrait-il avoir le moindre sentiment de sa valeur ?

Une fois de plus, on le voit, Françoise Dolto indique combien la construction du psychisme d'un enfant est liée à celle de son corps. Combien l'édification de son narcissisme dépend de la façon dont il est traité

1. *L'Image inconsciente du corps*, p. 265-266.

par l'instance parentale dans le plus quotidien de sa vie.

Elle soulève d'ailleurs à cet égard un autre problème : celui de la honte. Lorsque l'enfant commence à être propre, les « accidents » sont en effet nombreux et normaux. Surtout lorsqu'il joue, car il ne peut alors, dit-elle, « être à la fois au four et au moulin... ». Absorbé par le jeu, l'enfant, bien souvent, « s'oublie » – mot au demeurant bien choisi, car il exprime clairement la façon dont, captivé par son activité, happé par elle, il en vient à ne plus prendre en compte sa propre personne.

Lorsqu'un incident de ce type se produit, il est important, dit-elle, non seulement de ne pas faire honte à l'enfant (« Tu as vu ce que tu as fait ? C'est dégoûtant ! », etc.), mais de « démonter » sa honte si elle vient néanmoins à se manifester. En lui expliquant que tout le monde a connu, enfant, ce genre de mésaventure, et qu'elle ne remet aucunement en cause sa valeur.

Pourquoi Françoise Dolto insiste-t-elle autant sur la honte ? Parce que celle-ci peut avoir – elle le souligne – des conséquences beaucoup plus importantes qu'on ne le croit. Provoquée chez l'enfant par l'adulte qui l'humilie – « Tu as encore fait pipi ! » –, elle peut en effet s'étendre bien au-delà de la fonction incriminée. Anéanti par ce qu'on lui désigne comme l'horreur de son acte, l'enfant peut être amené à considérer comme coupable et malfaisante la totalité de la zone de son corps responsable du drame. Il peut en venir à penser que son bas-ventre et ses organes génitaux sont mauvais et dangereux, et permettre ainsi à la honte de prendre en otage sa sexualité future.

L'expérience de la cure analytique le prouve : bien des sexualités malheureuses et honteuses plongent leurs racines dans des « pipi-caca » honteux de l'enfance. Sexualités précocement sacrifiées sur l'autel d'une « propreté » dramatiquement sacralisée…

Le rôle des adultes au moment de la « propreté »

En fait, si l'on suit Françoise Dolto, les adultes ne devraient avoir, au moment de la « propreté », qu'un seul rôle : soutenir l'enfant dans son désir de réussir, et lui enseigner les lieux où l'on dépose les excréments, c'est-à-dire les toilettes.

Elle insiste en effet sur l'importance du fait que le pot de l'enfant soit déposé là, et non ailleurs. Car cette « localisation » est pour lui la preuve qu'il est autorisé à faire « comme les grands », à se rendre dans le même endroit qu'eux. Et lui permet en outre de se sentir respecté.

Rien n'est plus humiliant, en effet, pour un enfant, que l'obligation de faire ses besoins au milieu d'une pièce ou dans un couloir, c'est-à-dire dans des lieux (forcément) publics. De nombreux patients en analyse racontent ainsi le cauchemar qu'étaient pour eux les « défécations publiques » imposées par leurs parents. Ces « cérémonies du pot » où, l'objet placé au centre du salon, ils devaient y faire leurs besoins devant la famille rassemblée, écouter les commentaires supposément « amusés » (mais, en fait, obscènes) des adultes, et même supporter les photographies… On ne compte plus, dans les cures, les rêves qui racontent la recherche éperdue (et toujours ratée) d'un lieu où, autorisé à se soulager sans témoins, le rêveur pourrait enfin échapper au regard qui sans cesse le poursuit, le transperce, lui vole à lui-même son être.

Là encore, Françoise Dolto se montre à juste titre catégorique : « Faire pipi et caca dans l'endroit réservé aux adultes, et de façon qui traduise la continence caractéristique des grands, donne le droit d'atteindre à un niveau éthique qui délivre, avec l'autonomie complète pour les besoins corporels, le label de la dignité humaine en société[1]. »

Protégé du regard, l'enfant doit l'être aussi de toute intrusion dans son intimité. Il doit donc, pour ce faire, apprendre à se débrouiller seul le plus rapidement possible : « Faire ses excréments comme le font les adultes [...] et non pas avec l'aide de sa mère, tout enfant en est fier. La propreté sphinctérienne prématurée nécessite l'aide de la mère ou de quelqu'un d'autre. Quand elle vient en son temps, l'enfant se débrouille rapidement tout seul et c'est cela qui est humanisant pour lui[2]. »

Cet accès supplémentaire de l'enfant à l'autonomie est souvent difficile à admettre pour les parents. D'abord parce qu'il implique, on le voit, que la « propreté » ne soit pas « forcée », chez lui, qu'on ne la lui impose pas de façon prématurée. Mais aussi parce qu'il les oblige à reconnaître ses capacités, à renoncer aux « Mais il n'y arrivera pas ! », « Il ne sera jamais propre ! », etc. Il suppose en outre qu'ils lui apprennent,

---

1. *L'Image inconsciente du corps*, p. 125.
2. *Ibid.*, p. 267.

dans ce domaine comme dans les autres, les gestes à faire, et lui fournissent les « outils » adéquats[1].

Cette autonomisation de l'enfant est essentielle car, comme celle apportée lors du lavage et de l'habillage, l'aide de sa mère (ou de son père) pour l'« essuyer » est, nous l'avons dit – si elle se maintient alors qu'il n'en a plus besoin –, érotique.

En continuant à assister leur enfant alors qu'il pourrait se débrouiller seul, les parents risquent en effet de provoquer chez lui une érotisation massive de la zone anale. Et d'influer ainsi – sans le savoir, ni le vouloir – sur sa sexualité future, ce dont de nombreux patients – notamment masculins – témoignent chaque jour dans leur cure.

L'accès à la loi

La seconde dimension de la « castration anale » est l'accès de l'enfant à la « loi », c'est-à-dire à l'ensemble des interdits qui permettent la vie en société.

« Interdire » se disait autrefois « entre-dire »[2]. L'interdit est ce qui se dit « entre » les humains pour que la vie en commun soit possible.

À cette étape, il s'agit essentiellement – nous l'avons précédemment évoqué – de faire en sorte que l'enfant intériorise l'interdit du meurtre : on ne frappe pas autrui, on ne le blesse pas – et celui du

1. Aujourd'hui, les « lingettes » qui lui rendent l'opération beaucoup plus facile.

2. Comme le rappelle le psychanalyste Denis Vasse.

vandalisme : on ne porte pas atteinte à ses biens, on ne les abîme pas, on ne les lui dérobe pas.

Pourquoi Françoise Dolto situe-t-elle l'intégration de ces interdits à l'époque de la « castration anale », qui est pour elle celle du développement moteur de l'enfant ? Pourquoi rassemble-t-elle ainsi, dans la même « castration », l'accès à l'autonomie et l'interdit de nuire qui, au premier abord, peuvent sembler deux notions sans rapport l'une avec l'autre ?

Parce que, dit-elle, l'une et l'autre sont absolument liées. L'accès de l'enfant à l'autonomie lui donne la possibilité de faire deux acquisitions essentielles :

• Il lui permet d'abord de franchir, sur le chemin qui doit le mener au sentiment de son existence individuée, une étape supplémentaire et décisive. Sa capacité à se débrouiller seul dans le quotidien lui apporte en effet la preuve qu'il n'a plus besoin de l'aide de sa mère, ni surtout des mains de celle-ci. Grâce à l'habileté acquise par les siennes, il peut désormais accomplir seul les gestes nécessaires à sa vie. Son corps se suffit donc à lui-même.

Et cette liberté nouvelle modifie en profondeur l'image qu'il avait de lui. Tant qu'il était dépendant des adultes, l'enfant, puisqu'il n'avait pu les utiliser, n'avait en effet aucune conscience de ses mains. Il ne pouvait donc se sentir « complet » qu'en ajoutant à son corps les mains de sa génitrice, en les imaginant à la place des siennes[1]. « Lui », c'était alors : son corps

---

1. De nombreux enfants, assistés au-delà du temps nécessaire, le manifestent en thérapie, en dessinant des personnages qui ont pour caractéristique de n'avoir pas de mains.

à lui, plus… ses mains à elle. L'autonomie bouleverse cette image, car elle le dote véritablement de mains.

Il peut, une fois qu'elle est acquise, se sentir « lui » dans son seul corps, celui-ci, tel qu'il est, répondant à ses besoins et pouvant donc, à ce titre, répondre de lui.

Nanti d'un corps qui lui permet, grâce à ses capacités, d'exister seul, l'enfant devient un autre. Un être qui, tel ce corps, est à lui seul « complet » : il est dorénavant « lui »… à lui tout seul.

De ce fait, il se différencie encore un peu plus de sa mère et fait, nous l'avons dit, un pas de plus sur la voie de son « individualisation ».

• Les bienfaits de l'autonomie ne s'arrêtent pas là, car elle donne aussi à l'enfant l'occasion d'une autre avancée, considérable : elle lui permet de prendre conscience de sa motricité et surtout du pouvoir qu'il a de la maîtriser.

Les batailles qu'il a dû livrer (et dont il est sorti vainqueur) contre ses vêtements quand il voulait s'habiller, contre sa cuillère lorsqu'il voulait manger, etc., lui ont en effet prouvé sa force. Il a acquis la certitude d'être, malgré les difficultés, capable de rendre dociles les objets ; capable de les contraindre à faire ce que ses doigts exigent. Cette assurance nouvelle lui insuffle évidemment une confiance en soi que, jusque-là, il n'avait pas. Mais elle bouleverse aussi son appréhension du monde et de lui-même, car elle met à mal la vision magique qu'il en avait.

Le travail acharné (et quotidien) qu'il a dû accomplir pour devenir compétent et habile lui permet en effet de comprendre que ses nouveaux pouvoirs n'ont rien de surnaturel. Ce n'est pas parce qu'il est un sorcier que les objets lui obéissent, mais parce qu'il a réussi peu à peu, au prix de durs efforts, à dompter ses gestes. Il n'agit plus avec maladresse et brutalité ; il a appris la précision et l'efficacité. Il peut donc considérer qu'il n'est pas seulement le propriétaire, mais aussi le maître de son corps. C'est lui qui « commande » à ses mains, à ses bras, à ses jambes et à ses pieds. C'est désormais pour lui une évidence.

Or, que demande à l'enfant l'adulte qui exige de lui qu'il contienne ses envies – de frapper sa petite sœur, de tirer la queue du chat ou de jeter son assiette par terre ? Il lui demande... de se maîtriser. C'est-à-dire d'imposer à ses mains de ne pas frapper, de ne pas blesser, de ne pas casser.

Comment cet enfant pourrait-il entendre quoi que ce soit de cette demande s'il était encore dans la dépendance des mains de sa mère ; dans la certitude que, sans elles, il ne peut rien ? Comment se maîtriser si l'on n'est pas en possession de soi-même ?

L'accès à l'autonomie est donc la condition *sine qua non* de l'accès à la « loi ».

Cette condition est d'autant plus importante que ce n'est qu'à partir du moment où l'enfant se sent exister de façon autonome qu'il devient capable de se mettre « à la place » d'un autre. C'est-à-dire de se rendre compte que cet autre peut ressentir ce que lui-même ressent. Et, de ce fait, comprendre qu'il ne doit pas lui faire ce qu'il n'aimerait pas, lui, qu'on lui fasse.

« Empathie » sans laquelle il est impensable qu'il puisse s'interdire ce que Françoise Dolto nomme les « agirs nuisibles » à l'égard d'autrui.

Cette articulation des deux acceptions de la « castration anale » – accès à l'autonomie et accès à la loi – est essentielle, car elle montre comment se nouent chez un enfant la compréhension intellectuelle (celle, notamment, des interdits) et le corps.

Car ce n'est pas en prenant appui sur son seul intellect que l'on éduque un enfant. Ce n'est pas en lui rabâchant les interdits. Ce n'est pas en essayant de le convaincre de leur validité et de leur valeur morale qu'on l'amène à les intégrer.

Il ne peut les intérioriser, les faire siens, que s'il les vit avec tout son être. Ainsi, la seule appréhension intellectuelle de la souffrance de l'autre ne peut suffire à contenir l'envie que l'on pourrait avoir de le maltraiter. Pour comprendre vraiment ce que cet autre peut souffrir, il faut pouvoir s'identifier à sa douleur.

Cette précision permet de rendre compte de la sauvagerie de certains crimes. Sauvagerie qui n'est pas toujours liée à une jouissance perverse (au plaisir de torturer la victime), mais, parfois, à une insensibilité radicale devant ce que l'autre éprouve. Insensibilité due le plus souvent à une incapacité à se le représenter, qui plonge toujours ses racines dans la petite enfance de celui qui en est la proie.

Ce nouage de l'intellect et du corps permet également de comprendre la contradiction dans laquelle on met un enfant quand on prétend lui apprendre à se contenir alors que, dans le restant de sa vie, on le maintient dans la dépendance des adultes. Placé dans une telle situation, l'enfant ne peut en aucun cas s'approprier les règles. Dans sa vie courante, en effet, il est en permanence « interdit d'action ». Il n'a pas le droit d'« agir » – de se laver, de s'habiller, de manger seul, etc. L'action est l'apanage de sa mère. Condamné à la passivité, il ne peut, lui, que subir. Lorsque surviennent les interdits, il ne peut donc les recevoir que sur le seul mode d'être qu'il connaisse : la soumission et la passivité. Et ne peut leur reconnaître qu'un seul statut : celui d'un carcan répressif. Un instrument de contention de plus, installé comme les autres par le pouvoir arbitraire de l'adulte, et qui vient s'ajouter à tous ceux qui déjà l'emprisonnent.

De même qu'on l'empêche de se prendre en charge seul, on entend, pense-t-il, l'empêcher de frapper ou de voler. Alors que, comme toutes les autres activités dont on le prive, ce serait sans doute agréable... Vision des choses lourde de conséquences car, ligoté de la sorte, l'enfant ne peut ni comprendre le sens des règles qu'on lui demande de respecter, ni surtout les faire siennes. Conditionné par sa dépendance à l'adulte, il ne fait que se soumettre passivement à elles, adoptant ainsi une attitude voisine de celle du chien qui, craignant les réactions de son maître, reste coi devant lui, mais, celui-ci parti, n'a plus aucune raison de s'empêcher de mordre.

Demander à un enfant de respecter des règles alors qu'on ne lui permet pas d'être, dans sa vie, responsable de soi, ce n'est pas l'éduquer. C'est se livrer sur lui à une opération de dressage. Cette opération échoue toujours. Mais elle a toujours, au surplus, des conséquences graves. Car en agissant de la sorte, l'adulte place l'enfant dans une situation paradoxale. Il lui demande en effet de respecter des principes que lui-même bafoue dans l'éducation qu'il lui dispense, et prétend lui apprendre le respect de ses semblables alors même qu'il le violente en s'opposant à son désir – légitime – de grandir. Tandis qu'il lui inculque, par la parole, les interdits, il lui donne, par ses actes, l'exemple de la façon dont on peut, en toute impunité, les transgresser.

Initiation perverse et pervertissante que l'on retrouve dans l'histoire de nombreux délinquants qui ont vu, durant toute leur enfance, leurs parents mettre à mal, par la façon dont ils les traitaient, la morale même dont ils ne cessaient de se réclamer. Françoise Dolto le dit clairement : « Tout enfant dont la mère et le père [...] veulent, par leurs propos ou leurs agirs vis-à-vis de lui, lui inculquer l'interdit de nuire (alors qu'eux-mêmes nuisent à son humanisation en le considérant comme un objet à dresser) signifient en paroles le contraire de l'exemple qu'ils donnent. Ils ne lui donnent pas la castration anale. Ils le dressent comme un animal domestique. Le sujet est dénié au lieu que les pulsions de désir de l'enfant soient en partie barrées et en partie soutenues à l'entrée dans le langage pour un commerce d'échange ludique et socialisé à valeur de plaisir entre sujets[1]. »

Le rôle des adultes dans l'accès de l'enfant à la loi

Comment les parents peuvent-ils aider l'enfant à apprendre les règles de la vie avec ses semblables ?

---

1. *L'Image inconsciente du corps*, p. 108.

Énoncer l'interdit

L'enfant a d'abord besoin que les adultes lui enseignent ces règles et les interdits qu'elles supposent. Ils concernent à cette étape le respect des biens et des personnes. Françoise Dolto le rappelle : « On voit bien que la castration anale c'est (aussi bien pour soi-même que pour les autres) l'interdit de la détérioration autant que du rapt des objets d'autrui et de toute nuisance aux dépens du corps. Pas seulement le corps des êtres humains, mais la nuisance gratuite, pour le seul plaisir de celui qui use de sa force et de son pouvoir sur le corps des animaux, sur les végétaux esthétiques et utilitaires, sur les objets usuels nécessaires aux activités de tous en famille et en société : le vandalisme[1]. »

Mais l'énoncé par ses parents des interdits ne suffit pas à l'enfant, car il a besoin également de recevoir d'eux une information essentielle. Il a besoin d'apprendre qu'ils sont eux aussi, quoique adultes, soumis aux mêmes exigences que lui. Cette indication est en effet pour lui capitale, et ce, pour deux raisons :

• elle lui permet d'abord de comprendre que l'interdit n'est pas une brimade qu'il serait, pour d'obscures raisons, seul à subir, mais une obligation à laquelle nul ne peut se soustraire. « Quand quelque chose est interdit pour tous et de façon durable, l'enfant sait que c'est pour des raisons d'intérêt général qui dépassent l'intérêt particulier de chacun, y compris celui de ses parents[2] » ;

1. *Ibid.*, p. 142-143.
2. *Ibid.*, p. 269.

• elle lui permet surtout de s'appuyer, pour respecter cet interdit, sur l'exemple que lui donnent ses parents : si mes parents, que j'admire et auxquels j'ai envie de ressembler, s'abstiennent d'adopter cette conduite (s'ils ne volent pas, ne frappent pas, etc.), je dois moi aussi devenir capable de m'en abstenir.

« La verbalisation de ces interdits par l'adulte qui donne l'exemple en conformant ses actes à ces interdits, c'est encore la castration anale[1]. »

Les parents sont en effet toujours un modèle pour l'enfant. C'est toujours sur leur conduite qu'il calque la sienne. Il lui est donc impossible, s'il les voit la transgresser, de croire en la validité d'une règle. « L'enfant comprend et admet parfaitement ces restrictions à ses pulsions quand il voit les adultes se soumettre eux-mêmes à ces règlements, surtout si ces adultes n'usent pas à son égard de leur force physique, le traitant, lui, comme un animal ou une possession dont ils disposent[2]. »

Une fois de plus Françoise Dolto le rappelle – et elle ne cessa jamais de le rappeler –, le premier exemple donné par ses parents à l'enfant est celui de la façon dont ils le traitent. C'est d'abord – tous les éducateurs le savent – cet exemple-là qu'il répète. Les enfants (durablement) violents ne le sont que parce qu'ils ont été eux-mêmes physiquement ou psychologiquement violentés. Leur agressivité permanente n'est qu'une façon de manifester envers les autres ce qu'eux-mêmes subissent (ou ont subi).

1. *Ibid.*, p. 142-143.
2. *Ibid.*, p. 269.

Faire respecter l'interdit

Mais, pour que l'interdit existe pour l'enfant, pour que ce dernier soit à même de l'intérioriser, il ne suffit pas qu'il ait été énoncé et expliqué. Il faut également – et c'est essentiel – que les parents s'emploient à le faire respecter. L'interdit, en effet, n'est pas une parole vide que l'on dirait une fois pour toutes et à laquelle on n'aurait plus besoin de se référer. Il n'a de sens que s'il est corroboré par des actes. Aucun enfant ne peut croire à son importance s'il peut répétitivement et en toute impunité le transgresser. Et il n'est, en cela, guère différent de l'adulte qui, même pourvu d'un degré de conscience civique élevé, n'est jamais insensible à l'idée de sanction. S'ils n'avaient à redouter pour cette infraction que quelques « bonnes paroles » de la gendarmerie, nombre d'automobilistes « oublieraient » sans doute de s'arrêter aux feux rouges…

Si l'on veut que l'enfant intègre les interdits, il est donc essentiel que ses transgressions lui soient verbalisées ; et il faut absolument, s'il les réitère, qu'elles soient sanctionnées. Or cette dimension de la sanction est souvent, à notre époque, oubliée (et parfois même rejetée du côté de la maltraitance). À cela, diverses raisons…

« Tu causes, tu causes… »

D'abord, du fait de la diffusion massive de la « psy » (et de la mauvaise interprétation qui en est parfois faite), « parler » est souvent devenu synonyme de « parlote » (« Tu causes, tu causes », disait la formidable Zazie de Raymond Queneau…). Abreuvés de toutes parts de conseils concernant la parole, les parents finissent souvent par croire qu'elle peut suffire, à elle seule, à régler tous les problèmes.

À tort. Car, pour l'enfant, les mots n'ont de sens que s'ils sont validés par des actes. Si l'adulte lui dit son refus du mensonge, mais le laisse néanmoins mentir, s'il dénonce la violence, mais ne s'oppose pas à ce qu'il en use contre les autres (ou contre lui-même), l'enfant ne peut accorder aucune valeur à ses mots. En matière d'accès à la loi, le travail des parents ne consiste donc pas seulement à dire à leurs enfants ce qu'il ne faut pas faire ; leur devoir – car c'en est un – est de les empêcher de le faire.

Sans cette mise en accord des paroles et des actes, l'enfant est en effet perdu.

Et l'on reçoit fréquemment en consultation certains d'entre eux – jeunes et moins jeunes – qui semblent à la dérive, livrés, sans boussole ni repères, à une errance sans fin. Simplement parce que leurs géniteurs, ne parvenant pas à garantir les limites que, pourtant, ils posent, les font vivre dans un monde où les actes contredisent à chaque instant les mots.

« Vous comprenez, je ne cesse pas de lui dire toute la journée ce qu'il ne doit pas faire. Mais il refuse d'obéir. Que voulez-vous que je fasse ? »

Enfant petit, petit délit…

Les parents se sentent d'ailleurs d'autant plus impuissants que l'enfant est petit, car ses transgressions leur semblent alors souvent minimes.

Observées à hauteur d'adulte, elles le sont en effet, semblables en cela aux maisons qu'on observe d'avion : minuscules et, dans leur petitesse, quasi ridicules. À « hauteur » d'enfant, cependant, leur importance est considérable. Et le vieux dicton : « qui vole un œuf vole un bœuf » n'est pas, à ce niveau, dépourvu d'intérêt…

L'adulte qui voit un enfant de trois ans dérober un jouet ou une sucrerie considère souvent son délit comme mineur, parce qu'il ne prend en compte, pour mesurer la transgression, que la valeur de l'objet dérobé. En cela, il a tort. Si, alors qu'il a déjà été informé avec précision de ce qu'est un vol, un enfant de cet âge en commet néanmoins un, le fait doit être pris au sérieux, quelle que soit l'importance de l'objet dérobé.

L'enfant vole en effet un objet mineur parce que celui-ci est à la mesure de ses envies, de sa force, de sa taille. Son butin est maigre : petit comme la main qui l'a saisi. Mais la transgression de la règle est, puisque l'enfant la connaît, aussi importante que l'est celle de l'adolescent qui s'empare, à l'insu de son propriétaire, d'un objet de grande valeur. En la jugeant négligeable et en ne la sanctionnant pas, le parent, sans le savoir, la cautionne. Et porte ainsi préjudice à l'enfant, car celui-ci interprète toujours son abstention comme une approbation de sa conduite. Qui ne dit mot consent…

De nombreux adolescents situent ainsi à l'âge de la maternelle le début de leur dérive. Et déplorent que, ne prenant au sérieux ni leur personne ni leurs actes, les adultes n'aient attaché alors aucune importance à leurs dérapages. Quoique en apparence anodins, ceux-ci témoignaient en effet déjà d'un rapport problématique aux limites dont ils n'ont jamais ensuite cessé de souffrir.

Ce que veut dire « sanctionner »

Les parents répugnent d'autant plus à la sanction qu'ils ne l'envisagent le plus souvent qu'à la lumière des brimades qu'eux-mêmes ont, en leur temps, subies. Brimades qui se caractérisaient en général par leur violence et leur absurdité, et n'avaient de plus aucune utilité, car elles ne pouvaient en aucun cas leur permettre de comprendre quoi que ce soit.

Or, l'idée de « sanction » ne se réduit nullement à une apologie des « coups de règle sur les doigts ». « Sanctionner » la transgression de l'enfant signifie d'abord que celui-ci doit apprendre, lorsqu'il transgresse, que les actes équivalents à ceux qu'il a commis sont toujours, dans la société, sanctionnés. Le vol, l'agression, la détérioration des biens, etc., sont punis par la loi. Pour des agissements de cet ordre, les « grandes personnes » vont en prison. Il doit le savoir. Ce rappel de la dimension sociale de l'interdit est essentiel à sa compréhension.

Il convient en outre de l'informer des raisons pour lesquelles de tels actes sont sanctionnés. L'enfant petit, par exemple, ne comprend pas, si on ne le lui explique pas, ce qu'est le vol.

Il déambule avec ses parents dans les magasins, au milieu des rayons remplis d'objets. Ils lui semblent tous plus tentants les uns que les autres, et il peut aisément les glisser dans sa poche. Comment comprendrait-il qu'un tel acte est répréhensible ?

Il ignore en effet – et ne peut le découvrir seul – que le commerçant a acheté ces objets, qu'il les revend pour en tirer un bénéfice et qu'il vit de ce bénéfice. Que l'on ne peut donc, sans lui causer un préjudice grave, les lui dérober. « Si tout le monde prend ses marchandises sans les payer, le marchand ne pourra plus ni vivre ni faire vivre sa famille. » L'enfant a besoin de ces explications. Mais il a surtout besoin qu'elles soient assorties d'un acte. On ne peut en effet lui expliquer le caractère vital, pour le marchand, de son commerce, et garder, alors qu'on ne l'a pas payé, l'objet qu'il a dérobé. Il faut donc, dans ce cas, le rapporter avec lui à son propriétaire. En expliquant à ce dernier que le « fautif » ignorait qu'il commettait, en le prenant, un vol.

Il n'y a pas à humilier l'enfant. À l'accuser d'être « un voleur » et à lui prédire, pour cette faute, l'enfer et ses tourments. Il n'est pas un voleur. Il a volé. C'est une faute et on l'a – comme c'est normal – aidé à la réparer. Il est donc quitte vis-à-vis de lui-même et de la société. Et il convient de lui épargner aussi bien la mortification que la culpabilité.

Le rôle du parent qui « sanctionne » n'est donc pas de se transformer en « pourfendeur du péché », en agent de l'« ordre moral » et de la répression. Il consiste simplement à faire en sorte que le franchissement de la limite qu'a transgressée l'enfant lui soit clairement signifié : seule façon pour que l'interdit ne reste pas, pour lui, lettre morte.

Mais si, passé le stade de la « première fois » et de l'information, et malgré les explications données, l'enfant recommence, il doit être puni. Car il n'a plus alors l'excuse de l'ignorance, et il faut le lui dire.

La sanction doit évidemment être modulée en fonction de son âge et de l'importance de sa faute, mais elle est nécessaire. Et il faut lui expliquer que s'il persiste dans la transgression, il s'expose, en agissant de la sorte, à entrer dans la catégorie de ceux que la loi nomme « récidivistes » et dont elle majore toujours, pour cette raison, le châtiment.

Dans toutes ces démarches, le plus important, pour les parents, est sans doute de comprendre qu'en se conduisant de cette façon, ils n'instaurent pas, comme ils le redoutent, un « règlement intérieur » répressif et tyrannique, mais qu'ils ne font que mettre les règles internes à la famille en accord avec celles qui ont cours dans la société.

Une telle mise en accord est capitale pour l'enfant, car il est toujours très perturbant, pour lui, que ses parents lui permettent, à la maison, ce qui à l'extérieur est interdit. De nombreux enfants se retrouvent ainsi menacés, à l'école, d'exclusion parce qu'ils s'y montrent incapables de supporter les règles et l'autorité. Ne rencontrant dans leur vie familiale aucune limite, ils vivent comme des brimades injustes et dépourvues de sens celles que leur impose la scolarité.

Ne pas confondre « comprendre » et « excuser »

Les parents sont également souvent désorientés parce qu'ils ne parviennent pas à faire la différence entre « compréhension » et « sanction » de la faute. Angoissés par la transgression de leur enfant, ils cherchent souvent désespérément à en comprendre le sens et les raisons, et finissent, de ce fait, par oublier de la sanctionner. Cet oubli de la sanction est d'autant plus fréquent que leurs interrogations les mènent à s'imputer la responsabilité de sa faute : « Nous l'avons mal élevé », et à s'accuser plus qu'ils ne l'accusent.

Dès lors, s'imaginant seuls coupables de sa conduite, ils ne se sentent plus autorisés à la lui reprocher. L'enfant se retrouve donc innocenté, quoi qu'il ait fait, par la mauvaise image d'eux-mêmes qu'ont ses parents. Privilège qui, dans l'instant, est (sans nul doute) confortable pour lui, mais qui risque fort, à terme, de lui coûter cher.

Différencier les registres

Il convient donc de différencier les registres. Il est certes capital de comprendre le sens des transgressions d'un enfant, car elles peuvent être pour lui une façon d'exprimer un mal-être. Cela n'empêche nullement, cependant, de les sanctionner. Et il est même très important de le faire :

• d'abord parce qu'en agissant ainsi, ses parents lui permettent de faire un premier – et indispensable – apprentissage du fonctionnement social. Dans la société, en effet, lorsqu'un acte délictueux est perpétré, son auteur est puni, quelles que soient les raisons qui l'ont poussé à le commettre.

Celles-ci peuvent éventuellement lui permettre d'obtenir de la justice des « circonstances atténuantes ». Mais elles n'ont le pouvoir ni d'effacer sa faute ni d'annuler la sanction. Nul ne peut prendre prétexte de sa souffrance pour commettre impunément des délits ou des crimes…

• mais ce rappel des lois du monde est surtout important parce que, même s'il ne lui est pas agréable, il est toujours rassurant pour l'enfant qui souffre. Il lui signifie en effet que l'angoisse qui le submerge, assez forte pour le faire vaciller, ne l'est pourtant pas assez pour faire chavirer le monde.

L'extérieur ne change pas au gré de ses fantasmes ou de ses états d'âme. Il reste solide. Il tient bon et peut donc, à ce titre, lui offrir un point d'appui pour retrouver sa route.

Moduler la sanction

Si les parents comprennent que la transgression de l'enfant a été pour lui un moyen d'exprimer une difficulté qu'il ne parvenait pas à manifester autrement, ils doivent en tenir compte dans l'établissement de la sanction. Et le lui dire : « Tu as déchiré le cahier de ton frère. C'est grave, et cela mériterait une punition sévère. Mais je comprends ce qui s'est passé. Tu l'as déchiré parce que tu pensais que sa scolarité nous intéressait plus que la tienne. Ça te rendait malheureux, et tu n'osais pas le dire. Tu vas donc simplement, pour cette fois, l'aider à le remettre en état. Mais ne recommence pas ! »

Les parents doivent, dans un pareil cas, moduler la sanction, mais sans pour autant y renoncer totalement. S'ils le faisaient, en effet, ils mettraient, sans le vouloir, l'enfant dans une impasse. Car ils l'initieraient aux vertus de l'« alibi psychologique » : « Je fais n'importe quoi, mais ce n'est pas grave. Il ne m'arrivera rien, parce que je dirai que j'étais malheureux… » Il ne manquerait plus, dès lors, pour son malheur, que de l'utiliser à loisir. On rencontre ainsi des adolescents, déjà vieux routiers de la chose, qui savent admirablement raconter – notamment aux juges et aux « psy » – leur « détresse ». Il n'est pas sûr qu'ils en souffrent autant qu'ils le disent. Mais elle leur est très utile pour excuser par avance les actes délictueux qu'ils commettent.

Cette attitude est d'autant plus préjudiciable pour eux qu'utilisant ainsi de façon perverse des déboires familiaux au demeurant réels, ils se coupent de toute possibilité d'entendre de quel poids ils ont toujours pesé sur eux.

De plus – il faut que les parents le sachent –, les transgressions d'un enfant ne sont pas toujours, loin s'en faut, l'expression d'une souffrance liée à sa relation affective à son entourage ou à eux-mêmes.

Certaines d'entre elles sont une façon, pour lui, d'interroger les limites, d'en appeler à ce qu'elles lui soient posées ou rappelées.

Un enfant, par exemple, ne vole pas toujours pour dérober – symboliquement – un amour dont il ressent le manque. (Faute de pouvoir prendre à maman les sentiments qu'elle ne peut pas me donner, je prends de l'argent dans son porte-monnaie...) Il vole parfois dans l'espoir – inconscient – d'être pris et puni. C'est-à-dire pour obliger ses parents à agir et s'assurer ainsi que le monde n'est pas une jungle, que la loi existe et qu'elle le protège : des autres, mais aussi de lui-même ; des pulsions qu'il sent en lui, dont il voudrait qu'on l'aide à les contenir. Dans ce cas, l'enfant n'a nul besoin de « parlote », mais d'une attitude ferme.

Il a besoin que ses parents lui prouvent, par des paroles et des actes, qu'ils sont capables de l'aider à lutter contre le pulsionnel qui menace toujours de le déborder. Qu'ils sont assez forts pour l'en protéger. Il lui faut être sûr que, quelles que soient les envies – de meurtre, d'inceste, etc. – qui, inconsciemment, l'assaillent, ils seront toujours là pour l'empêcher de les réaliser.

Il convient d'ajouter qu'un enfant peut aussi transgresser sans souffrir d'aucun problème particulier, simplement parce qu'il a besoin de faire, de cette façon, l'apprentissage de la règle. Il ne fait alors, par ses actes, que témoigner de la difficulté – normale – qu'il y a, pour tout humain, à la respecter. Rappeler les interdits, en sanctionnant les dérapages, ne peut donc que l'aider dans son apprentissage.

Éduquer leur enfant à la loi, lui permettre de l'intérioriser est donc, pour les parents, un travail – souvent épuisant – de tous les instants. La vie d'un enfant et son éducation ne sont pas faites de quelques « grands problèmes » que l'on pourrait résoudre une fois pour toutes, mais d'une succession de « petits incidents » – en apparence souvent anodins – par rapport auxquels les parents doivent en permanence agir… et réagir.

Là encore, Françoise Dolto souligne l'ampleur de la tâche : « J'entends par “castration anale” l'interdit de faire n'importe quoi pour son plaisir érotique. Des interdits limitatifs doivent être imposés au faire à partir du moment ou ce “faire” provoquerait déplaisir ou danger pour les autres, à partir du moment où l'usage de la liberté gêne en réalité la liberté d'agir d'autrui[1]. »

On peut concevoir sans peine qu'il y ait, dans chaque journée de la vie d'un enfant, maintes occasions pour ses parents de poser ce genre de limites !

« Comprendre » les transgressions

Si les parents ne doivent pas confondre « compréhension » et « sanction », il est néanmoins essentiel qu'ils essaient, en parlant avec lui, d'interroger les transgressions de leur enfant ; surtout s'il les multiplie au-delà du raisonnable.

Cette volonté de l'écouter, que ses parents lui manifestent, lui permet en effet de prendre conscience de

---

1. *L'Image inconsciente du corps*, p. 141.

ses actes et de réussir peu à peu à exprimer par la parole la souffrance dont ils témoignent.

Assuré de l'écoute de ses géniteurs, il apprend à « parler » les angoisses, les questionnements, les doutes qui l'assaillent. Et n'a plus besoin, dès lors, de les « agir » – de les faire entendre par des comportements problématiques.

Ce dialogue avec l'enfant est d'autant plus important qu'il n'a pas seulement pour effet de lui rendre possible l'expression de ses difficultés. Il lui permet aussi de comprendre l'intérêt que ses parents lui portent et de trouver ainsi, pour son narcissisme, un point d'appui essentiel.

Si elle n'est pas assortie d'une volonté de comprendre la faute, la sanction posée par les parents peut être en effet dangereuse pour le narcissime de l'enfant.

Car ils risquent fort, s'ils ne cherchent pas à appréhender pourquoi il a agi comme il l'a fait, de réduire – qu'ils le veuillent ou non – l'enfant à ses agissements, de le confondre avec eux. De faire disparaître sa personne derrière ses actes.

Ainsi, par exemple, quand un parent dit à son enfant : « Tu frappes les autres à l'école, tu es méchant », il lui signifie (souvent sans le savoir) qu'il ne le juge qu'à la lueur de ce « dérapage ». En même temps qu'il lui manifeste un rejet – qui est toujours, pour l'intéressé, violent et désespérant –, il lui donne de lui-même une image négative. Image qui, outre qu'elle est destructrice, est toujours aussi parfaitement fausse.

Ce n'est pas parce qu'un enfant a commis un acte « méchant » (encore faudrait-il savoir s'il l'était, et ce que cela veut dire…) qu'il est pour autant « méchant ». Car on voit mal que l'on puisse le « résumer » aux cheveux qu'il a tirés ou aux coups de poing qu'il a donnés. Il a eu – c'est une évidence – un comportement dont il aurait été préférable qu'il s'abstienne. Mais sa personne n'est en rien réductible à ce comportement. Il reste par ailleurs sensible, intelligent, drôle, etc. Il n'y a donc pas à confondre ce qu'il a « fait » avec ce qu'il « est ».

Il n'en va pas de même pour l'enfant si, dans la même circonstance, le parent lui dit : « Tu frappes tout le monde à l'école. Ce n'est pas admissible, et tu vas être puni. Mais c'est aussi très curieux, parce que tu es par ailleurs un garçon plein de qualités. Nous allons donc, si tu veux, discuter ensemble pour essayer de comprendre pourquoi tu te comportes de cette façon. » Dans ce cas, en effet, l'enfant comprend très bien qu'il a franchi une limite et que l'adulte ne l'approuve aucunement. Mais il comprend aussi que ce dernier lui garde néanmoins son estime et ne le juge pas seulement à la lueur de ses errements.

Lorsque l'adulte agit de cette façon, il se porte garant à la fois des règles de vie et du narcissisme de l'enfant. Et il lui offre de surcroît une possibilité de sortir de l'impasse dans laquelle il se trouve. L'enfant, voyant ses parents se conduire de la sorte, comprend qu'ils le respectent et prennent au sérieux – même s'ils ne les connaissent pas – les raisons qu'il a d'agir.

Ce respect lui est essentiel, nous l'avons dit, pour la construction de son narcissisme (pour prendre conscience de sa valeur). Mais il l'est aussi parce qu'il lui sert de modèle. Car le respect des autres ne s'apprend pas comme un catéchisme, il se vit.

C'est parce qu'il imprègne le rapport à ses parents et leur propre vie que l'enfant, se construisant avec lui, l'intègre de façon permanente et durable à sa personne. Respecter les autres aussi bien que lui-même devient alors, pour lui, une évidence. Et elle lui est utile, notamment à l'adolescence, âge de toutes les tentations. Car elle lui permet alors de résister au chant des sirènes (qu'elles aient le visage de la drogue, de la délinquance ou de l'abandon de la scolarité) qui ne manquent jamais de croiser sa route et qui pourraient le faire sombrer.

Le droit de posséder un espace et des objets

De même, pour pouvoir respecter le « territoire » de l'autre et ses possessions, l'enfant doit avoir le droit de posséder lui-même un espace et des objets.

En la matière, la tâche des adultes est difficile car, n'ayant pas toujours été eux-mêmes respectés dans leur enfance, ils ont souvent l'impression que leurs agissements sont à cet égard sans importance ni conséquences.

« Ce n'était qu'une vieille poupée. C'est vrai que je l'ai jetée sans demander son avis à ma fille. Mais ce jouet était très abîmé, et puis elle en a beaucoup d'autres… »

Les adultes qui agissent ainsi ont tort. D'une part, parce que demander à un enfant de respecter une règle tout en lui signifiant qu'elle ne le protège pas, lui, est à la fois absurde et violent. Cela revient à dire : Tu n'as pas le droit de casser le vase du salon, mais j'ai le droit, moi, ta mère, de mettre, alors que tu ne m'y as pas autorisée, ton vieux camion à la poubelle. D'autre part, parce que, quelle que soit leur valeur marchande, les possessions d'un enfant sont aussi importantes pour lui que, pour l'adulte, les plus précieuses de ses collections. Il peut souffrir de leur perte aussi profondément que lui.

Contrairement à ce que croient la plupart des « grandes personnes », les enfants n'éprouvent pas, parce qu'eux-mêmes sont petits, que des « petits chagrins ». Leurs peines sont à leur mesure, c'est-à-dire aussi grandes que celles de leurs aînés. Et ils ont, comme eux, besoin que l'on respecte les êtres et les objets qu'ils ont choisi d'aimer.

Il n'y a donc pas à jeter sans son accord les jouets d'un enfant (même s'ils sont cassés). Et il faut lui permettre d'en disposer à sa guise. On peut éventuellement le mettre en garde contre les risques qu'il prend en les utilisant comme il le fait. Mais il reste seul habilité à décider de ce qu'il veut en faire, notamment lors des « échanges » fréquents entre enfants et que les parents supportent souvent assez mal.

Françoise Dolto le dit clairement : « Si une petite auto a plus de valeur aux yeux d'un enfant que le beau jouet reçu pour sa fête, c'est son affaire. C'est, bien sûr, dur à admettre pour certains parents, mais pour un enfant – et encore pour bien des adultes –, la valeur des choses est plus affective que monétaire. C'est d'en discuter avec l'enfant qui est formateur, mais jamais que les parents continuent à se sentir possesseurs de ce qu'ils ont donné à leur enfant, pas plus qu'ils n'ont à apprécier la valeur affective qu'il donne ou non à un cadeau reçu[1]. »

De même, il n'y a pas à confisquer à un enfant ce qu'il possède : « On en voit aussi [des pères et des mères] qui confisquent des jouets ou qui obligent l'enfant à leur confier l'argent qu'on lui a donné en cadeau. Ils ne se rendent pas compte que, ce faisant, ils sapent la possibilité du respect du bien d'autrui par l'enfant […]. Si un objet est retiré à un enfant, ce ne peut être que parce que cet objet est précieux en réalité, et pour aider l'enfant lui-même qui risque de l'abîmer et de le regretter quelque temps après, le prix de l'objet ou sa sûreté excluant qu'on puisse le remplacer. Mais jamais "Je te confisque ta poupée parce que tu as cassé la potiche"[2]. »

Ainsi éduqué, l'enfant dont on a respecté les possessions respectera celles des autres, parce que ce respect des biens, grâce à sa propre expérience, lui sera devenu, comme celui des personnes, naturel.

Françoise Dolto le dit encore : « Un enfant dont on a respecté tout ce qu'il met dans sa caisse à jouets et qui lui est – pour des raisons personnelles – tout à fait précieux respectera naturellement les objets d'autrui[3]. »

En fait, par ses objets, l'enfant crée un espace qui est « sien ». Et c'est à partir du moment où il a expéri-

1. *L'Image inconsciente du corps*, p. 142.
2. *Ibid.*, p. 121.
3. *Ibid.*

menté pour lui-même cet espace qu'il peut comprendre que l'autre a aussi un espace à lui. Et qu'il y tient.

Pour accéder à la loi

Un certain nombre de conditions sont donc requises, on le voit, pour que l'enfant accède à la loi :

• il a besoin que les adultes, en lui précisant bien qu'ils sont eux aussi soumis à elles, lui apprennent les règles ;

• il a besoin que, tout en essayant d'en comprendre les raisons, les adultes sanctionnent fermement ses transgressions ;

• il a besoin, pour apprendre le respect d'autrui et de ses biens, que ses parents lui donnent, par la façon dont ils le traitent et traitent les autres, le modèle de ce respect.

À ces trois conditions, il faut en ajouter deux autres :

• l'enfant a besoin, pour accéder à la loi, que les interdits posés par ses parents soient sensés, c'est-à-dire que tout ne soit pas interdit. Le travail analytique avec les enfants – mais aussi avec les adultes – prouve en effet que le « tout interdit » n'est pas seulement destructeur, mais « contre-productif ». Car il revient, dans nombre de cas, à rendre caduque l'idée même d'interdit. Condamné à vivre dans un carcan, l'enfant n'a de cesse, dès qu'il le peut, de s'en défaire. Mouvement de libération légitime, mais problématique, car il l'amène en général à rejeter, avec le carcan, toute contrainte quelle qu'elle soit. Privé de repères par son éducation, il est en effet incapable de différencier les limites nécessaires de celles dont il a fait l'expérience et qui, dépourvues de sens, relèvent de la simple répression. Il refuse donc en bloc toutes celles qu'il rencontre ;

• de plus, l'enfant à qui l'adulte interdit tout sent toujours – au moins inconsciemment – que l'attitude de ce dernier n'est pas normale. Ce sentiment lui donne une raison supplémentaire de tout rejeter en bloc et de ne plus accepter que soit mise à ses actes quelque barrière que ce soit.

Enfin, pour apprendre les règles, l'enfant a besoin, à l'âge de la « castration anale », que ses parents favorisent sa vie sociale. Il a besoin d'ami(e)s, de « copains ». La rencontre avec eux (à la crèche, à la garderie, au square, à la maison ou à l'école) constitue en effet, pour lui, la première expérience de vie en société. Expérience indispensable, car il ne peut comprendre les règles de l'existence avec ses semblables si, condamné à la solitude, il est en permanence coupé d'eux.

Les troubles liés à la « castration anale »

L'âge de la « castration anale » constitue donc une étape essentielle dans la construction des enfants. Mais elle est aussi – et c'est, compte tenu de la multiplicité des apprentissages qu'ils doivent y faire, compréhensible – à l'origine pour eux de nombreux troubles. Certains sont liés à l'autonomie, d'autres à l'« éducation à la loi », d'autres encore à la « propreté ».

Les troubles dus à une autonomie insuffisante – L'inhibition

Une grande partie des problèmes de cette période sont dus au fait que les parents n'ont pas – ou pas assez – encouragé l'enfant à l'autonomie. Et ils prennent souvent la forme d'une inhibition massive.

Alors qu'il ne souffre d'aucun problème somatique, l'enfant est en retard dans son développement moteur. Il paraît timide, apeuré, passif. Il bouge peu. L'enfant qui présente ce genre de difficultés donne souvent l'impression d'avoir été freiné dans son élan. Et, de fait, il l'a été. Parce que ses parents n'ont pas pu – ou pas su – respecter ses initiatives motrices. Ils ont, par angoisse ou au nom d'une conception répressive de l'éducation (dont ils n'avaient pas forcément conscience), contrarié son envie (et son besoin) d'avancer. Chaque fois qu'il voulait tenter un geste ou un acte nouveau, l'enfant a essuyé des réprimandes. Il s'est vu menacé de catastrophes et parfois même a été châtié.

Certains adultes, parce qu'on les a eux-mêmes autrefois empêchés de vivre, ne peuvent en effet admettre les manifestations de vie d'un enfant. Ils ne peuvent supporter cette étape de son développement où, entendant devenir maître de ses activités et se diriger seul, il commence pour la première fois à prendre, dans la vie de la famille, une place à part entière.

Cette difficulté de l'adulte peut parfois conduire à des situations extrêmes.

Je me souviendrai longtemps, pour ma part, d'un petit garçon de quatre ans, reçu il y a bien des années dans un hôpital de province. Il avait été adressé à la consultation par l'école, inquiète de le voir, en « moyenne section » de maternelle, aussi massivement inhibé. Il est venu, accompagné de la nourrice de l'Aide sociale à l'enfance (ASE) à laquelle il avait été confié. Et elle m'a longuement expliqué comment elle lui apprenait – c'était pour elle essentiel – ce qu'elle appelait « l'ordre et le rangement ». « Enseignement » confirmé par l'assistante sociale de la consultation qui est revenue effarée d'une visite au domicile de la dame.

L'enfant, elle l'avait constaté, vivait dans une sorte de désert : un univers vide d'humains, car aucun autre enfant n'était autorisé à y entrer ; et vide aussi d'objets. Par crainte du désordre et de la saleté qu'ils pouvaient occasionner, il était en effet privé de feutres et de pâte à modeler. Et l'usage de ses jouets était réglementé. Il devait, pour avoir le droit de sortir du placard un deuxième jouet, avoir préalablement rangé le premier…

L'état de cet enfant était très préoccupant. Il était en effet si inexistant, si apeuré et si absent qu'il semblait transparent.

Son mal-être ne posait cependant manifestement aucun problème à sa gardienne qui le disait avec fierté « sage comme une image ». Ce qu'il était effectivement, puisqu'il avait fini, « élevé » de la sorte, par ressembler à un mort vivant.

Sous l'œil stupéfait de la dame qui n'envisageait pas un seul instant qu'il pût comprendre ce que je disais, j'ai évidemment parlé à ce petit garçon. Puis j'ai évoqué avec elle l'« ordre » dont elle m'avait parlé et qu'avait constaté l'assistante sociale. Je lui ai expliqué que les troubles de l'enfant ne relevaient pas d'une pathologie particulière, mais s'expliquaient simplement par un désir de vivre, de grandir et de bouger qui ne trouvait pas, dans sa vie actuelle, à se satisfaire comme il l'aurait dû. J'ai évoqué les jouets, les feutres et la pâte à modeler, et suggéré qu'elle lui permette à l'avenir d'en user. J'ai proposé qu'elle cesse de l'assister totalement, mais lui apprenne progressivement à se laver seul, à s'habiller, etc. J'ai précisé qu'un tel changement allait sans doute lui sembler difficile, mais qu'il était nécessaire à l'enfant. Et que nous étions là, l'ASE et moi, pour l'aider à franchir, avec lui, ce pas…

Au rendez-vous suivant, elle est revenue (étant employée par l'ASE, elle pensait probablement ne pas pouvoir se soustraire aux consultations…). Et j'ai, comme c'était l'usage, été la chercher, ainsi que l'enfant, dans la salle d'attente. Bien que de nombreuses chaises fussent disponibles, celui-ci était, comme les fois précédentes, assis sur ses genoux, car elle ne pouvait manifestement supporter qu'il eût une place à lui… Mais une chose avait changé : l'enfant semblait encore plus figé que d'habitude. Il se tenait très droit et regardait fixement ses deux mains qu'il tenait elles aussi très droites devant lui, à hauteur de ses yeux. Et il avait quelque raison de le faire, car chacun de ses doigts était enfermé dans un pansement… Vision insupportable que la nourrice, en réponse à ma question effarée : « Mais que s'est-il passé ? », justifia de la façon suivante : « Vous comprenez, je lui ai fait brûler ses verrues. Il en avait partout. »

Ne pouvant plus s'opposer à ce qu'un minimum d'espace soit laissé pour vivre à cet enfant, elle avait fait en sorte que l'usage de ses mains lui soit ôté.

Cette privation était évidemment, pour lui, dans la réalité, temporaire, mais elle ne pouvait que s'inscrire de façon durable – voire définitive – dans son psychisme. Il venait en effet de faire une expérience impossible à oublier. Puisque, se refusant à le voir vivant, l'adulte avait inscrit dans sa chair à la fois son interdiction et la preuve de sa toute-puissance. Sa nourrice l'avait, avec l'aide de la médecine, « marqué ». Comme on marque le bétail dont on veut s'assurer la propriété.

L'enfant savait désormais ce que pouvait lui coûter une envie d'exister, aussi innocente fût-elle. Il venait de la payer du prix – exorbitant – de la torture. Prix aussi ignoble qu'injuste. « Leçon » à tout jamais gravée en lui, qu'il ne pourrait plus désormais effacer.

J'ai évidemment fait en sorte que l'ASE retire au plus vite cet enfant à cette femme, manifestement malade et dépourvue de tout désir de se soigner. Et il a fallu beaucoup de travail (en thérapie, avec une nouvelle famille d'accueil, à l'école, etc.) pour que ce petit garçon reprenne peu à peu goût à la vie. Sans que, pour autant, les « soignants » que nous étions trouvent matière à « crier victoire ». Car les conséquences que peut avoir pour un enfant une expérience de cet ordre sont impossibles à mesurer. Surtout si elle est le fait d'une personne qui – comme une nourrice de l'ASE – est pour lui une personne « officielle », « cautionnée » par la société. Rien ne dit que, même avec une thérapie, les effets de cette violence ne puissent pas resurgir ultérieurement (à l'occasion, par exemple, d'une épreuve dans sa vie adulte), et venir une nouvelle fois briser à un moment crucial son élan vital.

Cet exemple est évidemment extrême. Mais, outre qu'il n'est malheureusement pas unique, il a l'avantage de nous montrer, tel un miroir grossissant, les dommages que l'on peut causer à un enfant quand on s'oppose – même sans en être conscient – au besoin qu'il a d'avancer. C'est-à-dire de devenir, au fil des mois, de plus en plus autonome et indépendant.

L'impossible « conscience de soi »

Le fait que les adultes contrecarrent son envie de « grandir » ne porte cependant pas seulement préjudice à l'enfant sur le plan de son développement moteur. Il hypothèque aussi sa construction psychique.

L'autorisation donnée à l'enfant de faire, au fur et à mesure de son évolution, les expériences nouvelles auxquelles elle lui permet peu à peu d'accéder est en effet essentielle. Car ces expériences ne lui sont pas seulement nécessaires pour devenir agile et adroit ; elles le sont aussi parce qu'elles lui permettent de prendre conscience de lui-même. Si on les lui interdit, on le condamne à ne pas pouvoir réaliser ce qu'il est.

Immobilisé par l'adulte et placé dans l'impossibilité de faire des expériences corporelles, l'enfant se trouve comme coupé de son corps. Celui-ci lui reste donc étranger. Il est dans l'impossibilité de l'habiter.

Situation d'autant plus grave qu'il ne peut, dans ce cas, dit Françoise Dolto, qu'investir massivement la seule activité qui ne soit pas prohibée : celle de ses yeux. Empêché de se mouvoir, l'enfant tente en effet généralement de compenser son inactivité en s'absorbant dans la contemplation fascinée de ceux qui l'entourent et qui ne cessent, eux, de bouger. Il transfère sur eux son besoin d'action. Et, pour le réaliser, se projette en eux. Il s'identifie à eux et devient donc, en imagination, le papa qui porte la grosse valise, le grand frère qui saute, la nounou qui se dépêche, la maman qui conduit la voiture, etc.

« Il est certain qu'un enfant toujours parqué à la maison, porté à bras ou en poussette dehors, qui ne peut pas s'essayer à explorer à son rythme l'espace qui l'entoure alors qu'il a atteint déjà depuis plusieurs mois le développement musculaire qui le lui permettrait, est en grand danger : parce qu'il ne fait que des expériences visuelles, imaginaires, par procuration, en s'identifiant à autrui, sans aucune expérience réelle de sa petite masse à lui[1]… »

Identifications dramatiques car, vivant par procuration, l'enfant ne peut prendre conscience de sa personne, mesurer ses véritables forces, ni, par là même, ses limites. De ce fait, il s'installe peu à peu dans un sentiment de toute-puissance, d'autant plus solide qu'aucune expérience réelle ne vient le mettre à mal : « L'enfant va vers une inexpérience totale de son schéma corporel, en même temps qu'il développe le

1. *L'Image inconsciente du corps*, p. 258-259.

fantasme de toute-puissance d'une image du corps purement narcissique[1]. »

Condamné à ne rien faire, l'enfant devient donc, dans la réalité, de plus en plus malhabile, tout en se sentant, dans son imaginaire, de plus en plus performant, puisqu'il croit être l'autre qu'il voit réaliser ces performances. Ce déséquilibre intérieur invalide évidemment sa construction psychique. Identifié de la sorte aux autres, il est en effet à mille lieues de pouvoir faire le travail nécessaire à son individuation. Il ne peut se différencier d'eux et, peu à peu, devenir « lui ».

« En imagination, il prête son image du corps immobilisé aux déambulations des autres qu'il observe et mémorise. Il ne devient pas "Moi-Je". Il est Moi-Tu, Tu. D'ailleurs, beaucoup de ces enfants parlent de leurs désirs en les mettant à la 2e personne : "Tu veux ci, Tu veux ça." C'est comme s'ils parlaient d'eux en étant l'autre[2]. »

Un enfant en danger

Empêché de se construire, l'enfant est également livré dans ce cas à tous les dangers. Car, s'imaginant doté d'une force qu'il n'a pas, il est susceptible, s'il échappe à la surveillance incessante dont il est l'objet, de prendre des risques inconsidérés.

L'adulte qui, du fait de son angoisse, l'immobilise dans ce que Françoise Dolto nomme à juste titre une

1. *Ibid.*, p. 259.
2. *Ibid.*

« geôle pathogène » en arrive donc, paradoxalement, au résultat inverse de celui qu'il recherche. Car, voulant à l'excès le protéger, il le met en fait en péril.

La sécurité d'un enfant ne naît en effet jamais de la contention. Elle ne peut être que le fruit de la liberté, de la conscience de lui-même et du sens de la responsabilité qu'on l'a aidé à acquérir.

L'impossible accès à la loi

La seconde série de troubles qui trouvent leur origine dans l'éducation au moment de la « castration anale » est liée à l'« accès à la loi ».

Ces troubles peuvent se traduire d'abord par des angoisses de l'enfant. S'il vit avec des parents qui ne lui mettent aucune limite, il ne peut en effet que se sentir en danger, à la fois par rapport à l'extérieur et par rapport à lui-même. Car rien ne le protège alors des envies angoissantes de transgression qui l'habitent. Bien des terreurs et des cauchemars de cette période s'arrêtent ainsi lorsque le père reprend sa place dans la famille et manifeste une autorité dont il n'osait jusque-là user.

Mais les troubles de l'enfant peuvent avoir également pour symptôme un irrespect total des règles de conduite. Irrespect qui, quel que soit son âge, a toujours pour lui des conséquences lourdes. Car il a généralement pour effet d'hypothéquer sa socialisation, sa scolarité, et, partant, son avenir.

En fait, il nous faut ici le souligner, si l'on suit Françoise Dolto, on se rend compte que la véritable prévention de la délinquance se fait à cette période. C'est à l'âge de la « castration anale », c'est-à-dire entre 18 mois et 3 ou 4 ans, que l'enfant intériorise (ou non) les règles de vie qui, durant toute son existence, structureront (ou non) son rapport à lui-même et aux autres. Ce qui se passe ensuite ne s'installe en effet que sur la base de ce qui, à cette époque, a été (ou non) mis en place. Les conduites de la préadolescence, de l'adolescence et de l'âge adulte, les actes délinquants ultérieurs n'en sont que la répétition.

Cet enseignement de Françoise Dolto mériterait d'être entendu, car il donne à la fois une clef susceptible d'expliquer bien des dérives et la perspective de solutions destinées à les prévenir.

Les troubles liés à la « propreté »

De nombreux troubles ont également pour origine la « propreté ». Ils sont dus le plus souvent au fait qu'au lieu d'attendre que l'enfant soit prêt à être « propre » et en manifeste le désir, l'adulte s'est livré sur lui à un forçage. Il a voulu lui imposer, coûte que coûte, sa loi.

Les conséquences de cette prise en otage de son corps et de ses fonctions par l'instance parentale ont toujours, pour l'enfant, des conséquences très lourdes.

Elles l'empêchent en effet de « sublimer » ses pulsions anales, c'est-à-dire de leur donner un autre but ; de passer du plaisir de « faire caca » à celui de « faire », en y trouvant du plaisir, mille et une autres choses intéressantes, et de devenir ainsi curieux, industrieux et actif.

En fait, l'adulte qui impose la « propreté » à l'enfant alors que celui-ci ne la désire pas encore obtient, dans ce domaine également, le résultat inverse de celui qu'il recherche. Car, croyant le rendre propre, il le « coince » en fait dans le « caca ».

En ne manifestant, pour les progrès qu'il peut faire dans les domaines du jeu, de la déambulation, etc., aucun intérêt, et en ne privilégiant que la « propreté », qui l'obsède, l'adulte amène l'enfant à croire que la fonction excrémentielle est le centre de la vie. Happé par l'intensité de la demande parentale, celui-ci finit par s'imaginer que « faire caca » est la chose la plus importante qu'un être humain ait à accomplir. Du « bon caca ». Du « beau caca ». Au bon moment et au bon endroit. Or cette certitude n'est pas pour lui sans effets.

• Elle peut en effet le conduire, dans certains cas, à faire de la manipulation de ses excréments son activité principale et son jeu favori, plongeant ainsi dans l'horreur et l'indignation l'adulte stupéfié par cette attitude qui met à mal tous ses principes. Alors même que celle-ci est pourtant des plus logique, car tout se passe comme si l'enfant affirmait par ses actes : Puisque la façon dont je manipule les objets n'intéresse pas mes parents et que seul mon caca les intéresse, je manipule mon caca… En fait, par l'attrait problématique qu'il manifeste pour ses excréments, l'enfant ne fait que renvoyer en miroir son symptôme à l'adulte…

• Le forçage de la « propreté » peut avoir aussi pour effet de l'inhiber dans toutes ses activités. S'il sent en effet que, obsédés par la volonté qu'il soit propre, ses parents considèrent comme un drame le moindre « accident », il peut être amené à renoncer à tout ce qu'il aime faire. Les « accidents » sont, nous l'avons déjà dit, inévitables dans les débuts de la « propreté », parce que l'enfant, absorbé par son jeu, « s'oublie ». S'il lui faut à tout prix, pour ne pas déplaire à ses géniteurs, les éviter, il n'a donc plus qu'une solution : faire en sorte de ne plus s'intéresser à rien. Mais cette solution, invalidante pour lui, est aussi des plus dangereuse, car elle l'enferme, s'il l'adopte, dans un piège. Un enfant ne peut en effet vivre sans plaisir. Si la voie normale pour trouver ce plaisir (le jeu, par exemple) lui est barrée, il est obligé de le chercher dans le seul domaine qui lui reste disponible, celui qu'autorisent et valorisent ses parents. En l'occurrence : la fonction excrémentielle.

Il peut être ainsi amené à surinvestir le plaisir ano-rectal. Surinvestissement problématique, car il provoque généralement un certain nombre de symptômes : la constipation, qui peut être due soit à une rétention érotisée des matières fécales, soit à une volonté – inconsciente – de mettre une limite à la toute-puissance de l'adulte en refusant de lui accorder ce qu'il demande ; mais aussi la diarrhée qui est parfois le signe, dit Françoise Dolto, que, confronté à un interdit d'exercer d'autre manière son désir d'activité, l'enfant le reporte sur ses intestins (et rend ceux-ci hyperactifs).

• Toujours parce qu'il sent l'intérêt ou l'angoisse excessifs de l'adulte, l'enfant peut également installer avec ce dernier, sur cette base, un jeu pervers. Il se sert alors de la fonction excrémentielle pour lui plaire, lui déplaire ou l'angoisser, usant par là d'un mode d'agir comparable à celui que certains enfants adoptent dans le domaine de la nourriture. Sentant leur mère accorder à ce qu'ils mangent une importance démesurée, ils jouent – inconsciemment – de leur appétit pour l'inquiéter, et ne retrouvent un « fonctionnement » normal que lorsque, aidée par un professionnel, celle-ci peut cesser de donner à leur alimentation une importance excessive.

• Mais le « dressage à la propreté » peut avoir pour l'enfant des conséquences plus profondes encore. Car elle peut être pour lui une sorte d'école de la soumission et l'initier précocement à une obéissance passive qu'il pourra mettre en scène par la suite dans tous les secteurs de son existence. Et dont il paiera souvent le prix sa vie durant. Les productions de son corps sont en effet posées comme ne lui appartenant pas ; elles sont la propriété de papa et de maman, il doit les leur donner comme ils le demandent et quand ils le demandent. Il ne peut donc prétendre à la possession de sa personne. Il ne s'appartient pas et peut ainsi se faire (pour l'amadouer ou lui complaire) l'objet de l'autre, dès lors que celui-ci le lui demande. Il peut se livrer à lui dans tous les domaines, obéir à sa loi.

Servitude initialement imposée, mais qui peut fort bien devenir volontaire, car, prônée par ses parents, elle prend valeur, pour l'enfant, de modèle de vie. Françoise Dolto le dit : « L'enfant va être habilité à croire que son obéissance passive, ou désir de donner ses excréments au moment où l'adulte le veut, représente une relation interhumaine harmonieuse[1]. » Le

1. *L'Image inconsciente du corps*, p. 129.

dressage à la propreté, dont nous avons déjà vu qu'il pouvait induire chez l'enfant une honte de sa sexualité, peut donc aussi constituer pour lui une initiation à la soumission…

• Enfin, ce dressage est destructeur en ce qu'il revêt une indéniable dimension incestueuse. L'enfant en effet a l'impression que l'adulte ne s'intéresse pas à lui, mais seulement à « ses fesses », et, à vrai dire, il ne se trompe guère. Même si cet adulte est en général à mille lieues de savoir – consciemment – ce qu'il joue (et surtout répète). Françoise Dolto parle ainsi de ces mères qu'elle appelle « exhibitionnistes » ; qui, en permanence, parlent à qui veut les entendre du pipi et du caca de leur enfant, le changent en public, etc., manifestant ainsi, sans le savoir, l'intérêt – vraisemblablement érotique – qu'elles portent à ces fonctions.

L'enfant, dans ce cas, calque son attitude sur la leur. Il vient, par exemple, trouver au salon les invités de ses parents, non pour leur montrer ses jouets ou ses talents, mais pour leur apporter son pot, persuadé qu'ils ne peuvent être que passionnés par les merveilles qu'il contient.

Attitude malheureusement valorisée par un certain nombre de films publicitaires dont on ne sait s'ils brillent plus par leur stupidité ou leur obscénité. Et qui, par exemple, pour vanter les mérites d'un papier-toilette, montrent un bambin dénudé sortir des lieux d'aisance et dérouler, jusqu'au bureau de son père, un rouleau dudit papier, tandis qu'éperdus d'admiration les collègues de ce dernier s'esbaudissent devant cette prouesse !

Dégoulinants de mièvrerie et de « bons sentiments », ces films sont en fait à entendre comme un symptôme : celui d'une société qu'habitent encore, quoi qu'elle en dise, un irrespect radical de l'enfant, une méconnaissance foncière de son psychisme et une ignorance – au demeurant confortable – de la violence que l'on peut lui faire subir. Le statut de l'enfant dont attestent ces films est-il si éloigné que le croient leurs auteurs de celui dont témoignait au XVIe siècle Montaigne lorsqu'il évoquait les « niaiseries puériles » des enfants « dont nous autres, adultes, nous amusons ainsi que des guenons »[1] ? On est en droit d'en douter.

Aux antipodes de ce cinéma qui fait de l'enfance un phénomène de foire, Françoise Dolto, qui avait l'immense mérite de ne pas mâcher ses mots, et celui surtout de savoir ce que, pour un enfant, souffrir veut dire, a résumé ainsi les effets du dressage à la « propreté » : « Tout dressage est une incitation perverse à la passivité, à un interparasitage prolongé. La mère ralentit par là, du seul fait de ses exigences et de la régulation qu'elle veut imposer au rythme des besoins, l'intérêt de l'enfant pour l'activité ludique motrice, l'accès à la marche, l'agilité corporelle et manuelle[2]. »

Elle montre ainsi clairement à quel point il est, pour un enfant, invalidant.

1. Michel de Montaigne, *Essais*, Paris, Gallimard, « Bibliothèque de la Pléiade », 2007.

2. *L'Image inconsciente du corps*, p. 129.

Les « fruits » de la « castration anale »

À l'inverse, quand tous ces écueils ont pu être évités, quand la « castration anale » est réussie, elle est, pour l'enfant, l'occasion d'une avancée considérable.

Elle lui permet en effet de faire un pas décisif vers son individuation : il est désormais capable de se conduire seul. Il n'est donc plus wagon, mais locomotive...

Il est par ailleurs devenu industrieux et actif, et peut ainsi, chaque jour, découvrir des activités nouvelles qui lui apportent du plaisir. D'autant plus qu'il peut maintenant les partager avec d'autres.

Car, en lui permettant de se séparer encore un peu plus d'elle, sa mère lui a ouvert les portes de la socialisation. Il peut donc tisser de vraies relations avec ces « autres » qu'il avait commencé à découvrir après le sevrage : son père, ses frères et sœurs, les autres membres de la famille, les familiers de la maison, etc. Tous se montrent heureux de partager des moments avec lui, car il est capable d'avoir avec eux des relations « civilisées ». De respecter leur personne, leur espace et leurs biens : « Passé le stade anal, l'enfant devrait en tout cas avoir accepté l'interdiction de prendre, sans le demander, puis sans le remettre après usage, ce qui appartient à autrui ou même ce qui appartient au groupe familial[1]. »

Il est donc pour ses semblables – enfants et adultes – un compagnon à part entière. Et un compagnon qui

1. *Ibid.*, p. 269.

n'est pas seulement attentif à eux, mais apte, aussi, à prendre tout seul soin de lui. L'ancien « bébé » est devenu une personne. Pas encore « grande », certes, mais autonome et d'un commerce agréable.

Le « stade du miroir » qui s'annonce va mettre un point final à son individuation.

CHAPITRE IV

L'enfant découvre qu'il est visible : le stade du miroir

La « castration anale » a prolongé le chemin entamé par l'enfant lors du sevrage ; elle lui a fait faire un pas supplémentaire sur le chemin de son individuation. Il est désormais en mesure de comprendre – et surtout de sentir – qu'il n'est pas un appendice de l'autre (un morceau du corps maternel, par exemple), mais un être à lui tout seul.

Pour importante qu'elle soit, cette conscience de lui-même, nouvellement acquise, reste cependant précaire. Car il n'a pas encore une claire perception des limites de son corps. Il continue à ne pouvoir les appréhender que par le biais de la relation à sa mère. Celle-ci demeure en la matière son repère essentiel. Il ne peut se percevoir qu'à travers sa présence et surtout ses paroles. Quand sa mère lui parle, quand elle l'appelle, quand elle s'adresse à lui, l'enfant se sent exister. Et il a besoin, pour garder en lui, lorsqu'elle est absente, cette certitude, de se remémorer ses paroles. Françoise Dolto le dit clairement : « L'enfant entendant se connaît par qui lui parle[1]. »

1. *L'Image inconsciente du corps*, p. 149.

Son appréhension de lui-même s'appuie donc sur sa génitrice. Elle est liée à ce que Françoise Dolto nomme « un réseau de sécurité langagière avec elle ». De ce fait, les limites de l'être de sa mère et du sien (donc celles de leurs deux corps) restent, pour l'enfant, assez floues. Il est « encore un peu elle » et elle est « encore un peu lui ».

L'enfant et son corps avant le miroir

Comment, dans cette période qui précède la découverte du « miroir », l'enfant ressent-il son corps ? Françoise Dolto pose qu'il l'appréhende à cette étape de deux façons :

• par le biais de ce qu'elle nomme son « schéma corporel », c'est-à-dire l'ensemble des « messages » que son corps lui envoie : des sensations réelles qu'il lui fait éprouver, lesquelles proviennent de ses muscles, de ses viscères, etc. ;

• et par le biais de ce qu'elle appelle son « image inconsciente du corps », notion trop complexe pour qu'il soit possible de la développer ici, mais dont on peut essayer d'approcher le sens en disant que Françoise Dolto ne fait pas référence, par ce terme, au « corps en vrai » (comme disent les enfants), mais au « corps dans la tête », c'est-à-dire à la façon dont l'enfant, dans sa tête, se représente son corps. Étant entendu que cette représentation n'est pas d'ordre visuel – elle est faite de sensations – et qu'elle est (ce qui complique encore les choses) inconsciente.

L'« image inconsciente du corps » désigne donc le corps non pas tel qu'il est (cela relève du « schéma corporel »), mais tel que l'enfant le ressent inconsciemment en fonction des liens qui l'unissent aux autres, avec qui il se construit. Elle est une sorte de cartographie inconsciente de sa vie émotionnelle. Françoise Dolto le dit : « L'image du corps est la synthèse vivante de nos expériences émotionnelles : interhumaines, répétitivement vécues à travers les sensations érogènes électives, archaïques ou actuelles. Elle peut être considérée comme l'incarnation symbolique inconsciente du sujet désirant[1]. »

Cette représentation inconsciente de lui-même, l'enfant la donne à voir (et surtout à entendre) en thérapie, dans les dessins et les modelages qu'il réalise pendant les séances. En s'appuyant sur ces productions et surtout sur la façon dont l'enfant les commente[2], l'analyste peut essayer de la décrypter.

Pour illustrer la différence entre « schéma corporel » et « image inconsciente du corps », Françoise Dolto rapporte de nombreux « cas ». Celui, notamment, d'un petit garçon, que nous résumerons[3] en disant qu'il dessine, pour se représenter, des êtres dont les bras sont coupés. Situation d'autant plus problèma-

1. *Ibid.*, p. 22.

2. De même qu'il n'existe pas de « clef des songes » qui permettrait d'expliquer tous les rêves, il n'existe pas de « clef des dessins d'enfant ». Aucun dessin n'est interprétable sans les explications de l'enfant qui l'a conçu.

3. Le résumé que nous donnons de ce cas étant des plus succinct et de ce fait passablement déformé, on pourra se reporter au récit qu'en fait Françoise Dolto (*L'Image inconsciente du corps*, p. 10).

tique pour ces personnages qu'ils sont en général confrontés à d'autres dont l'attitude est particulièrement offensive et guerrière. Dans la réalité, cet enfant ne souffre, au niveau de ses membres supérieurs, d'aucun problème. Il se sert normalement de ses bras et de ses mains. Et, de ce fait, il éprouve probablement, à ce niveau, les mêmes sensations que n'importe quel autre enfant. Il a donc un « schéma corporel » parfaitement sain.

Pourquoi se dessine-t-il néanmoins avec des bras coupés ?

C'est la thérapie qui, en lui permettant d'expliquer ses dessins, apporte la réponse à cette question. Ce petit garçon a un père qui ne s'intéresse nullement à lui. Il en souffre. Et tout se passe comme si le désintérêt paternel lui « coupait les bras », lui ôtait la possibilité de manifester une présence, un désir de vie, et surtout une agressivité, symbole pour lui – ses « associations » le prouvent – de virilité.

De fait, il est dans la vie, précise Françoise Dolto, inhibé et craintif, et se tient prudemment à l'écart des autres.

Par ses dessins, cet enfant exprime donc l'image qu'il a inconsciemment de lui-même : celle d'un garçon à qui il manque quelque chose d'essentiel. En se représentant sous les espèces d'un corps mutilé, il dit qu'amputé de l'attention d'un père il ne peut se sentir comme les autres garçons, ces autres qu'il dessine agressifs et batailleurs et avec lesquels il n'ose pas communiquer.

Il montre donc clairement que la carence paternelle n'affecte pas seulement sa « tête », son désir et sa joie de vivre ; elle atteint aussi la façon dont il ressent son corps, et, par là même, tout son être. Elle le condamne, alors qu'il ne souffre d'aucune atteinte corporelle, à se vivre et à se conduire comme s'il était infirme.

Cet exemple permet de saisir clairement la différence entre « schéma corporel » et « image inconsciente du corps ». Si le « schéma corporel », vécu en grande partie conscient du corps réel, est généralisable (il est quasiment le même pour tous les enfants du même âge), l'« image inconsciente du corps » est, elle, particulière à chaque enfant. Elle est le produit de son histoire personnelle. Elle traduit la façon dont il se construit dans le rapport à ces « autres » essentiels que sont les premiers « autres » de sa vie : ses parents.

Avant le miroir

Avant le miroir, l'enfant ne dispose, pour appréhender ce qu'il est, que de ces deux données – « schéma corporel » et « image inconsciente du corps » – qui se croisent en lui sur fond de sa relation à sa mère :

• il a un début de « schéma corporel », c'est-à-dire un ensemble de sensations qu'il identifie comme siennes. Car les « castrations orale et anale » – le sevrage et la motricité autonome – lui ont permis de commencer à sentir son corps distinct de celui de sa génitrice ;

• et il peut, de ce fait, lier progressivement ce « schéma corporel » en cours d'élaboration avec le vécu inconscient qu'il a de lui-même : son « image inconsciente du corps » ; il peut établir une liaison entre ce corps qu'il s'approprie peu à peu et la représentation inconsciente que, compte tenu de sa vie relationnelle, il en a.

Il n'a pas encore un « moi » constitué, c'est-à-dire une conscience claire de lui-même et de ses limites (qu'il pourrait traduire, par exemple, par un : Moi, je fais cela). Il n'a, à cette étape, qu'une ébauche de « moi » que Françoise Dolto nomme « narcissisme pré-moïque ». Un sentiment qui l'assure à la fois de son existence et du lien à son corps.

L'expérience du miroir va se superposer à ce vécu et se nouer à lui. Un « agencement » qui ne se fait jamais sans difficultés.

Le « stade du miroir »

Que se passe-t-il au moment du « stade du miroir » ?

Pour l'expliquer, Françoise Dolto reprend le concept élaboré par Jacques Lacan[1] et montre en quoi consiste concrètement, pour l'enfant, cette étape :

• elle souligne d'abord que parler de « stade » ne signifie aucunement que cet épisode du développement de l'enfant soit réductible à un moment déterminé que l'on pourrait cerner et dater avec précision.

De fait, Jacques Lacan situe le début du « stade du miroir » à 6 ou 8 mois, âge auquel les bébés commencent à s'intéresser à leur image, quand, perchés dans les bras de leurs parents, ils la repèrent en passant devant un miroir. Mais le « stade » ne s'arrête pas à

1. Jacques Lacan, « Le stade du miroir comme formateur de la question du JE », in *Écrits*, Paris, Le Seuil, 1949.

cet âge. Car l'enfant ne peut – Françoise Dolto le précise – découvrir son image et se l'approprier que progressivement. Commencé après le sevrage, le « stade du miroir » s'étend pendant toute la période de la « castration anale » et se prolonge, au-delà d'elle, pendant la « castration primaire ». Époque où, nous le verrons, l'enfant découvre la différence des sexes.

• Françoise Dolto souligne également que le « stade du miroir » ne consiste pas en une simple confrontation réelle de l'enfant avec l'« objet miroir ». Car l'image de lui-même qu'il y découvre est liée pour lui à celle que lui renvoient les autres avec qui il se construit.

Un enfant qui n'existe pas pour sa mère, par exemple, ne peut trouver un sens à cette preuve de son existence que lui renvoie, sous forme d'image, le miroir : « Il ne suffit pas qu'il y ait réellement un miroir. [...] À rien ne sert si le sujet est confronté en fait au manque d'un miroir de son être dans l'autre. C'est cela qui est important[1]. »

Le « stade du miroir » n'est donc pas un simple « moment technique » de découverte d'un phénomène nouveau. Il est pris dans l'histoire de l'enfant et en dépend. Que s'y passe-t-il pour lui ?

Se découvrir visible

Au moment où l'enfant aborde le miroir, il est capable, nous venons de le voir, de ressentir physiquement et psychiquement son être. Mais il lui manque

1. *L'Image inconsciente du corps*, p. 148.

une donnée essentielle. Car, aussi étonnant que cela puisse paraître, il ignore encore à cette époque qu'il peut être vu par les autres et se voir lui-même. Il ne sait pas qu'il est visible. Le miroir va le lui apprendre au terme d'un chemin beaucoup plus difficile qu'on pourrait le croire.

Dans un premier temps, en effet, l'enfant qui aperçoit son image dans le miroir ne l'identifie pas comme sienne. Il voit un enfant. Mais il ne sait pas que cet enfant, c'est lui. Il pense qu'il s'agit d'un autre enfant, d'un compagnon réel qui vient le trouver. « Tout bébé qui voit son image de loin dans un miroir, surtout la première fois, est joyeusement surpris, court au miroir et s'exclame, s'il sait parler : “Voilà bébé.” Alors que, lorsqu'il parle de lui, il se nomme déjà en prononçant les phonèmes de son prénom. C'est donc bien qu'il ne se reconnaît pas[1] ! »

Il y a donc, pour lui, à cette étape, un premier danger : s'il reste seul et sans aide face au miroir, il peut en effet vivre un moment des plus angoissant. Car, croyant voir un autre enfant, il est amené – logiquement – à vouloir aller vers lui, le toucher et lui parler. Et se heurte, de ce fait, à une impossibilité incompréhensible pour lui. Puisque, lorsqu'il s'y essaie, il ne rencontre, en lieu et place du compagnon qu'il voudrait rejoindre, que le froid du miroir. Et que, privé de toute réponse à ses appels, il n'entend que le son de sa propre voix.

Confronté à l'absence quasi irréelle de cet autre inatteignable qu'il ne cesse pourtant de voir, il peut,

1. *Ibid.*, p. 152-153.

dans l'angoisse, en arriver, en un terrifiant vertige, à perdre les coordonnées de lui-même ; à douter de sa propre existence : si un autre est là et qu'il n'existe pas, est-ce que moi j'existe ? Mais il peut aussi, pour échapper à la terreur, transformer cette rencontre impossible en un jeu mortifère. On reçoit ainsi parfois en consultation – Françoise Dolto le rappelle – des enfants très perturbés qui, ayant vécu une expérience de cet ordre, jouent en permanence avec leur visage. Ils font pour eux-mêmes ou les autres d'incessantes grimaces, répétant ainsi le seul jeu qui, face au miroir, était possible avec le compagnon inapprochable et fascinant qui y avait élu domicile.

Le rôle essentiel des parents

Pour comprendre que l'autre, découvert dans le miroir, n'est pas réel, l'enfant a besoin de ses parents.

• Leur rôle consiste d'abord à lui expliquer que ce qu'il voit est une image. Et surtout à lui faire comprendre ce qu'est une image. « Enseignement » qui exige de leur part une très grande attention.

L'enfant, en effet, ne peut appréhender la notion – au demeurant très abstraite – d'« image » que s'il a la possibilité de réaliser une expérience. Il faut qu'il puisse, l'un de ses parents étant présent à ses côtés face au miroir, voir, dans ce miroir, ce parent. Puis faire, entre ce dernier et le miroir, un va-et-vient. Il peut ainsi toucher le corps de l'adulte, vérifier qu'il a une épaisseur, une consistance, une chaleur. Puis, allant jusqu'au miroir, constater que ce même adulte qu'il voit s'y refléter est, là, froid et sans relief.

En répétant cette expérience et en intégrant peu à peu les explications que lui donne l'adulte, l'enfant peut parvenir à comprendre la différence entre la réalité du corps de ce dernier et son image. Et réaliser, du même coup, qu'il a lui aussi un corps et une image.

• Mais l'enfant a également besoin de la présence parentale pour reconnaître comme sienne l'image qu'il voit de lui. Pour l'intérioriser comme telle. Pour se l'approprier : C'est moi que je vois. Or cette opération est elle aussi très difficile. La conscience qu'il a de lui-même « avant le miroir » est en effet, nous l'avons dit, liée à son « schéma corporel » et à son « image inconsciente du corps ». Il a donc coutume de se reconnaître à partir de repères fondés pour l'essentiel sur le toucher : il sent son corps quand sa mère ou lui-même le touche ; sur l'odorat : l'odeur de sa génitrice et la sienne ; et sur l'audition : le son des paroles maternelles et paternelles. Or, au moment où il découvre le miroir, ces repères deviennent brutalement caducs. Car c'est un autre sens qui domine l'épisode : la vue.

L'image, en effet, ne peut ni se toucher, ni se sentir, ni s'écouter. Elle ne peut que se voir. L'enfant se trouve confronté d'un seul coup à une inflation de « scopique » (de « voir »), alors que celui-ci n'a occupé jusque-là dans sa vie qu'un rôle mineur.

Il y a donc pour lui, s'il est seul, un second danger : celui de perdre, dans ce tourbillon de « voir », tous ses repères antérieurs. D'être coupé, parce qu'il se regarde, des sensations qui le rattachaient à lui-même, sans pour autant gagner une compréhension de l'image, puisque personne n'est là pour la lui expliquer.

Il risque, dans ce cas, d'être comme « happé » par le miroir. De devenir « ce qu'il voit » et d'abandonner tout ce qu'auparavant il sentait.

La présence de ses parents, indispensable pour lui permettre de comprendre le fonctionnement du miroir, l'est donc aussi à un autre niveau : ils lui sont nécessaires parce qu'ils sont le repère à partir duquel il s'est toujours, jusque-là, reconnu. Son « schéma corporel » et son « image inconsciente du corps » sont liés à eux. C'est par eux que passe le fil qui le relie à lui-même. Pour que ce fil ne se rompe pas, il faut donc qu'ils restent à ses côtés. Leur présence est la seule garantie possible de sa continuité.

Si ses parents sont près de lui, l'enfant peut garder, grâce à eux, les coordonnées qu'il avait antérieurement de lui-même. Et leur adjoindre la coordonnée supplémentaire qu'il vient de découvrir : son image. La main de l'adulte posée sur son épaule, son bras qui l'entoure, la tendresse dont témoignent ses gestes l'assurent qu'il est bien toujours « lui », celui d'avant, celui qu'il sentait. Et ce même adulte lui expliquant l'image, il comprend qu'il a, comme auparavant, un corps qu'il sent. Mais aussi, de surcroît – ce qu'il ignorait –, une image qu'il peut voir. Et que l'adulte a lui aussi un corps dont il sent près de lui la présence rassurante et une image aussi visible que la sienne.

Il comprend alors qu'il peut regarder son image sans se dissoudre en elle, sans perdre ses sensations physiques, le ressenti physique et psychique qu'il avait de lui-même. Sans « se » perdre…

Les transformations liées au « miroir »

L'expérience du miroir, quand elle est réussie, marque, dans la construction de l'enfant, un tournant décisif. Ses conséquences sont multiples.

Un nouveau narcissisme

Elle introduit d'abord un changement essentiel dans le rapport qu'il entretient avec lui-même. Avant le miroir, en effet, l'enfant – précisons-le une fois encore – ne peut mesurer ce qu'il est que par rapport à sa mère :

• le sentiment qu'il a de sa cohésion interne est lié à des sensations corporelles qu'il retrouve régulièrement, mais qui sont toutes en rapport avec elle : impressions de ventre plein après qu'elle lui a donné ses repas ; émotions provoquées par ses mains sur sa peau ; par l'expulsion des excréments à laquelle elle est associée, etc. ;

• et il évalue son être à l'aune des sentiments, des émois – conscients et inconscients – qu'il suscite chez elle : il est joyeux s'il sent son bonheur ; dévalorisé et désespéré s'il a l'impression qu'il lui déplaît, qu'elle le rejette, etc.

À cette époque, son premier « narcissisme » – son premier lien à lui-même – est donc assujetti en totalité à elle. Si elle disparaît, il est perdu au sens propre du mot. Car il ne peut plus, sans elle, retrouver les coordonnées de lui-même : elles disparaissent avec elle. On l'observe chez les bébés victimes de séparations brutales et traumatiques : en les arrachant à leur mère, on leur arrache la conscience qu'ils avaient d'eux-mêmes et de leur existence. Ils n'existent plus.

Ce premier rapport de l'enfant à lui-même, ce premier sentiment d'exister, ce premier narcissisme lié à sa génitrice, Françoise Dolto le nomme « narcissisme primordial[1] ». Et elle explique le bouleversement qu'introduit le « stade du miroir » dans cette organisation psychique initiale de l'enfant.

L'expérience du miroir, en lui permettant de s'approprier son corps et son image, lui donne en effet la capacité de s'appréhender indépendamment de sa génitrice. Il n'a plus besoin d'elle[2] pour savoir qui il est, car il peut désormais évaluer dans le miroir son existence. Il y gagne donc une indépendance essentielle. Mais les conséquences de l'opération ne s'arrêtent pas là.

Le miroir apprend en effet à l'enfant deux choses essentielles :

• il lui apprend qu'il est visible. C'est-à-dire que les autres peuvent le voir comme lui-même les voit. Il découvre donc grâce à lui qu'il a, pour ceux qui l'entourent, un mode de présence qu'il ignorait. Et cette dimension nouvelle de son existence, qui le met

---

1. Ou « fondamental » (*L'Image inconsciente du corps*, p. 156).

2. Il serait plus juste de dire « plus autant besoin d'elle ». Car ce qu'il est pour sa mère (et son père) continue évidemment, à un autre niveau, de conditionner la vie de l'enfant.

à égalité avec ses semblables, l'amène à donner à son être une consistance et une importance qu'il n'avait pas auparavant ;

• mais le miroir lui apprend également que lui-même peut se voir comme (ou presque comme[1]) les autres le voient. Il l'assure qu'il peut se saisir lui-même de ce « lui » que les autres perçoivent ; qu'il lui appartient ; qu'il en a la maîtrise.

Ces deux découvertes conjointes provoquent chez l'enfant une véritable révolution intérieure. Elles changent profondément le rapport qu'il entretient avec sa propre personne, car elles le placent face à une sorte de « duplication » de lui-même.

Avant le miroir, en effet, il était… « lui », celui qu'il se sentait être dans son corps et dans sa tête. Après le miroir, ce « lui » est toujours là, mais il n'est plus seul. Car il y a désormais « lui »… et lui. Il y a « lui », celui qu'il sent (comme auparavant), et la conscience de ce « lui » que, grâce au miroir, il sait désormais être.

Il peut, dans le miroir, voir, comme de l'extérieur, ce « lui ». Il peut « se » voir.

À cette étape, même si l'enfant n'est pas encore capable de l'employer, la forme pronominale peut prendre dans sa vie tout son sens[2], avec le dédoublement qu'elle suppose. (Je « me » vois ; je vois « me ». Je suis donc à deux places à la fois. Je suis à la fois

1. À l'inversion de l'image près, mais il ne peut encore la comprendre.

2. Preuve, s'il en fallait encore une, des liens entre l'être et la langue. Entre le signifiant et le corps.

celui qui voit et celui qui est vu. Et pourtant je ne suis qu'un...)

L'accès de l'enfant à son image constitue évidemment un tournant dans l'intensité de sa vie intérieure. Mais il marque surtout le début d'une nouvelle étape de sa construction psychique. Il signe l'avènement d'un nouveau narcissisme. Au « narcissisme primordial » d'avant le miroir succède, après le miroir, ce que Françoise Dolto nomme le « narcissisme primaire ». Il atteste que l'enfant, qui sait désormais que son existence ne se limite pas à son « ressenti », a établi avec lui-même un nouveau type de rapport. Capable de « se » voir, il est devenu également apte à « se » penser. Sa réflexion mentale prend appui sur l'image que le miroir réfléchit[1] et la conscience qu'il a de cette image.

Ce second narcissisme – Françoise Dolto prend soin de le préciser – ne remplace pas le premier. Il se greffe sur lui. Il s'ajoute à lui en une construction qui évoque, dit-elle, celle de l'oignon[2] et de ses multiples pelures. Précision importante pour la cure analytique, car elle permet de saisir la profondeur où s'enracinent pour chacun le rapport à lui-même et ses distorsions éventuelles.

Une nouvelle dépendance

Ce nouveau narcissisme, avancée considérable pour l'enfant, introduit aussi pour lui une nouvelle dépen-

1. *L'Image inconsciente du corps*, p. 156.
2. *Ibid.*

dance. Car le sentiment qu'il peut avoir de lui-même – et donc de sa valeur – passant désormais par son image, il faut, pour qu'il aille bien, que celle-ci le satisfasse. Savoir qu'il est visible condamne celui qui le sait à se préoccuper de son apparence…

C'est le temps où apparaît, chez les enfants des deux sexes, le goût pour les déguisements. Et, chez les petites filles, la passion pour le maquillage. Ces deux activités permettent de jouer avec l'image, de la modifier au gré de sa fantaisie pour qu'elle devienne satisfaisante.

À ce stade – Françoise Dolto le souligne[1] – on constate également que les dessins de l'enfant changent. Ils expriment moins l'« image inconsciente du corps » que l'aspect extérieur dont l'enfant rêve qu'il soit sien. C'est l'époque des princesses aux parures somptueuses et des guerriers à la force invincible. Cette envie d'une apparence sublimée de soi est si forte que ce moment de leur vie peut être, pour certains enfants, celui où le « paraître » prend le pas sur l'« être »[2]. Tendance qui n'est évidemment pas liée seulement à l'image d'eux-mêmes que leur renvoient les miroirs réels, mais à celle dont ils sentent, chez leur père ou leur mère, la demande inconsciente.

Capable de se grimer, de jouer avec son apparence, l'enfant devient en effet également, après le miroir, apte à déguiser ses sentiments. Il peut désormais jouer de son image pour donner à l'autre l'impression qu'il est ce que cet autre attend. Il peut faire en sorte

1. *Ibid.*, p. 162.
2. *Ibid.*, p. 148.

de correspondre à ce dont ses parents ont besoin, de se conformer à leurs attentes. Au point, parfois, de masquer son mal-être et même de sacrifier sa personnalité.

On rencontre ainsi en thérapie des enfants qui, pour cacher à leurs parents un malheur que ceux-ci ne pourraient ni entendre ni surtout supporter, affectent une gaieté de façade, une joie de vivre permanente et forcée. Et il n'est pas rare que des patients adultes se souviennent, sur le divan, de ces mascarades désespérées grâce auxquelles ils donnaient le change à leur entourage :

« Le couple de mes parents était un mensonge et un désastre. Mais ma mère avait besoin de se raconter que, néanmoins, ses enfants allaient bien. Il fallait absolument qu'elle se persuade et qu'elle persuade les autres qu'on “s'éclatait”, comme elle disait. Alors on faisait tout ce qu'elle voulait : du poney, du ping-pong, de la musique, de la poterie. Et on s'était fait la tête de l'emploi. Une tête d'enfants épanouis et heureux. Comme dans les publicités des magazines. »

La confusion impossible

Mais le fait de « se voir » a aussi, pour l'enfant, une autre conséquence : à partir du moment où il s'est reconnu dans le miroir, il est obligé de prendre acte de ce qu'il est et ne peut plus se confondre avec ce qui l'entoure. Ce qu'il faisait auparavant. Car, avant le miroir, Françoise Dolto le rappelle, l'enfant imagine qu'il « est » les objets ou les êtres qui lui plaisent. Il peut se croire un adulte, un animal, mais aussi bien l'avion qu'il voit dans le ciel, ou la voiture qui passe sur la route. Il peut se projeter sans limites dans tout ce qui l'entoure, puisqu'il n'a jamais vu ce qu'il est.

Après le miroir, de telles confusions ne sont plus possibles :

• l'enfant ne peut plus se prendre pour un animal, car il sait, pour les avoir vus, qu'ayant un corps et un visage humains, il est un humain ;

• il ne peut plus se confondre avec les adultes[1] car il a dû, en observant dans le miroir leur image à côté de la sienne, prendre acte des différences entre leur corps et le sien ; il est désormais informé de sa petite taille et de sa faible corpulence ;

• et il ne peut plus non plus se confondre avec un autre enfant, car il connaît, pour les retrouver répétitivement dans le miroir, les traits particuliers de son visage, et sait de façon certaine – toujours à cause du miroir – que sa tête est attachée à son corps.

L'envie de « devenir » les autres, d'« être » ces autres ne disparaît pas pour autant. Mais, la sachant irréalisable, l'enfant la conjugue désormais au temps du fantasme. Il l'exprime dans ses jeux par le conditionnel[2] qui apparaît à cette époque dans son vocabulaire : « Tu serais un Indien… Je serais une voiture… », etc. Conjugaison qui atteste qu'il sait désormais qu'il ne peut être en réalité ce qu'il joue à être.

---

1. Mais il peut évidemment toujours, à un autre niveau, « se prendre pour un adulte » si on ne lui met pas de limites et si on ne lui rappelle pas sa place…

2. *L'Image inconsciente du corps*, p. 154.

Une faille incontournable

Mais le stade du miroir a aussi pour l'enfant une autre conséquence : il introduit dans son existence une fracture à laquelle il devra se confronter sa vie durant. À partir du miroir, en effet, il est obligé de réaliser que, contrairement à ce qu'il croyait, ce qu'il sentait de son corps et le vécu intime (conscient et inconscient) qu'il avait de lui-même ne suffisaient pas à répondre de lui. Puisqu'il est visible et ne le savait pas. Il ressentait ce qu'il pensait être sans savoir qu'il pouvait être vu.

Mais il comprend également que l'image du miroir, elle non plus, ne rend pas compte de lui, puisqu'elle ne dit rien de ce qu'il est profondément.

Le miroir lui révèle ainsi une faille incomblable. S'il essaie de s'appréhender à partir de ses sensations internes, il lui manque la dimension de l'image. S'il se situe au niveau de l'image, il lui manque la conscience de son intériorité. Il ne peut jamais tenir à la fois les « deux bouts » de la chaîne qui le relie à lui-même.

La découverte de cette faille constitue pour l'enfant un choc[1]. La répétition de l'expérience du miroir le « vaccine », dit Françoise Dolto, de sa « stupeur », en ce qu'elle l'assure que les autres non plus ne perdent pas leur corps lorsqu'ils se regardent ; mais elle marque pour lui un point de non-retour.

Or ce « point de non-retour » est à l'origine de nombreux symptômes.

---

1. C'est le mot qu'emploie à juste titre Françoise Dolto (*ibid.*, p. 151).

On en retrouve l'écho dans bien des cures analytiques. Car le vertige, la vacillation, la « difficulté d'être » de maints adultes plongent leurs racines dans l'abîme qui, face au miroir, s'est un jour ouvert pour eux.

CHAPITRE V

La découverte de la différence des sexes : la « castration primaire »

L'expérience du miroir et la révélation de son image bouleversent donc l'organisation psychique de l'enfant. Mais leur importance ne s'arrête pas là. Car elles lui permettent également de faire une découverte essentielle à sa vie : celle de la différence des sexes.

Ce nouveau « tournant » de sa construction se situe, dit Françoise Dolto, au moment où l'enfant a environ 30 mois[1]. À cette étape, il marche. Il est devenu capable de s'« automaterner », c'est-à-dire de s'occuper de lui-même. Il peut par exemple trouver dans la maison, sans l'aide des adultes, de quoi se nourrir s'il a faim, ou se couvrir s'il a froid. Il a de plus en plus envie de ressembler à ceux qui l'entourent, de faire comme eux. Et se montre, de ce fait, avide de connaissances. Mû par une « pulsion épistémologique » grandissante, il élargit chaque jour davantage le champ de ses investigations. Il veut connaître, savoir, comprendre. Il réclame en permanence qu'on lui dise ce

1. *L'Image inconsciente du corps*, p. 170-171.

que sont les objets qui l'entourent, à quoi ils servent. Les « pourquoi ? » et les « c'est quoi ? » se bousculent dans sa tête. Il assaille les adultes de questions.

Par ailleurs, il sait désormais, grâce au miroir – nous l'avons vu –, comment est fait son corps. Et cette connaissance nouvelle de lui-même, conjuguée à sa soif de savoir, va lui permettre d'offrir à sa curiosité un nouvel objet. Car il va pour la première fois s'intéresser au corps des autres enfants.

L'aspect de ses compagnons ne lui est pas inconnu. Il a déjà eu auparavant l'occasion de les voir. Mais cette vision n'avait pas, jusque-là, retenu son attention. Avant le miroir, il n'avait attaché à ce qu'il voyait aucune importance particulière. Après le miroir, tout change. Car, nanti d'une appréhension nouvelle de sa propre nudité, l'enfant se montre intrigué par celle des autres. Il veut, là comme ailleurs, comprendre ce qu'il voit. Et sa recherche se fait, dit Françoise Dolto, en deux temps.

Elle pose en effet que l'enfant observe, dans un premier temps, la face postérieure du corps de ses compagnons. Et constate que, de dos, rien ne les différencie ; qu'ils sont tous pareils. Et ce n'est, dit-elle, qu'une fois cette similarité assimilée qu'il peut être frappé par le fait qu'*a contrario*, de face, certains enfants sont différents des autres. Cette constatation, qui surgit tout à coup dans sa vie, le laisse interloqué, interrogatif et un tant soit peu inquiet.

Pourtant, cette différence entre les corps n'est pas, continue-t-elle, la première qu'il ait constatée. En effet, lorsque, plus petit, il passait de longs moments sur les genoux des adultes, l'enfant s'était aperçu que certains – en l'occurrence, « les mamans » – avaient, sur le buste, des protubérances, alors que d'autres – « les papas » – à la même place n'avaient rien. Il avait remarqué la présence, sur le corps des femmes, de seins, sans savoir pour autant de quoi il s'agissait. Le contact de ces seins avait pu réveiller en lui la mémoire de sensations éprouvées lors du corps à corps des premiers mois et de l'allaitement. Mais cette mémoire ne lui avait fourni aucune explication. Le buste des femmes avait donc gardé son mystère.

Quand, « après le miroir », l'enfant remarque une dissemblance entre les corps, celle-ci ne se situe plus, comme jusque-là, au niveau du thorax ; elle concerne cette fois le bassin. Néanmoins, le questionnement d'autrefois lui revient. Et se mêle à celui auquel il a maintenant affaire.

Il s'interroge : la protubérance qu'ont certains enfants en bas de leur ventre est-elle de même nature que celle qu'il avait constatée jadis sur le corps des femmes ? Et l'enfant, quel que soit son sexe, de se poser mille questions. Pourquoi les petites filles n'ont-elles « rien », ni sur le buste ni sur le bassin ? Interrogations d'autant plus inquiétantes qu'elles renvoient chacun à son propre corps. Comment est-il fait ? et pourquoi ? Et cela va-t-il changer ? etc.

Le questionnement auquel se trouve alors confronté l'enfant est vertigineux. Et trop de parents l'ignorent. Nombre d'entre eux, en effet, s'entretiennent dans l'idée que l'enfant, forcément, « sait »[1] ; et peut très

1. Idée qu'ils expriment fréquemment en consultation, et qui les rassure, car elle leur permet de ne pas se sentir obligés à une intervention qui les angoisse.

bien résoudre l'énigme qui s'offre à lui puisqu'il connaît, pour en avoir entendu parler, l'existence de « garçons » et de « filles ». Et ils en sont d'autant plus convaincus que l'enfant lui-même emploie ces termes-là.

Malheureusement, ceux-ci – qu'effectivement il utilise – ne peuvent lui servir à rien, car ils n'ont jamais été jusque-là référés au corps. L'enfant a bien entendu parler, à la maison et ailleurs, de filles et de garçons. Il a perçu des propos d'adultes : « les filles sont comme ci », « les garçons sont comme ça ». Et il peut lui-même, si on l'interroge, discourir sur la question. Il répond par exemple volontiers que « les filles ont des jupes, et les garçons des pantalons » ; ou que « les filles ont les cheveux longs », etc. Mais aucune de ces réponses n'est susceptible de répondre à ses interrogations ; de lui fournir une explication capable d'apaiser son trouble.

Le rôle des parents

À ce moment de sa vie, l'enfant a donc un besoin vital que ses parents lui parlent. Car on ne le dira jamais assez : il ne peut trouver seul une réponse à ses questions. Si ses géniteurs lui refusent leur aide, il ne peut que rester la proie de ses angoisses. Lesquelles angoisses – cela non plus, on ne le dira jamais assez – sont aussi douloureuses que stériles.

Il y a en effet dans la vie d'un enfant des souffrances que l'on ne peut lui éviter, parce qu'elles sont indispensables à sa progression. Mais celles qui entourent son questionnement sur le sexe ne sont pas de cet ordre. Car non seulement elles ne lui sont d'aucune utilité pour avancer, mais elles peuvent même peser lourdement sur son développement et son évolution.

Des patients adultes témoignent ainsi tous les jours, en analyse, des errances, des culpabilités, des hontes et surtout des impasses auxquelles les a condamnés le silence de leurs parents. Des douleurs aussi insupportables qu'absurdes qui ont gâché des pans entiers de leur vie et qu'une simple explication leur aurait évitées :

« J'ai cru pendant des années que les érections étaient une maladie ; que je l'avais attrapée parce que je me masturbais et que j'allais mourir. Mais je ne pouvais en parler à personne. J'avais trop honte. »

« Quand j'ai saigné, la première fois, je ne savais rien. J'étais seule. J'étais sale. J'avais froid. Et surtout j'avais tellement peur… »

On pourrait égrener sans fin la liste des pensées torturantes auxquelles sont soumis les enfants à qui l'on n'a rien appris.

Il est donc indispensable que les adultes – même si c'est difficile pour eux, et nous reviendrons là-dessus – s'efforcent de donner à l'enfant les explications qui lui sont, dans ce domaine, nécessaires.

Que dire ?

De quelles paroles l'enfant a-t-il besoin ?

La différence des sexes

Il a d'abord besoin que la différence entre le corps des filles et celui des garçons lui soit expliquée. Mais il importe que les explications données ne se limitent pas à une simple description anatomique. Car s'en tenir au seul registre descriptif conduit inévitablement les parents, quoi qu'ils en aient, à énoncer la différence des sexes en termes de « plus » et de « moins » : « Les garçons ont un pénis, les filles n'en ont pas. » Or ce type d'énoncé, pour juste qu'il soit, est problématique. D'abord parce qu'il n'explique rien : il n'est nullement susceptible de faire progresser l'enfant. Il ne fait que verbaliser ce qu'il voit, sans rien lui dire des raisons pour lesquelles les corps sont ainsi faits.

L'enfant n'est donc pas plus avancé après ce type de déclarations qu'il ne l'était avant. Et il est même souvent plus perplexe encore qu'auparavant. Car, confronté à cette explication qui n'en est pas une, il en conclut souvent que si ses parents se révèlent incapables de lui donner la clef du mystère, c'est que probablement celui-ci est définitivement inexplicable…

Mais le registre descriptif peut être encore plus dangereux car il peut induire les enfants en erreur. L'énoncé réducteur : « Les garçons ont un pénis, les filles n'en ont pas » conduit en effet nombre d'entre eux à une vision elle aussi réductrice de la différence des sexes. Il les amène souvent à développer une conception « mathématique » du monde aux termes de laquelle les garçons se résumant à « plus un pénis » et les filles à « moins un pénis », la différence des sexes devient en fait une sorte de hiérarchie.

Hiérarchie vide de sens, dont les deux sexes pâtissent.

Des générations entières d'ex-petites filles peuvent ainsi témoigner de la façon dont elles sont restées traumatisées après s'être entendu dire que les garçons avaient un « zizi », et elles... rien !

Quant aux garçons, ils sont, devenus grands, nombreux à raconter comment s'est enracinée en eux, à partir de ce genre d'explication, une vision d'eux-mêmes et de l'autre sexe qui n'a cessé depuis lors de leur poser problème.

« Homme », « femme » : des « destins » différents

Il est donc essentiel que la différence anatomique que l'enfant a constatée ne lui soit pas seulement décrite. Mais qu'il lui soit clairement expliqué qu'elle renvoie à des « destins » différents, et à des places différentes par rapport à la paternité et à la maternité.

Cette explication est nécessaire pour lui permettre d'accéder au sens de la différence des sexes. Il faut en effet qu'il comprenne qu'il n'y a pas, en matière de sexe, des « nantis » (les êtres porteurs de pénis) et des « misérables » (celles qui n'en ont pas) ; qu'il n'y a pas de « sexe plus » et de « sexe moins ». Mais que chaque sexe a à la fois un « plus » et un « moins ». Les hommes ont un pénis, mais ne peuvent pas porter des enfants. Les femmes le peuvent, mais n'ont pas de pénis.

Il ne s'agit pas, en lui expliquant cela, de mettre sur le même plan grossesse et pénis, c'est-à-dire – renouant avec les mathématiques – d'établir une équivalence[1] entre eux. De persuader, par exemple, la petite fille que, les bébés remplaçant fort bien le pénis, elle n'a pas à se plaindre de sa condition de fille ; et le garçon que, son pénis étant parfaitement apte à le consoler des enfants qu'il ne pourra pas porter, il n'a pas motif à déplorer sa maternité impossible.

De tels propos, destinés à rassurer l'enfant, seraient en fait problématiques pour lui, car ils reviendraient à annuler la différence des sexes. Ils le conduiraient en effet :

• d'une part, à penser que, « pénis » étant égal à « bébé », et, de ce fait, parfaitement interchangeable avec « bébé », les deux sexes sont à un détail près identiques. Si, en effet, les garçons ont « le pénis » et les filles « le bébé », et si pénis et bébé sont équivalents, les deux sexes sont aussi semblables que le seraient deux objets de la même série dont seule la couleur varierait ;

• d'autre part, à considérer que, nanti chacun de son objet – soit pénis, soit bébé –, chaque sexe est à lui seul complet. Or, l'important est tout au contraire de faire entendre à l'enfant que ce qui domine en matière de sexe n'est pas le « plus », mais le « moins ». Et que celui-ci est également réparti. Chaque sexe, parce qu'il lui manque précisément ce que l'autre possède, doit en effet, quel que soit son « plus », se confronter à son

1. Équivalence que la petite fille, à une certaine étape de son développement, établit cependant toujours (cf. chapitre suivant).

« moins », à son manque. Et cette confrontation est, pour chacun, douloureuse et difficile.

Des informations précises

Pour parvenir à cette compréhension (à laquelle il n'accède jamais sans souffrances ni difficultés), l'enfant a besoin d'avoir, sur chaque sexe et son devenir, des informations précises. Il a besoin d'apprendre que les garçons ont un pénis et des testicules, et qu'ils deviendront des hommes comme leurs pères. Que les petites filles n'ont pas de pénis mais, comme leurs mères, des organes génitaux qu'on ne voit pas mais qui leur permettront plus tard (si elles le souhaitent) de porter des enfants, ce qui est impossible aux garçons.

Pour que la différence des sexes (et les deux « routes » différentes qu'elle suppose) lui soit compréhensible, il faut donc que soient expliqués à l'enfant la grossesse et le rôle de chaque sexe dans la conception. Explication qui suppose évidemment que lui soit délivrée une information claire sur l'acte sexuel.

L'enfant n'a pas besoin, à cet âge, de longs discours ni de détails anatomiques d'une grande précision. Il a seulement besoin de savoir que les bébés se développent, avant de naître, dans le ventre des mères, et que celles-ci en accouchent.

Mais – et ce « mais » est essentiel – qu'elles n'ont pas pour autant le pouvoir de les « fabriquer » seules. Il doit savoir qu'un bébé ne peut exister sans la rencontre d'un ovule (produit par la mère) et d'un spermatozoïde (produit par le père) que celui-ci dépose, au moyen de son pénis, dans le ventre de sa compagne.

Le rôle du père dans la conception

Pourquoi ce « mais » (et l'explication de l'acte sexuel qu'il implique) est-il si important ? Parce que – les consultations le montrent – si (malheureusement) un très grand nombre d'enfants n'ont toujours, à six ans et plus, reçu aucune information sur la sexualité, ceux qui ont été informés ne l'ont été trop souvent que partiellement. Beaucoup en effet savent – parce qu'on le leur a dit – que les bébés sont, avant de naître, dans le ventre des femmes ; mais ils butent sur une question à laquelle les adultes, gênés, évitent toujours pieusement de répondre : comment sont-ils arrivés là ?

Or les conséquences de cette méconnaissance sont toujours graves, et ce, pour deux raisons :

• d'abord parce qu'elle donne lieu, notamment dans les cours de récréation – les instituteurs peuvent en témoigner –, à d'interminables colloques où s'affrontent sans fin les supputations et les élucubrations les plus diverses. Elle oblige les enfants à produire des théories farfelues (angoissantes pour la plupart), et à mobiliser, pour ce faire, une imagination qu'ils pourraient, s'ils étaient informés, employer plus utilement ailleurs ;

• et surtout parce que le refus d'expliquer à l'enfant l'acte sexuel revient à lui rendre impossible la compréhension du rôle de l'homme dans la conception. Or, celle-ci est indispensable aux enfants des deux sexes. Parce qu'elle est la condition *sine qua non* pour leur permettre de comprendre ce qu'est un père.

Ce n'est, en effet, qu'une fois la conception expliquée et comprise que l'enfant peut saisir que son père n'est pas (comme beaucoup le croient) un élément accessoire de la famille, un compagnon (qu'on pourrait éventuellement changer pour un autre) de sa mère, qui n'est là que parce qu'elle le veut bien et dont l'utilité n'est pas clairement définie ; mais qu'il est pour moitié dans le désir qui l'a fait naître.

L'information sur l'acte sexuel « donne » donc véritablement à l'enfant un père, et, par là même, une autre vision de lui-même. Car elle lui permet de comprendre que sa vie et son être s'enracinent dans deux désirs, et, au-delà même de ces désirs, dans deux lignées. Ce qui est pour lui un élément essentiel de valorisation et de sécurisation.

Mais ce savoir lui en apporte également un autre. Car il lui permet de comprendre que sa mère, qu'il avait crue jusque-là toute-puissante, ne l'est pas puisqu'elle a dû avoir recours à un homme pour le concevoir. Cette certitude nouvelle et l'existence d'un père rétabli dans ses véritables fonctions lui fournissent les points d'appui qui lui sont nécessaires pour se détacher d'elle et grandir.

Le narcissisme du garçon

Importante pour les enfants des deux sexes, la compréhension du rôle paternel l'est aussi, d'une façon toute particulière, pour le garçon. Si celui-ci ne sait pas que les femmes ont besoin d'un homme pour « faire les enfants », si, faute d'explications, il continue de les croire capables de faire à elles seules croître et se multiplier l'humanité, il ne peut, futur homme, que se sentir, face à elles, diminué, misérable et impuissant. Confronté à ces femmes enceintes qui le fascinent, à leurs ventres imposants et aux pouvoirs exorbitants qu'il leur prête, comment pourrait-il, en effet, trouver à sa masculinité le moindre intérêt ?

Ne pas connaître le rôle du père dans la conception porte inévitablement atteinte au narcissisme du garçon. Persuadé d'être, de par son sexe, promis à un avenir subalterne, il ne peut être fier de sa condition de mâle, ni adosser à cette fierté un sentiment de sa valeur qui lui est pourtant, pour grandir, plus que nécessaire.

Le désir et le plaisir

L'enfant a donc besoin d'informations claires. Mais il a également besoin que celles-ci ne restent pas « scientifiques », qu'elles ne se limitent pas au « fonctionnel », mais lui soient parlées d'une façon « humanisée », c'est-à-dire en incluant la dimension du désir et du plaisir qui caractérise la sexualité humaine.

Il ne s'agit pas que ses parents lui fassent une description pornographique de l'acte sexuel ou de leurs propres émois, mais qu'ils mentionnent le plaisir et le désir avec des mots qui restent chastes et qu'il puisse comprendre.

Parler à l'enfant des émotions que provoque dans la tête, le « cœur » et le corps des humains l'acte sexuel, c'est en effet lui signifier que celui-ci ne se résume pas, comme chez les animaux, à une série d'agissements réglés par l'instinct. C'est lui enseigner qu'il implique une rencontre entre deux êtres capables de penser, de parler, de se respecter, de s'apprécier et de se désirer. Le but n'est pas d'induire chez lui l'idée d'un « grand amour » idéalisé dont on sait bien qu'il n'est pas toujours au rendez-vous, mais de lui permettre d'appréhender la dimension véritablement humaine de la sexualité. S'il ne la comprend pas, il ne peut en effet – Françoise Dolto le souligne[1] – qu'assimiler la sexualité aux besoins qu'il connaît déjà. Et s'imaginer, par exemple, que l'acte sexuel est de même nature que le fait d'uriner ou de déféquer. « Glissement » facile à opérer, ces diverses « activités » mettant en jeu les mêmes zones du corps. Mais « glissement » problématique : confronté à ce type de vision, l'enfant n'a plus en effet aucun moyen de comprendre ses propres émois et se retrouve donc, parce qu'elle lui devient inexplicable, coupé d'une partie de lui-même. Mais il est en outre atteint dans son désir de vivre et d'avancer. D'abord parce qu'un monde dans lequel « aimer » est du même ordre qu'uriner ou déféquer ne lui offre aucune perspective d'un au-delà de sa vie d'enfant. Si ce que font les adultes n'est que l'équivalent de ce qu'il fait déjà, à quoi bon grandir ? Et surtout parce qu'une telle conception – déshumanisée – de l'existence invalide l'image qu'il a de lui-même.

La valeur de la rencontre durant laquelle il a été conçu est en effet, pour le narcissisme de l'enfant, d'une grande importance. Car elle fait partie des élé-

1. *L'Image inconsciente du corps*, p. 175.

ments sur lesquels il appuie l'idée qu'il peut avoir de sa propre valeur[1].

Assuré d'être né de deux personnes qui se sont désirées, d'être le fruit d'un plaisir, d'un bonheur partagés, il peut se sentir un être précieux. Aussi précieux que le fut ce bonheur. Mais s'il se pense, à l'inverse, issu d'un acte purement fonctionnel, s'il se croit un « enfant caca », simple produit d'un besoin que ses parents étaient dans l'obligation de satisfaire, quelle image peut-il avoir de lui-même ?

Bien des « mal de vivre » de l'âge adulte ont ainsi pour origine – l'analyse le montre – des croyances de ce type, forgées dans la petite enfance. Ils prouvent que l'information sexuelle dispensée par ses parents n'est pas, pour l'enfant, un « savoir annexe » dont il pourrait se passer, mais une boussole indispensable à son existence.

Les liens de parenté

Le moment de l'explication de la différence des sexes est aussi celui où peut (et doit) être expliqué aux enfants le vocabulaire de la parenté. Pour nombre d'entre eux, les liens de parenté – on le constate en thérapie – sont en effet obscurs.

Or bien des parents l'ignorent, car la façon dont les enfants emploient les mots est trompeuse. Ils peuvent en effet (nous l'avons évoqué) user des mots « gar-

1. Ce que l'on entend très bien lorsqu'on est amené, par exemple, à écouter les souffrances d'un enfant (ou d'un adulte) né à la suite d'un viol.

çon » et « fille » sans jamais les référer au corps. Mais ils peuvent tout aussi bien utiliser le vocabulaire de la parenté sans en comprendre le sens, le dissociant de toute référence au sexuel et à la reproduction.

De nombreux enfants, par exemple, désignent sans problème telles personnes comme leur « grand-père » et leur « grand-mère » parce qu'ils ont entendu les adultes les nommer de cette façon. Mais ils s'avèrent incapables de répondre quand on les interroge sur les raisons de cette dénomination, et se montrent même stupéfaits quand on leur donne la solution de l'énigme.

Il faut donc leur expliquer, en prenant en compte la sexualité, ce que signifient ces termes. La grand-mère maternelle est appelée ainsi parce qu'elle est la mère de la mère, et qu'elle a porté cette dernière. Et le grand-père maternel est l'homme qui a mis « dans le ventre » de cette grand-mère le spermatozoïde qui a permis de « fabriquer » le bébé fille que fut la mère.

De même, on dit oncles et tantes maternels pour désigner les frères et sœurs de la mère ; ce qui signifie qu'ils ont le même géniteur et la même génitrice qu'elle, etc.

Enseigner les interdits

Enfin, en même temps qu'on lui délivre un savoir sur la sexualité, l'enfant doit être informé des interdits qui, dans notre société, la régissent.

L'interdit de la sexualité entre adultes et enfants

La connaissance de cet interdit et les explications données sur le fait que certaines « grandes personnes » feignent de l'ignorer sont indispensables à l'enfant. Elles sont pour lui la meilleure protection possible par rapport aux abus sexuels. Averti du sens de leurs tentatives de séduction, il a les moyens de ne pas être dupe des pédophiles qu'il peut être amené à rencontrer. Et il est d'autant mieux protégé que les « choses du sexe » lui ayant été parlées, il sait qu'elles sont « parlables », et se sent donc autorisé à faire part à ses parents de ce qui peut lui arriver.

Et l'interdit de l'inceste

Les relations sexuelles sont interdites entre membres de la même famille, entre parents et enfants, grands-parents, oncles et tantes, cousins et cousines. Et, de la même façon – précision des plus importante –, les jeux sexuels sont interdits entre frères et sœurs.

Il ne s'agit pas, comme le croient certains parents, d'interdire à l'enfant tout jeu sexuel. Mais, au contraire, de lui préciser que ceux-ci sont autorisés avec les enfants extérieurs à la famille (s'ils sont du même âge que lui, s'ils sont consentants, et sous réserve que ces jeux n'aient pas lieu en public), mais sont proscrits à l'intérieur de la fratrie.

La connaissance de l'interdit de l'inceste permet à l'enfant de résister à l'attrait de ces jeux, qui sont fréquents et source de nombreux problèmes.

Respecter la vie des parents

Mais le savoir sur la sexualité et cet interdit est aussi le seul moyen pour qu'il accepte, sans en souffrir outre mesure, de laisser ses parents « vivre leur vie ». L'information sexuelle permet en effet à l'enfant de comprendre que l'amour – sexualisé – qui unit ses géniteurs n'est pas de même nature que celui qu'ils lui portent. Il peut donc mesurer qu'ils ne sont pas seulement « des parents », mais un couple. Et qu'ils ont, pour cette raison même, une « vie de couple » à laquelle il ne peut participer.

S'ils le laissent à la maison pour sortir, ce n'est pas, comme il pouvait, avant d'être averti, le croire, parce qu'ils ne veulent pas de lui, ne l'aiment pas ou le délaissent, mais c'est parce qu'ils ont besoin, comme tous les « amoureux », d'être ensemble. Les sentiments qu'ils se portent ne lui enlèvent rien à lui. Ce n'est pas à son détriment qu'ils s'aiment.

Nanti de ces vérités premières, l'enfant peut tempérer sa jalousie et tolérer leurs « tête-à-tête ». Ses parents sont mari et femme. Et il est leur enfant. L'interdit de l'inceste, en donnant à chacun sa place, apaise, à ce stade de sa vie, les conflits que font toujours naître les incompréhensions et les malentendus.

Comment dire ?

Différence des sexes, acte sexuel, procréation, accouchement, interdits doivent donc être expliqués à l'enfant.

Mais comment doivent-ils l'être ? Nombre de parents butent sur cette interrogation.

« Parler » n'est pas « montrer »

Il n'est peut-être pas inutile d'abord de rappeler que « parler » ne veut pas dire « montrer ».

Montrer à l'enfant ses propres organes génitaux, voire même un coït, sous prétexte, comme on l'entend quelquefois raconter en consultation, de l'informer, relève non pas de l'information, mais de la perversion. De tels actes ne sont pas le fait de parents soucieux d'éduquer, mais celui d'hommes et de femmes qui prennent prétexte de l'éducation de leur enfant pour s'offrir la jouissance de s'exhiber devant lui. Les enfants, on ne le dira jamais assez, constituent, pour les parents pervers, le public le plus facilement utilisable qui soit. Public d'autant plus consentant et malléable qu'ils ont sur lui tout pouvoir.

Parler sans « érotiser »

La tâche des parents n'est toutefois guère aisée, car s'ils doivent s'abstenir de « montrer » (ce qui semble heureusement évident à la plupart), il leur faut également être attentifs à ce qu'ils disent. Il est en effet important que les mots restent chastes ; c'est-à-dire cernent sans (là non plus) exhiber. Il faut donc que les géniteurs essaient, autant que faire se peut, d'être précis mais sobres. Et se gardent d'une façon de communiquer qui pourrait donner à l'enfant l'impression d'un colloque érotisé[1].

Cet écueil est d'autant plus difficile à éviter que l'enfant recherche souvent (inconsciemment) l'érotisation. Il peut, par exemple, les laissant en général surpris et désemparés, réclamer à ses parents qu'ils lui répètent indéfiniment, alors qu'il les a déjà parfaitement comprises, les mêmes explications. En fait, l'enfant, dans ce cas, se livre, à leur insu, à un véritable détournement de la situation. Il utilise, sans qu'ils s'en rendent compte, leur désir – légitime – de l'informer, et se sert de leurs paroles pour en faire une sorte de « film » (dont le caractère érotique ne fait aucun doute) qu'il se projette avec délices.

Il n'y a rien là de dramatique. Car l'enfant est à un âge où il est normal qu'il tente ce genre de détournement. Mais il convient, s'il agit ainsi, que ses parents, en refusant la répétition, mettent fin au « spectacle »[2] : « Cela fait trois fois que je t'explique la même chose. Je suis sûr(e) que tu as compris. Je pense donc que cela suffit. »

Poser cette limite à l'enfant est indispensable. Non pas, comme certains pourraient le croire, pour des raisons d'« ordre moral ». Mais pour éviter qu'il ne s'installe dans une position de voyeur d'une sexualité adulte racontée par ses parents, et ne la mette « en images » pour un plaisir répétitif et masturbatoire.

---

1. Impression qu'il peut avoir si l'adulte, par exemple, lui présente l'information comme un secret qu'ils vont ensemble partager : « Viens, mon chéri, maman va te raconter pour toi tout seul », etc.

2. Sans pour autant en faire un drame.

Ce cinéma permanent – forcément incestueux – ne pourrait en effet que conditionner et aliéner sa sexualité en construction. D'autant que, ses parents acceptant de lui répéter sans fin l'« histoire », il ne pourrait que les croire consentants, que les penser complices du plaisir qu'il prendrait à cet « entendre » métamorphosé par lui en « voir ».

Employer les « vrais mots »

S'il est important de parler à l'enfant en essayant de ne pas érotiser la situation, il est tout aussi nécessaire que les informations lui soient données avec les « vrais mots ». C'est-à-dire en usant, pour les parties du corps que l'on évoque, de leur dénomination exacte : testicules, utérus, ovaires, vagin, etc. Et ce, même si, dans la famille – comme c'est généralement le cas –, des termes particuliers sont employés pour nommer le sexe et ce qui s'y rapporte.

Cette nécessité de dire les « vrais mots »[1] paraît souvent incompréhensible aux parents, parce qu'ils s'en tiennent à l'idée que l'enfant ne peut, à cet âge, retenir des vocables aussi barbares. C'est souvent vrai, mais cela importe peu. Car ces termes ne sont pas destinés à ce que l'enfant les retienne. Leur emploi a une tout autre fonction. Parler à l'enfant de la sexualité en utilisant les termes de la langue « officielle », c'est en effet lui signifier à la fois qu'on lui parle de choses sérieuses, et que l'on s'adresse à lui comme à un interlocuteur dont on prend au sérieux la personne et les

1. Sur laquelle Françoise Dolto a toujours insisté.

interrogations. En ne bêtifiant pas, en n'employant pas avec lui cette sorte de sous-langage qu'est le jargon des nurseries, en lui parlant la langue des « grands », on lui manifeste qu'on le considère comme un « grand », c'est-à-dire comme un être qui, bien que n'étant pas encore un adulte, est cependant capable de comprendre, comme les adultes, l'importance de ce dont il est question.

Mais les conséquences de l'usage des « vrais mots » ne s'arrêtent pas là. Leur emploi permet aussi d'indiquer à l'enfant le statut que l'on donne à la sexualité.

Employer les mots qui sont (ou peuvent être) communs à tout un chacun – ceux du dictionnaire – revient en effet à faire sortir le sexe de l'univers familier de la maison, du « dedans familial » (donc de l'éventuelle complicité incestueuse[1] qui peut y régner). Et à l'inscrire dans la « langue du dehors », celle de l'extérieur à la famille : celle de la société et des règles qui la régissent. En agissant de la sorte, on signifie donc à l'enfant que la sexualité n'est pas une particularité un peu honteuse que l'on ne pourrait assumer que dans la sécurité du cocon familial, et dont on ne pourrait parler qu'avec des mots inventés dans la famille et enfermés dans ses murs ; mais une chose « normale », partagée par tous, dont il n'y a ni à avoir honte ni à cacher l'existence. Une chose « parlable », sinon à tout le monde[2], du moins au grand jour avec les mots qui sont ceux de tout le monde.

---

1. Au moins inconsciente.

2. Car il est important d'enseigner à l'enfant la différence entre le privé et le public. Et la nécessité de garder pour soi l'intime.

En parlant à l'enfant avec de « vrais mots », on lui donne un point d'appui qui lui permettra, par la suite, d'assumer dans « le social » sa sexualité.

Des mots marqués par l'interdit de l'inceste

Mais, ce faisant, on lui accorde aussi une autorisation. Car, pour l'enfant, ses parents ne sont pas seulement les « chefs de la maison » ; ils sont aussi pour lui les « chefs » des mots que l'on y emploie (pour nommer sa personne, son corps, etc.). Et comme il ignore que ces mots qu'ils ont forgés ne sont pas les seuls à avoir cours, il les croit maîtres du langage, et, par là même, du monde et de lui-même.

Apprendre qu'il existe dans la société des vocables dont ses parents ne sont ni les créateurs ni les maîtres lui permet de relativiser leur toute-puissance[1]. Et les entendre les employer eux-mêmes pour lui parler[2] le convainc qu'ils ne sont pas aussi attachés à leur pouvoir qu'il pouvait l'imaginer.

En fait, en lui fournissant, par le biais des « vrais mots », les outils communs à tous, ceux dont chacun peut user pour penser et parler le sexe, ses parents montrent implicitement à l'enfant qu'ils l'autorisent à la fois à réfléchir par lui-même, et à trouver, pour ce faire, ses références ailleurs que dans leur seule sphère.

1. De nombreux adultes peuvent ainsi raconter combien le fait d'apprendre, à l'école, qu'ils ne s'appelaient pas, par exemple, Fifi mais Philippe, a été pour eux, passé le temps de la stupeur, libérateur.

2. Et donc lui donner par là même la possibilité de les savoir et de les utiliser à son tour.

Ils lui prouvent qu'ils acceptent que son sexe ne leur appartienne pas ; que son avenir sexué soit hors de la famille. Et lui signifient qu'ils consentent à ce que, comme le leur impose l'interdit de l'inceste, sa sexualité échappe à leur emprise.

Ils lui font donc, par ces seuls mots, cadeau d'une liberté dont il ne peut être, dans l'instant, conscient, mais qui lui servira sa vie entière. Et font, à ce titre, de la « castration primaire » (comme de celles qui l'ont précédée) une étape supplémentaire vers son émancipation[1].

Des adultes sans mots

Cette dimension donnée au sexe par la façon dont il est parlé dans l'enfance est perceptible chez les adultes. Les psychanalystes mais aussi les médecins savent[2] – pour les recevoir chaque jour – que nombre d'entre eux, faute d'avoir bénéficié au moment opportun de paroles éclairantes et de nominations appropriées, souffrent de ne pouvoir trouver, pour parler de la sexualité, « leurs » mots, ceux qui leur conviendraient. Beaucoup n'ont à leur disposition que des vocables enfantins ou des expressions issues de l'argot, qu'ils énoncent avec gêne. Tout se passe comme si leur histoire les empêchait d'intégrer leur sexualité à leur

1. Peut-être faut-il voir là, d'ailleurs, l'une des raisons (inconscientes) pour lesquelles l'emploi des « vrais mots » est si difficile aux parents.

2. Françoise Dolto le souligne.

vie adulte, et de le manifester en l'exprimant avec des mots d'adultes.

Leur langage chaotique traduit la façon dont ils semblent condamnés soit à conjuguer éternellement le sexe au temps de l'enfance et de ses émois coupables, soit à le cantonner dans la marginalité d'un langage pornographique[1] qui non seulement ne les satisfait pas, mais les blesse, parce qu'il ne correspond pas à la nature de leurs émotions. « Je ne comprends pas. C'est terrible ! Chaque fois que je parle de sexe, j'en parle comme ça. Et pourtant, ce n'est pas comme ça que je le vis. »

Parler à l'enfant du sexe avec de « vrais mots » n'a donc pas pour but de les lui enseigner, mais de lui permettre de prendre pleinement possession de sa sexualité et de son avenir.

De l'information sexuelle à la « castration primaire »

L'information sexuelle dispensée par ses parents constitue donc, pour l'enfant, un apport essentiel. Françoise Dolto explique longuement son importance. Mais elle va plus loin, car elle pose que cette information est un tournant essentiel de sa construction psychique. Elle lui accorde en effet le statut d'une nouvelle castration qu'elle nomme « castration primaire ».

Pourquoi accorde-t-elle une telle place au dire parental sur la sexualité ?

1. Souvent acquis, faute de mieux, à l'école.

Pour répondre à cette question, il convient d'abord de rappeler ce qu'est une « castration ». Pour Françoise Dolto, une castration est une limite définitive imposée par ses parents à l'enfant. Elle marque dans son trajet un point de non-retour. Parce qu'elle lui barre définitivement la voie dans laquelle, jusque-là, il trouvait du plaisir. Elle le déloge de l'état dans lequel il se complaisait et le contraint à avancer. La « castration ombilicale » signe ainsi, nous l'avons vu, la fin de la vie intra-utérine ; la « castration orale », celle de l'allaitement ; et la « castration anale », en obligeant l'enfant à se débrouiller seul, lui impose de renoncer au confort (souvent jouissif) de l'assistance maternelle.

En quoi l'information sexuelle donnée par ses parents constitue-t-elle pour l'enfant une limite du même ordre ? C'est qu'en la lui délivrant et en lui donnant accès à son identité sexuelle, ils provoquent dans sa vie un véritable bouleversement.

Un sexe mais un seul

Leurs explications lui révèlent en effet l'existence de deux sexes, et lui apprennent par là même celui auquel il appartient : il se découvre garçon ou fille. L'événement apporte indéniablement dans son existence un « plus », car il lui assigne une place précise. Mais, toute médaille ayant son revers, il constitue aussi, pour lui, un « moins ». Car, en l'assignant à cette place, le discours parental lui interdit du même coup toutes les autres. Prendre acte de son identité sexuelle impose à l'enfant de comprendre qu'il est garçon ou fille, et qu'il ne peut être les deux. Car on est d'un sexe ou de l'autre, jamais des deux.

Informé de la sexualité, l'enfant se trouve donc éjecté brutalement de la place du « tout » qu'il pouvait rêver d'être, et condamné à se confronter au manque qu'implique toujours la sexuation (et que nous avons déjà évoqué). S'il est garçon il ne peut être, de surcroît, fille. Et, s'il est fille, il est dans l'impossibilité d'être garçon.

À cette étape de sa vie, l'enfant doit donc vivre un deuil : celui des « possibles » qu'il pouvait auparavant, à l'infini, fantasmer. Il est contraint de dire adieu à tous les : « Quand je serai grande, moi aussi j'aurai un zizi » ; « Quand je serai grand, j'aurai des bébés dans mon ventre… », etc.

À ce deuil – car c'en est un – aucun enfant ne peut échapper. Car les deux sexes y sont soumis. Et il convient de le souligner. Car on parle volontiers de celui du pénis que les petites filles ont à faire ; et il existe sans aucun doute. Mais il revient à Françoise Dolto d'avoir mis l'accent sur le deuil auquel les petits garçons ne peuvent eux non plus se soustraire : celui des bébés qu'ils ne porteront jamais. L'écho de ce difficile renoncement se fait entendre dans de nombreuses analyses d'enfants et d'adultes. Et la vie courante en apporte elle aussi des preuves.

Maintes jeunes mères peuvent ainsi raconter leur stupéfaction et leur désarroi devant un époux qu'elles ont vu soudain se transformer, à la naissance de leur premier bébé, en « super maman » ; rivaliser avec elles à propos de tout ce qui concernait le nouveau-né, leur expliquer (pour compenser sans doute leur impossibilité à le faire eux-mêmes) comment il fallait lui donner le sein ; et s'ingénier à leur démontrer qu'ils en avaient toujours su, en matière de nourrisson, infiniment plus long qu'elles…

Ce deuil de la complétude absolue[1] est, pour tous les enfants, difficile. Il est pour tous source d'angoisse. Et tous ont besoin, au moment où ils le vivent, d'être accompagnés avec chaleur et compassion par des adultes capables de comprendre leurs souffrances, de les aider à les mettre en mots. Et capables surtout de leur expliquer qu'elles ne sont pas vaines, qu'elles ont un sens, parce qu'elles sont le signe qu'ils se heurtent à une limite que tout humain doit, à un moment de sa vie, affronter.

Notre époque offre d'ailleurs chaque jour mille occasions de constater le caractère douloureux de cette épreuve. La souffrance (consciente et inconsciente) qu'elle occasionne est en effet, pour certains hommes et certaines femmes, du fait de leur histoire, intolérable. Elle les mène souvent à essayer, leur vie entière, d'abolir la limite qui en est cause. Ils sont ainsi conduits, pour tenter d'échapper à la « castration primaire », à livrer de nombreux combats dont notre société se fait aujourd'hui de plus en plus souvent l'écho.

Pourquoi ne pourrait-on pas être femme et père ? Homme et mère ? Pourquoi ne pas décréter nulle et non avenue la différence des sexes ? Ou, à défaut, poser qu'elle n'est qu'un simple « jeu de rôles » ? Que les places d'homme et de femme, de père et de mère,

1. Dont on retrouve l'écho dans bien des mythes.

ne sont que des fonctions vides que chacun peut, si bon lui semble, occuper ? des défroques dont chacun est habilité, au gré de son désir, à se vêtir ? Pourquoi ne pas décider que tout cela ne relève que d'un arbitraire, voire d'une oppression sociale ? Et que l'on pourrait donc utilement supprimer ces barrières sur lesquelles butent l'imaginaire et la toute-puissance de chacun ?

Ces combats, même s'ils se veulent et s'affirment « idéologiques », évoquent cependant toujours des difficultés que ceux qui les mènent n'auraient pu, dans leur histoire, dépasser. Ils parlent de l'incompréhension radicale qui, faute d'aide, fut sans doute la leur devant une limite que l'on voulait leur faire accepter alors qu'ils ne pouvaient la vivre que comme une mutilation.

Comme toutes les « castrations », en effet, la « castration primaire » n'est supportable pour l'enfant que si elle lui est expliquée. Et s'il est aidé, par des adultes qui les comprennent, à traverser les souffrances qu'elle engendre. Si le sens de cette « castration » ne lui est pas explicité, ou si, pis encore, elle lui est infligée comme une frustration sadique, il ne peut que la refuser.

À cette étape de sa vie comme à toutes celles qui l'ont précédée, il a en effet besoin de comprendre qu'il ne lâche pas la proie pour l'ombre ; qu'il ne renonce pas pour rien. Il a besoin qu'on lui dise que l'abandon du rêve d'être « tout » et de posséder les deux sexes est la condition qui lui permettra de s'ancrer dans celui qui est le sien, et de vivre pleinement l'avenir qu'il suppose.

Les difficultés des parents

Malheureusement, les parents ne sont pas toujours à même d'accompagner l'enfant dans le chemin qu'il a à parcourir pour accepter son sexe.

L'information impossible

Il arrive, en effet, que des parents aient le plus grand mal – voire une impossibilité – à informer leur enfant de ce qu'est la sexualité. Et ils avancent en général, pour justifier leur position, toute une série d'arguments.

• Certains, par exemple, décrètent que l'enfant est « trop petit », et se gardent soigneusement, d'ailleurs, dans la plupart des cas, de préciser à quel âge il sera à leur avis assez « grand » pour savoir.

• D'autres disent craindre qu'il ne devienne, une fois informé, « obsédé » par le sexe, alors que c'est toujours le contraire qui se produit. Car l'enfant n'est taraudé de façon obsessionnelle par la chose sexuelle que parce qu'il cherche des réponses dont il a besoin et que l'on se refuse à lui donner.

• D'autres encore soutiennent qu'il n'a nul besoin de ce savoir, et invoquent, à l'appui de leur thèse, le fait qu'il ne pose pas de questions, confortés qu'ils sont, le plus souvent, dans cette certitude par l'attitude de l'enfant lui-même. Sentant les réticences de ses parents, celui-ci s'interdit en effet de les interroger clairement. Il s'y prend « par la bande », prêche le faux pour savoir le vrai, réclame par exemple qu'on lui explique l'origine de tout ce qui se présente[1]. En évitant soigneusement d'évoquer la seule qui l'intéresse vraiment : celle des bébés. Ou, même, prête à ses compagnons un désir de savoir (évidemment coupable) qui est en fait le sien : « Tu sais, Paul, il est mal élevé. À la récré, il soulève toujours les jupes des filles… » À bon entendeur, salut !

• Certains parents hésitent à parler parce qu'ils ont l'impression qu'il leur faudrait dispenser à l'enfant un cours magistral, avec des graphiques et des explications techniques dignes de l'Académie de médecine. Ils s'en sentent incapables, ce que l'on peut comprendre…

• D'autres, enfin, se retranchent derrière l'idée que l'enfant « sait » sans doute déjà « tout ». Parce que, très probablement, des copains l'en ont informé. Ou, si ce n'est pas le cas, que l'école s'en est chargée…

Des motivations inconscientes

En fait, derrière les arguments rationnels que les parents avancent pour justifier leur silence se cachent toujours des motivations inconscientes. Les premières questions – ou ébauches de questions – de leur enfant sur la sexualité sont en effet, pour nombre d'entre eux, très angoissantes. Parce qu'elles les renvoient, sans qu'ils le sachent, aux errances de leur

1. Une publicité télévisée fort bien faite et qui eut son heure de gloire montrait ainsi un enfant qui, assis à la table du petit déjeuner, harcelait son père de questions sur la bouteille de lait (« C'est quoi, cette bouteille de lait ? »), pour finir par glisser dans un souffle : « Dis, papa, comment on fait les bébés ? »

propre enfance. Au silence de leurs propres parents. Aux interdits dont ils ont été l'objet de leur part. À leur culpabilité. Ils ignorent – ou veulent ignorer – la sexualité infantile parce qu'admettre son existence risquerait de faire resurgir celle des enfants qu'ils furent. Ils forgent donc, pour se protéger de ce retour insupportable, des théories qui leur tiennent lieu d'armures…

L'accompagnement impossible

D'autres parents peuvent donner – au moins *a minima* – une information sexuelle à leur enfant, mais sont dans l'impossibilité de l'accompagner sur le chemin qui doit le mener à accepter la « castration primaire » : c'est-à-dire les limites de sa sexuation.

À cette étape de la vie de son enfant, chaque parent est en effet renvoyé à sa propre « castration primaire ». À la façon dont, compte tenu de son histoire, il a pu (ou non) l'assumer. Et l'enfant en subit inévitablement les conséquences.

Car si son père et sa mère ne peuvent (inconsciemment) assumer leur propre sexe, ils ne peuvent lui être d'aucune aide. Au contraire. Car ils risquent alors de lui transmettre, sans le savoir, les moyens qu'eux-mêmes ont trouvés pour tenter d'échapper à la différence des sexes.

Lorsque les parents éprouvent des difficultés de cet ordre, elles se sont en général déjà manifestées lors de la naissance de l'enfant, au moment où ils ont découvert son sexe. Et il n'est pas rare qu'ils les aient alors exprimées (à leur insu) par les prénoms qu'ils ont choisis pour lui.

Il n'est pas anodin, par exemple, de donner à un enfant l'un des trois prénoms dits « mixtes » de la langue française (Camille, Claude, Dominique), qui rendent impossible d'identifier, même à l'écrit, le sexe de celui ou de celle qui les porte. Et il n'est pas anodin non plus pour un (ou une) enfant d'avoir à les porter : « Ils m'ont appelé(e) ainsi. Que voulaient-ils que je sois ? Et, à partir de là, que puis-je être ? »

Ces difficultés des parents, présentes dès l'aube de la vie de l'enfant, culminent au moment de la « castration primaire ». Car il n'est plus question seulement à cette étape qu'il ait un sexe : il est clairement posé qu'il n'a et n'aura jamais que celui-là. Si ses parents – parce qu'ils ne la supportent pas pour eux-mêmes – ne peuvent accepter pour lui cette limite, l'enfant bute sur un impossible. Et risque d'errer, sa vie entière, à la recherche de son identité sexuée.

L'image qu'un enfant a de lui, nous n'avons cessé de le répéter, passe en effet toujours par celle que lui renvoient ses parents.

Les bénéfices de la « castration primaire »

À l'inverse, quand elle est signifiée à l'enfant par des parents capables de l'aider à la traverser, la « castration primaire » a sur sa vie des conséquences très importantes.

Un point d'appui narcissique

Elle est d'abord pour lui un point d'appui narcissique. Car elle l'assure de son identité sexuée et lui permet de la conjuguer au futur : « Je suis un garçon, je serai… » ; « je suis une fille, je serai… ». Avec d'autant plus de fierté que, connaissant son sexe, il peut désormais appuyer le sentiment de sa valeur sur celle de ses ancêtres des deux lignées qui ont eu le même que lui. À partir de la « castration primaire », le garçon sait qu'il sera un homme comme son père, ses grands-pères, arrière-grands-pères, etc. La fille, une femme comme sa mère, ses grands-mères, ses arrière-grands-mères, etc.

La « castration primaire » lui donne donc la possibilité d'investir sa personne, d'aimer ce qu'il est, de « s'aimer ». Ce qu'il ne pourrait faire s'il restait dans la nostalgie ou l'envie d'une complétude impossible. Elle l'oblige à faire le deuil de ce qu'il n'a (et n'est) pas. Mais elle lui permet de découvrir tous les avantages de ce qu'il a (et est).

La complémentarité des sexes

La « castration primaire » ouvre également l'enfant à la compréhension de la complémentarité des sexes, c'est-à-dire à la découverte de l'autre sexe ; à l'intérêt que présente – du fait précisément de son « altérité » – le commerce amical ou amoureux avec lui.

Complémentarité que l'« envie » rend impossible. Nul ne peut être (en amitié ou en amour) heureux avec un autre si, rongé par l'envie – inconsciente –

d'« être » cet autre, il est en permanence en rivalité avec lui. Bien des couples – même si consciemment ils l'ignorent – butent sur cette difficulté…

Mais l'acceptation de la différence des sexes a aussi, pour l'enfant, des conséquences qui peuvent au premier abord sembler moins évidentes.

L'accès aux différences

La différence des sexes, parce qu'elle s'ancre au plus profond de lui, dans son développement physique et psychique, est en effet, pour lui, la matrice même de l'idée de différence. Et la façon dont il se situe par rapport à elle conditionne certainement la façon dont il pourra appréhender par la suite toutes les autres différences auxquelles la vie, inévitablement, le confrontera.

S'il peut admettre la différence des sexes, c'est-à-dire accepter, sans s'en sentir diminué, le manque qu'elle suppose, il pourra probablement accueillir avec tolérance tout ce qui est « autre » que lui. Mais le pourra-t-il si, n'ayant pas fait le deuil du « tout » qu'il aurait rêvé d'être, la différence reste pour lui synonyme de faille intolérable ?

Le racisme est ainsi parfois, pour certaines personnes – on s'en rend compte en analyse –, un moyen d'exprimer une problématique liée, en fait, à la différence sexuelle. Le « Blanc » raciste, par exemple, ne supporte pas « les Noirs » (ou « les Jaunes », ou « les Arabes », etc.), c'est-à-dire les êtres qui ont une couleur de peau, une origine, une langue, une culture différentes des siennes, bref, les êtres différents de lui.

Il justifie sa position en chargeant à l'envi le Noir (ou l'Arabe, etc.) honni de tous les péchés. Il le dit par exemple sale, inculte, paresseux, bruyant, etc. Et affirme que c'est pour ces défauts qu'il le rejette.

Mais on est en droit de se demander si cette raison est la bonne. Car ce ne sont peut-être pas les travers – supposés – du Noir qui gênent le raciste blanc. Mais le fait que ce Noir soit… noir, c'est-à-dire « pas blanc ». Et qu'il le renvoie par là même au fait que lui n'est « pas noir ». C'est-à-dire à une différence qu'il ne peut supporter parce qu'elle est associée – inconsciemment – pour lui à l'idée de manque.

Tant que le raciste blanc ignorait l'existence du Noir, il pouvait (comme le garçon qui n'avait jamais vu un corps de fille, ou la fille qui n'avait jamais vu un corps de garçon) se penser « tout ». Savoir que le Noir existe le confronte à son manque. Il n'est pas « tout », puisqu'il existe des humains noirs et que lui-même ne l'est pas…

Alors le raciste blanc bataille pour qu'il n'y ait plus de Noirs. Pour qu'on les chasse jusqu'au dernier de la planète. Parce que, s'ils disparaissaient, la différence disparaîtrait avec eux. Et il retrouverait (du moins le croit-il) la paix, celle des temps bénis où il n'avait pas encore à se demander ce qu'il était… et n'était pas.

L'influence de la « castration primaire » sur le développement intellectuel de l'enfant

L'information sexuelle exerce aussi une influence déterminante sur le développement intellectuel de l'enfant. Et l'on s'en rend compte en consultation. Car nombre de « blocages scolaires » (notamment chez des élèves de grande section de maternelle, de CP et de CE1) se lèvent de façon spectaculaire lorsque leurs parents, aidés par l'analyste, acceptent de répondre à leurs questions.

Le fait peut sembler étonnant ; il l'est beaucoup moins qu'il n'y paraît. Pour deux raisons :

• en premier lieu parce que l'on voit mal comment un enfant pourrait apprendre l'histoire, la géographie ou, plus simplement, ce qu'est le monde qui l'entoure alors qu'en le privant d'informations sur la sexualité on lui interdit de savoir qui il est, d'où il vient et où il va ;

• en second lieu parce que l'information sexuelle donnée par ses parents a, pour l'enfant, valeur de « permis de savoir ». En l'informant, ses parents lui signifient qu'ils approuvent son questionnement, et lui donnent de son besoin de connaissance une image positive. À partir de leur intervention, l'enfant se sent donc détenteur légitime d'un « droit au savoir » qu'il pourra ensuite exercer sans crainte ni culpabilité dans tous les secteurs de sa vie.

À l'inverse, l'enfant à qui ses parents ne donnent aucune information se sent « interdit de savoir ». Confronté à leur silence, il pense qu'il n'aurait pas dû chercher de réponses aux interrogations qui se bousculent dans sa tête. Qu'elles sont « mauvaises », que ses parents le savent et, pour cette raison, n'y répondent pas. Et cette certitude le conduit à estimer que son envie de savoir, dans tous les autres domaines, est elle aussi condamnable ; que tout désir de savoir est par essence répréhensible.

Écrasé par la culpabilité, il n'a donc en général d'autre solution que de bloquer son intelligence, de l'empêcher de fonctionner. Au point, dans certains cas, de faire croire à sa famille et à l'école qu'il n'a pas les capacités requises pour apprendre.

Les troubles d'apprentissage

Certains enfants, placés dans la même situation, réussissent à ne pas entraver totalement le fonctionnement de leur intelligence, mais manifestent néanmoins leurs problèmes par des « blocages » plus limités :

• certains, par exemple, ne parviennent pas à apprendre à lire, étayant ainsi la thèse de Françoise Dolto qui aimait à rappeler que « lire » est le verbe du « lit »… ;

• d'autres disent leur désarroi par le graphisme : ils n'arrivent pas à écrire. Ce qui n'est guère étonnant, car les lettres peuvent parfois susciter d'étranges évocations. « Il y a deux lettres que je confonds toujours, m'expliquait il y a bien longtemps, dans un hôpital de province, une petite fille de 9 ans, étiquetée – c'était pourtant rare à l'époque – “dyslexique”. C'est le *o* et le *a*. Parce que je ne sais jamais lequel a la queue en haut et lequel a la queue en bas. » Et elle avait ajouté en rougissant : « Et puis, tu sais, il y a une autre lettre que je ne sais jamais. C'est le… *q*. » Cette prétendue « dyslexie[1] » – faut-il le dire ? – ne mit pas bien longtemps à « guérir »… ;

1. Que les parents de l'enfant, très coopératifs, avaient eu la bonne idée d'interroger avant d'envisager des rééducations diverses.

• d'autres enfants se montrent totalement réfractaires à la grammaire ; ils butent, par exemple, sur la compréhension du masculin et du féminin, et sont dans l'incapacité d'accorder le moindre adjectif. Non sans raison : car les garçons, les filles et la façon dont ils peuvent s'accorder entre eux est pour eux *terra incognita* ;

• d'autres, enfin, expriment leur malaise par le calcul : ils confondent, par exemple, le « plus » et le « moins ». Parce que ces notions apparemment abstraites les renvoient en fait à des « plus » et des « moins » bien réels qui les obsèdent et auxquels ils ne comprennent rien. Pourquoi le corps de certains êtres a-t-il quelque chose en plus ? et celui de certains autres, quelque chose en moins ?

Il serait évidemment absurde d'attribuer toutes les difficultés d'apprentissage à une incompréhension de la différence des sexes. Mais l'expérience permet d'affirmer qu'elle est à l'origine de nombre d'entre elles. Car la compréhension de cette différence est l'une des clefs de l'intelligence des enfants. Françoise Dolto le disait fort bien : elle est, disait-elle, « fondatrice de leur intelligence générale et de leur affectivité. Car c'est elle qui est la base de toutes les discriminations signifiantes soutenant les comparaisons, les différences, les analogies, l'induction, la déduction et le vocabulaire de la parenté, de la citoyenneté, de la responsabilité[1] ».

---

1. *L'Image inconsciente du corps*, p. 167.

La différence des sexes et l'accès à la loi

Matrice de toutes les différences, la différence des sexes est aussi celle de toutes les limites. Elle a en effet, pour l'enfant, une importance particulière, et ce, pour deux raisons :

- parce qu'elle est une limite inscrite dans son corps ;
- et, Françoise Dolto le souligne, parce qu'elle est la première dont il sache qu'elle ne dépend pas de ses parents ; et que ceux-ci ne peuvent – ni pour lui ni pour eux – la contourner.

Les parents en effet peuvent – tout un chacun (et l'enfant lui-même) le sait – transgresser tous les interdits de la société ; il leur est loisible de voler, violer, frapper, mettre à mal l'interdit de l'inceste, et même tuer. Mais ils n'ont pas le pouvoir de transformer les êtres. Ils ne peuvent faire l'enfant fille s'il est garçon ; ni garçon, s'il est fille. Et ils ne peuvent pas non plus modifier leur propre sexuation. La différence des sexes fait donc chuter la toute-puissance que l'enfant supposait à ses géniteurs. Et, avec elle, une grande partie de ses propres rêves de toute-puissance.

L'obligation dans laquelle sont ses parents de se soumettre à cette loi change le rapport qu'il peut lui-même avoir avec elle. Car l'impuissance où ils sont de la contourner lui donne la mesure de sa force, ancre la nécessité dans laquelle il est de se soumettre lui aussi à cette limite. Et, au-delà d'elle, à toutes les autres.

La fin du « tout »

Cette compréhension de la force de la loi se double, pour l'enfant, du fait que la « castration primaire » ouvre pour lui une brèche essentielle et définitive dans l'idée de « tout ». À partir du moment où il peut comprendre (dans sa tête, mais aussi dans son corps et sa sensibilité) qu'il ne peut pas être « tout », c'est-à-dire à la fois garçon et fille ; à partir du moment où il peut admettre que chaque être humain est soumis au même manque, et que ce manque est la condition d'une existence réussie, il peut commencer à accepter de renoncer au « tout » dans le reste de sa vie.

Il peut supporter – parce qu'il sait que c'est la loi pour tous – de ne pas « tout faire », de ne pas « tout avoir », etc.

La « castration primaire » (c'est-à-dire la compréhension et l'acceptation de la différence des sexes) change donc en profondeur l'univers de l'enfant. Car elle le fait passer d'un monde où « tout » était possible à un autre où ce même « tout » est définitivement battu en brèche. Son corps (dont il accepte désormais les limites) en est la preuve.

Cette épreuve douloureuse est, pour son évolution, essentielle. Elle lui ouvre les portes de la socialisation.

La connaissance de la différence des sexes est d'ailleurs, dans le développement de l'enfant, si importante que Françoise Dolto préconisait que l'école l'enseigne, dès trois ans, à tous les enfants, et donne ainsi, à ceux que leurs parents ne peuvent accompagner, la possibilité d'acquérir ce savoir indispensable à leur construction et à leur avenir.

Chapitre VI

« On n'épouse pas ses parents… » La castration génitale œdipienne

La « castration primaire » dont nous venons de souligner l'importance signe, pour l'enfant, l'avènement d'une ère nouvelle. Elle inaugure une phase essentielle de sa vie que la psychanalyse nomme « l'œdipe ». Et l'on pourrait résumer ce qu'il doit y apprendre en quelques paroles, celles que chante à « Peau d'Âne », dans le beau film de Jacques Demy, sa marraine la fée : « Mon enfant, on n'épouse pas ses parents… »

Cette étape de l'œdipe couvre, dans la vie de l'enfant, une très longue période. Elle commence vers 3 ans (au moment de la « castration anale ») et se poursuit approximativement jusqu'à l'âge de 8 ans. Si son importance pour lui est déterminante, c'est qu'elle est le moment où vont s'articuler son identité sexuée et sa personne sociale[1].

---

1. Françoise Dolto, « Le complexe d'Œdipe, ses étapes structurantes et leurs accidents », in *Au jeu du désir*, Paris, Le Seuil, 1981, p. 194.

L'enjeu est en effet qu'il accède à ce que Françoise Dolto nomme une problématique « réfléchie[1] » de sa condition sexuée. Qualificatif qui renvoie au miroir – l'enfant est désormais capable de se reconnaître garçon ou fille dans l'image de lui que réfléchit cet objet – mais aussi et surtout à la « réflexion » entendue au sens de l'acte de « réfléchir ». Car il doit à cette étape réussir, avec l'aide de ses parents, trois opérations essentielles :

• il doit acquérir une conscience claire de son identité sexuée, c'est-à-dire parvenir à se savoir et à se penser consciemment « garçon-futur homme » ou « fille-future femme » ;

• il doit s'approprier sa sexualité, devenir conscient qu'elle lui appartient, qu'il en a la maîtrise et, de ce fait, la responsabilité ;

• et il doit en intégrer la dimension sociale, autrement dit intérioriser les règles qu'implique cette sexualité dans une société civilisée : le respect de l'autre et de son désir, celui de l'interdit de l'inceste, etc.

L'œdipe impose donc à l'enfant de modifier en profondeur les coordonnées qu'il a de lui-même, car il l'oblige à prendre acte de son être social. À partir de l'œdipe, il ne peut plus se contenter d'avoir pour seuls repères de son identité sexuée des repères familiaux : « Je suis le petit garçon (la petite fille) de mon papa et de ma maman », mais réaliser qu'il est à tout jamais aux yeux du monde « un garçon » ou « une fille ».

En fait, l'œdipe occupe dans la construction de tout enfant une place charnière parce qu'il transforme son

---

1. *Ibid.*, p. 195.

univers. Il l'oblige à passer du monde à deux dimensions (lui – ses parents), dans lequel il vivait jusque-là, à un monde à trois dimensions (lui – ses parents – la société).

Ce nouvel espace dans lequel il doit se situer ne lui est pas totalement étranger. Il a déjà, quelque temps auparavant, commencé à l'appréhender. Cette appréhension s'est faite en deux temps : le premier, au moment où il a, grâce à la « castration anale », découvert les lois sociales[1] ; le second lorsque, informé par ses parents de la sexualité (lors de la « castration primaire »), il a appris l'existence d'interdits portant sur les relations sexuelles au sein de la famille et, de façon générale, sur celles entre adultes et enfants. Mais ces découvertes ont eu lieu à un stade antérieur de son développement. Elles ont surgi dans sa vie alors que son attirance sexuelle[2] pour ses parents, même si elle était présente, était loin d'avoir la même force qu'aujourd'hui. Et, surtout, au moment où il n'avait pas encore conscience de sa sexuation.

C'est désormais conscient de celle-ci que l'enfant peut aborder « avec armes et bagages », c'est-à-dire avec son corps, ses désirs et sa sexualité, le monde des humains civilisés et socialisés, et s'y inscrire définitivement à une place d'être sexué.

---

1. *Ibid.*, p. 194.

2. Il est important de préciser que si cette attirance peut être qualifiée de « sexuelle », le terme est à entendre au sens de la sexualité infantile. La sexualité dont il s'agit n'est pas la sexualité génitale adulte. L'érotisme de l'enfant et sa sensibilité sont différents de ceux de l'adulte.

Comment les choses se passent-elles concrètement ?

Françoise Dolto ne l'explique pas d'emblée, mais, ayant posé que l'entrée dans l'œdipe se fait aux alentours de 3 ans, elle prend d'abord soin de rappeler ce que doit être – du point de vue de son développement – un enfant de cet âge pour que cette entrée soit possible :

« Lorsqu'on parle d'un enfant de trois ans, dit-elle, on suppose qu'il possède déjà sa langue maternelle ; qu'il se sait fille ou garçon ; cet enfant-là mange tout seul la nourriture de tout le monde, va faire ses besoins tout seul ; il est adapté dans l'espace familier, connaît l'adresse de son domicile et se repère dans ses alentours. Ses gestes sont habiles et sa démarche délurée. Un enfant de trois ans connaît son nom, celui de ses parents. Il verbalise ses agissements ; les agissements d'autrui sont pour lui langage[1]. »

Une tempête dans les têtes

Si l'enfant a atteint – totalement ou en grande partie – ce niveau de développement, fruit des « castrations » précédentes, il peut aborder l'aventure de l'œdipe.

De cette étape, Françoise Dolto dit qu'elle se caractérise par un foisonnement intense de l'imaginaire. Et, de fait, bien des choses se passent dans la tête des

1. *Au jeu du désir*, *op. cit.*, p. 194.

enfants. Certaines sont communes aux deux sexes. Ainsi, le désir d'identification aux adultes est, chez tous les enfants, le moteur de leur entrée dans l'œdipe. À partir de la découverte de la différence des sexes, en effet, l'image qu'ils – garçons et filles – ont de leur corps (nous l'avons déjà évoqué) n'est plus inconsciente. Elle devient consciente et ils la mettent en rapport avec celle dont ils espèrent qu'elle sera la leur le jour où ils seront devenus « grands ».

Cette image projetée, rêvée d'eux-mêmes est évidemment liée à l'apparence de leurs parents qu'ils admirent. Car les enfants de cet âge sont tous animés de l'envie de ressembler aux adultes qu'ils aiment. L'enfant, dit Françoise Dolto, est « mû par le désir de grandir à l'image de toute personne qui, à ses yeux, détient valeur de modèle, à qui il s'identifie et en compagnie de qui il est heureux. Bien qu'il soit attiré par les animaux au même titre que par les enfants, il choisit consciemment ses modèles dans l'espèce humaine, parmi ses familiers et particulièrement parmi ses parents, ses aînés, et les personnes que ses parents respectent[1] ».

Le désir d'« être comme les adultes » joue donc, à ce stade du développement de l'enfant, un rôle déterminant. C'est lui qui le conduit à vouloir être en tout point semblable à eux. À revendiquer les privilèges dont ils bénéficient, et, en premier lieu, les jouissances qu'il suppose être les leurs sur le plan de la vie affective et sexuelle. C'est lui qui le pousse à mettre en œuvre tout ce qui est possible pour réussir

1. *Ibid.*

à les obtenir. Et donc à entrer, par là même, dans l'œdipe.

Comment les choses se passent-elles pour l'un et l'autre sexe ?

L'œdipe du garçon

Le garçon, dit Françoise Dolto, est « beaucoup plus directement que la fille dans l'œdipe ». Elle l'explique : « S'il estime son père et s'il sent que sa mère l'estime », la route est pour lui tracée : « Il est fier de son père. Il veut devenir semblable à lui. Il cherche à s'identifier totalement à lui et, naturellement, à avoir les prérogatives que son père a dans l'intimité avec sa mère. »

En clair : le petit garçon veut épouser sa mère. Il veut être, comme l'est son père, son mari, avoir des privautés avec elle, lui donner des enfants, etc. C'est donc à ce moment, continue Françoise Dolto, « que le père doit donner à son fils ce que nous appelons en psychanalyse la castration[1] ».

En quoi consiste la « castration » ?

Énoncer l'interdit

Le père doit d'abord énoncer à son fils l'interdit de l'inceste : « Tu ne peux pas épouser ta mère. » Et

1. *L'Image inconsciente du corps*, p. 188.

l'énoncer de façon telle que celui-ci puisse comprendre que cet interdit n'est pas lié à son « état d'enfance » (« c'est parce que je suis trop petit que je ne peux pas épouser ma maman »), mais à sa place : on ne peut pas être à la fois le fils de sa mère et son mari.

« Il est impossible à jamais qu'un fils aime sa mère comme un autre homme l'aime. Ce n'est pas parce que tu es petit et moi grand. C'est parce que tu es son fils et que jamais un fils et sa mère ne peuvent vivre l'union sexuelle et engendrer des enfants[1]. »

Cette façon de situer l'interdit de l'inceste est essentielle pour deux raisons : elle est le seul moyen pour l'enfant d'en comprendre le sens et la portée, et elle est également le seul moyen pour lui de ne pas se sentir dévalorisé. Ce qu'il serait inévitablement s'il imaginait que sa « petitesse » est la cause de son éviction, la raison pour laquelle on lui refuse la place qu'il convoite.

Mais – Françoise Dolto le souligne une fois encore – il ne peut comprendre cette formulation que si on lui a préalablement expliqué la sexualité. Si on ne l'a pas fait, la notion de « place » reste pour lui abstraite et dépourvue de signification. Comment, en effet, différencier un « fils » d'un « mari » si l'on ignore tout de l'acte sexuel et de la conception ? « Ce n'est pas parce que ton père est là que tu n'as pas le droit d'avoir ta mère ; c'est parce que tu es son fils. C'est parce qu'elle t'a porté dans son ventre que tu ne pourras jamais entrer avec ton pénis en elle. C'est cela, l'interdit, au moment de l'œdipe ; mais, si l'on n'a pas expli-

1. *Ibid.*

qué à l'enfant le coït, on ne peut pas lui formuler l'interdit[1]. »

La famille interdite

Mais l'interdit posé par le père ne doit pas se limiter à la mère. Il doit s'étendre aux frères et aux sœurs (si l'enfant en a) ; à la famille proche (oncles, tantes, cousins, grands-parents, etc.) et à la personne même du père.

À cette étape, en effet, l'attirance de l'enfant est tout autant homosexuelle qu'hétérosexuelle. Et l'on rencontre fréquemment en consultation des petits garçons qui semblent avoir très bien compris que leur mère est interdite, mais sont stupéfaits d'apprendre que leur père l'est aussi…

Les « roueries séductrices »

Par ailleurs, l'interdit ne doit pas seulement viser les projets de « mariage » avec papa, maman ou les proches, mais « s'attaquer » aussi à ce que Françoise Dolto nomme fort joliment les « roueries séductrices » de l'enfant. C'est-à-dire les mille et une stratégies de séduction[2] dont les enfants ont le génie, que les parents

1. F. Dolto, *Dialogues québécois*, Paris, Le Seuil, 1987, p. 46.

2. Je me promène systématiquement tout nu pour montrer à maman comme je suis beau. Je lui fais des « câlins » qui ressemblent étrangement à ceux que papa lui fait, etc. Tout cela en espérant qu'elle pensera que j'agis ainsi parce que je suis encore petit, parce que « je ne me rends pas compte », ou parce que j'ai encore terriblement besoin d'affection…

connaissent bien et dont on repère souvent, en consultation, le caractère ambigu à la gêne et au malaise qu'elles provoquent chez eux. Un malaise qui les laisse la plupart du temps désorientés, car ils ne savent à quoi l'attribuer, mais qui atteste qu'une partie d'eux-mêmes entend fort bien – sans qu'ils en aient conscience – que l'attitude de leur bambin n'est pas totalement innocente...

« Depuis quelque temps, il se colle à moi de façon bizarre. Il met systématiquement ses mains sur mes seins. Il veut m'embrasser sur la bouche. Je ne sais pas pourquoi, mais cela me gêne... »

De tels comportements n'ont pas à être dramatisés. Il n'y a pas à gronder l'enfant, à l'humilier, encore moins à le rejeter. Mais il est important de lui expliquer clairement que, du fait de l'interdit de l'inceste, ils ne sont pas autorisés. Et de veiller à ce qu'il ne les répète pas.

L'adage « Qui ne dit mot consent » s'applique en effet, là encore. Si ses parents n'interviennent pas, l'enfant prend toujours leur silence pour une approbation de ses tentatives incestueuses. Françoise Dolto le dit clairement : « C'est que l'interdiction de l'inceste soit dite [...], mais c'est aussi et surtout l'impossibilité réelle éprouvée de réussir ses roueries séductrices à l'égard du parent de l'autre sexe, et tout autant de l'adulte rival homosexuel, qui fait que l'enfant reçoit la castration œdipienne[1]. »

1. *L'Image inconsciente du corps*, p. 75.

« *Humaniser* » *la sexualité*

Le rôle du père ne s'arrête cependant pas à l'énonciation de l'interdit de l'inceste. Car, ayant appris à son fils cette règle pivot de la sexualité humaine, il doit aussi lui enseigner peu à peu toutes les autres.

Un humain ne peut pas en effet posséder tous les êtres qu'il convoite. Certaines unions sont, du fait de cet interdit que l'enfant vient d'apprendre, proscrites. Mais même si ceux qu'il a choisis ne sont pas interdits, il ne peut pas non plus s'emparer d'eux au seul motif qu'il les désire. Un homme n'a pas le droit de se conduire comme une bête en rut. Ses partenaires ne sont pas des proies. Une rencontre sexuelle ne peut avoir lieu que si les deux protagonistes la souhaitent. Nul n'est autorisé à user de sa force pour asservir un autre.

La pudeur

Par ailleurs – le père doit l'enseigner à son fils –, l'exercice de la sexualité humaine suppose la pudeur. C'est-à-dire le respect de soi-même, de son partenaire, et celui du regard des autres.

Les chiens et les chats peuvent sans problème s'accoupler dans la rue. Les humains, eux, n'ont pas le droit de le faire. Ils ne peuvent s'exhiber ou se masturber dans les lieux publics ; ni s'y livrer avec d'autres à quelques ébats que ce soit. De telles pratiques sont d'ailleurs punies par la loi. Il faut que l'enfant le sache ; qu'il connaisse, par exemple, l'expression « attentat à la pudeur ». Cela lui permet de comprendre que les règles énoncées ne sont pas référables à une sensibilité parentale particulière, mais à des exigences sociales.

Et il est important de lui rappeler ces règles dans tous les moments où il dérape. De lui redire, par exemple, qu'il est « propriétaire » de son corps et peut en faire, sur le plan de la sexualité, ce qu'il veut. À condition qu'il le fasse « en privé », c'est-à-dire dans sa chambre, et non pas dans la rue, à l'école, au square ou dans les pièces de la maison réservées à la vie de la famille.

L'indispensable exemple

Partant de l'interdit de l'inceste, le père est donc conduit à donner peu à peu à son fils les matériaux dont celui-ci a besoin pour « humaniser » sa sexualité. Mais il ne peut, s'il veut être efficace, s'en tenir aux simples déclarations. Car un tel apprentissage ne se fait pas par les seuls mots. Un garçon ne peut le mener à bien que s'il bénéficie de l'exemple d'un homme adulte. Celui de son père est donc pour lui déterminant. Le père doit montrer le chemin à son fils de deux façons :

• En lui apprenant d'abord que lui-même est soumis (et accepte de l'être) à l'interdit de l'inceste (et à toutes les autres règles dont il lui a appris l'existence) : « Moi, je ne suis marié ni avec ma mère, ta grand-mère paternelle ; ni avec tes tantes, qui sont mes sœurs. Ta mère ne s'est mariée ni avec son père, ton grand-père maternel, ni avec ses frères, etc.[1]. »

Une telle déclaration est essentielle. Elle pose en effet clairement que l'interdit de l'inceste n'est pas réservé aux seuls enfants, mais qu'il s'impose aussi aux parents. « Tu ne peux pas épouser ta mère ni m'épouser, moi. Mais ni elle ni moi ne pouvons non plus nous marier avec toi. »

La précision peut sembler, aux adultes que nous sommes, évidente. Elle ne l'est jamais pour les enfants. Ils s'imaginent toujours, en effet, que, la force conférant des droits, les « grandes personnes » ont tout loisir d'agir comme bon leur semble. Et surtout de faire, si tel est leur bon plaisir, ce qui leur est, à eux, interdit. « Erreur d'interprétation » qui, lorsqu'elle survient, pèse lourd sur leur vie. Car un enfant ne peut accepter véritablement les lois humaines que lorsqu'il a compris que tous – même les adultes, et même ses tout-puissants parents – y sont, au même titre que lui, soumis.

• Le père sert aussi de guide à son fils en lui donnant, par ses actes, l'exemple du respect de l'autre. On voit mal, en effet, qu'un petit garçon puisse comprendre qu'il doit respecter les femmes s'il voit son père les mépriser, voire injurier ou frapper sa mère et ses sœurs. Le père doit être d'autant plus attentif à cette dimension que la découverte de la différence des sexes a été, pour le garçon, l'occasion d'une grande désillu-

1. *L'Image inconsciente du corps*, *op. cit.*, p. 190. Françoise Dolto précise qu'il est important d'expliquer clairement à l'enfant d'une mère célibataire que, s'il porte le même nom que son grand-père maternel, ce n'est pas parce que sa mère est mariée avec ce grand-père.

sion. Il a dû en effet accepter[1] l'idée que sa mère, qu'il croyait toute-puissante et pourvue comme lui d'un pénis, était dépourvue de cet organe.

L'acceptation de ce manque n'a pas été pour lui facile, et l'a souvent conduit à faire chuter dans son estime sa génitrice. À la placer aussi « bas » qu'il l'avait placée « haut ».

Il lui obéissait parce qu'elle était, croyait-il, dotée de tous les attributs de la puissance. Parce qu'elle était pour lui l'image même du pouvoir absolu.

Si elle ne l'est plus, pourquoi la respecter encore ? D'autant que, se sentant désormais « grand », il se refuse à faire montre d'une docilité qui lui rappellerait par trop le temps où il était « petit ».

C'est l'époque où les garçons deviennent parfois opposants (et même grossiers) avec leur mère. Et il convient que leur père « remette les choses en place ». D'une part, en leur expliquant que statut de « grand » et obéissance ne sont pas forcément incompatibles ; qu'« obéir » ne signifie pas renoncer à son libre arbitre, mais seulement accepter quelques règles indispensables à la vie commune. Et, d'autre part, en leur rappelant que leur mère est… sa femme, et qu'il attend qu'ils la respectent.

« Ce qu'il [l'enfant] ne veut plus, c'est être aveuglément soumis à la mère comme quand il était petit ; il consent à lui obéir maintenant parce que son père l'exige et qu'il fait confiance à son fils pour respecter sa bien-aimée[2]. »

---

1. Voir plus loin, p. 272.
2. F. Dolto, *Au jeu du désir*, *op. cit.*, p. 221.

Les conséquences de la « castration génitale œdipienne » sur le développement du petit garçon

Le rapport à lui-même

La castration donnée par son père a sur le développement du petit garçon des conséquences très importantes. Elle modifie d'abord profondément son rapport à lui-même, à son corps et à sa sexualité.

Les pulsions sexuelles du garçon s'enracinent en effet dans l'« urétral », c'est-à-dire dans tout ce qui est lié à l'usage du pénis pour la miction (la force du jet, par exemple). Ce dont atteste fort bien le jeu auquel tout petit garçon s'est, un jour ou l'autre, livré avec ses copains : qui fait pipi le plus loin ? Jeu qui, croisé avec celui des comparaisons – qui a le plus grand zizi ? –, donne une idée assez précise de la fantasmatique de puissance qui entoure ces questions.

Cet imaginaire de puissance va le plus souvent de pair avec une dimension agressive. Non pas parce que les garçons auraient, quelque part dans la tête, un gène de l'agressivité que les filles n'auraient pas[1]. Mais parce que l'activité pénienne est par essence « centrifuge ». Qu'il s'agisse de l'acte d'uriner, de l'érection

1. Freud souligne d'ailleurs que les jeux des filles n'ont, en matière de violence, rien à envier à ceux des garçons. Cf. S. Freud, « La féminité », in *Nouvelles conférences d'introduction à la psychanalyse*, Paris, Gallimard, 1984, p. 158.

ou de l'éjaculation, elle consiste en une poussée dirigée vers l'extérieur, poussée dont l'intensité est, imaginairement, pour celui qui l'éprouve, synonyme de force.

Avant l'œdipe, cette puissance « à l'état brut » est, pour la jouissance du petit garçon, un objet essentiel. Il la déplace, dans ses jeux, sur des objets. Et jette électivement son dévolu sur ceux qui peuvent pénétrer ou percuter : les épées, les fusils, etc. Ils sont, entre ses mains, un équivalent de l'attribut pénien. Freud le soulignait déjà : « Personne ne peut méconnaître que toutes les armes et tous les outils sont des symboles du membre viril : charrue, marteau, fusil, revolver, poignard, sabre, etc.[1]. »

Dans ses fantasmes, l'enfant peut d'ailleurs – Françoise Dolto le souligne – prêter à ces substituts de pénis le pouvoir de donner la vie, de lancer, par exemple, le sperme dont on lui a expliqué qu'il permettait de « faire les bébés », aussi bien que celui de donner la mort. Mais une mort dont, si tout va bien, il sait à cette étape qu'elle n'est pas « pour de vrai » : « Pan ! t'es morte, maman ! »

Civiliser la sexualité – Humaniser la force virile

Les règles énoncées par son père jouent, pour le petit garçon, un rôle d'autant plus déterminant qu'elles ne lui donnent pas seulement la possibilité de « civiliser », comme nous venons de le voir, sa sexualité ;

1. S. Freud, *L'Interprétation des rêves*, Paris, PUF, 1999, p. 306.

elles lui permettent aussi d'« humaniser », de façon générale, cette force dont le centre imaginaire est son pénis et qu'il sent dans tout son corps. À partir de la « castration œdipienne », il peut ainsi renoncer à utiliser ses pulsions agressives « à tort et à travers », comme il le faisait auparavant. Et les canaliser, les mettre au service d'activités socialement acceptables.

Il peut supporter de déployer son énergie dans le cadre de règles établies. Comprendre, par exemple, qu'il peut, sur un terrain de football, faire montre de sa puissance en frappant aussi fort qu'il le veut dans le ballon, mais qu'il lui est interdit de prendre pour cible de ses coups les chevilles des joueurs de l'équipe adverse. Même si, comme chacun sait, ce type d'exploit est parfois tentant…

Le rapport à l'autre

Changeant le rapport à lui-même, la « castration génitale » change aussi celui que l'enfant établit avec les autres. L'interdiction qui lui est faite d'user de la violence dans le rapport à ces autres, la nécessité posée de les respecter et de tenir compte de ce qu'ils (ou elles) souhaitent constituent une limite désagréable imposée à l'omnipotence dont il aurait rêvé. Mais elle a, comme toute castration, une contrepartie. Elle lui ouvre en effet une nouvelle voie, d'un intérêt inestimable : celle de l'échange, du dialogue avec ces « autres » qu'il ne peut plus asservir. « Tu ne peux pas imposer à ce petit garçon d'être ami avec toi s'il ne le veut pas. Tu ne peux pas obliger cette petite fille à être ta "fiancée" si elle ne le souhaite pas. Mais tu peux, au lieu de les frapper et de les bousculer pour les faire céder, parler avec eux. Essayer de les connaître un peu mieux. Et peut-être – pourquoi pas ? – les convaincre que tu es vraiment le copain (ou le fiancé) dont il (ou elle) aurait besoin… »

Les enjeux de la « castration œdipienne » pour le petit garçon

En fait, l'enjeu de la castration œdipienne est, pour le petit garçon, considérable. Car on peut dire qu'elle conditionne le type d'homme qu'il deviendra dans sa vie privée – affective et sexuelle – aussi bien que dans sa vie sociale.

On prend souvent en consultation la mesure de son importance. Notamment lorsqu'on reçoit certains de ces « jeunes » qu'enseignants, magistrats ou éducateurs ne connaissent que trop bien : ces adolescents que leur histoire a condamnés à devenir des êtres frustes alors qu'ils avaient sans nul doute, au départ, les mêmes potentialités que les autres. Ces « presque adultes » qui semblent traîner des corps que la violence, seule, anime, et qui témoignent de raisonnements caractéristiques de l'« animalité » dans laquelle on les a maintenus : « Ben quoi, m'dame, c'est vrai que je l'ai "prêtée" à mes copains, cette fille ! Mais c'était ma "meuf". J'avais bien le droit d'en faire ce que je voulais, quand même ! »

Exemples criants du gâchis que l'on peut « fabriquer » quand on laisse un garçon sans guide, sans repères et sans limites. Dans l'impossibilité de « civiliser » sa sexualité et, par là même, sa puissance, sa personne et sa vie.

Si les lois humaines ne sont pas enseignées au garçon, si la « castration œdipienne » ne lui est pas délivrée, il peut en effet en rester toute sa vie à des choix d'objets que Françoise Dolto nomme « narcissiques[1] ». C'est-à-dire au choix de partenaires qui ne seront pour lui que des objets destinés, quel que soit leur propre désir, à satisfaire son plaisir et ses pulsions agressives. Il pourra alors, dit-elle, devenir violeur ou tyranniser femme et enfants.

À cet égard, nous l'avons déjà dit, l'exemple du père (ou du substitut paternel) est déterminant. Et Françoise Dolto décrit précisément le processus au terme duquel un enfant peut être perverti par l'exemple paternel. Processus que l'on retrouve dans l'histoire de nombreux délinquants, notamment sexuels : « Ceux [les pères] qui sont agressifs, odieux à vivre en famille ou ivrognes, qui rentrent chez eux et battent leur femme, ceux qui sont irresponsables et ne parlent pas à leurs enfants, aucun de ceux-là ne les forme du point de vue de leur développement affectif[2]. »

Elle explique fort bien le mécanisme par lequel l'enfant, soumis à ces conditions de vie, se retrouve pris au piège. Et le ressort essentiel de ce piège : l'admiration que suscite chez lui la « puissance » de ce père. Admiration qui prend naissance dans un malentendu essentiel, puisque l'enfant s'imagine que ce que son géniteur manifeste est la seule forme possible – en

1. *L'Image inconsciente du corps*, p. 190-191.
2. *Ibid.*

tout cas la plus aboutie – de ce qu'il croit être la puissance virile :

« De même les hommes qui ne procurent aucune joie à leur famille, mais qui sont vus par leurs fils en train de posséder totalement la mère, sont pathogènes, parce que le fils jeune les admire quand même. Ce sont des mâles qui lui paraissent d'une puissance fantastique et qui sont pour lui des modèles animaux beaucoup plus qu'humains[1]. »

Le travail clinique auprès des enfants et des adolescents fournit régulièrement des exemples de ces mécanismes. Et je n'ai, pour ma part, jamais oublié l'incident – fort parlant, à cet égard – qui survint un matin dans une consultation dans laquelle je travaillais. Un petit garçon d'environ 7 ans, connu pour ses comportements caractériels et sa violence, avait ce matin-là réussi à mettre l'ensemble du service en émoi.

Il était habituellement reçu par une thérapeute qui était ce jour-là en retard. Incapable sans doute de supporter la frustration que lui imposait cette attente, il s'était enfermé à clef dans un bureau, faisant en sorte que l'on ne puisse l'en déloger, puisqu'il avait pris soin d'en bloquer la porte avec tous les meubles qu'il avait pu déplacer. Barricadé dans sa forteresse, l'enfant appelait au téléphone, de façon incessante, tous les autres bureaux. Ce qui lui était facile car, les touches étant programmées par avance sur les appareils, il n'avait aucun numéro à composer. Il appela ainsi plusieurs fois mon bureau. Et deux choses me frappèrent. Chacun de ses appels commençait de la même façon : l'enfant se pré-

1. *Ibid.*, page 191.

sentait en disant : « Allô, ici c'est… », suivi de son nom de famille. Mais il ne précisait jamais son prénom. Et il prenait, pour proférer cette phrase, une « grosse voix » parfaitement caricaturale. La conjonction de ce nom énoncé sans prénom et de la « grosse voix » m'intriguait de plus en plus. Au troisième appel, je lui répondis en reprenant le nom qu'il donnait (appelons-le Dupont). Je lui dis : « Tu dis que c'est Dupont à l'appareil. Mais ce Dupont, c'est qui ? C'est le père ? Ou le fils ? – C'est le père ! » répondit aussitôt, et de la façon la plus distincte possible, la « grosse voix ».

Le sens de ces appels (qui étaient à l'évidence des appels au secours) me parut dès lors évident. L'enfant se servait de cette mise en scène (à laquelle, des paroles lui ayant été dites, il put mettre fin) pour dire ce qu'il avait sans doute de plus important à dire. Pour faire entendre que la violence qu'il manifestait dans sa vie n'était pas la sienne, mais celle de son père. Qu'il en était l'otage ; qu'elle le ligotait. Et qu'à l'instar des meubles qu'il avait accumulés devant la porte du bureau, cette violence qu'il s'était mis en position de porter[1] le coupait à tout jamais des autres et de la vie réelle…

J'ai – dois-je le dire ? – souvent repensé à ce petit garçon… Petit garçon qui ressemble malheureusement à beaucoup d'autres. Car si toutes les violences ne relèvent évidemment pas du même mécanisme, le travail de terrain permet d'affirmer que les petits « Dupont » sont sans aucun doute bien plus nombreux qu'on ne le croit. Petits « Dupont » qui croulent dès l'enfance sous le poids de charges qui ne leur appartiennent pas.

---

1. On pourrait même dire : d'incarner.

Le rôle des mères

Tout en mettant l'accent sur les pères, Françoise Dolto ne minimise pas pour autant le rôle que jouent, dans ce genre de cas, les mères. Elle parle même à leur propos de « complicité soumise » : « De tels pères, en effet, dit-elle, avec la complicité soumise de leur épouse donnent à leurs enfants l'exemple de comportements masculins irresponsables[1]. »

Cette notation de Françoise Dolto appelle quelques précisions. Car il ne s'agit évidemment pas, pour elle, d'accabler un peu plus ces femmes qui vivent au jour le jour dans la souffrance. Mais de pointer qu'elles ont le pouvoir, si elles réagissent, de changer, pour leurs enfants, notamment pour leurs fils, la donne.

Dans ce genre de cas, la fascination du fils pour le père est en effet notablement majorée par le fait que la mère, en se soumettant à ce dernier, valide le pouvoir absolu que l'enfant lui prête. Et la conviction de celui-ci est évidemment plus forte encore si l'entourage (la famille, les voisins, les services sociaux, l'école, etc.) s'abstient lui aussi, par peur de représailles, de toute intervention. « Mon papa est tellement fort que personne n'ose lui résister... »

Si nul ne s'oppose aux agissements de son père, l'enfant continue de le croire tout-puissant. D'une toute-puissance d'autant plus redoutable qu'elle a pour lui, du fait de son âge, un caractère magique

1. *L'Image inconsciente du corps*, p. 191.

(que Françoise Dolto souligne) dont, la plupart du temps, les adultes ne sont pas conscients : « Leur comportement “viril” paraît aux enfants, quand ils sont petits, comme magique. On peut dire : narcissique, oral, anal, fascinant. C’est ce qu’on retrouve dans les ogres des contes, les monstres des mythes[1]. »

À l’inverse, si la mère se défend, si elle cherche de l’aide (auprès des enseignants de ses enfants, d’une assistante sociale, etc.), si elle fait appel à la justice, tout change. Car l’enfant peut alors comprendre[2] que son père s’imagine – du fait de son histoire – qu’il a tous les droits, mais que ce n’est là qu’un fantasme. Et qu’il existe, dans le monde, des lois qu’il doit, comme tout un chacun, respecter.

Un avenir compromis

Une configuration paternelle comme celle que nous venons de décrire hypothèque toujours lourdement l’avenir du petit garçon. Car non seulement le père, dans ce cas, est incapable de l’aider à sortir de l’« urétral », mais, au contraire, il l’y maintient. Agissant véritablement comme un contre-exemple puisqu’il lui donne pour modèle de conduite celle-là même à laquelle il devrait lui apprendre à renoncer.

« Si le père continue seul de faire la loi à la maison [...], le fait que l’enfant voit cet homme, maître absolu d’une femme apeurée, lui faire de temps à autre des

1. *Ibid.*
2. À condition toutefois qu’on le lui explique.

bébés, confirme chez le garçon qui porte le nom de cet homme que c'est par les pulsions urétro-anales que l'homme est citoyen valeureux en société[1]. »

Et le résultat se fait alors rarement attendre : « Ainsi se fabrique ce type d'hommes à comportement paranoïaque, violeurs de femmes et de règlements dès que leur désir impulsif et irrépressible est tant soit peu contré. Ce sont des adultes qui, dans leur enfance, n'ont jamais posé complètement l'œdipe, ou qui n'ont jamais reçu de castration de leur père[2]. »

On peut noter au passage le rapport qu'établit Françoise Dolto entre le viol des femmes et celui des règlements. Ce rapport est des plus judicieux et la pratique – notamment avec les adolescents délinquants – donne chaque jour l'occasion de le vérifier. Il pose l'importance de l'interdit de l'inceste et de la « castration génitale œdipienne » non seulement pour l'avenir sexuel du garçon, mais aussi pour son accès à la loi ; et, partant, pour son avenir social.

Après l'œdipe : naissance d'un autre « soi »

En fait, la « castration génitale œdipienne » dispensée au petit garçon et acceptée par lui a le pouvoir de le transformer de façon radicale, de faire véritablement de lui un autre.

Cette métamorphose n'est en rien magique. Elle s'explique au contraire aisément si l'on prend la

1. *L'Image inconsciente du corps*, p. 192.
2. *Ibid.*

mesure du travail psychique qu'exige de lui cette étape de son développement.

La traversée de l'œdipe : un travail de Titan

La condition *sine qua non* pour qu'il puisse sortir de l'œdipe est en effet, nous venons de le voir, l'intervention de ses parents. Car sans interdit de l'inceste énoncé et pourrait-on dire « garanti » par eux, l'enfant reste prisonnier de ses rêveries incestueuses. Incapable de s'arracher seul à elles, il y piège son avenir et finit par s'y perdre.

Mais l'intervention parentale, pour indispensable qu'elle soit, n'est pas pour autant suffisante. Car l'interdit posé n'est pas une formule magique qui pourrait, à elle seule, miraculeusement tout régler. Il faut encore (s'il veut sortir de l'œdipe) que le petit garçon accomplisse le travail nécessaire pour s'y soumettre.

Or ce travail est des plus difficile. D'abord parce que, nous le verrons[1], il se fait sur fond d'angoisse de castration. Mais surtout parce qu'il est d'une tout autre nature et d'une tout autre ampleur que tous ceux qu'il a dû jusque-là s'imposer pour obéir aux règles auxquelles son éducation l'a confronté.

L'interdit de l'inceste exige en effet de lui un renoncement bien plus considérable que les précédents. Pour deux raisons :

• d'abord parce que le projet incestueux auquel cet interdit s'oppose a joué jusque-là, dans sa vie, un rôle central et éminemment positif. Il a été – c'était parfai-

1. Cf. plus loin, p. 264 et suiv.

tement normal – le support essentiel de sa volonté d'avancer, l'axe même de son désir de grandir. C'est parce qu'il comptait bien devenir un jour aussi « grand » que son père et pouvoir ainsi épouser sa mère que le petit garçon s'efforçait d'évoluer. Abandonner cette perspective suppose donc qu'il modifie de façon radicale son projet de vie ; qu'il trouve en lui d'autres raisons de vivre. Remaniement dont on comprend aisément qu'il ne puisse être simple... ;

• mais la difficulté du chemin à parcourir tient également au fait que l'interdit de l'inceste n'impose pas seulement à l'enfant de renoncer à la réalisation de ses projets œdipiens ; il lui impose aussi et surtout de renoncer au désir qui sous-tendait ces projets. Car – il est essentiel de comprendre ceci – l'interdit de l'inceste n'interdit pas seulement au futur petit homme d'être l'amant de sa mère. Il lui enjoint également de trouver le moyen de ne plus avoir (au moins consciemment) le désir de l'être[1]. Et, en cela, il se différencie de tous les interdits qu'il a précédemment rencontrés.

Ceux-ci, en effet, portent essentiellement sur les actes. Ils l'obligent à s'abstenir de ces actes, mais n'exigent en rien qu'il renonce à l'envie de les accomplir. L'interdit du meurtre, par exemple, autre interdit fondamental de l'humanité, lui défend d'occire ses

1. « À partir du moment de la castration œdipienne, l'enfant doit savoir consciemment, dans la réalité, que son désir en ce qu'il a de génital – comme celui de tous les êtres humains, adultes et enfants, sans distinction de race ni d'âge – et les plaisirs de privauté corps à corps sexuels et de fécondité avec les proches parents lui sont définitivement et à jamais barrés » (F. Dolto, *L'Image inconsciente du corps*, p. 201).

semblables ou d'user de violence physique envers eux, mais il se s'oppose nullement à ce qu'il continue de rêver de les faire passer de vie à trépas… La loi n'avait donc, jusque-là, jamais mis en cause ses désirs. Elle se contentait de limiter leur réalisation ou leur mode d'expression. L'enfant pouvait donc éprouver et penser tout ce qu'il voulait. Mais il devait, ne pouvant tout faire, l'exprimer autrement que par l'action. En clair, il devait se priver des actes, mais pouvait conserver inchangé son ressenti ; et même – on le lui avait expliqué – le manifester grâce au langage[1]. Pour lui, tout n'était donc pas perdu.

Il n'en va pas de même avec l'interdit de l'inceste, car celui-ci lui impose de modifier non seulement ses actes, mais ce qu'il ressent. Aux termes de cet interdit, il doit en effet renoncer à posséder sa mère. Mais il doit aussi, pour sortir véritablement de l'œdipe (donc réussir plus tard sa vie amoureuse), remanier en profondeur les sentiments qu'il éprouve pour elle.

Il doit non pas renoncer à l'aimer, mais transformer l'amour qu'il lui porte, c'est-à-dire le dissocier de tout désir « amoureux » ; et, continuant à l'aimer – mais de façon chaste –, reporter sur d'autres femmes (non interdites) le désir érotisé qu'il avait d'elle. Entreprise délicate s'il en est…

Accepter l'interdit de l'inceste suppose donc, de la part de l'enfant, un véritable remaniement psychique.

1. « Tu as le droit d'en vouloir à ton copain, de le détester. Et tu as même le droit de le lui dire. Mais tu n'as pas celui de le frapper. Chez les humains, ce n'est pas avec des coups que l'on règle ses différends, mais avec des mots. »

Et, de ce fait, un travail intérieur (inconscient, mais aussi conscient) beaucoup plus important que tous ceux auxquels la vie l'a jusque-là confronté.

L'œdipe : une traversée « en solitaire »

Ce travail est d'autant plus douloureux qu'il ne peut, pour l'accomplir, compter que sur lui-même. Sommé de transformer son désir, c'est-à-dire de modifier la donnée la plus essentielle de sa vie, il est contraint à un niveau de solitude intérieure qu'il n'avait jusque-là encore jamais rencontré.

Ses parents, en effet, sont pour lui un point d'appui essentiel. Ils l'aident en énonçant l'interdit, en le lui rappelant chaque fois qu'il dérape, et en l'obligeant – dans les faits – à le respecter. Ils l'aident en lui expliquant tout ce qui est, en la matière, explicable. En lui disant, par exemple, que le renoncement à sa mère (et aux femmes de sa famille) n'est pas, pour lui, sans contrepartie, puisque, clef de son accès à toutes les autres femmes, il est aussi celle de son avenir. Ils l'aident en lui disant qu'eux-mêmes y sont soumis et l'ont accepté : c'est-à-dire en se proposant à lui comme « modèles », comme « supports identificatoires ». Ils l'aident en reconnaissant ses difficultés et en le soutenant dans ses efforts. Ils l'aident en lui manifestant leur compassion et leur tendresse. Ils l'aident en l'accompagnant.

Mais… leur rôle s'arrête là. Car, aussi pleins de sollicitude soient-ils, ils ne peuvent ni l'obliger à renoncer ni le faire à sa place. Ils ne peuvent le contraindre à transformer en amour chaste l'amour érotisé qu'il éprouve. Ils ne peuvent pas, à sa place, métamorphoser son désir.

Tout parent a (et il doit en user) le pouvoir d'interdire à son enfant le lit de sa mère et toutes les privautés dont il rêverait. Mais il n'a pas celui de « pénétrer dans sa tête » et de l'empêcher de la désirer « comme un amoureux ».

En fait, lors de la « castration génitale œdipienne », la tâche des parents consiste à conduire leur enfant devant la porte qu'il doit franchir (celle qui sépare l'« intérieur familial », où il n'a pas le droit de tisser des liens amoureux, de l'extérieur où il peut parfaitement le faire), et à lui interdire tout retour en arrière. Mais la décision de la franchir et le travail à faire pour y parvenir lui incombent. Lui seul peut opérer la « transmutation amoureuse » qu'un tel passage suppose.

La sortie de l'œdipe : un tournant essentiel

Comprendre l'impuissance dans laquelle se trouvent les parents, une fois qu'ils ont, en posant l'interdit de l'inceste, dispensé à leur enfant la « castration génitale œdipienne », et comprendre son corollaire : l'immensité du chemin que celui-ci doit parcourir seul, est essentiel. Car la conjonction de ces deux données permet d'expliquer pourquoi cette castration constitue, dans sa vie, un tournant capital.

Un nouveau rapport à la loi

La sortie de l'œdipe inaugure d'abord, dans la vie du petit garçon, un nouveau rapport à la loi. Rapport qui découle de la façon dont il a dû, pendant l'œdipe, se situer par rapport à l'interdit de l'inceste.

L'enfant, nous venons de le voir, n'a pas « choisi » cet interdit. Comme tous ceux qu'il avait précédemment rencontrés, il lui a été imposé. Mais il a été contraint, pour l'accepter, d'accomplir un tel travail intérieur que l'on peut, nous semble-t-il, soutenir qu'il a véritablement « choisi » de s'y soumettre.

Ayant, dans cette entreprise, engagé son désir, il a donc fait, pour la première fois de sa vie, l'expérience d'un rapport à la loi qui n'était plus celui de la passivité (même relative) qui avait été auparavant la sienne : « Je me soumets parce que je comprends le sens et l'intérêt de ce que l'on me demande. Mais surtout parce que je veux, pour les satisfaire, obéir à mes parents que j'aime. »

Pour la première fois de sa vie il a été (dans ce domaine) « actif ». Et actif, qui plus est, dans la solitude. Puisque ses parents, nous l'avons également vu, étaient dans l'impossibilité de lui imposer la soumission. Devenu acteur principal de la pièce et (quasiment) seul en scène, ce n'est donc pas, cette fois, avec eux qu'il a négocié : « S'il te plaît, maman ; s'il te plaît, papa…, etc. », mais avec lui-même.

Cette « activité » qu'il vient d'expérimenter marque désormais de façon définitive son lien avec toutes les règles auxquelles la vie va le confronter. À la fin de l'œdipe (et s'il en est sorti), l'enfant devient en effet capable de comprendre que le respect de la loi peut être autre chose qu'une contrainte subie et génératrice de frustrations. Qu'il peut être l'effet d'un choix que l'on fait librement et en toute connaissance de cause. C'est-à-dire en acceptant, parce qu'on sait à quoi elles servent, les limitations au « bon plaisir » qu'il impose.

À la fin de l'œdipe, il peut réaliser que la loi n'est pas un carcan inhibiteur injuste et répressif. Mais un dispositif qui, certes, demande à chacun des efforts, mais présente l'inestimable avantage de permettre la vie en commun…

Et – paradoxe de l'évolution – il peut même, à partir de là, trouver du plaisir à la respecter.

La fin de l'œdipe est ainsi le moment – Françoise Dolto le souligne[1] – où l'enfant peut commencer à respecter scrupuleusement la règle d'un jeu. À exiger que les autres la respectent. Et surtout à trouver plus valorisant de gagner à ce jeu en en respectant la règle, qu'en trichant.

Le respect de la loi ne lui apparaît donc plus comme une soumission dévalorisante, mais comme l'exercice, générateur de valeur, d'une liberté.

Une nouvelle maturité

Ce nouveau rapport à la règle donne au petit garçon une nouvelle maturité et une nouvelle autonomie.

Il connaît en effet désormais toutes les règles d'une « conduite civilisée », et sait qu'il doit, pour s'y

1. *L'Image inconsciente du corps*, p. 205.

conformer, faire en sorte de rester, en tous domaines, maître de ses désirs et de ses impulsions. Il ne peut donc plus se permettre de mettre ses agissements au compte de l'instinct, et de se retrancher, comme quand il était petit, derrière un commode « Je ne l'ai pas fait exprès ». Il est désormais conscient de ce qu'il a à faire. Et certain qu'il peut (comme tout un chacun) le faire.

Devenu seul maître à bord, il peut désormais juger lui-même de ses actes en les confrontant à la « morale civilisée » à laquelle il a choisi d'adhérer. Et surtout s'en sentir « comptable ». Non plus seulement, comme autrefois, par rapport à ses parents (ou à d'autres adultes), mais par rapport à lui-même. Cette responsabilité de sa personne nouvellement acquise est, pour l'enfant, si importante qu'elle devient partie intégrante de l'image qu'il a de lui-même et de l'idée qu'il se fait de sa valeur.

À partir de la fin de l'œdipe, l'enjeu de ses « dérapages » éventuels n'est plus (seulement) le jugement de ses parents ou la façon dont ils pourraient les sanctionner, mais – Françoise Dolto y insiste – le risque (qu'il prendrait en transgressant) de perdre, à ses propres yeux, la face.

« Sa responsabilité est engagée dans ses comportements. C'est de lui-même qu'il s'y sent obligé, au risque de perdre la face à ses propres yeux s'il n'est pas maître de son désir et s'il agit sous le coup d'impulsions qu'il subit sans en comprendre les motivations[1]. »

---

1. *Ibid.*, p. 200.

Il ne peut donc plus s'estimer et s'aimer que s'il a, pour ce qu'il fait, de l'estime.

L'apparition du « surmoi »

La maturité nouvellement acquise par le petit garçon, les nouvelles capacités qu'il a faites siennes permettent de comprendre que la théorie analytique situe en cette fin d'œdipe l'apparition de ce qu'elle appelle le « surmoi » : une instance psychique née de l'intériorisation par l'enfant des interdits sociaux et parentaux. Une sorte de « centrale de contrôle interne », véritable censeur intérieur[1] qui lui permet, sans plus avoir besoin pour cela d'un tiers, de discerner le « bien » du « mal ». De savoir consciemment, clairement et de façon autonome ce qui est permis ou non. Et d'agir en conséquence.

Cette nouvelle instance participe de façon déterminante à la mise en place de la « conscience morale » qu'il avait commencé à édifier en lui lors de la « castration anale », au moment où il avait compris qu'il ne devait pas « faire à autrui ce qu'il n'aimerait pas qu'on lui fasse ». Et ce pas essentiel franchi dans son évolution explique sans doute que la tradition populaire fixe à 7 ans (âge approximatif de la chute des dents de lait, mais aussi âge de la fin de l'œdipe) ce qu'elle appelle l'« âge de raison ».

---

1. Qui peut même – Freud, d'ailleurs, l'a souligné – devenir féroce et répressif, et s'opposer à la vie.

L'œdipe de la petite fille

L'œdipe de la petite fille est, nous l'avons dit, différent de celui du garçon. Nous allons donc tenter d'évoquer le chemin qu'elle a à parcourir. Mais une précision s'impose d'emblée : la sexualité féminine, le développement de l'enfant fille ont donné lieu, dès les débuts du mouvement analytique, à de multiples débats. Ils se poursuivent aujourd'hui encore. Et leurs enjeux sont d'autant plus difficiles à faire entendre que les thèses en présence ont fait l'objet de maintes interprétations.

Il n'est donc pas dans nos intentions de faire, dans ce livre, un exposé précis de ces thèses. Mais d'essayer de retracer à grands traits – c'est-à-dire forcément grossièrement – les difficultés du parcours de la petite fille. En soulignant – dans un ouvrage destiné principalement aux parents, cela nous semble essentiel – ce qui (les consultations le prouvent) leur est le plus inconnu.

On voudra donc bien nous pardonner ce que cet exposé a de parcellaire et d'incomplet.

Un œdipe différent de celui du garçon

La différence entre l'œdipe de la fille et celui du garçon ne fut pas admise d'entrée de jeu par la psychanalyse. Freud, par exemple, considéra longtemps que les deux étaient identiques. Il avait en effet bâti sa théorie à partir de la problématique du garçon. Car les cures d'hommes qu'il avait menées lui avaient, disait-il, fourni, à ce niveau, un matériau plus important que celles des femmes. Et il l'avait ensuite étendue à la fille. Il fut néanmoins amené, dans les années 1920, à remettre en cause cette similarité, pour découvrir (à partir de 1923[1]) qu'elle n'était qu'un leurre, et que ce qu'il avait démontré jusque-là n'était valable que pour le garçon.

Cette remise en cause par Freud de sa thèse initiale est extrêmement complexe et il est nécessaire, pour essayer de la cerner, de faire un détour du côté des phénomènes inconscients qui sous-tendent le développement sexuel de l'enfant de chaque sexe.

Petit retour en arrière, donc.

La « phase phallique »

Il nous faut d'abord, pour comprendre ce qui est en jeu, en revenir à la découverte de la différence des sexes. Nous avons à maintes reprises souligné son importance pour la vie de l'enfant. Mais il convient maintenant de préciser qu'elle ne survient pas chez lui sur un terrain vierge. Avant qu'il ne découvre la réalité, l'enfant a en effet échafaudé maintes hypothèses. Et il s'est forgé un certain nombre de théories,

---

1. Sigmund Freud, « L'organisation génitale infantile », 1923 ; « La disparition du complexe d'Œdipe », 1923 ; « Quelques conséquences psychologiques de la différence anatomique du sexe », 1925, in *La Vie sexuelle*, Paris, PUF, 1969. On retrouvera l'exposé du chemin suivi par Freud dans le travail remarquable qu'a fait sur ses textes et ceux de ses contemporains M.-C. Hamon, *Pourquoi les femmes aiment-elles les hommes ?*, Paris, Le Seuil, 1992.

conscientes et inconscientes, auxquelles il tient. En quoi consistent-elles ?

Un organe sexuel unique

Répondant à cette question, Freud pose que tout enfant – garçon ou fille – passe, avant de prendre acte d'une différence entre les sexes, par une phase qu'il nomme « phallique ». Cette phase se caractérise par une croyance : l'enfant s'imagine que tous les êtres humains sont dotés du même organe sexuel.

Un organe qu'il conçoit sur le modèle de l'organe masculin, et que Freud nomme le « phallus ». La découverte de la différence des sexes lui révèle que certains êtres n'ont pas cet organe. Et cette révélation le bouleverse. Elle le fait passer de la certitude que « tous ont le phallus » à l'idée que « tous ne l'ont pas »[1].

Mais – il est essentiel de comprendre ceci – elle ne modifie pas pour autant sa théorie. Dans un premier temps, en effet, l'enfant croit que les êtres étranges dont il a aperçu le corps et qui n'étaient pas pourvus de ce phallus ne sont pas nés ainsi.

Il pense qu'ils avaient tous cet organe en naissant mais qu'on le leur a enlevé. Pour quelle raison ? L'enfant ne voit qu'une explication possible : ils ont été punis.

Le manque de phallus dont ils témoignent est la conséquence d'un châtiment. Infligé par qui ? Forcé-

---

1. Cf. M.-C. Hamon, *Pourquoi les femmes aiment-elles les hommes ?*, *op. cit.*

ment par leurs parents, puisque, comme le soulignera plus tard Françoise Dolto, l'enfant pense ses parents si puissants qu'il les croit cause de tout.

Ce n'est que dans un second temps – sa progression étant aidée, quand il a la chance d'en bénéficier, par les explications des adultes – que l'enfant peut, dans une première étape, généraliser sa découverte. Ce ne sont pas seulement quelques personnes qui n'ont pas cet organe, c'est toute une partie de l'humanité.

Cette « généralisation » lui demande néanmoins toujours beaucoup de temps. Et il persiste longtemps à croire – on pourrait dire « contre vents et marée » – que certaines personnes sont préservées de cette privation.

Certaines… et surtout sa mère, qu'il vénère trop pour l'imaginer manquant de quelque objet que ce soit.

Le phallus : un pénis idéalisé

Pourquoi l'enfant a-t-il besoin d'un temps aussi long pour admettre que certains êtres ne possèdent pas, comme il le croyait, le fameux phallus ?

La réponse renvoie à la nature fantasmatique de cet organe qu'il imagine. Le « phallus » dont il s'agit en effet n'est pas le pénis tel qu'on pourrait le concevoir au terme d'une description anatomique ou tel que nous, adultes, instruits (du moins on le suppose) de la différence des sexes, pouvons le penser. Il est important de le préciser car certains – et surtout certaines – ont, assimilant le phallus au pénis, accusé Freud de privilégier l'organe masculin, et l'ont de ce fait taxé de

« machisme ». Or le phallus dont il est question n'est pas un simple équivalent du pénis réel. Il est (l'enseignement de Lacan est à cet égard d'un apport irremplaçable) une sorte de pénis imaginarisé et idéalisé. C'est-à-dire une espèce d'insigne, d'emblème d'une puissance fantasmée comme absolue.

C'est en fait un organe mythique dont, paradoxalement, la valeur se trouve encore accrue pour l'enfant au moment où il découvre que certains êtres en sont dépourvus. Le fait que certains ne possèdent pas cet organe lui donne en effet à penser que ceux qui en sont détenteurs ont – au sens propre comme au sens figuré – « quelque chose en plus ». Ce raisonnement imparable a pour conséquence immédiate de décupler l'intérêt que l'enfant porte à l'attribut : puisque celui-ci se voit désigné comme l'objet capable – pouvoir inouï ! – de partager ni plus ni moins le monde en deux, de transformer en « nantis » ceux qui le possèdent, et de faire des autres – qui en sont dépourvus – de malheureux « dépossédés ».

Sa présence devenant, du fait de cette absence toujours possible, particulièrement désirable, l'attribut prend donc le statut de l'objet digne par excellence d'être convoité.

Cette croyance en un phallus flamboyant et en ses pouvoirs supposés est si forte qu'elle persiste longtemps dans l'inconscient de l'enfant. Et demeure d'ailleurs, de façon (au moins) métaphorique, dans celui de l'adulte, notamment sous les espèces d'un « plus[1] » qu'il faudrait toujours tenter d'avoir (... ou d'être).

1. Il serait même plus juste de dire : « d'un plus que plus ».

Et – preuve que le problème ne se limite pas au pénis dans sa réalité – la quête de ce « plus » n'épargne pas plus les hommes que les femmes. Il n'est, pour s'en convaincre, que d'écouter les plaintes de certains d'entre eux, à propos soit précisément de leur pénis réel (de sa taille, de la force et de la durée de ses érections, etc.), soit, plus globalement, de l'idée qu'ils se font de leur force virile (toujours insuffisante à leurs yeux).

À quoi comparent-ils donc imaginairement ces insignes de leur virilité ? À quoi, sinon à ce mythique phallus, rejeton des croyances enfouies de leur enfance en une puissance aussi indépassable qu'inaltérable ?

Un long chemin

Cette différence entre pénis et phallus est essentielle, car elle explique la longueur et la complexité du chemin à parcourir par l'enfant. Sa tâche en effet ne se limite pas à prendre acte – parce qu'il la voit – de la différence des sexes. Cette révélation bouleversante ne constitue que la première étape d'un long processus.

Il en comporte une deuxième qui consiste pour l'enfant – nous avons déjà évoqué cela – à généraliser la découverte qu'il vient de faire, c'est-à-dire à réaliser que ne sont pas seulement dépourvus de l'organe dont il les croyait nantis quelques « accidentés » ou quelques « punis », mais que toute une partie de l'humanité partage leur sort.

Mais sa route ne s'arrête pas là. Car cette deuxième étape est suivie d'une troisième. Une fois sa découverte généralisée, l'enfant doit en effet parvenir à en percevoir le sens. Entreprise des plus difficile, car cette compréhension se fait, si l'on peut dire, à deux niveaux :

– il faut qu'il admette que le phallus, organe unique et mythique auquel il croyait, n'existe pas ; qu'il n'est qu'un fantasme ;

– et, parallèlement, que ce qu'il prenait pour le fameux phallus n'est en fait... qu'un pénis, c'est-à-dire l'organe sexuel caractéristique d'un certain nombre d'êtres que l'on nomme « hommes » et qui sont différents d'autres êtres appelés « femmes », spécimens d'humanité qui, eux, ne possèdent pas de pénis, mais ne sont pas pour autant dépourvus d'organes sexuels, puisqu'ils – en l'occurrence « elles » – ont des organes spécifiques, lesquels, pour n'être pas, comme le pénis, immédiatement visibles, n'en existent pas moins.

Pour qu'on puisse considérer qu'il a compris la différence des sexes, un enfant doit avoir accompli tout ce trajet. Et celui-ci, nous l'avons dit, lui demande toujours de grands efforts. Car sa croyance en un organe unique a toujours des racines profondes.

De ce fait, l'enfant persiste longtemps à interpréter de façon fausse la différence des corps dont il a pris acte. Il continue à la référer au phallus, et donc à la penser en termes de « châtré-non châtré[1] » (c'est-à-dire de « détenteur » ou « non détenteur » de l'organe unique). Et ce n'est qu'à la fin du parcours qu'il peut – si tout va bien – quitter le « monde à un seul sexe »

1. Cf. M.-C. Hamon, *Pourquoi les femmes aiment-elles les hommes ?*, *op. cit.*

de son fantasme, et raisonner enfin en termes de « masculin » et de « féminin ». C'est-à-dire accepter l'existence de deux sexes, pourvus d'organes spécifiques, différents dès l'origine et promis chacun à un destin particulier.

L'angoisse de castration

La description que fait la théorie freudienne du développement sexuel de l'enfant est donc, on le voit, d'un intérêt considérable. Mais Freud ne s'en tient pas là. Car, ayant compris, grâce aux dires de ses patients, l'obligation pour tous les enfants d'en passer par la « phase phallique » que nous venons de décrire, il est également amené à faire une autre découverte, celle d'une angoisse qui joue, dans leur vie, un rôle très important : l'angoisse de castration.

Et, plus au fait – nous l'avons dit – de la condition masculine, il découvre d'abord la façon dont elle entre en jeu chez le garçon.

L'angoisse de castration… au masculin

Sa croyance au phallus et la certitude, qui l'accompagne, que certains en ont été, au terme d'un châtiment, privés – convictions qui, nous l'avons vu, l'habitent très longtemps – marquent profondément le psychisme du petit garçon.

Elles « travaillent » en effet en lui et donnent peu à peu naissance à une angoisse qui, au fil du temps, s'amplifie et l'envahit en totalité. En quoi consiste-t-elle ?

Elle prend appui pour l'essentiel sur l'idée que si leurs parents ont un jour, pour une raison ou une autre, retiré à certains leur organe sexuel, rien ne l'assure que les siens ne vont pas faire de même... La culpabilité qu'il éprouve toujours peu ou prou n'est pas, en effet, sans lui laisser imaginer maintes raisons d'être châtié. Il pourrait l'être, par exemple, à cause de la masturbation (pour laquelle on l'a parfois grondé). Ou, plus sûrement encore, pour ce désir qui le pousse à vouloir, afin de ressembler à son père, être le mari de sa mère. Et si son père prenait ombrage de cette rivalité ? et s'il allait le punir ? et le punir par où il a péché ? C'est-à-dire en lui prenant ce pénis dont il est si fier et qui lui donne tant de satisfactions ?

Une angoisse « de castration » se développe ainsi dans sa tête. Et elle va revêtir pour lui une importance considérable. Car elle est, dit Freud, l'élément qui va lui permettre de sortir de l'œdipe.

Angoisse de castration et sortie de l'œdipe

Cette angoisse est en effet inévitable. Elle est – Françoise Dolto le souligne – « endogène », c'est-à-dire qu'elle n'est pas liée aux aléas de la vie réelle de l'enfant[1]. Elle existe quelle que soit cette vie. Parce

1. Mais elle peut, bien évidemment, être majorée par les aléas de cette vie. Notamment par des menaces sadiques des adultes : « On va te couper le zizi. » Elle est alors détournée de son vrai sens. Et peut d'ailleurs, de ce fait, devenir, pour l'enfant, impossible à résoudre sans une aide d'ordre thérapeutique.

qu'elle est la conséquence, le reliquat de sa croyance – archaïque – au phallus[1].

Lorsqu'elle surgit chez le petit garçon, elle le bouleverse, car elle provoque en lui un véritable conflit. À partir du moment où il l'éprouve, en effet, son désir incestueux (d'occuper la place de son papa et de posséder sa maman) devient un désir « à hauts risques ». Car, hanté par la peur qui l'obsède, il imagine désormais que la réalisation de son rêve pourrait lui coûter son pénis.

Un débat douloureux s'instaure en lui. Que faire ? Doit-il continuer à convoiter sa mère et risquer ainsi ce châtiment terrifiant ? Ou doit-il, pour se protéger, renoncer à elle ?

Déchiré, écartelé entre ces « possibles », incapable de se décider, le petit garçon demeure longtemps dans le désarroi. Jusqu'à ce que la volonté de sauvegarder son intégrité finisse (si tout va bien) par l'emporter. Et qu'il accepte, pour la conserver, de renoncer à ses premières amours.

L'angoisse de castration, si difficile à vivre, n'est donc pas, pour lui, on le voit, une vaine souffrance, puisqu'elle lui permet – bénéfice essentiel – d'abandonner ses rêves incestueux et de sortir de l'œdipe.

La petite fille et l'angoisse de castration

Longtemps, nous l'avons dit, Freud pensa que les choses se passaient pour la petite fille de la même

---

1. Et de l'idée – qui va de pair avec cette croyance – que les êtres dépourvus du phallus ont été mutilés.

façon que pour le petit garçon ; que l'angoisse de castration était, pour elle comme pour lui, le ressort essentiel de l'œdipe et la raison pour laquelle ils en sortaient.

Puis il finit par se rendre compte qu'il ne pouvait en être ainsi. Pour une raison évidente : si le petit garçon renonce en effet à sa mère par peur d'être privé de son pénis, comment pourrait-il en aller de même pour la fille, puisque cet organe – elle le constate en découvrant la différence des sexes –, elle en est dépourvue ?

Comment pourrait-elle redouter qu'on lui prenne ce qu'elle n'a pas[1] ?

La première hypothèse, élaborée pour le garçon et valable pour lui, se révéla donc, pour elle, non pertinente. Et Freud dut interroger plus avant sa pratique pour comprendre en quoi consistait le parcours qu'elle avait, elle, à effectuer.

Et il avança vers la réponse en découvrant, d'une part, que son trajet est plus tortueux encore que celui du garçon ; et, d'autre part, que la période qui précède l'œdipe – ce que l'on pourrait appeler sa « préhistoire » – y joue un rôle plus important que pour lui.

La « préhistoire » de l'œdipe

Cette « préhistoire » de l'œdipe est structurée par deux éléments majeurs :

---

1. Cf. M.-C. Hamon, *Pourquoi les femmes aiment-elles les hommes ?*, *op. cit.*

• le premier est la « phase phallique » que nous avons précédemment décrite ;

• le second tient à l'intense attachement des enfants – filles et garçons – à leur mère. Attachement que nul n'ignore, mais dont Freud découvre la nature particulière. Il pose en effet que le lien qui unit à cette époque les enfants à leur génitrice ne relève pas, comme on le croit habituellement, de la seule tendresse, mais bien de l'érotisme ; que l'amour qu'ils lui portent est un amour sexualisé[1]. Et ce – point essentiel –, quel que soit leur sexe.

Affirmation qui, même à notre époque, peut surprendre. On admet en effet volontiers aujourd'hui qu'un garçon puisse « investir libidinalement » sa mère, mais beaucoup moins facilement qu'il en aille de même pour une fille. Il en est pourtant ainsi. Les cures analytiques – celles des enfants comme celles des adultes – en apportent maints exemples.

La mère n'est pas le premier objet d'amour seulement pour le garçon. Elle l'est aussi pour la fille. Cela n'empêche en rien cette dernière d'être attachée de façon tendre et non dénuée d'érotisme à son père. Et il en va de même pour le petit garçon. Car l'attirance – nous l'avons déjà dit – est, à cet âge, aussi bien homosexuelle qu'hétérosexuelle. Et s'adresse aux deux parents.

Mais l'essentiel de l'investissement libidinal se fait, avant l'œdipe, pour les deux sexes, sur la mère.

Une telle « érotisation » du lien n'est d'ailleurs pas vraiment surprenante. Car la mère est, pour tous les

1. Au sens de la sexualité infantile.

enfants, dans tous les domaines, le premier « autre » capital. Elle est celle qui, leur permettant d'acquérir une conscience de leur existence, les fait véritablement exister. Elle est donc, pour eux, « affectivement essentielle ».

Mais elle est aussi « érotiquement essentielle », puisqu'elle est la première qui érotise leur corps en lui faisant éprouver, lors des soins[1], des sensations qui vont s'inscrire en lui de façon indélébile.

Les mains de sa mère sont les premières à toucher et caresser le corps du bébé. Sa bouche est la première à l'embrasser. Sa chaleur, la première qu'il ressent. La mère est donc la première à éveiller sa sensualité. La fille pas plus que le garçon n'échappe à cette « érotisation[2] ». Et elle leur est à tous deux nécessaire. Car, prise dans une relation de tendresse, d'amour chaste et de parole, elle les introduit à la conscience d'eux-mêmes, à la vie du corps et de l'esprit, au bonheur de la communication, de l'échange heureux avec autrui.

---

1. Les soins, même donnés de façon parfaitement chaste, sont toujours pour le bébé (et c'est normal) source de sensations et d'émotions.

2. « Érotisation » dont il convient de rappeler une fois encore – mais on ne le répétera jamais assez – qu'elle n'a rien à voir avec du « sexuel adulte » qui passerait de l'adulte à l'enfant. Un bébé transformé par l'adulte en objet sexuel n'est en aucun cas éveillé au bonheur du corps. C'est même le contraire qui se produit. Car, en s'appropriant ses émotions, l'adulte lui barre toute possibilité d'y accéder.

L'amour avant la découverte de la différence des sexes

La mère est donc, pour les enfants des deux sexes, le premier partenaire amoureux. Mais l'affirmation de leur amour pour elle, dans la période qui précède l'œdipe, appelle quelques précisions. Car, se situant avant la découverte de la différence des sexes, il est, sur le plan de l'inconscient, particulier :

• la mère aimée est en effet, à cette époque, une mère « phallique », c'est-à-dire une mère que garçons et filles supposent pourvue de l'organe sexuel unique, à caractère masculin, dont nous avons longuement parlé ;

• l'enfant – fille ou garçon – qui l'aime se vit lui aussi comme « phallique », c'est-à-dire pourvu (comme, croit-il, tous les êtres) du même organe ;

• et la nature de « l'amour » dont il est question est (toujours sur le plan de l'inconscient) elle aussi particulière ; car le souhait des enfants des deux sexes est, à cette époque de leur vie, double. Ils rêvent – les thérapies le prouvent – de « faire un enfant » à leur mère (façon comme une autre de lui donner un objet dont ils supposent qu'il pourrait la combler), mais ils rêvent également d'en recevoir un d'elle.

Les protagonistes étant tous, à cette époque, supposément dotés du même organe, ils sont en effet interchangeables. Tout peut donc être, entre eux, réversible :

« Il n'est pas toujours facile de déceler la formulation de ces désirs sexuels précoces ; celui qui s'exprime le plus clairement est le désir de faire un enfant à la mère, tout comme celui, correspondant, de mettre au monde un enfant pour elle. Ces désirs appartiennent tous deux à la phase phallique et sont très déconcertants. Mais ils sont attestés par l'analyse sans que subsiste le moindre doute[1]. »

• enfin, précisons-le, l'« enfant » (à donner à la mère ou à recevoir d'elle) dont il s'agit dans ce cas est également particulier, puisque garçons et filles ignorent, à ce stade, le rôle du père dans la procréation. Il s'agit donc pour eux d'un enfant que la mère ferait seule (ou qu'ils feraient seuls), un enfant qu'ils imaginent issu du seul circuit corporel qu'ils connaissent : celui qui, passant par les intestins, va de la bouche au siège.

Cet enfant de leur fantasme sortirait du corps maternel, comme les excréments, par l'anus. Il serait donc un enfant « digestif », un enfant « anal ».

Comment serait-il « fabriqué » ? La réponse est, pour les enfants, évidente : il serait, pensent-ils, produit par une substance que la mère (ou eux-mêmes) ingérerai(en)t[2]. Un « quelque chose » à caractère magique qui donnerait le pouvoir de « faire des bébés ». Filles et garçons voudraient donner cette substance

1. Sigmund Freud, « La féminité », *Nouvelles conférences d'introduction à la psychanalyse*, *op. cit.*, p. 161.

2. Cette hypothèse et cette évidence s'expliquent. Les enfants, en effet, constatent chaque jour que, lorsqu'ils mangent quelque chose – avec leur bouche –, quelque chose, un peu plus tard, sort par leur anus. Et on leur a expliqué qu'il y a, entre les deux phénomènes, un rapport. L'ingestion est donc pour eux le seul moyen qui permette au corps de « produire ». Et l'anus le seul orifice qui rende possible l'expulsion de ces « productions ».

magique à leur mère. Mais ils voudraient tout autant la recevoir d'elle.

Les conséquences de la découverte de la différence des sexes sur l'amour pré-œdipien pour la mère

La découverte de la différence des sexes, lorsqu'elle survient, bouleverse ces croyances. Et elle a, sur l'amour que les enfants portent à leur mère, des conséquences importantes.

Pour le petit garçon, d'abord. Parce qu'elle fait basculer pour lui le monde d'une façon brutale et très douloureuse. En premier lieu, nous l'avons vu, elle lui fait craindre pour son pénis. Mais, surtout, elle le confronte à une terrible vérité : elle lui signifie que sa mère tant aimée ne possède pas, comme il le croyait, le phallus. L'objet de son amour se trouve donc mis à mal. Il subit, du jour au lendemain, un irrémédiable et terrible dommage. Et, confronté à cet objet maintenant déchu, l'enfant se voit contraint d'opérer un remaniement intérieur, de modifier les sentiments qu'il lui portait.

Il aimait en effet une mère que, la croyant porteuse d'un attribut survalorisé, il imaginait toute-puissante. Il lui faut maintenant réussir à aimer une mère qu'il en sait dépourvue. Mutation d'autant plus difficile que, ne la sachant pas encore « femme », il l'imagine « châtrée ». Et se trouve donc, de ce fait, en position d'avoir à aimer un objet à ses yeux dévalorisé.

Il « s'en sort » néanmoins, pourrait-on dire, pas trop mal. Pour plusieurs raisons :

• d'abord parce qu'il bénéficie de l'exemple de son père. Celui-ci, en effet, aime sa femme, et l'enfant le sait. Il peut donc, s'identifiant à lui, se dire que, même « châtrée », sa génitrice est « aimable » ;

• ensuite parce que, confronté à ce manque chez l'autre, il peut investir davantage sa propre image. Et se rassurer en se disant que ce qu'elle n'a pas, lui, au moins, en est pourvu. Tout n'est donc pas perdu ;

• enfin parce que, tout entier à ses visées incestueuses (la sortie de l'œdipe est encore loin), il peut toujours rêver de donner à sa mère, en la possédant, ce qui lui manque. De lui faire, dans l'amour, l'offrande d'un phallus.

La « castration génitale œdipienne », l'acceptation de l'interdit de l'inceste, en lui barrant la route de la relation sexuelle avec elle, mettront évidemment à mal cette dernière rêverie.

Mais, toujours en prenant exemple sur son père (qu'il sait s'être soumis à l'interdit de l'inceste), il pourra alors se tourner lui aussi vers d'autres femmes...

Le chemin du petit garçon consiste donc, si on le résume, à changer la vision qu'il avait de sa mère. À passer – si l'on peut dire – d'une mère « phallique » à une mère qui ne l'est pas. Puis à renoncer à cette mère pour se tourner vers d'autres objets d'amour. Non incestueux, mais néanmoins du même sexe qu'elle. Son chemin est donc loin d'être facile, mais il est infiniment moins difficile que celui de la petite fille.

Qu'en est-il pour elle ?

L'amour pré-œdipien de la petite fille pour sa mère

Le principal objet d'amour de la petite fille avant l'œdipe n'est donc pas, comme on le croit trop souvent, son père, mais sa mère. Et, comme le garçon, elle n'est pas seulement liée à elle par une affection tendre. Elle l'aime d'un amour total et passionné[1] ; d'un amour qui ressemble à s'y méprendre à celui d'un amant.

Cette mère est de plus, pour elle, nous l'avons dit, « phallique ». Et, se pensant elle-même « phallique », la petite fille voudrait – comme le garçon – soit lui faire un enfant, soit en recevoir un d'elle.

La découverte de la différence des sexes

La découverte de la différence des sexes, lorsqu'elle survient, bouleverse en profondeur cette histoire d'amour, car elle en modifie toutes les données.

Elle porte d'abord atteinte à l'image de l'être aimé. La petite fille aimait une mère « phallique ». Elle apprend qu'elle ne l'est pas. L'objet de son amour choit. Il chute brutalement du piédestal sur lequel l'enfant l'avait installé. La situation de la petite fille est, à cet égard, la même que celle du garçon.

---

1. Amour passionné que bien des mères constatent sans toujours le comprendre. Lorsque, par exemple, vivant seules avec leur fille après un divorce, elles doivent lutter en permanence pour lui interdire leur lit ; ou subir ses crises de jalousie chaque fois qu'un (éventuel) nouveau compagnon se présente.

Mais – là s'inscrit la différence essentielle avec lui – son malheur ne s'arrête pas là. Car alors qu'il peut, lui, préserver, malgré ces bouleversements, l'image qu'il a de lui-même, elle ne le peut pas. Son corps en effet, elle le sait, est semblable à celui de sa génitrice. Le coup porté à l'image de cette dernière atteint donc inévitablement la sienne. Si sa mère est « châtrée » (c'est, nous l'avons vu, la seule façon dont elle peut, à cette étape, interpréter sa découverte), elle l'est aussi. Son image sombre avec celle de sa mère. Son objet d'amour l'entraîne avec lui dans sa chute…

À cet instant de sa vie, la castration n'est donc pas seulement, pour la petite fille (comme elle l'est pour le garçon), une menace. C'est une certitude avérée. Cette certitude lui ôte tous ses repères et provoque en elle un sentiment de dévalorisation, de dénarcissisation aussi intense que douloureux.

La conscience qu'elle avait de sa valeur – présente et à venir – s'accrochait en effet jusque-là à celle de sa génitrice. La certitude que celle-ci était pourvue de tous les pouvoirs la soutenait dans l'idée qu'elle en avait, elle-même, certains. Et surtout dans l'espoir de les avoir un jour, en grandissant, tous.

Sur le plan du narcissisme, elle avait donc, si l'on peut dire, des « garanties ».

D'autant que, la croyant toute-puissante, elle pensait cette mère capable de réparer toutes ses blessures ; et de lui dispenser, quand la vie dérapait, toutes les réassurances dont elle pouvait avoir besoin.

Or, cette idole qui autrefois pouvait tout ne peut subitement plus rien. Elle ne peut plus ni soulager sa peine ni combler son manque. Puisque la petite fille sait désormais que ce qu'elle pleure de ne pas avoir, sa mère ne l'a pas non plus.

Elles sont toutes deux des « mutilées », des « punies », des « dévalorisées ». Des exclues de la caste élue, des chassées du paradis phallique…

Pour la petite fille, la situation est d'autant plus terrible qu'en même temps que l'image de sa mère et sa propre image sombre son rêve le plus essentiel et le plus cher. Celui qui, comme pour le garçon, soutenait son projet de vie : le rêve incestueux de donner un enfant à sa mère ou d'en recevoir un d'elle.

C'en est fini de cette attente. Cette mère « châtrée » ne pourra rien lui donner. Et elle-même, également « châtrée », doit renoncer à la combler.

Après la « chute »

La petite fille, à cet instant de sa vie, est donc totalement démunie. Car elle vient de perdre tout ce qui l'avait jusque-là soutenue. Dans un premier temps, le désespoir seul l'habite. Puis elle réagit. De deux façons :

Quand l'amour devient haine…

La première de ses réactions est de colère. Une colère provoquée par une conclusion qui, née de son intense questionnement intérieur, s'est peu à peu imposée à elle : on l'a induite en erreur. On l'a trompée. On lui a fait croire que sa mère et elle-même avaient un phallus, alors que – elle le sait maintenant – c'était faux.

Qui a organisé cette tromperie ? Qui en est responsable ?

Évidemment sa mère ; qu'elle a aimée – c'est le cas de le dire – « aveuglément ». Et qui s'est laissé aimer de cette façon en se faisant passer pour ce qu'elle n'était pas…

Humiliée, dépitée, la petite fille, rongée par cette certitude, rejette violemment sa génitrice. Et transforme en haine l'amour qu'elle avait pour elle. Une haine aussi intense et passionnée que l'était l'amour qu'elle remplace. Et qui est importante pour l'enfant, puisqu'elle lui permet de commencer à se détacher de sa mère. Mais qui n'est pas pour autant sans danger, car elle peut, si elle persiste, l'envahir en totalité, et même – Freud le souligne[1] – perdurer sa vie entière. Pour son plus grand malheur. Car, dans ce cas, la petite fille – qui n'a fait que transformer une passion « positive » en passion « négative » – ne se distancie pas, comme elle le croit, de sa mère, mais reste au contraire attachée à elle par un lien aussi intense et exclusif qu'autrefois.

De fait, on retrouve parfois, obsédantes et intactes malgré les années, des haines de ce type chez certaines patientes adultes. Elles les justifient en général en invoquant en toute bonne foi les mille et une circons-

1. « Cet éloignement par rapport à la mère se produit sous le signe de l'hostilité. L'attachement à la mère se termine en haine. Une telle haine peut devenir très frappante et persister toute la vie » (« La féminité », in *Nouvelles conférences d'introduction à la psychanalyse*, *op. cit.*, p. 163).

tances où leur mère a manqué, vis-à-vis d'elles, à ses devoirs. Ou toutes les interdictions dont elle a usé – et abusé – pour les empêcher de vivre. Toutes choses qu'il ne s'agit en aucun cas de nier, car elles ont bel et bien existé. Mais que ces femmes utilisent pour nourrir un ressentiment dont les racines sont ailleurs et qui, paradoxalement, maintient – sans qu'elles en aient conscience – leur mère en position d'être la (plus) grande affaire de leur vie, la seule destinataire de leurs affects les plus importants.

Le maintien de la croyance au phallus

Mais la petite fille ne s'en tient pas à la colère. Car en même temps que, sur fond d'amour/haine, elle s'éloigne de sa mère, elle maintient – c'est sa seconde réaction –, comme le garçon dans les mêmes circonstances, sa croyance au phallus.

Il existe, elle en est sûre ! Et la norme consiste à en être pourvue. Sa mère et les femmes dont elle a pu constater qu'elles ne l'avaient pas sont des exceptions à cette règle (qu'elle croit universelle). Elle les fantasme accidentées, punies, etc.

Le maintien de cette croyance est pour elle essentiel. Car elle n'a pas encore, à cette étape, les moyens d'appréhender le sens de la différence des sexes. C'est-à-dire de comprendre que, le monde ne se limitant pas à un seul sexe, les femmes ne sont pas « châtrées », mais seulement « femmes ».

Pour accéder à cette compréhension, elle aura besoin d'un accompagnement de ses parents, et de beaucoup d'explications. Et il lui faudra de toute façon, comme le garçon, un très long temps pour y parvenir.

En attendant, cette croyance au phallus lui est nécessaire pour tempérer sa douleur. Certaine d'obtenir un jour l'organe mythique, elle peut en effet garder l'espoir d'une restauration possible de sa valeur, et sauvegarder ainsi un narcissisme qui est indispensable à sa vie : Je ne l'ai pas mais... je l'aurai !

La « phase de masculinité »

Cet espoir acharné en un possible avenir phallique envahit donc sa vie et en devient le centre. Non sans conséquences...

Il la conduit d'abord – et c'est assez logique – à tenter de repérer ce qui pourrait, dans son corps, l'aider à soutenir son espérance. À chercher, sur ce corps, le signe annonciateur d'un phallus à venir. Un signe qu'elle ne tarde pas à trouver sous les espèces d'une partie de son sexe qu'elle connaissait déjà, mais à laquelle elle va désormais accorder une importance accrue : son clitoris.

Ce clitoris, elle savait depuis longtemps, pour l'avoir découvert grâce à la masturbation, qu'il était source de satisfactions. Mais elle en fait à cette époque l'objet de tout son intérêt. Car, du fait de sa proéminence et surtout de son érectilité, il prend maintenant pour elle valeur de promesse de phallus.

Elle l'investit donc plus que jamais (notamment érotiquement), entrant ainsi dans ce que Freud nomme une « phase de masculinité ». Expression dont il faut une fois encore, pour éviter les malentendus, préciser le sens : contrairement à ce que l'on croit trop souvent, la petite fille ne rêve pas, à cette étape, que son clitoris devienne pénis. Son souhait est qu'il se transforme en phallus. Le pénis des garçons (celui de ses frères, par exemple, si elle en a, ou de ses cousins ou de ses copains), dont elle se montre souvent jalouse, ne l'intéresse en effet qu'en tant qu'elle le pense « phallus », c'est-à-dire organe unique et valorisé.

Elle ne réclame pas – il est essentiel de le comprendre – un pénis de garçon pour « être un garçon ». Car la distinction fille/garçon (qui suppose la compréhension complète de la différence des sexes[1]) n'existe pas encore pour elle. Elle veut un pénis parce qu'elle croit qu'un pénis est un « phallus » ; que tout le monde doit en avoir un ; que, si l'on n'en a pas, on n'a « rien ». Et que donc, par voie de conséquence, on n'est « rien » ou… pas grand-chose !

Elle veut un pénis parce que, se pensant, du fait du manque qu'elle a constaté sur son corps, inférieure, anormale et mutilée, elle veut réparer sa supposée blessure.

L'irruption du père

Mais la quête phallique de notre jeune héroïne ne se limite pas à l'exploration passionnée de son corps. Elle a, sur sa vie, des conséquences bien plus importantes, car elle est à l'origine d'une modification radicale de sa trajectoire initiale.

---

1. Cf. plus haut, p. 188 et suiv.

Un intrus entre en scène

Sur la scène où se joue sa recherche acharnée de l'organe qu'elle croit manquant, la petite fille va rencontrer un nouveau personnage. Un protagoniste qu'elle n'attendait pas et dont l'irruption soudaine va être, pour elle, cause d'une nouvelle souffrance.

En même temps qu'elle prend acte que, dépourvue de phallus, elle doit renoncer à combler sa mère, elle est en effet amenée à faire une autre découverte tout aussi insupportable, si ce n'est plus, que la précédente. Car elle se voit contrainte de réaliser que non seulement elle est impuissante, mais que, de surcroît, un autre détient – constat désespérant – la puissance qu'elle n'a pas. Au plus fort de sa désillusion, elle découvre qu'il existe, dans la vie de sa mère, un autre qui la comble. Un autre à qui celle-ci donne l'amour qu'elle – la petite fille – convoitait. Et cet autre, cet intrus, c'est le père. Ce père auquel elle était jusque-là tendrement attachée, sans que, aveuglée par sa fascination pour sa génitrice, elle perçût la fonction qu'il occupait pour cette dernière sur le plan de l'érotisme.

Le père – elle le comprend à présent – a les pouvoirs qui lui permettent de combler la mère. Il a le « quelque chose de magique pour faire les bébés » qu'elle aurait voulu avoir et lui donner.

Il a le « phallus » qu'elle n'a pas.

Cette découverte déclenche dans sa tête une nouvelle tempête et des réactions en chaîne :

• elle lui fournit d'abord un nouveau motif de haïr sa mère. Car, sur ce plan-là aussi, pense-t-elle, elle l'a trompée. Elle lui a fait croire qu'elle l'aimait alors qu'elle en aimait un autre. Trahison impardonnable que la petite fille compte bien ne jamais lui pardonner… ;

• mais ce regain d'hostilité ne se limite pas à sa mère ; il atteint aussi son père. Jouissant de tous les privilèges dont elle rêvait, celui-ci devient en effet, dans un premier temps, son ennemi. Elle se met à le jalouser, s'installe par rapport à lui dans une position de rivalité. Et cette inimitié perdure jusqu'à ce qu'elle comprenne – ce sera sa troisième réaction – le parti qu'elle peut tirer de la situation.

Car si le père a ce qu'elle n'a pas (et que sa mère, ne l'ayant pas non plus, ne peut lui donner), pourquoi ne pas s'adresser à lui ? Pourquoi ne pas lui demander, à lui, les pouvoirs qu'elle attendait autrefois de sa mère ?

Une porte s'ouvre, l'espoir renaît…

Le recours au père

Délaissant sa génitrice, la petite fille se tourne donc vers lui. Opérant ainsi dans sa vie un changement radical, puisque ce recours au père l'amène à changer de route. À passer, si l'on peut dire, de la femme à l'homme. Tournant fondamental de son existence !

Le père… faute de mieux

Mais cette « bifurcation » vers le père, pour importante qu'elle soit, n'est pas sans appeler quelques précisions. Il faut en effet souligner qu'elle n'est en rien le signe d'une attirance nouvelle de la petite fille pour les hommes. Et encore moins (n'en déplaise aux tenants d'une « normalité » de l'hétérosexualité) celui d'un penchant « naturel » qui la pousserait « naturellement » vers l'être de sexe opposé qu'est son père. Et ce, pour une raison évidente : au moment où la petite fille s'adresse à lui, elle est encore dans la « phase phallique ». Or, dans cette phase qui – nous l'avons maintes fois répété – est celle de l'« organe unique », l'idée de « masculin » n'existe pas plus que celle de « féminin ».

Si elle se tourne vers son géniteur et entreprend de le séduire, ce n'est donc pas parce qu'elle a eu la révélation soudaine de l'amour hétérosexuel, mais pour lui demander ni plus ni moins ce qu'elle demandait autrefois à sa mère et que celle-ci s'est révélée incapable de lui donner : un enfant.

Le mouvement qui l'amène à faire de son père le centre de sa vie n'est pas dû à une attraction que l'espèce aurait inscrite dans ses gènes, mais… au dépit.

L'enfant escompté n'ayant pu être obtenu de sa mère, c'est maintenant à son père qu'elle le réclame.

La sagesse populaire ne s'est jamais fait faute de le rappeler : faute de grives… on mange des merles !

Un « enfant-phallus »

De plus, l'enfant dont il s'agit à cette étape n'est en rien l'indice d'une compréhension, par la petite fille, de sa propre sexuation, d'une avancée de sa part sur la voie de la féminité et de la maternité. Tout au contraire. L'enfant qu'elle exige de son père est un enfant comme celui dont nous avons déjà parlé[1]. C'est un enfant « anal », c'est-à-dire un enfant que – comme, croit-elle, sa mère – elle ferait seule, le père n'intervenant que de façon utilitaire pour lui donner le fameux « truc magique » qu'elle attendait autrefois de sa génitrice.

C'est un enfant qui attesterait de sa toute-puissance (elle « aurait » un enfant), et sur lequel elle pourrait exercer cette toute-puissance.

Bébés-phallus – poupées-phallus

Ce statut phallique que la petite fille, à cette étape, donne à l'enfant peut surprendre. Quiconque en chercherait la preuve la trouverait pourtant aisément en observant la façon dont elle joue avec ses poupées. Freud[2] et Françoise Dolto[3] l'ont tous deux relevé.

Elle se conduit en effet en maîtresse absolue de ces « bébés » dociles. Elle commande, ordonne, morigène et éventuellement sadise, mettant en scène les rapports d'une mère au pouvoir sans limites et d'un enfant – manifestement sans père – censé lui obéir au doigt et à l'œil.

L'enfant que la petite fille désire est à l'image de ces poupées. C'est un enfant qui, remplaçant l'organe

---

1. Cf. plus haut, p. 271.
2. S. Freud, « Sur la sexualité féminine », in *La Vie sexuelle*, *op. cit.*, p. 149.
3. Voir notamment F. Dolto, *Au jeu du désir*, *op. cit.*, p. 212.

valorisé dont elle rêve, pourrait la consoler du manque dont elle se croit affligée.

En fait, ce qu'elle réclame à son père, sous les espèces d'un enfant, c'est un « phallus ». C'est donc – et ce n'est pas le moindre des paradoxes – pour avoir un « phallus » qu'elle aborde la route qui la mènera (si tout va bien) à l'œdipe.

Pour la petite fille : un « pré-œdipe »

Si tout va bien... car, pour elle, à cette étape, rien n'est encore joué et encore moins gagné. Nous venons de le voir, en effet, l'entrée de son père sur la scène principale de sa vie ne signifie en aucun cas son entrée à elle dans l'« œdipe », au sens que l'on peut donner à ce terme : enamoration pour le père et désir d'occuper, auprès de lui, la place de la mère. Elle s'est – pour toutes les raisons que nous avons précédemment évoquées – tournée vers lui, mais elle n'est pas, par rapport à lui, dans un « état amoureux ». Elle l'aime – depuis longtemps – tendrement, et se montre volontiers coquette et câline avec lui ; mais l'amour qu'elle éprouve pour lui n'est pas vraiment érotisé. Car celle qu'elle aime érotiquement et depuis toujours, c'est sa mère[1].

Elle n'est donc pas une petite femme en puissance qui, pour éprouver sa séduction « féminine », ferait ses

1. Le fait qu'à cette étape elle puisse la haïr ne modifie pas cette donnée de base. Car la haine dont il s'agit n'est que l'envers de l'amour dont elle a pris la place.

premières armes avec son papa. Elle est une petite amazone qui tente de le séduire alors qu'elle le jalouse – inconsciemment – tout autant qu'elle l'aime. Et ce, afin qu'il lui donne l'objet – imaginaire et idéalisé – qui fera d'elle, pense-t-elle, son « égale phallique ».

Sa situation est donc, on le voit, bien différente de celle du garçon. Lui aime érotiquement, depuis toujours, sa mère, et, à un certain moment de sa trajectoire, se met à vouloir, pour être semblable à son père, devenir son mari. Petit mâle amoureux, il est donc d'emblée de plain-pied dans l'œdipe. Le seul problème[1] sera pour lui d'en sortir. Ce à quoi l'aideront, nous l'avons vu, l'interdit de l'inceste et l'angoisse de castration. La problématique de la fille est d'une tout autre ampleur. Car l'œdipe, dans son cas, est une formation « secondaire » (il succède à l'attachement amoureux à la mère).

Avant de se demander comment elle peut en sortir, il faut donc se poser la question de savoir comment et à quelles conditions elle peut y entrer. C'est-à-dire comment elle peut passer, par rapport à son père, de la position d'« attachement-revendication-rivalité », qui est la sienne à cette époque, à une position véritablement « amoureuse ».

1. Au demeurant pas anodin…

Entrer dans l'œdipe

Ce passage n'a rien d'évident (et d'ailleurs, peut échouer), car il suppose qu'elle puisse opérer dans sa vie deux changements essentiels :

• il faut qu'elle parvienne à modifier l'image qu'elle a d'elle-même, c'est-à-dire qu'elle abandonne sa croyance au « phallus », comprenne la différence des sexes et sa propre sexuation. Car, tant qu'elle vit son père comme « phallique » et elle-même comme « châtrée », elle ne peut qu'être en guerre avec lui ;

• il faut ensuite qu'elle change d'objet d'amour, c'est-à-dire qu'elle reporte sur son père l'amour érotisé qu'elle éprouve pour sa mère.

Autrement dit, qu'elle passe d'un amour pour un être du même sexe qu'elle à un amour pour un être de sexe différent.

Bouleversement intérieur dont on imagine aisément la complexité.

Les conditions d'un passage

Que lui faut-il pour y arriver ? Il lui faut – la réponse est évidente – des parents.

Pas « châtrée » mais… « fille »

Leur rôle est pour elle déterminant. D'abord en ce qui concerne la prise de conscience de sa sexuation.

La petite fille ne peut en effet « lâcher » le phallus pour rien. Elle ne peut opérer un tel changement qu'à la condition d'apprendre – avec sa « tête », mais aussi avec son corps et ses émotions – qui elle est ; c'est-à-dire d'accéder à un savoir sur la différence des sexes qu'il lui est impossible d'acquérir seule.

Elle a donc besoin que ses géniteurs lui parlent ; qu'ils la rassurent en l'aidant à sortir de l'image dévalorisée qu'elle a d'elle-même. Elle a besoin que leurs paroles lui permettent d'entendre que l'« organe unique » n'existe pas ; de comprendre son identité et son avenir féminins ; et de réaliser surtout qu'ils sont, quoique différents, tout aussi riches et valorisants que ceux de ses homologues masculins[1].

Mais si ces paroles parentales sont importantes, elles sont cependant loin de suffire. Car, en la matière, les mots ne peuvent prendre un sens pour l'enfant qui les écoute que s'ils sont vrais pour l'adulte qui les énonce. Et c'est en s'appuyant non seulement sur les dires de ses parents, mais sur ce qu'ils sont profondément, que la petite fille (comme d'ailleurs le petit garçon) construit son identité sexuelle.

Le mécanisme à l'œuvre est en effet celui de l'« identification[2] ». Et les cures analytiques démontrent tous les jours que ce n'est jamais à ce qu'affiche l'adulte et à ce qu'il professe (serait-ce en toute bonne foi) que l'enfant s'identifie, mais à ce que cet adulte est vraiment.

---

1. Qui, eux non plus, n'ayant pas plus qu'elle de « phallus », ne sont pas « tout ». Il faut qu'elle le sache.

2. L'enfant « fait comme », « pense comme », « devient comme ».

La clinique en fournit maints exemples, tel celui de cette jeune femme évoquée par Françoise Dolto. Venue la consulter pour des fausses couches répétées, elle ne parvint à devenir mère qu'après avoir découvert au cours de son analyse que celle qu'elle croyait sa « mère de naissance » l'avait en fait adoptée. Élevée par une femme qui, probablement parce qu'elle souffrait trop de sa stérilité, n'avait pu la lui dire, elle s'était construite à son image et avait bloqué en elle toute possibilité d'enfanter.

De la même façon, le rapport – conscient mais surtout inconscient – de chacun des parents à sa propre sexuation est, pour la petite fille, essentiel. Si son père continue, du fait de son histoire, à croire – inconsciemment – au phallus des femmes, et prend de ce fait celles qui ne l'ont pas – c'est-à-dire toutes... – pour des êtres inférieurs, si sa mère (parce qu'on ne l'a pas, dans son enfance, aidée comme il aurait fallu) persiste à s'imaginer « châtrée », on voit mal qu'elle puisse être « plus royaliste que le roi » et penser qu'elle-même ne l'est pas...

Apprivoiser son corps

La position de sa génitrice quant à la féminité est d'autant plus importante pour l'enfant qu'elle a besoin d'elle pour parvenir à « apprivoiser » son corps. C'est-à-dire à la fois le connaître et ne plus en avoir peur. À cette étape de sa vie, la petite fille est en effet souvent perdue devant ce qu'elle appelait autrefois, avec confiance, son « ventre », et qui s'avère être maintenant le lieu de tous les mystères, de toutes les incompréhensions.

Il « héberge » – elle le sait désormais – ses organes génitaux. Mais aussi le circuit de la digestion – des excréments – et celui de l'urine. Comment ces différents « circuits » s'organisent-ils entre eux ? Comment s'articulent-ils ? À quels orifices correspondent-ils ? Comment différencier ces divers « lieux du corps » et surtout les sensations qui en émanent ?

La petite fille a besoin de construire en elle une image – consciente et inconsciente – de cet intérieur mystérieux de son corps. Elle vit dans l'angoisse[1] ses interrogations. Et ne peut, sans sa mère, sortir du labyrinthe qu'est devenue pour elle son anatomie.

Pour réussir à accepter sa féminité, pour apprendre peu à peu à vivre avec elle et surtout à l'aimer – ce qui est fondamental pour sa vie future –, il lui faut l'écoute et les mots de sa génitrice, sa tendresse, sa présence rassurante.

Mais, là encore, les mots ne suffisent pas. Car c'est son propre vécu – conscient et inconscient – de la féminité que la mère transmet sans le savoir à sa fille. Si son histoire lui a permis d'être en paix et en sécurité avec cette féminité, et de la vivre de façon heureuse, la petite fille « hérite » de son bonheur. Si ce n'est pas le cas, elle partage le malaise maternel.

À moins que sa mère, ayant pris conscience de sa propre souffrance, ne la lui explique en lui révélant ce

1. Et l'on retrouve souvent, en analyse, la trace de cette angoisse dans les rêves des femmes adultes, en même temps qu'on en entend l'écho dans leurs souffrances actuelles.

que fut son histoire : « Tu vois, on m'a fait croire, à moi, quand j'étais petite, qu'être une fille ce n'était pas bien. Et peut-être qu'à certains moments, sans le vouloir, je te l'ai fait croire, à toi aussi. Mais ce n'est pas vrai... »

S'il a, dans son trajet personnel, cerné les manques que la vie lui a imposés, un parent peut toujours – nous l'avons déjà dit – donner à son enfant ce que lui-même n'a pas reçu. Et, de ce fait, arrêter au moins en partie la répétition.

En parlant ainsi à sa fille, en lui faisant le cadeau[1] de cet aveu de sa propre détresse, la mère lui signifie qu'il existe d'autres façons de concevoir la féminité que la sienne, d'autres façons de la vivre. Elle lui donne donc l'autorisation de trouver, ailleurs qu'auprès d'elle, des références et des repères. Elle lui permet ainsi d'éviter les impasses dans lesquelles elle-même a été enfermée, et d'acquérir une image d'elle qui lui permette de vivre.

À l'inverse, quand la petite fille ne peut bénéficier d'aucun accompagnement maternel, elle reste dans l'errance. Une errance faite d'incompréhensions et d'angoisses qui peut se manifester, à l'âge adulte, de maintes façons.

• Elle peut prendre la forme d'une « ignorance » que les médecins (surtout les gynécologues) connaissent bien, mais qui les laisse néanmoins souvent surpris. Car elle est, compte tenu de l'intelligence des femmes qui en sont la proie, difficilement compréhensible. Dès qu'il est question de leur corps, ces femmes sont en

1. Car c'en est un.

effet comme frappées de stupeur. Elles mélangent tout, confondent tout. Elles échouent, quelles que soient les explications données, à situer leur utérus, leurs ovaires ou leurs trompes. Et parfois même témoignent de croyances manifestement forgées dans leur enfance et dont elles restent, malgré les années, prisonnières. Celle, par exemple, qui consiste à penser qu'une femme urine par le vagin…

• L'errance peut aussi se donner à entendre par le biais de symptômes qui, ne cessant de se répéter, finissent toujours, même sans réelle gravité, par devenir invalidants, imposant en permanence à celles qu'ils assaillent leur cohorte de sensations désagréables et de douleurs. Maux obsédants qui attestent toujours du même « brouillage des pistes » : « J'ai des impressions de brûlure et des démangeaisons insupportables. Mais, en plus, je ne sais jamais d'où elles viennent. Vous croyez que c'est urinaire, docteur ? Ou c'est autre chose ? »

• Ce désarroi devant soi-même est aussi à l'origine de peurs – et même de terreurs – qui scandent, pour ces femmes, les diverses étapes de leur vie : leurs premières règles, leurs premiers rapports sexuels, leur premier accouchement, etc. Ces paniques parfois s'apaisent – momentanément – parce que le (ou la) gynécologue consulté(e) entend leur détresse et peut ainsi venir occuper – momentanément – la place de la mère qui a manqué. De celle qui rassure et explique. De celle qui aide à mettre, sur ce sexe si angoissant, des mots qui enfin le nomment et permettent ainsi qu'il sorte de l'« innommable » dans lequel le silence maternel l'avait relégué.

L'amour entre les parents : clef de l'œdipe

Mais prendre conscience, grâce à l'aide de ses parents, de sa sexuation (se reconnaître fille) ne suffit pas à garantir l'entrée de la petite fille dans l'œdipe.

Pour qu'elle puisse y entrer, c'est-à-dire accéder par rapport à son père à une position « amoureuse », commencer à ressentir pour lui l'amour érotisé qu'elle n'a, jusque-là, éprouvé que pour sa mère, et souhaiter obtenir de lui, en retour, un sentiment du même ordre, il faut qu'un tel type d'amour soit pour elle concevable. Et elle ne peut le concevoir que s'il est présent dans son univers émotionnel et affectif. C'est-à-dire s'il existe entre les parents – géniteurs ou adoptifs – qui l'élèvent. Le mécanisme à l'œuvre est en effet une fois de plus celui de l'identification.

La vision des relations homme/femme que la petite fille fait sienne et intègre se construit à partir de ce qu'elle voit du couple de ses parents, et surtout de ce qu'elle en ressent intuitivement. Là encore, quoi qu'ils lui disent, lui montrent et/ou veuillent lui cacher, elle sait toujours la vérité. Et prend toujours – inconsciemment – cette vérité de leur relation comme modèle pour sa propre vie.

Elle le découvre parfois, bien des années plus tard, sur le divan d'un psychanalyste : « Quand je vois un homme être tendre avec une femme, c'est terrible. Mais, même à mon âge, cela me paraît encore bizarre. Et maintenant je m'en rends compte : c'est parce qu'il n'y avait jamais un geste comme ça entre mes parents. Ils vivaient côte à côte, mais ils ne s'aimaient pas. Et moi, j'ai reproduit ça avec tous les hommes que j'ai rencontrés. »

L'importance du couple parental

Pourquoi une telle importance du couple parental ? Pourquoi une telle prégnance ? Pourquoi ne pas penser, comme d'aucuns aujourd'hui, que, privé du « modèle » de l'amour hommes/femmes dans la famille qui l'élève, l'enfant pourrait trouver n'importe où dans son entourage (ou dans la société) ce modèle ?

Parce que – il est essentiel de le comprendre – l'enfant (garçon ou fille) n'apprend pas la différence des sexes et l'amour homme/femme comme un savoir intellectuel que n'importe qui pourrait – en lui donnant comme exemple n'importe qui – lui enseigner. L'enfant ne peut pas être initié à l'amour hommes/femmes simplement parce qu'on lui dit, lui montre et lui prouve que le voisin de palier aime son épouse et que son épouse l'adore.

Pour être véritablement introduit à cet amour, c'est-à-dire pour que cet amour fasse partie des « matériaux » avec lesquels il se construit, il faut qu'il le perçoive entre ses parents (géniteurs ou adoptifs)… Ou, s'ils ont fini de s'aimer (ou ne se sont jamais aimés), entre ceux-ci et les nouveaux compagnons ou compagnes qu'ils ont choisis.

L'enfant est en effet littéralement « baigné » dans ce qui se passe entre les parents qui l'élèvent, dans ce qui émane d'eux. Et il s'en imprègne à la façon dont il ferait d'une langue. L'amour (ou le désamour) qui circule entre eux – son intensité, sa nature, etc. – est pour lui l'équivalent d'une langue maternelle. Il se construit physiquement, intellectuellement et affectivement dans cette langue. Il est modelé par elle. Il l'intériorise. Elle devient « sa » langue. Et c'est dans cette langue devenue sienne qu'il « parlera », durant toute son existence, sa vie affective et sexuelle.

Si la langue du couple parental est celle de l'amour homme/femme, elle résonne d'autant plus fort en lui qu'elle lui donne la possibilité de se représenter de façon positive son origine (« ils se désirent et je suis né de ce désir »). Elle devient ainsi une sorte d'axe intérieur qui permet à sa sexuation et à sa sexualité de se construire sur le fil même qui soutient, depuis sa conception, son existence.

Mais il arrive aussi – et, on le sait, ce n'est pas rare – que cette langue de l'amour homme/femme fasse, dans le couple des parents, défaut :

• parce qu'ils ne s'aiment pas, et que l'enfant sent bien qu'ils ne se sont jamais aimés et n'ont jamais eu non plus l'occasion (ou le courage) d'aller aimer « ailleurs » ;

• ou parce que leur couple est construit sur un mensonge (dont ils peuvent être ou non conscients). Ils se sont par exemple, cédant à la pression sociale et familiale, mariés et ont « fait des enfants », alors que leur vrai désir allait vers une autre vie : une vie « libre » et sans attaches familiales, ou une vie avec des êtres du même sexe qu'eux, etc.

Que se passe-t-il pour l'enfant dans tous ces cas (et dans bien d'autres) où l'amour homme/femme n'existe pas dans le couple de ses géniteurs (ou dans celui des parents adoptifs qui l'élèvent) ? L'expérience analytique montre que cet état de fait – qu'inévitablement il perçoit – le conduit toujours à s'interroger (consciemment et inconsciemment) sur son origine ; et, partant, sur sa valeur : de quoi suis-je le produit ?

Et influe toujours sur sa vie future.

Il peut en effet réagir à la situation d'au moins deux façons :

Il peut adhérer à la vérité inconsciente de l'un ou l'autre de ses parents et la faire – inconsciemment – sienne. Interrogeant leurs choix sexuels sur le divan d'un psychanalyste, bien des patients découvrent ainsi qu'ils ont, par exemple, « agi », par ces choix, une homosexualité qui, avant d'être la leur, était celle d'un père ou d'une mère qui ne s'était jamais permis de la vivre, et n'en était parfois même pas conscient.

Mais, placé dans les mêmes conditions, l'enfant peut aussi, parce qu'il les aime et les admire, et parce qu'ils ont tissé avec lui des liens importants, prendre appui sur des personnes autres que ses parents[1]. Et apprendre ainsi par leur intermédiaire (toujours par identification) la « langue » de l'amour homme/femme qui n'existe pas dans le couple de ses géniteurs. Il peut même réussir à parler ainsi tout à fait correctement cette langue. Mais son chemin – l'analyse le prouve – sera toujours difficile. D'abord parce que cette langue qu'il aura apprise sera pour lui une « langue d'emprunt », et que l'on n'est jamais « constitué » par une langue de ce type comme on l'est par sa langue maternelle, celle qui permet de prendre appui sur ses parents et transmet, à travers eux,

---

1. Et cela d'autant mieux que ceux-ci – consciemment et inconsciemment – l'y autorisent.

l'enracinement dans une lignée. Et surtout parce qu'il lui faudra « gérer », sa vie entière, la coexistence en lui de deux langues : sa « langue maternelle » (celle, par exemple, du « non-amour » ou de l'homosexualité) dont il s'est, parce qu'elle était celle de ses parents, « imprégné », et qui est, à ce titre, à tout jamais ineffaçable ; et sa « langue d'adoption » dans laquelle, le plus souvent, il aura construit sa vie.

Il sera donc inévitablement partagé, au plus profond de lui, entre deux langues inconciliables. Et ce déchirement le mènera souvent à se sentir, dans sa langue d'adoption, comme en exil, avec tous les problèmes que cela suppose. Un exilé peut en effet parler parfaitement la langue du pays dans lequel il vit et s'adapter tout aussi parfaitement à ses mœurs ; mais il garde toujours, au plus profond de lui, la langue de ses origines. Celle qui, inconsciemment, parle depuis toujours son être.

Si ces deux langues sont conciliables, tout va bien. Mais si, pour une raison ou une autre, la langue d'origine se trouve en contradiction avec la langue d'adoption, s'il leur est impossible de coexister, il peut se sentir, entre les deux, écartelé. Et avoir, de ce fait, du mal à s'ancrer dans sa nouvelle vie[1] ; à y trouver une

1. Problématique que (s'agissant de la langue réelle) l'on retrouve chez certains enfants de familles immigrées qui, bien que très intelligents, ne parviennent pas à apprendre à lire et à écrire la langue du pays d'accueil. Parce qu'ils redoutent (inconsciemment), s'ils le faisaient, de trahir leur langue et leur culture d'origine, qu'ils sentent rejetées par le pays d'accueil ; ou de trahir leurs parents qui, faute d'avoir pu les acquérir dans leur propre enfance, ne possèdent pas ces savoirs.

légitimité et des racines ; à s'y sentir vraiment « comme les autres », et l'égal de ces autres. Et il peut même, le moment venu, transmettre sans le savoir cette errance à ses propres enfants.

Souffrance souvent évoquée sur le divan par des hommes et des femmes qui, quoique vivant en apparence on ne peut plus « normalement », ne cessent cependant de l'éprouver : « Tous mes copains s'imaginent que je n'ai pas de problèmes avec les femmes, parce que je les séduis plutôt facilement. Mais, en fait, je ne me sens jamais légitime avec elles. J'ai toujours l'impression qu'elles vont me prendre pour un imposteur. En fait, je crois que c'est à cause de mon père. Lui, les femmes, ça ne l'intéressait pas. Et son père était pareil. Alors, je suis le premier. C'est comme si j'étais tout seul sur une planète inconnue. Comme si je flottais dans l'espace… »

L'entrée dans l'œdipe

L'existence de l'amour dans le couple de ses parents est donc, pour la petite fille (comme elle l'est pour le petit garçon), déterminante. Et cet amour est d'autant plus important pour elle qu'elle en perçoit vite la dimension sexuelle. Découverte essentielle, car elle lui permet une nouvelle avancée. Sur deux plans :

• elle lui donne d'abord la possibilité de faire, en comprenant la valeur de la féminité qui est la sienne, un pas de plus dans l'acceptation de sa sexuation. Forte de la certitude d'un désir entre ses géniteurs, elle peut en effet saisir que non seulement une femme n'est pas un être « châtré » et dévalorisé du fait de l'absence sur son corps de ce qu'elle sait maintenant être un pénis et non pas un phallus, mais que ce corps, tel qu'il est, c'est-à-dire sans pénis[1], est, pour l'homme qui en possède un – en l'occurrence son père (ou le compagnon de sa mère) –, désirable. Son « manque » n'est donc pas, comme elle l'avait cru, une tare, mais un objet de désir. Et elle comprend même assez rapidement qu'elle peut – revanche suprême ! – jouer de ce « manque » pour susciter l'admiration des hommes. Ce qu'elle ne se prive guère, à cette époque (à sa façon), de faire ;

• mais la découverte d'un amour sexualisé entre ses parents n'est pas seulement pour elle un facteur de narcissisation. Elle lui permet aussi de faire le pas – décisif pour sa vie – que constitue l'entrée dans l'œdipe. La connaissance du désir qui circule entre eux a en effet, pour elle, valeur d'initiation. Car elle lui donne la possibilité, d'une part, de percevoir, en prenant appui sur le « modèle » qu'est pour elle sa mère, ce que veut dire pour une femme « désirer », et ce que signifie pour elle « être désirée » ; et, d'autre part, de réaliser, grâce à son père, ce que représentent, pour les hommes, les êtres de sexe féminin, et donc, par là même, ce qu'elle peut représenter pour eux.

Acceptant désormais d'être « fille » et consciente de ce que cela signifie, la petite fille peut donc s'identifier à sa mère et se mettre à aimer son père comme elle voit celle-ci l'aimer. Puis, dans la logique de ce trajet,

---

1. Et dont elle a – si tout va bien – déjà senti qu'ainsi fait il satisfait sa mère.

commencer à rêver d'avoir ce père « pour elle toute seule » ; d'être à tout jamais l'unique bénéficiaire de son désir. En un mot, d'occuper la place de sa génitrice.

Les cartes ainsi redistribuées, le père devient l'objet de l'amour passionné – et, cette fois, érotisé – de la petite fille. Il devient le premier homme de sa vie et son premier pas vers les hommes. Sa mère, autrefois adorée puis haïe, se transforme en rivale. La petite fille entre dans l'œdipe.

L'interdit de l'inceste

C'est à ce moment que doit lui être signifié (ou plutôt re-signifié) l'interdit de l'inceste. D'abord parce que la connaissance de cet interdit et la certitude que ses parents l'obligeront, quoi qu'il arrive, à le respecter font partie des éléments qui lui permettront de sortir de l'œdipe. Mais aussi parce que cet interdit est le seul moyen pour elle de pouvoir vivre en toute sécurité la période qui s'annonce.

Durant l'œdipe, en effet, la petite fille qui a renoncé au « phallus » investit de plus en plus sa féminité ; elle en découvre les avantages et est ainsi amenée à expérimenter et développer ce qui lui semble, à cette époque, le plus important de ces avantages et son atout majeur : la séduction.

Elle devient coquette, se préoccupe de son apparence. Elle accumule les barrettes, les bagues, les bijoux de toute sorte, toutes ces choses magnifiques qui brillent et surtout la rendent brillante. Parée de ces joyaux, elle s'ingénie à tenter de faire tomber dans ses filets tout ce qui ressemble de près ou de loin à un être masculin : les amis et les membres de la famille, ses grands frères – si elle en a – et surtout son père.

Son but fantasmatique[1] est de réussir à les faire succomber à la tentation ; de les obliger à transgresser l'interdit posé. Petite araignée aussi enjôleuse qu'obstinée, elle tisse indéfiniment sa toile et guette sa proie…

Cette position (que l'on pourrait dire « d'attente agissante »), si différente de celle du garçon, est, dit Françoise Dolto, caractéristique de l'œdipe féminin. La fille, écrit-elle, « ne peut entrer dans l'œdipe qu'à la condition de tenter de transgresser l'interdit de l'inceste en faisant tomber son père dans son piège séducteur. La fille n'a pas les pulsions actives centrifuges péniennes du garçon. Par rapport au phallus, ses pulsions sont centripètes. Elle attire à elle. Elle guette l'objet que représente pour elle la puissance et qu'elle veut prendre pour elle[2] ».

Ce désir (inconscient) d'être « possédée comme maman[3] », dit encore Françoise Dolto, est d'ailleurs si fort à cette époque chez les petites filles qu'il les conduit à faire des rêves de poursuite, de rapt, de viol. Et même parfois à inventer, pour prouver leur puissance et rendre leur père jaloux, des tentatives de séduction dont elles auraient fait l'objet.

---

1. Et qui doit le rester. Car si les choses dérapaient dans la réalité, ce serait, pour la petite fille et son développement, une véritable catastrophe.

2. *L'Image inconsciente du corps*, p. 193.

3. *Ibid.*

Tentatives imaginées dont Françoise Dolto prend soin de préciser[1] que l'on peut, si l'on écoute l'enfant, les différencier des violences réelles qu'elle peut avoir subies. Précisant – le travail clinique ne cesse de le démontrer – que le récit de l'enfant comporte toujours, quand l'agression est réelle, un certain nombre de détails réalistes dont on entend très bien qu'elle ne peut les avoir inventés.

Le soutien parental pendant l'œdipe

Cet apprentissage de la séduction « tous azimuts » n'est pas, pour la petite fille, accessoire. Il est pour elle très important. Parce qu'il lui permet, après l'intense période de dévalorisation qu'elle vient de traverser, de reconstruire un sentiment de sa valeur.

Atteinte au plus profond d'elle-même par la découverte d'une différence des sexes qu'elle avait mal interprétée, elle s'était en effet pensée « déchue » et avait cru qu'elle n'était plus rien. « Réhabilitée » par l'œdipe, elle se trouve maintenant, brillant de mille feux, irrésistible.

Et, là encore, ses deux parents lui sont plus que jamais nécessaires.

Elle a besoin que sa mère supporte sa frénésie de séduction ; qu'elle ne soit pas en rivalité avec la femme à venir qui s'annonce dans sa fille. Et même, qu'elle soit fière d'elle. Qu'elle soit heureuse de lui avoir transmis de quoi avancer sur le chemin de

---

1. *Ibid.*, p. 195.

l'« être femme ». Mais elle a – il serait grave de l'oublier – tout autant besoin que cette même mère lui signifie qu'elle n'entend pas laisser sa place, et que, de ce fait, l'avenir de la « féminité en herbe » dont la petite fille se pare n'est pas « auprès de papa », mais hors de la famille.

De la même façon, il est important pour elle que son père reconnaisse sa féminité et sa séduction, et même s'en montre touché. Mais qu'il lui manifeste néanmoins, par ses paroles et par ses actes, qu'elle ne peut, étant sa fille, faire partie des « femmes de sa vie ». Qu'il ne l'aime et ne l'aimera jamais que d'un amour chaste.

Si la petite fille bénéficie de ces deux soutiens, elle peut déployer en toute sécurité ses fantasmes de séduction et ses rêves œdipiens. Car elle est – consciemment, mais surtout inconsciemment – assurée qu'ils ne pourront jamais, parce que ses parents veillent, devenir réalité.

Protégée par l'interdit de l'inceste et la vigilance parentale, elle peut donc construire les bases d'un « être femme avec les hommes », d'un « savoir-faire amoureux » et d'un sentiment de sa « valeur amoureuse » qui lui serviront tout au long de sa vie.

Le changement de statut donné à l'enfant

Mais l'œdipe qui l'aide à devenir femme a aussi, sur la vie de la petite fille, une autre conséquence. La compréhension de la différence des sexes, la modification de l'image de la femme qu'elle entraîne et le nouveau rapport qu'elle établit avec son père sont pour elle à l'origine d'un nouveau changement. Ces nouvelles données l'amènent à modifier en profondeur le statut qu'elle donne à l'enfant.

Celui-ci était auparavant pour elle, nous l'avons vu, un substitut du « phallus », c'est-à-dire un objet susceptible de la consoler de l'absence de ce phallus. Or, elle a maintenant d'elle-même une vision différente. Elle ne se sent plus affligée d'un manque insupportable, et comprend sa sexuation. Nantie de ces nouvelles cartes, elle peut donc accorder à l'enfant une autre place et une autre fonction. D'autant plus que, percevant l'amour qui unit ses parents, elle est désormais à même de comprendre de quoi elle est née. Et donc de situer, à partir de là, tout enfant non plus comme « possession », « propriété privée » de sa mère, mais comme « produit » du désir conjoint de ses deux géniteurs.

Et elle le peut d'autant mieux si, d'une part, sa mère, capable de supporter qu'elle ne soit pas « à elle toute seule », laisse une place à son père ; et si, d'autre part, ce père prend cette place (c'est-à-dire « sa place ») et se conduit en père. Et elle le peut davantage encore s'il est à même de lui parler du désir qu'il a eu d'avoir (de sa femme) le bébé qu'elle a été[1]. Cette « information » lui permet en effet de comprendre qu'un enfant n'est pas un objet fétiche des femmes, qu'elles feraient seules[2] et

1. Françoise Dolto souligne à juste titre, dans *L'Image inconsciente du corps*, l'importance pour l'enfant de cet énoncé, par son père, de son désir de paternité.

2. En passant par l'adjonction du « quelque chose magique » déjà évoqué, dont le statut serait purement utilitaire.

pour elles-mêmes, mais le produit du désir de deux personnes déjà unies par un désir mutuel.

Elle continue donc à rêver d'avoir un enfant de son père[1]. Et à le lui demander, à sa façon. Par exemple en faisant son siège et celui de sa mère pour leur réclamer en permanence, avec l'air le plus innocent du monde, un « petit frère » ou une « petite sœur » (dont, à coup sûr, elle fantasmera, si elle l'obtient, qu'il est le sien…). Mais l'enfant dont il s'agit n'est plus l'« enfant-phallus » d'autrefois. C'est maintenant un enfant que l'on pourrait dire « incestueux ». C'est-à-dire un enfant que, s'identifiant à sa mère, elle veut – comme elle et à sa place – avoir de son père.

La sortie de l'œdipe

Cette demande d'enfant au père est l'un des moments clefs de la phase œdipienne de la petite fille. Il en constitue même, dit Freud, le point culminant. Une fois passé ce cap, le problème se pose donc pour elle (comme il s'est posé pour le garçon) de la fin de cette phase.

Comment la petite fille peut-elle sortir de l'œdipe ? Comment peut-elle mettre un terme au projet (fantasmatique) d'union avec son père qui l'habite, et qui, s'il persistait, hypothéquerait son avenir ? La réponse à ces questions est loin d'être simple.

---

1. Et la façon dont, si un autre enfant naît à cette période, elle joue à en être « la maman » le montre à l'évidence.

Dans le cas du garçon, nous avons vu en effet que l'énoncé par ses parents de l'interdit de l'inceste et leur attitude, aussi claire fût-elle, ne pouvaient l'obliger à renoncer à ses amours incestueuses. Et que seule une nécessité intérieure – l'angoisse de castration – pouvait l'y contraindre.

Comment expliquer que la petite fille, qui n'est pas, pour les raisons précédemment évoquées, tenaillée par cette angoisse[1], puisse abandonner ses rêveries incestueuses ? Confronté à cette interrogation, Freud se montre perplexe et avoue son incapacité à répondre. Il écrit : « Le motif de la destruction du complexe d'Œdipe chez la fille nous échappe. La castration a déjà produit son effet qui a consisté à la contraindre à la situation œdipienne. Le complexe d'Œdipe échappe donc au destin qui l'attend chez le garçon[2]. »

Échouant à trouver au problème une solution définitive et fiable, il émet une hypothèse : celle d'un abandon, chez la petite fille, du complexe d'Œdipe plus lent que celui du garçon, et probablement moins net que le sien. Il en conclut d'ailleurs que le « surmoi » – cette instance qui est, chez le garçon, l'héritière du débat intérieur que lui a imposé l'angoisse de castration – est, chez elle (du fait de l'absence de cette angoisse), différent. Il dit : « Son surmoi ne sera jamais si inexorable, si impersonnel, si indépendant

---

1. Elle ne craint plus qu'on lui prenne son « phallus », puisqu'elle sait désormais qu'elle n'en a pas.

2. S. Freud, « La différence anatomique entre les sexes » [1925], in *La Vie sexuelle*, *op. cit.*, p. 131.

de ses origines affectives que ce que nous exigeons de l'homme[1]. »

Pourtant, dans un texte précédent[2], marqué lui aussi d'un certain pessimisme quant à la possibilité de résoudre l'énigme de l'œdipe féminin[3], Freud avait suggéré que la petite fille renonce à son rêve œdipien… parce qu'elle se rend compte qu'il ne se réalisera pas :

« La fille glisse – on devrait dire le long d'une équation symbolique – du pénis à l'enfant ; son complexe d'Œdipe culmine dans le désir longtemps retenu de recevoir en cadeau du père un enfant, de mettre au monde un enfant pour lui. On a l'impression que le complexe d'Œdipe est alors lentement abandonné parce que ce désir n'est jamais accompli[4]. »

Cette hypothèse que Freud avance apparemment sans grand enthousiasme et comme, pourrait-on dire, par défaut nous semble mériter davantage d'intérêt qu'il ne lui en accorde. Car l'expérience des cures analytiques (avec les enfants et les adultes) montre effectivement que c'est seulement lorsqu'elle est sûre qu'il ne pourra pas se réaliser que la petite fille peut renoncer à son désir incestueux. Affirmation confirmée par le fait qu'à l'inverse on retrouve toujours dans l'histoire des femmes qui ne sont pas parvenues, même à

1. *Ibid.*

2. S. Freud, « La disparition du complexe d'Œdipe », 1923, in *La Vie sexuelle*, *op. cit.*, p. 117.

3. « Mais, dans l'ensemble, il faut avouer que notre intelligence des processus de développement chez la fille est peu satisfaisante, pleine de lacunes et d'ombres » (*ibid.*, p. 122).

4. *Ibid.*

l'âge adulte, à sortir de l'œdipe des éléments qui ont soutenu chez elles l'espérance d'une réalisation possible de leurs rêves œdipiens.

L'hypothèse freudienne nous semble donc pouvoir être retenue. Et l'on peut remarquer qu'elle met une fois de plus, au centre des débats, les parents…

Le désir des parents : clef de la sortie de l'œdipe

De même, en effet, que le désir qui unit les parents est ce qui donne à la petite fille la possibilité d'entrer dans l'œdipe[1], de même, il est ce qui lui permet d'en sortir. Sa capacité à poser comme impossible son rêve incestueux (et à en conclure qu'elle doit « aller voir ailleurs ») est liée à la solidité des barrières que ses géniteurs sont (ou non) capables d'ériger entre l'inceste et elle. Solidité qui dépend d'une part de leur propre position – inconsciente – quant à l'interdit de l'inceste[2], et, d'autre part, de l'état de leur vie sentimentale et sexuelle. Si les barrières parentales sont suffisamment solides pour résister à ses assauts, la petite fille finit par renoncer. Si elles présentent la moindre brèche, elle s'y engouffre. Parfois avec délices, mais toujours pour son plus grand malheur.

1. Et que l'absence de ce désir peut lui rendre cette entrée impossible.

2. Position qui, évidemment, découle de leur propre histoire, de ce qui s'est passé, pour eux, dans leur enfance avec leurs parents.

Les barrières défaillantes

Les exemples de « brèches » auxquelles elle peut se trouver confrontée ne manquent pas :

• l'interdit de l'inceste peut en effet ne jamais lui être énoncé, ce silence la condamnant à rester, seule et angoissée, aux prises avec ses pulsions et son imaginaire ;

• mais il peut aussi, si elle vit (du fait de parents qui répètent ainsi leur propre histoire) dans un « climat incestueux », être mis en permanence en échec.

Certaines femmes racontent ainsi l'inflation de gestes, d'attitudes, de paroles, de regards, tous équivoques, auxquels elles ont été, dans leur enfance et leur adolescence, soumises, l'insupportable malaise que provoquait chez elles cette confrontation permanente avec une ambiguïté qu'elles ne parvenaient pas à « décoder », et la façon dont ce mal-être ne cesse depuis lors, tel un manteau de souillure et de honte, de leur « coller à la peau », hypothéquant aussi bien leur vie sentimentale que leurs capacités d'adaptation sociale.

Certaines situations en apparence moins graves sont également très destructrices :

• Il arrive, par exemple, que le couple parental « batte de l'aile » et que les parents, s'obstinant à rester ensemble sans amour et sans désir, ne tentent même plus d'aller chercher satisfaction ailleurs. L'enfant, dans ce cas, sent leur insatisfaction. Elle en conclut toujours inconsciemment (en toute logique) qu'une place est à prendre. Et elle s'installe en général d'autant plus volontiers dans ce projet que l'attitude de ses géniteurs la conforte dans ses certitudes. Placés dans ce genre de situation, les parents, en effet, en arrivent souvent (même s'ils sont dénués de toute perversion) à avoir, envers leurs enfants, des comportements que ceux-ci ressentent comme troubles. Parce que, sans le savoir, ils cherchent auprès d'eux une tendresse dont ils sont par ailleurs privés.

• Il arrive aussi que, sans que le couple aille aussi mal, la mère ne soit pas à même de défendre sa place. Ou que, pis encore, répétant sa propre histoire, elle « livre » sa fille à son père, c'est-à-dire laisse s'installer, favorise, entretienne et parfois même suscite entre eux un jeu amoureux. Un piège se met alors en place. Il se referme sur la petite fille et elle peut en rester, sa vie entière, prisonnière.

• Mais elle peut aussi, même si son père ne « dérape » jamais, sentir qu'il n'est pas « au clair » avec l'interdit de l'inceste. Il ne s'autorise avec elle aucun geste déplacé parce que des barrières intellectuelles – acquises, faute de mieux, dans l'enfance – l'en empêchent. Mais, inconsciemment, il la considère comme une femme à l'instar des autres – une de celles qu'il pourrait désirer. La petite fille perçoit intuitivement ce clivage chez son géniteur. Il laisse, à ses rêveries incestueuses, une porte ouverte. Et elle continue de fantasmer.

• Enfin, il faut citer tous les cas où, même sans problèmes particuliers, les parents s'autorisent (parfois en se revendiquant du « naturel » ou d'une idéologie prétendument libertaire) ce que Françoise Dolto appelle des « comportements sensuels ambigus[1] » avec leurs enfants : des « câlins » prolongés ; si prolongés et si particuliers qu'ils mettent mal à l'aise quiconque en est, par hasard, spectateur ; des séjours dans leur lit ; des exhibitions incessantes de leur nudité. Mais aussi des châtiments corporels, des « corrections » dont le caractère érotique[2] ne fait aucun doute. Ces agissements sont toujours, pour les enfants, sources d'émotions sensuelles. Et ils ont toujours pour eux (au moins inconsciemment) valeur d'invitation, d'offre, de « proposition sexuelle ». Ils maintiennent la petite fille (comme le petit garçon) dans une position incestueuse, un œdipe qui s'éternise. Et l'installent dans l'angoisse. Car l'enfant, quel que soit son sexe, redoute – inconsciemment – la réalisation de ses désirs incestueux, tout autant qu'il la souhaite. Il joue en permanence avec la limite. Mais il est terrifié à l'idée qu'elle pourrait céder. Dès lors, s'il la sent par trop fragile, il produit des symptômes.

L'énurésie nocturne, par exemple (le « pipi au lit »), est ainsi souvent, pour la petite fille, une façon de faire de son lit un lieu « sale ». Et de prévenir de cette façon toute envie que l'adulte pourrait avoir de venir l'y retrouver.

Elle peut même, habitée qu'elle est par la peur de la transgression, régresser, redevenir « bébé », timide, apeurée, incapable de se débrouiller seule et « collée » à sa mère. Autant de manifestations symptomatiques

1. *L'Image inconsciente du corps*, p. 329.

2. Les récits faits par certains patients (ou patientes) adultes de la façon dont, jusqu'à un âge avancé, leurs parents les « corrigeaient » n'ont souvent, à cet égard, rien à envier aux plus raffinés des scénarios « sadomaso ».

qui sont, pour elle, un moyen de repartir en arrière. De retourner aux temps d'avant le danger. Aux temps pré-œdipiens du lien amoureux, archaïque, à sa mère. Et, même si elle ne va pas jusqu'à la régression, elle peut, à partir de cette situation instable, concevoir une idée du jeu amoureux et de la séduction qui va hypothéquer son existence.

L'enfant (garçon ou fille) ignore en effet toujours que son envie de séduire est normale ; que c'est à l'adulte d'y mettre des limites. Et qu'il (l'adulte) est seul responsable (et coupable) des dérapages éventuels. L'enfant fait toujours porter la responsabilité sur lui seul.

Dès lors, s'il (si elle) sent le moindre risque, il (elle) s'en accuse et met en cause son désir de séduire. Il (elle) peut donc, à partir de là, le considérer comme coupable, dangereux, malsain et même pervers, se l'interdire pour l'avenir et mettre ainsi en péril sa future vie amoureuse.

L'œdipe, carte majeure de la vie d'une femme

L'œdipe « au féminin » est, on le voit, d'une singulière complexité et d'une particulière difficulté, puisqu'il est, pour une petite fille, aussi difficile d'y entrer que d'en sortir. Or son importance est, pour sa vie future, déterminante. La façon dont elle « négocie » l'œdipe influence en effet notablement ses choix sexuels. Ainsi l'« homosexualité féminine[1] » – le

1. Terme qu'il convient de mettre entre guillemets, car il désigne des choix sexuels dont le sens peut être très différent.

choix, par une femme, d'objets d'amour du même sexe qu'elle – peut être liée au fait que l'entrée dans l'œdipe s'est révélée pour elle impossible. Et qu'elle en est, pour cette raison, restée à un attachement « phallique[1] » à sa mère. Attachement qu'elle répète, dans sa vie d'adulte, avec d'autres femmes. Mais cette « homosexualité » peut être aussi le signe que l'œdipe (dans lequel elle avait pu entrer) s'est pour elle mal passé, et qu'elle s'est trouvée, de ce fait, obligée d'en revenir à sa mère. Parce que le retour à cet amour archaïque était le seul refuge possible, le seul moyen d'échapper à un rapport à l'homme vécu comme dangereux, traumatisant ou interdit.

Mais l'œdipe ne marque pas seulement la vie des femmes dites « homosexuelles ». Il influe sur l'existence de celles – « hétérosexuelles » – qui ont pour objet d'amour les hommes. Certaines, en effet, faute d'avoir pu entrer et « s'installer » sans angoisse excessive dans l'œdipe, souffrent d'un rapport défaillant à elles-mêmes. Elles ne se sentent pas (ou pas suffisamment) « femmes », et éprouvent des difficultés affectives et sexuelles qui les conduisent à des échecs répétés et à une insatisfaction permanente.

D'autres, entrées dans l'œdipe, mais n'en sortant pas, s'y enlisent et échouent elles aussi dans leur vie de femme.

De ces souffrances, de ces errances, des femmes témoignent tous les jours sur le divan des psychanalystes, mais aussi dans la vie. Apportant ainsi, s'il en

1. C'est-à-dire issu du temps où elle croyait au phallus (cf. plus haut, p. 270).

était besoin, la preuve de l'importance décisive, pour la petite fille, de cette étape de son développement.

L'apport, pour les enfants des deux sexes, de la « castration génitale œdipienne »

Filles et garçons vivent donc cette étape de l'œdipe, qui est, pour Françoise Dolto, celle de la « castration génitale œdipienne », de façon très différente. Mais elle est, pour tous, quand elle est « réussie », à l'origine d'avancées considérables.

L'élément essentiel de cette période est en effet, pour l'enfant, la découverte du désir qu'ont l'un pour l'autre ses parents. Cette découverte n'est pas seulement pour lui d'ordre intellectuel. Elle est vivante et incarnée (puisqu'il se heurte concrètement, jour après jour, à leur attachement mutuel[1]). Elle s'inscrit donc profondément dans son être, et devient le pivot de changements décisifs.

Être « à sa place »

Elle a d'abord pour effet de lui signifier, de façon incontournable, sa place. La découverte d'une relation entre ses parents bouleverse en effet radicalement l'idée que l'enfant se faisait du schéma familial. Car,

1. Ce dont témoignent fort bien certains parents lorsqu'ils racontent, par exemple, la colère de leur enfant quand il les voit échanger un geste tendre ou un baiser. Et la façon dont il essaie toujours, à ce moment-là, de les séparer.

avant d'en prendre acte, persuadé que la place des adultes ne se définissait que par référence à lui, il se pensait le centre de sa famille[1]. Pour lui, ses parents n'avaient d'autre identité que celle que leur donnaient les liens qui les reliaient à lui (ils n'étaient que « son papa » et « sa maman »). Fort de cette importance qu'il s'attribuait, il pouvait donc à loisir s'imaginer maître du jeu...

Balayant ses convictions, la révélation de leur amour fait dans sa vie l'effet d'un coup de tonnerre. Car elle l'oblige à découvrir une dimension de son univers familial qu'il ignorait et le confronte brutalement à un système de références qui ne passe plus par sa propre personne.

Il apprend en effet que son père n'est pas seulement « son papa », mais le mari de sa mère ; et que celle-ci, loin de n'être que « sa maman », est la femme de son père. Découverte terrible (car elle le prive d'une partie de ses pouvoirs) et d'autant plus difficile à admettre pour lui qu'elle en implique une autre, tout aussi dévastatrice.

Car non seulement « son papa » et « sa maman » sont un couple et existent, de ce fait, indépendamment de lui, mais ce couple – on le lui explique – existait avant lui. Et son existence a déterminé la sienne.

L'enfant découvre donc qu'il n'est pas, comme il le croyait, à l'origine de l'union de ses géniteurs, mais qu'ils sont, eux, à l'origine de sa propre vie.

Dès lors, pour lui, le monde bascule.

---

1. Et de « centre de sa famille » à « centre du monde », il n'y a qu'un pas...

Le « tableau familial » qui, tant qu'il se croyait « cause » du couple de ses parents, fonctionnait (si l'on peut dire) « tête en bas », se remet dans la bonne position. Cette remise en place porte à sa toute-puissance un coup fatal. Il tombe de haut. Mais cette chute, pour douloureuse qu'elle soit, n'est pas pour lui inutile. Elle est même d'une très grande importance. Car elle lui permet de se situer enfin dans la succession des générations, et de s'inscrire sur l'arbre généalogique à sa vraie place : « sous » ses parents, dans la génération « en dessous » de la leur.

Positionnement nouveau qui joue, dans son évolution, un rôle décisif puisqu'il lui ouvre à la fois les portes de l'extérieur et celles de l'avenir.

Pouvoir aimer « dehors »

Savoir ses parents épris l'un de l'autre le contraint en effet à abandonner ses projets incestueux. Il doit renoncer à les séduire et envisager d'aller aimer « dehors », hors de sa famille. Nécessité nouvelle qui l'oblige à un important remaniement intérieur. Car il doit, pour pouvoir tisser des liens à la fois dans sa famille et à l'extérieur, modifier sa « capacité d'aimer ». D'unique qu'elle était autrefois, elle devient ainsi, après l'œdipe, double. Elle se divise en deux courants.

Le premier de ces « courants » est celui de l'amour chaste, de la tendresse. Il s'adresse à ses géniteurs, à ses frères et sœurs, aux membres de sa famille, c'est-à-dire aux êtres qu'il continue de chérir tout en étant désormais conscient qu'il ne pourra jamais avoir avec eux de relations sexuelles.

Le second « courant » est celui de l'amour sexualisé dont il sait maintenant qu'il est autorisé avec toutes les personnes – de sa génération – extérieures à sa famille.

Cette division de l'amour est, pour l'enfant, fondamentale. Car elle lui donne la possibilité de tisser sans crainte des liens dans sa classe d'âge ; d'y avoir « copains », « copines », « petits amis » et « petites amies ».

Et de vivre dans le même temps en paix avec ses géniteurs et sa fratrie ; d'avoir avec eux des relations harmonieuses.

La compréhension et l'acceptation de l'interdit de l'inceste lui permettent en effet d'éviter les incessantes chamailleries, tracasseries et bagarres avec parents, frères et sœurs, qui servent souvent d'exutoire et de masque à des relations profondément incestueuses. (« Je te "cherche", je te bouscule, je t'injurie, etc. Autrement dit, je passe (sans le savoir) ma vie à te "rentrer dedans"... par gestes et mots interposés. ») Et elles lui permettent également d'échapper à l'angoisse et à la culpabilité, celles qu'il pourrait éprouver du fait de son attirance sexuelle pour l'un ou l'autre des membres de sa famille (et de la jalousie inhérente à ce genre d'attirance). Ou celles qui naîtraient de l'idée de les « abandonner » en s'attachant, au-dehors, à d'autres qu'eux...

Après la « castration génitale œdipienne » (si tout va bien), les choses sont devenues pour l'enfant très claires : l'amour sexualisé est interdit dans la famille. Mais il est autorisé au-dehors (et même recommandé).

Les portes de la vie lui sont donc largement et définitivement ouvertes. Il peut mettre, sans peur, le cap sur l'avenir.

Une autre vision de la parentalité

Cet avenir que lui ouvre la fin de l'œdipe occupe désormais ses pensées. Il s'y projette et commence surtout à l'envisager autrement qu'il ne l'avait fait jusque-là.

Il est amené notamment à modifier en profondeur la conception qu'il avait de la parentalité – du rôle de parent qu'il aura un jour lui-même à jouer.

Modification inévitable, car l'idée que se fait un enfant de ce rôle s'appuie toujours sur la perception qu'il a du couple de ses géniteurs. Perception qui, nous venons de le voir, change de façon notable avec l'œdipe.

La parentalité avant l'œdipe

Avant l'œdipe, en effet, l'enfant sait qu'il a deux « parents ». Et il entretient avec chacun d'eux des rapports qui évoluent au cours du temps. Mais, nous l'avons vu, il ne connaît pas la véritable signification du terme « parent » et ignore les raisons pour lesquelles son père et sa mère sont ensemble. Sa relation à ses géniteurs, en cette phase pré-œdipienne, pourrait donc, si on voulait la dessiner, être représentée par deux traits : le premier le relierait à sa mère, le second à son père. Deux traits parallèles coexistant sans jamais se rencontrer.

La conception qu'il a, à cette étape, de la parentalité découle donc de ce schéma. L'enfant est « celui du père » et (ou) « celui de la mère ». Il est supposé « appartenir » (parallèlement) à chacun d'eux. Les parents sont donc, dans cette logique, définis (implicitement) par lui comme « ceux qui possèdent en commun un enfant ». Et ce partage, s'il le réfère au champ de ses propres expériences, n'est probablement pas sans évoquer pour lui la façon dont, dans une fratrie, on peut, si l'on n'en possède qu'un, mettre en commun avec son frère ou sa sœur un objet de valeur (cheval à bascule, vélo ou autre) auquel on tient.

La parentalité après l'œdipe

Au moment de la « castration génitale œdipienne », lorsque l'enfant prend acte du lien d'amour sexualisé qui existe entre ses parents, un troisième trait (« son père – sa mère ») s'ajoute aux deux premiers (« lui – sa mère », « lui – son père »).

Ces trois traits restent parallèles et indépendants les uns des autres, jusqu'à ce que, sur la lancée de sa première découverte, l'enfant en fasse une seconde et comprenne que c'est à cause de ce troisième trait – « son père – sa mère ») – qu'il est né. C'est-à-dire découvre que c'est parce qu'ils s'aimaient et se désiraient, parce qu'ils étaient (et sont) un couple, que ses parents l'ont conçu.

À partir de là, les trois traits peuvent se rejoindre. L'enfant devient le sommet d'un triangle – le fameux « triangle œdipien » – dont deux des côtés sont constitués par les liens qui le lient à chacun de ses parents et la base par celui qui unit, entre eux, ses deux parents : leur amour, leur désir mutuel.

Dès lors, sa vision de la parentalité se transforme. L'enfant n'est plus celui de l'un ou (et) de l'autre de ses parents, mais le produit de leur désir commun.

Cette nouvelle vision l'amène à changer la perception qu'il avait de la structure de la parentalité, mais le conduit également à modifier l'idée qu'il se faisait de sa nature.

Le remaniement post-œdipien

Tant qu'il ignorait le désir unissant ses géniteurs, la parentalité était en effet placée pour lui sous le signe de la possession : les parents « avaient » un enfant. Cette possession, même s'ils pouvaient la mettre en commun, restait de l'ordre du « chacun pour soi ». L'enfant était, pour chacun d'eux, « son » enfant. Et les fantasmes sexuels inhérents à cette conception étaient sans doute référables pour lui à la seule représentation qu'il ait eue à cette époque de la sexualité : la masturbation.

« Père » et « mère » étaient donc conçus par lui comme deux personnes séparées, sexuellement autosuffisantes, jouissant de la possession de leur « objet-enfant » et pouvant éventuellement partager cette jouissance en jouant (si l'on peut dire)… « au papa et à la maman ».

François Dolto décrit très clairement cette vision pré-œdipienne de la parentalité : « Être papa ou maman est, pour l'enfant, une représentation fonctionnelle et sans doute érotique, mais ce sont pour lui des fonctions de zones érogènes partielles du corps, dont le plaisir supposé est de l'ordre de celui qu'il se procure par la masturbation, avec, en plus, des fantasmes de bonheur à deux, le garçon avec sa mère ou une princesse, la fille avec son père ou un prince charmant, mais sans l'ombre d'une rivalité. Ce n'est pas encore l'œdipe. Que l'enfant ne comprenne pas ce qu'il en est de la responsabilité et de la mutation narcissique qu'impliquent la maternité et la paternité pour ses parents n'est pas, pour lui, en contradiction avec ce qu'il croit être leur bonheur à sa naissance : ils sont contents de l'"avoir", et de jouer à son égard le "rôle" de papa et de maman. Pour lui, arrimé à sa propre vie, il va de soi qu'amour et joie vont de pair avec "avoir" un enfant ; et avoir un enfant confère dans son esprit un "pouvoir discrétionnaire"[1]. »

Après l'œdipe, cette conception change du tout au tout. Car garçons et filles peuvent alors comprendre ou plutôt jeter les bases de ce qui leur permettra peu à peu de comprendre qu'un enfant n'est pas l'objet de l'un ou de l'autre de ses géniteurs, le père faisant un enfant « pour lui » et la mère « pour elle », et chacun étant seulement pour l'autre l'organe reproducteur dont – techniquement – il a besoin parce qu'il en est dépourvu (père donneur de sperme, mère porteuse) ; mais que cet enfant est le produit de deux personnes qui, elles-mêmes, se désirent et ont choisi de le « faire » ensemble. Non pas parce que chacun représentait pour l'autre le meilleur « instrument » possible (l'étalon ou le ventre idéal, mais aussi bien le « bon père » ou la « bonne mère », équivalents, dans ce

1. *L'Image inconsciente du corps*, p. 179.

contexte, au jardinier ou à la jardinière supposément les plus qualifiés pour faire croître et prospérer l'objet enfant), mais parce qu'ils se désiraient.

Une compréhension décisive

Cette compréhension nouvelle, loin d'être accessoire, est au contraire très importante pour l'enfant. Car, lui conférant un autre statut et une autre place que la configuration parentale qu'il imaginait auparavant, elle modifie en profondeur l'image qu'il a de lui-même. Et il faut, pour le comprendre, en revenir à la différence entre deux notions aujourd'hui trop souvent confondues : « désirer un enfant » et « désirer un enfant d'un autre (que l'on aime et que l'on désire) ».

La distinction entre ces deux notions, qui n'est possible pour l'enfant qu'après l'œdipe, est en effet essentielle. Et elle mérite qu'on l'examine, car elle est au cœur de nombre de débats de société, notamment celui sur la « coparentalité[1] ».

Désirer un enfant

L'expression « désirer un enfant » peut avoir en effet (au moins) deux sens. Elle peut renvoyer au désir

1. Le terme, on le sait, désigne aujourd'hui l'opération qui consiste, pour un couple de femmes homosexuelles, à chercher un couple d'hommes également homosexuels (ou vice versa) en vue d'un « échange » qui permettra de concevoir (par insémination artificielle, donc sans relation sexuelle) un (ou des) enfant(s) dont les deux « géniteurs » seront désignés comme « coparents ».

d'un homme et d'une femme d'« avoir » un enfant, avec toutes les connotations de possession (et éventuellement les évocations « phalliques[1] ») qu'une telle formulation peut faire surgir.

Mais elle peut aussi renvoyer au désir, chez cet homme ou cette femme, « d'être père » ou « d'être mère », termes dont le contenu imaginaire peut – en fonction de l'histoire personnelle de chacun d'eux – varier.

Quelle que soit l'acception retenue, la formule évoque en tout cas toujours une affaire « entre soi et soi ». Car l'autre dont l'intervention est requise (son ovule ou son sperme étant, dans l'état actuel de la science, nécessaire pour « fabriquer » l'enfant) n'est que le moyen – anonyme ou, *a minima*, interchangeable – d'avoir ce que l'on veut pour soi.

Qu'on le veuille ou non, l'enfant a donc dans ce contexte le statut d'un objet « pour soi » (même s'il peut parallèlement être aussi « pour l'autre » qui a servi à le « faire » et avec qui on le partage). Et il a surtout celui d'un objet capable de combler, à lui seul, le désir (de paternité ou de maternité) de l'adulte, puisque ce désir n'est pas référé à l'autre « parent ». Les deux « géniteurs » n'ont en effet, pour assouvir leur souhait d'être parent, nul besoin l'un de l'autre (ils ne veulent pas un enfant l'un de l'autre) ; ils ne sont, dans cette opération, que partenaires. « Co » parents (comme on dit colocataires ou copropriétaires). Et, n'étant liés par aucun désir mutuel, ils ne sont liés – il faut le souligner – que par l'enfant.

1. C'est-à-dire datant de l'époque de la croyance au « phallus ».

Celui-ci se retrouve donc placé dans une situation duelle : « lui – son père » ou « lui – sa mère ». Et (comme dans les croyances pré-œdipiennes) « cause » du couple – qui, en l'occurrence, n'en n'est pas un – de ses géniteurs.

Ce qui peut éventuellement, on l'imagine, lui poser par la suite quelques problèmes…

Désirer un enfant d'un autre

Quand il s'agit, pour un homme ou une femme, non pas d'« avoir un enfant », mais d'« avoir un enfant de l'autre » (qu'il ou elle aime), ce désir « pour soi » n'est évidemment pas absent. Il ne peut pas l'être. Mais il est tempéré par le fait que les protagonistes ne désirent pas, dans ce cas, « un » enfant (n'importe lequel), mais celui de cet autre qu'ils aiment et désirent[1].

Pourquoi les deux situations sont-elles si différentes ?

Parce qu'aimer et désirer un autre, c'est désirer… l'amour et le désir de cet autre ; c'est-à-dire être en attente de son désir, et donc, dans le rapport à lui, « manquant ». C'est éprouver un manque que son amour seul peut combler : « Un seul être vous manque et tout est dépeuplé… »

Lorsque deux personnes qui s'aiment désirent avoir ensemble un enfant, ce premier manque – inhérent à

1. S'il s'agit d'un couple qui, parce qu'il est « stérile », est obligé d'avoir recours aux techniques de « procréation médicalement assistée », ou à l'adoption, cela ne change, à ce niveau, rien. Car l'enfant reste celui de leur désir commun.

l'amour – se double d'un second. Puisque la situation conduit alors chacune (de ces deux personnes) à attendre non seulement l'amour de l'autre, mais le désir de cet autre d'avoir – avec elle – cet enfant.

La position de l'enfant

L'enfant, dans ce cas, se trouve donc inscrit d'emblée par chacun de ses parents non pas dans la « possession », mais dans ce double manque. Et dans une situation non pas « à deux », mais « à trois ». Car l'idée de son existence est, pour chacun, indissociable du lien qui le lie à son partenaire amoureux. Sa position est donc radicalement différente de celle précédemment évoquée.

• Ses parents, en effet, ne sont pas unis par lui, mais par leur désir mutuel (qui existait avant lui).

• Il ne peut, à lui seul, combler le désir (de paternité ou de maternité) ni de l'un ni de l'autre. Puisque le désir de chacun d'eux n'est pas seulement de « l'avoir », mais de l'avoir parce que l'autre l'a voulu, de lui et avec lui.

• Et il ne peut être ni « à l'un » ni « à l'autre ». Car situé par l'un comme par l'autre comme enfant « de » l'autre, il échappe à l'un comme à l'autre.

« Dépossession parentale » essentielle pour lui : c'est en effet parce que l'enfant échappe à l'un comme à l'autre de ses géniteurs qu'il peut « exister » dans un espace symbolique séparé de l'un comme de l'autre ; et, n'étant l'« objet » ni de l'un ni de l'autre, avoir entre eux une place de « sujet »... Mais « dépossession » utile également aux parents, car cette position de leur enfant « entre eux », la conscience de son être séparé de leurs personnes, leur permet sans nul doute de prendre la mesure de son « altérité » ; du pouvoir qu'ils ont sur lui et, par là même, de leurs responsabilités.

Une histoire non pas « à deux », mais « à trois »

Cette dimension « ternaire » qui préside à sa conception joue, tout au long du développement de l'enfant, un rôle important. Et quand il est – ce n'est pas rare – issu de l'union d'un homme et d'une femme qui ne s'aimaient pas, elle est garantie (*a minima*) par la position (inconsciente) de ces derniers quant à la différence des sexes. L'acceptation de la différence des sexes, c'est-à-dire la conscience que chaque sexe est « incomplet » (qu'il manque à l'homme d'être une femme et à la femme d'être un homme), est en effet ce qui permet, en dernière analyse, que la conception soit une affaire non pas « à deux », mais « à trois ». Ainsi, même si la mère n'aime pas l'homme avec lequel elle conçoit l'enfant, même si, « possessive », elle n'accorde au père aucun rôle particulier, le simple fait qu'elle accepte – inconsciemment – de ne pas « être aussi » un homme laisse une place – certes minime, mais qui existe – au géniteur. Et il peut dès lors, à partir de cette place, exister pour l'enfant[1]

1. À condition, évidemment, qu'on parle à cet enfant et qu'on lui explique la place de chacun.

comme « père ». C'est-à-dire être pour lui non pas un simple « troisième » (semblable et égal en tout point à sa mère), mais un « tiers ». Autrement dit encore, quelqu'un qui, par sa présence réelle (ou la référence à lui, s'il n'est pas là), lui signifie que la mère si puissante qui l'a porté, nourri, soigné, etc., n'est pas « tout ». Et que, donc, il peut sans (trop de) crainte s'arracher à elle, la quitter et grandir.

Dans la « coparentalité », cette possibilité du « tiers » n'existe pas. Quand un couple de femmes homosexuelles, par exemple, a recours à un « donneur de sperme », elle n'existe pas du côté de ce « donneur » que l'on dit être un « père », mais qui n'en est pas un. Car il n'est pas dans l'opération un « tiers », seulement un « troisième ».

Il n'est pas, en effet, pour la femme qui a fait appel à lui, représentant de ce qu'elle n'a pas et n'est pas[1]. Et l'on peut même dire qu'il est exactement le contraire. Car il n'a pas pour elle d'autre existence que les quelques gouttes de sperme dont elle a besoin. Et qui pourraient d'ailleurs, si la science le permettait, être avantageusement remplacées par une pilule…

En l'instrumentalisant (avec son accord), elle l'utilise donc (inconsciemment) pour prouver – et se prouver – qu'elle est « complète », ne manque de rien ; et n'a aucun besoin, pour « faire un enfant », d'en passer par la différence des sexes. Celle-ci se trouvant de plus réduite, en l'occurrence, à un simple « problème technique » qu'un peu de bonne volonté suffit aisément à régler…

1. Et elle ne l'est pas davantage pour lui.

Mais la possibilité du « tiers » n'existe pas non plus du côté de la partenaire sexuelle[1] de la femme. Elle ne peut pas être, elle non plus, un « tiers », puisqu'elle n'a rien et n'est rien que l'autre n'ait ou ne soit. Elle n'est donc pas – puisque sa parole ne vient pas d'un lieu « autre » – en position de séparer l'enfant de sa mère. Et l'est d'autant moins que, ne voyant (à juste titre) entre ces deux « figures parentales » aucune différence, l'enfant peut parfaitement vivre l'injonction de l'une comme l'effet d'une rivalité avec l'autre.

Un nouveau narcissisme

L'œdipe qui change, nous venons de le voir, le rapport de l'enfant au couple de ses parents et à la parentalité change aussi son rapport à lui-même. La « castration génitale œdipienne » – que Françoise Dolto situe comme la dernière des « castrations » – l'oblige en effet à « civiliser » (à rendre dépendante des lois humaines) la partie de lui qui ne l'était pas encore : ses pulsions sexuelles, sa sexualité.

Elle le transforme donc profondément, et le conduit, du même coup, à une appréhension différente de lui-même.

Ce nouveau rapport de l'enfant à sa personne, Fran-

1. Qui est celle avec qui – au niveau du désir – la femme « fait » l'enfant. Ce qui – pour ce qui est de la filiation au niveau du désir (« de quel désir suis-je né ? ») – donne à celui-ci pour origine un couple de personnes de même sexe.

çoise Dolto le nomme « narcissisme secondaire », et montre qu'il lui permet de faire, dans son individuation, un pas essentiel[1].

De « narcissisme » en « narcissisme »

Le « narcissisme primordial », premier narcissisme issu de la naissance de laquelle l'enfant était (selon l'expression doltoïenne) « réchappé », avait en effet signé l'autonomie de son être, sa capacité à vivre, à respirer et à s'alimenter sans plus avoir besoin d'en passer, pour ce faire, par l'organisme maternel. Le « narcissisme primaire » lui avait, après le « stade du miroir », succédé ; il témoignait de l'autonomie nouvelle que l'enfant avait acquise dans la conscience de soi. Celui-ci était en effet devenu, à cette époque, capable de s'appréhender par le biais de son image spéculaire, et n'avait, de ce fait, plus besoin de se voir « à travers » ses parents.

Le « narcissisme secondaire », narcissisme de l'être définitivement « humanisé » et « civilisé » qu'il est devenu, atteste qu'il est désormais au fait des lois humaines et capable de juger lui-même de ses actes. Autonome, déjà, quant à son existence physique et à la conscience de son image, il est donc maintenant apte à penser, par lui-même, sa vie.

1. *L'Image inconsciente du corps*, p. 200.

L'enfant, égal de ses parents

Ce nouveau narcissisme, dit Françoise Dolto, fait de l'enfant l'égal de ses parents. Mais il change surtout le sens qu'il accordait auparavant à cette égalité. Lorsqu'il était petit, en effet, l'enfant, fasciné par ses géniteurs, rêvait de leur ressembler ; et, pour ce faire, les imitait aussi souvent qu'il lui était possible. Puis il était passé, en grandissant, de l'« imitation » à l'« identification ». Il ne s'agissait plus alors pour lui de « singer » les comportements de ses parents, mais de devenir profondément « comme eux ». Envie si forte qu'il en était arrivé à vouloir « devenir eux », à désirer prendre leur place. Et ce mouvement, nous l'avons vu, l'avait fait entrer dans l'œdipe.

À la fin de l'œdipe, l'enfant (si tout va bien) comprend que ce désir était un leurre ; que le problème n'est pas d'être « comme papa » ou « comme maman », d'être leur clone, et qu'il n'est pas non plus de s'installer « à leur place », calife à la place du calife… Le problème est de devenir, comme ils le sont eux-mêmes devenus, un (une) adulte. Et la seule voie pour y parvenir est de se soumettre – comme ils l'ont fait eux-mêmes – aux lois du monde ; et, en premier lieu, à l'interdit de l'inceste.

Il s'agit, si l'on est un garçon, de renoncer à « épouser maman » et d'envisager de prendre femme (ou femmes) hors de la famille. Si l'on est une fille, d'y trouver un (ou des) homme(s).

Égal de ses parents devant la loi, soumis comme eux à elle, l'enfant devient donc, à ce moment de sa vie, leur égal. Et, de ce fait, un citoyen à part entière, membre de plein droit du monde civilisé.

Avancée décisive qui fait dire à Françoise Dolto, de la « castration génitale œdipienne », qu'elle est « initiatrice à la vie sociale[1] ».

Cette castration reçue de ses parents et acceptée par lui a en effet fourni à l'enfant la clef de cette vie sociale. Mais aussi ce que l'on pourrait appeler un « permis de se conduire tout seul ». La connaissance du « code de la vie » et la capacité d'en respecter les règles (qu'il a, une fois de plus, acquise dans la souffrance) vont se révéler pour lui essentielles et vont jouer dans sa vie future un rôle déterminant. Car elles seront, lors des tempêtes de l'adolescence, la rambarde, le garde-fou auquel il pourra, pour ne pas sombrer, se raccrocher.

1. *Ibid.*, p. 199.

Chapitre VII

« Il suffit de passer le pont… »
Tourments et tourmentes de l'adolescence

Une fois passé le cap de l'œdipe, l'enfant aborde, vers 7 ou 8 ans, une nouvelle étape de son évolution, étape que la psychanalyse nomme « phase de latence », car son développement devient à cette époque latent. C'est-à-dire qu'il marque une pause dans ses manifestations extérieures, tant sur le plan du corps que sur celui du psychisme.

« Vers 8 ans au plus tard, pour la plupart des enfants, la phase de latence s'inaugure. En même temps qu'apparaît un retrait de l'intensité organique du fonctionnement des glandes génitales, une sourdine est mise sur l'intensité émotionnelle des relations parents/enfants[1]. »

1. *L'Image inconsciente du corps*, p. 329.

La « phase de latence »

Cette phase – qui va durer jusqu'à 11 ans – est, pour l'enfant, après les intenses bouleversements de l'œdipe, une période d'accalmie, de navigation (plus) tranquille. Elle constitue pour lui une sorte de « sas » : une série d'années charnières pendant lesquelles il peut (si tout va bien) développer et consolider ce qu'il a acquis et construit avant et pendant l'œdipe. Et commencer à jeter les bases de ce qui lui permettra le passage à l'adolescence.

Si tout va bien…, car la façon dont ce moment de sa vie se passe dépend évidemment du mode sur lequel s'est négociée pour lui la fin de l'œdipe.

Si l'interdit de l'inceste lui a été clairement signifié et s'il l'a accepté, les portes de la vie (hors de sa famille) se sont, nous l'avons vu, largement ouvertes pour lui. Mais il a, de plus, gagné une considérable (et nouvelle) liberté. Car il est désormais capable de différencier ce qui est interdit (le désir incestueux) de ce qui ne l'est pas (le désir dans tous les autres domaines). Et il peut, de ce fait, les champs du « permis » et ceux du « défendu » étant clairement définis et délimités, avancer sans angoisse[1]. Son désir de vivre maintenant libre de toute entrave, il déborde d'énergie.

1. C'est-à-dire sans l'angoisse dont souffre en permanence l'enfant (ou l'adulte) qui, faute d'un interdit clairement posé, redoute – inconsciemment – que chacun de ses actes soit à son insu une transgression.

Françoise Dolto le dit clairement : « C'est donc la barre bien mise par le père et la mère sur le désir de leur fils et de leur fille en tant qu'incestueux qui libère les énergies libidinales de l'enfant pour la vie hors de la famille[1]. »

Cette énergie « libérée » lui permet d'explorer de nouveaux territoires, de faire de nouvelles conquêtes.

Sur le plan du savoir et de la connaissance, d'abord. Car il manifeste à cette époque un intérêt croissant pour tout ce qui peut l'aider à connaître et à comprendre le monde qui s'offre à lui. Il se montre capable de travailler, de chercher, d'investiguer ; de faire pour son propre compte des efforts (notamment dans le secteur scolaire et périscolaire).

Le temps des amitiés

Mais sa soif de découvertes l'amène surtout à investir massivement dans la relation aux autres, ces « alter ego », ces « semblables » que sont les enfants de sa classe d'âge. Ils deviennent, à ce moment de sa vie, beaucoup plus importants pour lui que ses parents ou ses frères et sœurs. C'est avec eux, désormais, qu'il tisse des liens. Il transfère sur eux les sentiments qu'il réservait jusque-là aux membres de sa famille. Il en fait ses amis.

Là encore, Françoise Dolto le souligne : « C'est après la résolution du complexe d'Œdipe que l'enfant, fille ou garçon, sur les ruines de ses espoirs à jamais détruits de séduction parentale à but incestueux, de

1. *L'Image inconsciente du corps*, p. 205.

séduction sororale ou fraternelle devenue caduque et ridiculement puérile à ses yeux, peut accéder à la recherche, hors de sa famille, d'amitiés à deux[1]. »

Ces « amitiés à deux » revêtent, pour l'enfant, une très grande importance. Pour plusieurs raisons :

Elles l'aident d'abord à liquider (en le remettant en scène à l'extérieur) ce qui pouvait rester, dans sa tête, de « fonctionnement œdipien », et donc à éteindre en lui, si l'on peut dire, les derniers feux de l'œdipe… « Amitiés à deux, du même sexe ou non, plus ou moins amoureuses, où s'épuisent, déplacées, les dernières flambées du désir incestueux, agressif, possessif et jaloux vis-à-vis d'un troisième qui voudrait se joindre à leur duo[2]. »

Elles lui permettent surtout d'élargir son univers affectif en découvrant des formes d'attachement dont il ignorait l'existence[3]. Grâce aux liens qu'il tisse avec les garçons et les filles dont il fait ses compagnons et compagnes privilégiés, il fait en effet l'expérience d'un type d'intimité pour lui radicalement nouveau, puisqu'il n'a plus pour origine les liens du sang, mais un choix libre et délibéré : « Parce que c'était lui, parce que c'était moi… »

Cet « ailleurs affectif » lui devient de plus en plus précieux. Et, soucieux de le préserver, il fait en sorte que ses nouveaux « copains » soient, autant que possible, éloignés de ses parents ; que ceux-ci, par exemple, ne connaissent pas leurs géniteurs.

---

1. *Le Cas Dominique*, Paris, Le Seuil, 1974, p. 239.
2. *Ibid.*
3. Ou, à tout le moins, auxquelles il ne donnait pas, jusque-là, la place et l'importance qu'il leur accorde désormais.

La société qui n'était autrefois pour lui qu'un prolongement de sa famille devient ainsi un monde à part entière.

L'existence de ce nouveau territoire lui donne la possibilité d'avoir deux vies : l'une « à la maison », l'autre à l'extérieur. Et la distance qu'il maintient entre les deux le protège. Elle lui permet d'expérimenter, à l'abri des regards familiaux, les nouveaux modes de relation qu'il vient de découvrir. Installé sur la planète « Amitié », il peut se disputer, se brouiller, se réconcilier. Puis se brouiller encore pour se réconcilier à nouveau, sans risquer les commentaires et les jugements (toujours perturbants) de ses géniteurs ou de sa fratrie. Il a désormais une « vie privée ».

Cette dimension d'« extériorité » par rapport à sa famille, cette possibilité de jouer librement, comme il l'entend, ses cartes, lui est nécessaire dans toutes ses amitiés. Mais elle l'est plus encore quand celles-ci changent de nature et se transforment en idylles. Car l'issue – heureuse ou malheureuse – de ses affaires de cœur influe désormais sur le sentiment qu'il a de sa valeur.

L'espoir de réussir ses relations amoureuses, le fantasme de cette réussite soutiennent en effet, à cette époque, son narcissisme, de la même façon que le soutenait autrefois le rêve de réaliser le projet incestueux.

« Le fantasme de réussir toute éventualité de relation amoureuse et sexuelle non incestueuse soutient le narcissisme secondaire du sujet à partir de la phase de latence et plus encore après la puberté[1]. »

---

1. *L'Image inconsciente du corps*, p. 205.

Il est donc essentiel pour lui qu'aucune intervention extérieure ne vienne perturber l'architecture fragile des amours qu'il construit. À 8, 9 ou 10 ans, l'enfant, intuitivement, le sait déjà : mieux vaut, si l'on veut vivre heureux, vivre caché…

Des « moi auxiliaires »

Mais l'importance pour l'enfant de ses nouveaux amis ne tient pas seulement aux liens d'amitié – ou d'amour – qu'il peut nouer avec eux. Ces « camarades d'épreuve », ces « moi auxiliaires », comme les nomme Françoise Dolto[1], participent aussi activement à sa construction, car ils sont pour lui des points d'appui pour affronter le monde.

Ils lui apportent l'aide dont il a besoin pour entreprendre avec (un peu) moins de craintes le voyage vers l'inconnu qu'est – avec ses adultes qu'il ne connaît pas, ses codes qu'il apprend peu à peu, etc. – l'« extérieur » à sa famille.

Pour l'enfant de cet âge, en effet, « moi et mon copain » est toujours infiniment plus solide et plus sûr que « moi tout seul ». Et, il en est convaincu, face à l'univers impitoyable de la vie sociale, on n'est jamais trop de deux…

1. *Le Cas Dominique*, *op. cit.*, p. 239.

Le temps des « idoles »

Parallèlement à ces attachements bien réels, l'enfant tisse aussi, avec les « habitants du monde extérieur », des liens que l'on peut dire plus imaginaires. La période de latence est en effet le moment où commence pour lui la passion pour les « idoles » : chanteurs, musiciens, sportifs, etc. Ces élus d'un nouveau genre prennent la relève des héros imaginaires de son enfance : des êtres mystérieux – fées, sorcières, elfes, Spiderman et autres Goldorak – dont les pouvoirs inaccessibles le faisaient rêver. Mais, surtout, celle des héros familiaux (papa, maman, le grand frère, la grande sœur…) qui, rassemblant à eux seuls toutes les vertus, lui tenaient lieu d'idéal.

De ces engouements de leur enfant, les parents ont souvent tendance à sourire (et même à rire). Ils ont tort. Contrairement à ce qu'ils croient, ces « autres » que l'enfant adule ne jouent pas pour lui un rôle accessoire. Ils sont au contraire très importants. Car ils constituent des modèles, des « supports identificatoires » qui, n'étant plus inscrits dans le « dedans familial », mais dans la société, lui permettent de découvrir des systèmes de valeurs différents de ceux de sa famille. D'admirer (ou de détester) d'autres conduites et d'autres êtres que celles et ceux qu'on lui a appris à valoriser (ou à mépriser). Cette démarche est essentielle pour lui, car elle est la preuve qu'il bâtit sa personnalité, essaie de se dégager de l'influence parentale et cherche sa propre voie. Avançant ainsi, de valeurs en valeurs, sur le chemin au bout duquel il pourra, un jour, décider des siennes.

Une fragilité narcissique

Tout au long de la phase de latence, l'enfant continue donc à se construire. Et il gagne indubitablement en maturité et en solidité. Mais il garde néanmoins, malgré ces avancées, une très grande fragilité narcissique. Fragilité qui se joue pour l'essentiel dans le rapport à ses parents.

Au cours de ces années, il est en effet amené à abandonner progressivement son enfance et les fonctionnements qui la caractérisaient. Il s'affirme de jour en jour moins dépendant de ses géniteurs, mais il n'est pas pour autant détaché de leur opinion. Et surtout de la façon dont les événements – heureux ou malheureux – de sa vie peuvent les affecter. Sa vulnérabilité est d'autant plus grande que, confronté aux difficultés de sa nouvelle existence, il doute bien souvent de ses capacités : Vais-je arriver à ceci ? à cela ? En suis-je capable ? etc.

Dès lors, s'il voit ses parents trop préoccupés par ses premiers pas dans la vie, s'il les sent trop atteints dans leur propre narcissisme par ses réussites ou ses échecs, ceux-ci, déjà lourds à porter, se chargent d'un poids supplémentaire. La sollicitude parentale alors le freine. Tel le lest d'un ballon, elle l'empêche de décoller, de s'envoler vers d'autres cieux – vers sa propre vie loin d'eux.

« L'expérience des consultations nous montre que les enfants des deux sexes sont encore fragiles et pervertissables (sans que cela soit forcément visible) du fait que leurs réussites ou leurs échecs suscitent des effets dénarcissisants ou, au contraire, narcissisants sur leurs parents. Et, en particulier, sur le parent auquel ils ont encore à se référer – selon leur sexe – pour advenir à une stature d'adulte[1]. »

En fait, à cette étape de sa vie, le soutien et l'attention de ses parents sont, pour l'enfant, indispensables. Mais il a plus que jamais besoin de ne pas être le centre de leur vie, l'unique objet de leurs préoccupations. Il a en effet, au fil des années, développé ce que Françoise Dolto appelle fort joliment une « pudeur symbolique ». Et, de ce fait, le regard que ses géniteurs portent sur sa vie, s'il est trop insistant, le gêne à la façon dont il le gênerait s'il prenait pour objet son corps ou son intimité.

Sa vulnérabilité est d'autant plus grande qu'il perçoit toujours – inconsciemment – les véritables motifs de l'intérêt excessif qu'ils lui manifestent ; et l'ampleur des manques (de leur propre existence) qu'ils tentent ainsi – sans le savoir – de combler.

Désireux de les satisfaire, il en vient donc souvent à s'aliéner à leur demande (inconsciente). Et cette dépendance peut avoir de graves conséquences. Elle peut le conduire à l'angoisse ; à la peur de se montrer heureux si eux-mêmes ne le sont pas. Et même à s'interdire, par culpabilité, de l'être.

Mais il peut tout aussi bien, mû par le désir de les

1. *L'Image inconsciente du corps*, p. 337.

aider, se lancer à l'assaut de réussites qui ne seront pas alors pour lui, mais pour eux, et qui n'auront pour but que de compenser leurs échecs et de leur permettre ainsi d'accéder à un bonheur dont il les sent privés.

En fait, en période de latence plus encore peut-être qu'auparavant, l'enfant a besoin que ses parents aient « une existence à eux ». Expression qu'il convient d'expliciter, car il n'est évidemment pas nécessaire qu'ils aient une vie de rêve, qu'ils vivent ensemble une folle passion ou aient atteint on ne sait quel idéal de « bonheur ». Il s'agit simplement qu'ils soient, nonobstant le moyen choisi par chacun d'eux pour y parvenir, suffisamment « bien » dans leur propre vie pour n'avoir pas besoin de leur progéniture pour la remplir ou la justifier[1].

Faire rimer « présence » avec « absence »

La position des parents lors de la phase de latence est donc, on le voit, particulièrement difficile, puisqu'il leur faut continuer à entourer leur enfant tout en lui permettant de faire seul les expériences qui lui sont nécessaires. Ces exigences contradictoires ne cohabitent jamais sans quelques difficultés.

---

1. Ce qui, évidemment, montre une fois de plus à quel point l'utilisation par l'adulte de ses enfants comme alibi pour ne pas vivre (« je n'ai pas divorcé à cause de mes enfants », « je ne me suis pas remarié(e) à cause d'eux », etc.) leur est préjudiciable.

Pour accomplir leur (lourde) tâche, ils doivent en effet faire une fois de plus s'assembler les contraires ; faire une fois encore rimer « autorité » avec « liberté », « confiance » avec « prudence », et « présence » avec « absence ».

Opération d'autant plus délicate que la situation est, pour eux, plus angoissante encore qu'auparavant, puisque c'est désormais aux dangers d'une vie dont une partie échappe à leur regard – donc à leur protection – que leur enfant est exposé.

À certains parents la route paraît, durant ces années, particulièrement longue, et l'on peut le comprendre. Ils ne sont cependant pas encore – loin s'en faut – au bout du chemin...

L'adolescence

Les difficultés de leur tâche vont se trouver en effet décuplées au moment de l'adolescence de leur enfant. Et il faut, pour prendre la mesure de ce qu'ils ont à affronter, mesurer en quoi consiste pour lui ce « tournant » de son développement.

Une nouvelle naissance

Dans le livre qu'elle a consacré à cette période – *La Cause des adolescents* –, Françoise Dolto compare l'adolescence à une naissance :

« C'est à mon sens une phase de mutation. Elle est aussi capitale pour l'adolescent confirmé que le sont la naissance pour le petit enfant et les quinze premiers jours de sa vie[1]. »

L'adolescence, nouvelle naissance… On pourrait penser l'image banale et même quelque peu éculée. Elle est loin de l'être. Car elle permet, si on la prend au mot, d'appréhender l'une des dimensions les plus importantes de l'adolescence : le désarroi. Ce désarroi total face à lui-même dans lequel se trouve si souvent plongé l'adolescent.

Un « état de naissance »

L'adolescent est en effet en « état de naissance » car il lui faut, à cette étape de sa vie, faire naître en lui – et de lui – l'adulte qu'il doit devenir. C'est-à-dire se mettre ni plus ni moins au monde lui-même, une seconde fois.

• L'épreuve est évidemment perturbante, et le désoriente d'autant plus qu'il souffre, si l'on peut dire, de deux places à la fois, puisque ce nouvel enfantement l'oblige à être en même temps la mère qui accouche et l'enfant qui naît. Il le condamne à se vivre de ce fait comme clivé, comme double. Accroché qu'il est encore par une partie de lui-même aux territoires de l'enfance et entraîné, comme par une vague, par l'autre, vers un ailleurs inconnu. Insaisissable pour les autres, mais avant tout pour lui-même.

• L'épreuve est solitaire. Car, quelle que soit la qualité des soutiens dont l'enfant bénéficie, il ne peut,

1. F. Dolto, *La Cause des adolescents*, Paris, Robert Laffont, 1997, p. 15.

pour la traverser, compter que sur lui-même. De même, en effet, que nul n'aurait pu à sa naissance l'obliger, s'il s'y était refusé, à respirer, de même nul ne peut aujourd'hui le contraindre à cette étrange parturition, ni l'accomplir à sa place.

• L'épreuve est difficile, car il ne s'agit plus de vivre sans l'appui de l'organisme maternel, mais bel et bien d'être capable maintenant d'exister, sur tous les plans, tout seul.

• Et elle est douloureuse, car, aux prises avec sa « nouvelle peau », l'adolescent est aussi perdu que l'est le bébé au moment où, obligé de passer, pour naître, de l'eau à l'air, de l'obscurité à la lumière et du silence au bruit, il voit brutalement disparaître tous ses repères. Et, comme lui, d'ailleurs, il se heurte à la surdité des adultes qui méconnaissent tout autant la souffrance inhérente aux premiers moments de la vie que la complexité de celle qui accompagne toujours les années d'adolescence.

Le temps de l'errance

L'adolescent souffre en effet parce que tout ce dont il était le plus sûr lui échappe. Parce qu'il ne reconnaît plus rien. Il ne reconnaît plus son visage ni son corps qui se transforment (auxquels il ne peut plus appliquer les critères du « beau » et du « laid » qui étaient autrefois les siens). Ni les émotions, troublantes et parfois violentes, qui le submergent. Ni les flambées de désir sexuel qui l'envahissent et qu'il ne peut ni prévoir ni comprendre, et encore moins maîtriser.

Son univers n'est plus le même sans qu'il puisse dire – ni surtout se dire – en quoi il a changé. Quand l'angoisse l'étreint, il flotte dans une atmosphère comparable à certains égards à celle de ces cauchemars dans lesquels les choses familières se transforment imperceptiblement, de façon impalpable. Un de ces mondes où tout devient si indéfinissablement autre que l'on finit par ne plus savoir s'il l'on est bien toujours le même[1]. Ses anciens repères deviennent, l'un après l'autre, caducs. Les portes ne s'ouvrent plus. Il a perdu les codes. Exilé du monde de l'enfance sans se sentir pour autant partie prenante de celui des adultes, assigné à résidence dans le *no man's land* de l'adolescence, il n'est plus de nulle part.

Alors il erre, tel un apatride en mal de territoire, dans la solitude, l'inquiétude et quelquefois la peur.

Et parfois il vacille et même s'écroule[2].

Car, ne reconnaissant plus rien, il ne se reconnaît plus. Il ne reconnaît plus « se », ce « soi » dont il avait appris, au moment du « stade du miroir[3] », qu'il était « lui » ; un redoublement visible (et donc accessible) de lui-même auquel il pouvait, pour s'assurer de sa propre existence, se raccrocher (je « me » sens, je « me » vois, etc.).

---

1. Et ce monde n'est pas, pour qui l'écoute, sans évoquer parfois l'« inquiétante étrangeté » dont parle Freud. Cf. S. Freud, « L'inquiétante étrangeté », in *Essais de psychanalyse appliquée*, Paris, Gallimard, 1971.

2. On voit bien en effet comment, s'il s'ajoute à une histoire familiale déjà lourde, le malaise de l'adolescent peut, s'il n'est pas accompagné, le conduire à des états graves, de type schizophrénique par exemple.

3. Cf. chap. IV.

Ce « soi » est devenu un inconnu bizarre. D'autant plus bizarre qu'en perpétuel changement, il est insaisissable.

Un inconnu l'habite. Tel un squatter venu sans crier gare s'installer là. Cet inconnu le dérange, l'effraie mais aussi le fascine, et le fait en même temps se sentir coupable. Comme il le serait de la présence de quelqu'un qui le gênerait, mais dont il ne pourrait se plaindre, parce qu'il l'a invité. Souvent, tout se mélange dans sa tête, tout se brouille.

Le temps de la fragilité

Cette confusion – sur tous les plans – dans laquelle il baigne le fragilise. Il est, dit Françoise Dolto, comme le homard : ce homard qui perd sa coquille et se trouve, tant qu'il n'a pas sécrété la nouvelle, exposé à tous les dangers : « Pour bien comprendre ce qu'est le dénuement, la faiblesse de l'adolescent, empruntons l'image des homards et des langoustes qui perdent leur coquille : ils se cachent sous les rochers à ce moment-là, le temps de sécréter leur nouvelle coquille pour acquérir des défenses[1]. »

L'adolescent-homard : l'image, on le sait, trop belle pour ne pas fasciner auditoires et lecteurs, a fait florès. Mais son succès ne l'a pas forcément servie. Car la fascination qu'elle a provoquée a peut-être fait perdre de vue le contenu du propos, son importance et surtout son caractère énigmatique.

---

1. *La Cause des adolescents*, *op. cit.*, p. 17.

Car comparer l'adolescent à un homard sans coquille ne revient pas seulement à dire qu'il est (comme on l'a à juste titre retenu) sans protection. La comparaison, si on l'accepte, implique que l'on considère l'adolescence comme un temps qui mettrait à nu une zone de l'« être psychique » qui aurait été, avant cette période, protégée, et qui le serait après. Et suppose que l'on s'interroge.

Quelle serait en effet cette « partie » dévoilée par la perte de la « carapace » ? De quoi serait-elle faite ? De quoi la « carapace » serait-elle synonyme ? De quel type de protection, de défense ?

Il n'est pas dans nos intentions de répondre ici à ces questions (qui pourraient à elles seules faire l'objet d'un livre), mais seulement d'avancer quelques pistes de réflexion. Et, notamment, de souligner que, tel le bébé contraint de quitter la protection du ventre maternel, l'adolescent est obligé d'abandonner – symboliquement – celle que constituait pour lui l'univers familial. Sa famille, en effet, même si elle ne lui offrait pas toujours – loin s'en faut – le confort (psychologique) d'un cocon, était néanmoins pour lui un « contenant ». Elle représentait une limite à sa liberté (limite que désormais il conteste). Mais, en même temps, un point d'appui susceptible de rendre les chutes moins dangereuses, une borne à l'immensité du monde.

Expulsé (par l'adolescence) de cet espace aux balises connues et sûres, l'adolescent n'a plus d'autre répondant que lui-même. Et, à ce titre, il n'est pas seulement semblable, comme Françoise Dolto l'avance, à l'enfant qui naît ; il ressemble aussi à celui qui, échappant pour la première fois aux bras maternels, s'essaie à l'aventure de la marche[1]. Il est seul, confronté à l'espace et au monde. Et il lui faut, reprenant à son compte tout ce qu'il a (bien ou mal) acquis et construit pendant son enfance, se situer seul face à la vie, à lui-même, aux autres, à ses désirs. Et surtout à cette donnée nouvelle, si angoissante pour lui : l'amour sexualisé. Ce sentiment, cet état qui, chaque fois qu'il surgit, fait résonner son corps et tout son être de vibrations inconnues, fascinantes mais aussi inquiétantes. Car, tel un invité venu sans qu'on l'ait convié, le sexe est désormais présent dans toutes les relations. Il s'immisce en leur sein, en modifie les données et rend leurs enjeux plus palpitants, mais aussi plus dangereux. Et, pour affronter ce bouleversement, l'adolescent – même s'il est très entouré – est seul. Comment, naissant à une autonomie qui porte avec elle un tel poids de solitude, garçons et filles ne seraient-ils pas, à cet âge, particulièrement vulnérables ?

Une extrême vulnérabilité

Cette extrême vulnérabilité (et les risques qu'elle comporte), Françoise Dolto ne manque pas de la souligner. Et, reprenant la métaphore du homard, elle suggère même qu'il existerait, à côté de ce que l'on reconnaît classiquement aujourd'hui comme blessures d'enfance, des blessures d'adolescence. Difficilement guérissables car, recouvertes par la nouvelle carapace,

1. Pour comprendre ce que l'accession à la marche met en jeu pour un enfant, on pourra se référer au livre de Denis Vasse, *Se tenir debout et marcher*, Paris, Gallimard, 1995.

elles deviendraient, passé l'adolescence, difficiles à atteindre.

« Mais si, pendant qu'ils [les homards] sont vulnérables, ils reçoivent des coups, ils sont blessés pour toujours. Leur carapace recouvrira les cicatrices mais ne les effacera pas[1]. »

Cette notation de Françoise Dolto n'est pas, loin s'en faut, inutile. Car la gravité des atteintes qu'elle évoque est confirmée par maints patients ; certains la désignent même comme l'origine des maux dont ils souffrent. Mais elle est sous-estimée (et même niée) par nombre d'adultes qui, effrayés sans doute par l'intensité des « douleurs adolescentes », préfèrent les banaliser. Ou discourir sans fin sur les mille et une façons – voyantes, violentes – dont l'adolescent use pour à la fois les exprimer et les masquer.

Il est toujours, on le sait, plus facile de s'attaquer aux symptômes qu'à leurs véritables causes, et donc à leur sens…

Des dangers par milliers

À quoi l'adolescent est-il vulnérable ?

À tout et surtout à tous. À tous les autres qui deviennent, à cette époque, du fait de la sensibilité d'écorché vif, de grand brûlé qui est la sienne, potentiellement dangereux. Ces autres, il les redoute. Parce qu'il sait qu'ils peuvent le violenter :

• d'abord par le regard qu'ils portent sur lui. Ce regard qu'il tente d'exorciser en le provoquant, dans

---

1. *La Cause des adolescents*, *op. cit.*, p. 17.

l'espoir que, fasciné, captivé par son apparence, ses peintures de guerre (son accoutrement, ses cheveux aux couleurs étranges, etc.), il n'essaiera pas de voir au-delà, plus loin. Qu'il n'ira pas fouiller dans ce qui est, pour l'instant, pour lui, impossible à montrer. Aux adultes qui prétendent scruter, sonder son âme, l'adolescent offre, pour se protéger, une façade peinte. D'autant plus piégeante pour eux qu'elle est fascinante. Il s'abrite derrière ce leurre. Non sans raisons : car comment pourrait-il supporter qu'on le regarde, lui qui a tant de mal avec son image ? Lui qui pense si souvent que – au propre comme au figuré – il ne « peut plus se voir » ?

• il a aussi peur des autres à cause de leurs gestes. Parce que ceux-ci peuvent, même s'ils ne sont pas violents, l'agresser. Habité comme il l'est par une sexualité anarchique qui lui échappe à tout instant, tout est en effet pour lui, à cette époque, érotisé. Tout, c'est-à-dire lui, l'autre, son corps et celui de cet autre ; la rencontre, même si elle est anodine, etc. Et, comme tout est – ou peut être – pour lui « érotisable », il soupçonne chez l'autre la même érotisation. Il la souhaite, la guette et, en même temps, la craint. Parce qu'elle risquerait de l'emporter vers des jouissances espérées mais angoissantes. En fait, on pourrait – nonobstant la trivialité de l'image – dire qu'il est semblable à un appareil électrique qui, mal isolé, serait dangereux. À une différence près, cependant : si on le touche, c'est lui qui reçoit les décharges électriques...

• les autres, enfin, sont inquiétants du fait de leurs paroles qui ont souvent, pour lui, valeur d'intrusion.

Parce qu'il se sent très vite violé si l'on franchit la distance impalpable dont il a besoin pour essayer d'exister à côté de ses semblables.

Les autres : points d'appui et « garde-fous »

Pourtant, ces autres, porteurs de tous les dangers, sont, pour l'adolescent, très importants. Car, dans le monde en perpétuel mouvement qui est le sien, ils sont les seuls points fixes auxquels il puisse se raccrocher ; et, de ce fait, ses appuis essentiels.

Les « copains »

Ces « autres », ce sont d'abord ses copains, sa tribu, les garçons et les filles de son âge avec lesquels il partage les codes, les modes, le langage. Et qui sont – il le sait, même si, par pudeur, il évite souvent d'en parler avec eux – comme lui dans l'errance et le doute.

Il garde de la « phase de latence » la croyance en l'amitié. Elle est sa protection face au monde. Son rempart – le dernier et le seul – contre l'errance et la solitude.

Françoise Dolto le dit : « La croyance en l'amitié existe et je crois que c'est quand ils perdent ça qu'ils n'ont plus rien du tout. Seule l'amitié leur rend la vie vivable[1]. »

Les amis restent les « moi auxiliaires » qu'ils étaient

1. *La Cause des adolescents*, p. 51.

déjà dans les années précédentes. Mais ils n'ont plus seulement pour fonction de permettre à l'adolescent l'accès au social. Ils l'aident maintenant à vivre dans les groupes qu'il y rencontre ; à exister en leur sein sans perdre son identité. Sans devenir un anonyme de la « bande », capable seulement de suivre aveuglément les autres.

Appuyé sur les « alter ego » dont il a fait ses compagnons de route, l'adolescent peut garder une conscience de lui-même et de ses limites. Quand il se sent perdu, quand il risque de se dissoudre dans l'anonymat du collectif, il peut, grâce à eux qui l'assurent de son identité, résister.

Du fait de cette fonction nouvelle, la perte de l'amitié est, pour lui, plus terrible encore qu'elle ne l'était auparavant : « L'amitié déçue est la plus grande épreuve de la puberté[1]. » Parce qu'elle n'est plus évaluable seulement en termes affectifs. En perdant un ami, il ne perd pas seulement un être qu'il aime ; il perd un soutien qui l'aidait à tenir – psychiquement – debout.

Quand les parents s'en mêlent

Ces amitiés que noue l'adolescent intriguent les adultes et même les inquiètent. Car elles leur apparaissent souvent comme des compagnonnages de « déboussolés ». Des assemblages d'aveugles et de paralytiques. Et c'est bien ce qu'elles sont parfois. Mais elles l'aident à tenir. À condition qu'eux, les

1. *Ibid.*, p. 52.

adultes, ne s'en mêlent pas ; et ne viennent pas, avec leurs idées toutes faites, et leurs normes, y mettre, comme on dit, leur « grain de sel ».

Il est en effet important que les parents respectent les choix amicaux de l'adolescent. S'ils les dénigrent, la blessure est pour lui immense. Car il n'est pas à même de comprendre[1] que ses géniteurs agissent ainsi parce qu'ils sont inquiets de ses « fréquentations » – qui leur échappent – ou en rivalité (plus ou moins consciente) avec elles.

Ignorant leurs difficultés, il a l'impression qu'ils contestent ses choix, ne lui font pas confiance, mettent en cause sa capacité à avancer seul… dont il doute déjà lui-même. Il pense qu'ils cisaillent en toute connaissance de cause la branche à laquelle il avait réussi à s'accrocher. C'est pour lui angoissant, dénarcissisant et douloureux.

Les adultes extérieurs à la famille

Mais l'adolescent ne trouve pas seulement des points d'appui auprès de ses « copains ». Il en cherche aussi auprès des adultes extérieurs à sa famille.

Ils sont pour lui d'une importance capitale. Car il a – Françoise Dolto, reprenant la métaphore de l'accouchement, le rappelle – besoin, dans l'épreuve qu'il traverse, d'être assisté : « Il faut donc qu'un accouchement se passe de façon facile et, pour cela, soit assisté. Il en est de même pour l'accouchement d'un adolescent. Il a besoin d'être assisté pour garder

1. Sauf si on le lui explique, en thérapie par exemple.

l'auto-maîtrise de lui-même, l'auto-gouverne de son corps[1]. »

Le rôle de ces adultes est essentiel car, du fait de leur appartenance à l'extérieur, au social, leur parole revêt pour lui un poids considérable. L'adolescent, en effet, ne considère pas leurs jugements comme la simple expression d'une opinion personnelle (forcément relative). Il est persuadé que, par leur bouche, la société entière s'exprime et le juge. En bien… ou en mal. Et ce pouvoir qu'il leur prête, cette place qu'il leur donne entraînent chez lui des « transferts », des attachements transférentiels[2] très importants que ces adultes, malheureusement, n'entendent pas toujours comme tels, surtout si les sentiments transférentiels s'expriment sur le mode négatif, c'est-à-dire les met en position d'être les objets élus non pas de l'amour, mais de la « détestation ». D'être, par exemple, ceux auxquels l'adolescent vient préférentiellement se heurter, parce qu'il les sait capables de poser – et surtout de maintenir – une limite qu'il dit honnir, mais dont (inconsciemment) il ressent le besoin.

Ces adultes sont d'autant plus importants qu'ils peuvent, pour l'adolescent, confirmer ou, au contraire, infirmer l'opinion de ses parents. Et l'on mesure, aussi bien dans les thérapies d'adolescents que dans les ana-

---

1. F. Dolto, *Paroles pour adolescents ou le Complexe du homard*, Paris, Gallimard, 2003, p. 128.

2. C'est-à-dire des attachements qui semblent s'adresser à leur personne, mais qui s'adressent en fait (inconsciemment) à autre chose. Ces adultes sont, par exemple (inconsciemment), pour l'adolescent, le père ou la mère (structurants) qu'il aurait aimé avoir.

lyses d'adultes, le poids de ces paroles qui soit ont aidé (parfois même véritablement sauvé) celui qui les a reçues, soit l'ont au contraire précipité dans l'abîme.

Certains adultes racontent ainsi les phrases assassines d'enseignants qui, s'attaquant à leurs capacités intellectuelles ou à leur apparence physique, ont, à l'instar de la goutte de trop, fait déborder un vase déjà trop plein. Et ont été d'autant plus destructrices que non seulement ils n'ont pas, à l'époque, repéré le sadisme de celui qui les proférait, mais que, prisonniers de leurs propres doutes (qu'elles venaient à leur insu valider), ils les ont justifiées. « Ce n'était pas sympa de me le dire. Mais c'est vrai que j'étais moche (maladroit, inhibé, etc.). »

Comment, quand on se sent incapable, malhabile et sans grâce, pourrait-on contester la parole qui stigmatise votre soi-disant « ridicule » ?

Un accompagnement difficile

Mais les adultes extérieurs à sa famille ne sont pas seulement dangereux pour l'adolescent quand ils dénigrent sa personne ou sa conduite. Ils le sont aussi quand ils se prennent de passion pour lui. Ce qui est loin d'être rare. D'une part, parce qu'il est, du fait de l'ampleur de ses problèmes, une surface de projection idéale (chacun peut retrouver en lui le reflet – illusoire – de ses propres errances passées ou présentes). D'autre part parce que l'immensité de sa souffrance et de sa demande fait de lui une proie. Il est facile de devenir « tout » pour un adolescent ; de susciter de sa part un attachement passionné, et de réussir ainsi à se faire, en se prétendant seul à le « comprendre », son maître.

L'accompagnement des adolescents est donc particulièrement difficile. Il impose un souci éthique, une distance toujours interrogée. Et il est toujours – les enseignants et les éducateurs le savent – un travail « à hauts risques ».

L'adolescent et ses parents

Mais, pour problématique que soit la tâche des professionnels qui entourent l'adolescent, celle de ses parents reste de loin la plus ardue. Car (ce que l'on pourrait appeler) les « contradictions internes de leur fonction » sont, à cette époque, plus difficiles à articuler qu'elles ne l'ont jamais été.

Il faut en effet qu'ils consentent, leur enfant étant devenu grand, à ne plus gouverner sa vie. Mais continuent néanmoins à l'encadrer et surtout à l'accompagner.

Agencement des contraires difficile s'il en est…

Une dépossession nécessaire

L'épreuve principale consiste pour eux à accepter de perdre le pouvoir qu'ils exerçaient jusque-là (même s'ils n'en abusaient pas) sur leur fils ou leur fille. Car si l'amour parental n'a de sens qu'à être placé sous le signe de la dépossession, celle-ci atteint, lors de l'adolescence, son point culminant.

L'adolescent ne peut naître en effet une seconde fois qu'à condition que ses parents soient à même de lui donner, eux aussi, une seconde fois la vie. C'est-à-dire supportent que, de cette existence dont ils sont l'origine et qu'ils l'ont aidé à construire, il soit désormais seul propriétaire et, de ce fait, seul responsable. Or cette dépossession est pour eux d'autant plus difficile à vivre qu'elle ne peut être en aucun cas synonyme d'abandon. Car l'adolescent, loin d'être à l'âge où il pourrait se passer de ses parents, a au contraire (en dépit des apparences) plus que jamais besoin d'eux.

Il leur faut donc trouver un autre mode de présence que celui qui avait, jusque-là, présidé à leurs relations. Ils doivent rester à ses côtés et continuer à le « cadrer », tout en lui permettant de devenir de plus en plus capable de se diriger seul. Et ce, sur tous les plans :

• par rapport à lui-même. Il doit par exemple réussir à cette époque à « gérer » seul ses activités scolaires[1]. C'est-à-dire à organiser son travail et son emploi du temps en se fixant lui-même des échéances et en « planifiant », en fonction de ce qu'elles impliquent, ses loisirs. Ce qui suppose évidemment qu'il ait pu « s'approprier » sa scolarité : s'en sentir responsable, avoir une conscience claire de ce qui est en jeu et donc de son avenir ;

• par rapport aux autres. Il doit avoir la possibilité de faire, dans le domaine des relations amicales et amoureuses, les expériences qui lui sont nécessaires.

1. En demandant, s'il en a besoin, de l'aide.

Et ses parents n'ont pas (sauf si elles présentent un réel danger[1]) à s'en mêler. Cette position (que l'on peut dire « d'abstention ») est toujours pour eux difficile à tenir. Car – les erreurs des autres étant toujours plus prévisibles que les siennes – ils se rendent souvent compte, bien avant leur enfant, qu'il (ou elle) court (avec telle « petite amie » ou tel « petit ami ») à l'échec. Et, redoutant qu'il souffre, voudraient le mettre en garde.

Or, à l'adolescence, une telle attitude n'est plus de mise. Les parents peuvent toujours, si l'adolescent sollicite leur avis, lui faire part de leurs doutes et de leurs interrogations. Mais ils doivent renoncer à toute position de savoir et de pouvoir qui viserait, pour lui épargner l'épreuve, à modifier de l'extérieur sa route : « Mais tu vois bien qu'il (ou elle) n'est pas pour toi. Trouves-en un(e) autre ! »

Les adolescents vivent toujours les interventions parentales de ce type comme intrusives, infantilisantes et même humiliantes. Et non seulement elles ne leur sont d'aucune aide, mais, désavouant leurs choix, elles leur font en général perdre le peu de confiance qu'ils avaient en eux.

L'adolescent est à l'âge où il doit avancer seul. Le travail de ses parents n'est donc plus de retirer, pour lui éviter les chutes, les cailloux qui encombrent sa route. Il est au contraire :

• de lui expliquer qu'il n'est pas de chemin sans obstacles ; que les rapports humains sont, pour tout le

---

1. C'est-à-dire un danger pas seulement imaginé, fantasmé par eux.

monde et à tout âge, difficiles ; qu'erreurs et errances sont inévitables ;

• et de l'assurer qu'il est, comme tout un chacun – et avec sans doute les mêmes souffrances –, capable de s'en débrouiller.

Les parents de l'adolescent n'ont pas non plus à essayer de lui épargner les échecs. Et il faut même au contraire qu'ils lui autorisent l'échec en le dédramatisant par avance. C'est-à-dire en posant clairement qu'il ne serait en rien, s'il survenait, le signe d'une incapacité de sa part, mais seulement le prix que chacun doit payer pour vivre. Si l'on ne tente rien, on n'échoue jamais. Mais la sagesse populaire l'a toujours à juste titre rappelé : qui ne tente rien… n'a rien.

Les parents doivent donc supporter de laisser l'adolescent libre de ses engagements, même si ceux-ci ne leur semblent pas judicieux, et même s'ils doivent l'amener à échouer. Et il est surtout important qu'ils comprennent que les déconvenues sont loin d'être pour lui aussi négatives qu'ils le croient. Un échec qui lui appartient est en effet toujours, pour un adolescent – à condition qu'il soit accompagné –, beaucoup plus fécond qu'une réussite qu'il doit aux autres. Car il lui permet de progresser, d'apprendre, à la fois sur lui-même et sur la vie, des vérités qu'il ignorait encore. Aller au bout de son chemin est pour lui le seul moyen de comprendre pourquoi – éventuellement – celui-ci n'était pas le bon. Et de se forger ainsi, peu à peu, une expérience des relations humaines.

Mais, rappelons-le une fois encore, « non-intervention » ne signifie pas, pour les parents, indifférence ou abandon. Il ne s'agit pas pour eux de regarder, cyniquement et sans mot dire, leur enfant s'engager dans des voies sans issue, mais d'être capables, tout en restant présents, de respecter ses choix :

• d'une part, en essayant d'entendre – et surtout de l'aider à entendre – ce qui les motive. Ainsi, si un garçon ne se lie qu'avec des filles qui le « mènent en bateau », il ne s'agit pas de lui conseiller – ou de lui enjoindre – à chaque nouvelle expérience de rompre avec elles ; il s'agit de l'amener à s'interroger sur les raisons pour lesquelles il les choisit et se met ainsi en position d'être régulièrement trompé, meurtri et déçu ;

• d'autre part, en lui permettant de relativiser l'épreuve et de se rassurer sur lui-même. Ce qui, à cet âge où les « tout ou rien » passionnés tiennent lieu de raisonnement – « Mais c'est sûr que je suis nul ! Je n'y arriverai jamais ! » –, n'est jamais simple.

Une telle relation avec ses parents est, pour l'adolescent, structurante. Car, quelles que soient ses difficultés, il trouve, dans l'attention qu'ils lui portent, dans la confiance et le respect qu'ils lui manifestent, de quoi se « renarcissiser » : « Cette fille (ce garçon) m'a plaqué(e) pour un(e) autre. C'est douloureux, mais je ne suis pas "rien" pour autant. Car pour d'autres – et en premier lieu pour mes parents – je compte. Je peux donc repartir. »

En fait, à cette époque d'apprentissage des relations humaines, les parents jouent, pour l'adolescent, le même rôle que, pour le trapéziste, le filet. Ils n'ont pas le pouvoir de lui éviter les accidents, car il ne peut apprendre sans tomber. Mais ils sont là pour « contenir » ses chutes et en limiter les effets.

Par rapport à la société, de la même façon, l'adolescent doit être encouragé à faire seul et en son nom les démarches qu'il a à faire : qu'elles soient (relativement) banales : faire établir une carte d'identité ; chercher, auprès d'un organisme spécialisé, des renseignements sur une carrière ; s'inscrire à un examen, etc. ; ou qu'elles soient, du fait de l'angoisse qu'elles suscitent, plus difficiles : aller, quand des problèmes sont survenus, parler à un professeur, un directeur de collège, un proviseur…

Le but n'est pas seulement qu'il « se débrouille seul », même si un tel projet est pour son avenir très important. Il est qu'il prenne acte de son existence sociale, c'est-à-dire comprenne qu'il n'est plus seulement, pour la société et ses diverses instances, un satellite de ses parents, mais un être à lui tout seul. Et qu'elle le reconnaîtra bientôt – à dix-huit ans, âge de la majorité – comme un citoyen à part entière.

Mais, là encore, autonomie de l'adolescent ne veut pas dire démission des parents. Pour que l'opération réussisse, il faut qu'ils soient présents. Ils doivent parler, soutenir, entourer et éventuellement « houspiller » un peu leur fils ou leur fille (car l'assistance parentale, même si elle est mortifère, peut être confortable…). Mais ne plus accepter de dire ou de faire à leur place ce qu'ils peuvent désormais dire ou faire eux-mêmes.

Cette liberté de pensée, de choix et de jugement de leur enfant est, pour tous les parents, difficile à vivre. Et l'on ne dira sans doute jamais assez que les difficultés qu'ils ont à l'accepter sont normales. On ne peut pas avoir aidé, guidé un enfant, l'avoir – moralement et physiquement – porté pendant tant d'années, et le poser un beau matin à terre en lui disant : « Tu marches tout seul, va où tu veux ! Vas-y ! », sans douleurs et surtout sans craintes.

Ces douleurs, ces craintes et la souffrance que les parents doivent affronter pour les surmonter font tout leur mérite et la valeur de leur tâche. Et démontrent, s'il le fallait encore, l'inanité des conseils à l'emporte-pièce que leur délivrent régulièrement et complaisamment les bonnes âmes de tous horizons : « Mais enfin, monsieur, madame, c'est simple ! Ne vous en occupez plus ! Laissez-le vivre ! » Conseils à la fois stupides et violents. Car ils méconnaissent la complexité du « travail sur soi-même » que chaque parent doit accomplir pour supporter que son enfant dispose à sa guise de la vie qu'il lui a donnée.

Les limites encore et toujours nécessaires

L'autonomie grandissante de leur enfant est, pour les parents, d'autant plus problématique qu'ils doivent l'articuler avec le maintien d'un cadre éducatif qui demeure nécessaire. Avoir le droit de penser et de « gérer » sa vie n'implique pas que l'on ait, même à l'adolescence, le droit de tout faire… Or, les limites sont à cette époque, pour les parents, encore plus difficiles à poser qu'auparavant. Parce que l'adolescent ne cesse – c'est de bonne guerre – de les contester. Et, pointant en permanence chez ses géniteurs des « abus de pouvoir » que par ailleurs ceux-ci redoutent de « commettre », il accroît leur trouble. Les limites parentales sont cependant indispensables – pour plusieurs raisons :

• D'abord parce que l'adolescence est une période « à hauts risques ». La vie des adolescents et leur goût – légitime – pour les expériences nouvelles les exposent en effet à des dangers multiples que, très souvent, ils ignorent. Ou dont ils sous-estiment à tout le moins l'importance. Il est donc primordial que les parents maintiennent sans démagogie, et malgré les protestations (normales) de leur progéniture, un cadre. Respecter la liberté d'un adolescent n'implique pas que l'on soit laxiste. On ne rentre pas, à seize ans, à n'importe quelle heure. On ne passe pas la nuit dehors sans dire chez qui, avec qui l'on est, etc.

• Ensuite parce que l'adolescent doit, à cette étape, devenir capable de conduire seul son existence ; d'être, sur tous les plans, responsable de lui-même. Il lui faut donc, pour ce faire, remettre au travail, en lui, cette donnée essentielle de l'existence humaine à laquelle il s'est déjà, au cours des années précédentes, confronté : tous les désirs sont légitimes, mais tous ne sont pas réalisables. Il doit réapprendre et réaccepter cette loi avec tout ce qu'il est maintenant devenu. C'est-à-dire y soumettre l'efflorescence d'envies nouvelles et multiples qui le submergent. Et, à partir de là, se fixer à lui-même des règles de vie.

Comment un tel apprentissage pourrait-il être possible dans un monde où toutes les limites se trouveraient comme par magie abolies ?

• Enfin, les limites parentales sont, pour l'adolescent, indispensables parce qu'en proie à des transformations multiples il a perdu, nous l'avons vu, une grande partie de ses repères antérieurs. Il court donc, s'il reste privé de cadre, le risque de se retrouver dans l'errance et le vide. Une errance et un vide dont ceux qui en ont été les victimes disent fort bien, en thérapie, à quel point ils étaient angoissants et leur ont été préjudiciables.

• Les exigences de ses parents, que l'adolescent conteste en permanence, font par ailleurs – il faut le souligner – partie intégrante de sa construction ; car elles sont pour lui un point d'appui. C'est en effet en se heurtant à elles qu'il peut définir ce qu'il veut et ne veut plus ; bâtir sa personnalité et devenir ainsi, peu à peu, capable de voler de ses propres ailes.

Contrairement à ce que redoutent souvent les parents, leurs limites et exigences ne sont donc pas pour lui un facteur d'aliénation, mais la condition même de son départ possible, le moment venu, hors de sa famille. On ne peut partir un jour que si l'on s'est construit, et l'on ne se construit jamais en s'appuyant sur du vide…

Quelles limites ? Posées comment ?

Mais les limites dont il s'agit ne sont pas n'importe lesquelles. Il importe plus que jamais qu'elles aient un sens. C'est-à-dire que l'adolescent sente bien qu'elles découlent de lois générales (auxquelles chacun est soumis), et non pas du bon plaisir de ses parents, de leur autoritarisme, de leur impossibilité à le « lâcher », ou de leurs visées incestueuses.

Exiger d'un adolescent une heure de rentrée est normal. Lui interdire systématiquement toute sortie (sous prétexte, par exemple, de « mauvaises fréquentations »), fouiller dans ses affaires (pour savoir ce qu'il fait et avec qui) sont des abus de pouvoir. L'adolescent ne s'y trompe jamais. Il proteste toujours face aux limites. Mais, si elles sont justes et suffisamment expliquées, il finit par les accepter. À l'inverse, il ressent les exigences parentales abusives – dont il n'est jamais dupe – comme une oppression injuste. Et elles ne le conduisent jamais, comme ses parents le croient, sur la voie du « bien ». Car, conscient de l'illégitimité de leurs demandes, il est conduit, dans une telle configuration, à penser que le monde est une jungle, et la loi, l'arme du plus fort. Et il n'a, dès lors, de cesse qu'il ne se soit fait, à son tour, pour ne plus la subir, le maître de cette « loi ».

L'adolescent a également besoin que les limites lui soient posées par des adultes cohérents. C'est-à-dire capables de « tenir parole », de mettre leurs actes en accord avec leurs paroles[1] et surtout de lui prouver qu'eux-mêmes se soumettent aux règles de vie qu'ils lui imposent. « Mon père me demande de le respecter, mais il ne me respecte pas » est une phrase que l'on entend souvent en thérapie. Et elle est toujours proférée dans la douleur. Car l'adolescent, qui doute en permanence de lui-même et de sa valeur, a, plus encore que dans son enfance, besoin d'être fier de ses parents. S'il a le sentiment qu'ils manquent à l'éthique, il ne peut pas l'être. Et ce constat est toujours, pour lui, douloureux et surtout dénarcissisant.

1. C'est-à-dire capables de ne pas pratiquer la reculade systématique : « J'avais dit ça, mais… »

Enfin, il est important que les parents, en même temps qu'ils posent les limites, supportent – sans pour autant reculer – que l'adolescent les critique. Cet exercice de « démocratie familiale » – éprouvant pour les géniteurs – se révèle toujours, à terme, pour l'adolescent, très formateur et enrichissant. Il lui donne en effet la possibilité de se rendre compte que ses parents respectent ses opinions, même si – parce que ce serait contraire à leur « devoir parental » – ils ne les font pas pour autant leurs. « Je comprends que tu ne sois pas content de ce que je t'impose, mais c'est ma responsabilité de parent de te l'imposer. »

Il lui permet surtout de comprendre le sens des limites qui lui sont posées. Quand ses parents (en refusant toute discussion et en lui imposant les règles comme s'il avait cinq ans) infantilisent l'adolescent, il lui est en effet facile de mettre leurs exigences au compte de cette infantilisation (« C'est parce qu'ils me prennent pour un gamin qu'ils veulent que je rentre à minuit »). Et de refuser d'entendre leur pertinence. Dès lors, méconnaissant le danger, il se rue, tel un animal enchaîné qui a réussi à briser ses chaînes, à sa rencontre sitôt que ses géniteurs ont le dos tourné. Et s'y expose le plus souvent sans discernement.

L'indispensable accompagnement

Accepter d'être dépossédé, continuer à mettre les limites... À ces deux « volets » du travail des parents à l'époque de l'adolescence on peut ajouter un troisième qui tient en un mot : accompagner.

Cet « accompagnement », que nous avons déjà évoqué à propos de leur position face aux histoires d'amour (et d'amitié) de leurs enfants, est essentiel. Et l'on pourrait, pour en préciser la nature, le comparer à ce qu'en matière d'apprentissage automobile on nomme aujourd'hui « conduite accompagnée ». La position des parents de l'adolescent n'est pas celle du moniteur qui, nanti de doubles commandes, peut à tout moment intervenir pour prévenir les erreurs du débutant. Ils se tiennent certes à ses côtés et peuvent le rassurer de leur présence et de leurs conseils, mais il est seul à « conduire ». Et doit, de ce fait, affronter la route et ses dangers éventuels en étant seul maître des décisions à prendre.

Le monde, soi et le sexe

À ces interlocuteurs attentifs que sont ses parents, l'adolescent a besoin de faire entendre ses points de vue, de les confronter (parfois violemment) aux leurs, de poser les questions qui l'embarrassent et, quelquefois, le hantent.

Ses interrogations concernent :

• le monde en général : celui qui, immédiatement, l'entoure, et celui, plus lointain, dont il perçoit, par le biais de sa scolarité et des médias, les échos. Échos qui le touchent plus encore qu'auparavant. Car, affronté lui-même à une mutation qui met en jeu la vie, la sexualité et la mort, il est particulièrement sensible à tout ce qui, de près ou de loin, touche à la vérité, au respect des êtres et de leur existence ;

• sa propre personne, ses comportements, les expériences qu'il fait et surtout ses doutes : suis-je beau ? laid ? aimable ? intelligent ? stupide ? Ai-je eu raison d'agir de cette façon ? Ses questionnements portent aussi, bien sûr, au premier chef, sur la sexualité. Dans ce domaine, l'adolescent a besoin d'interlocuteurs (plus expérimentés que lui) à qui il puisse faire part des problèmes qui l'assaillent. Ceux-ci sont multiples. Ils ont pour objet son « fonctionnement », dont il fait l'expérience, celui du sexe opposé (qu'il découvre également), et surtout sa « normalité » : Est-il « normal » de penser, d'imaginer, de faire, de ressentir ceci ou cela ? etc.

Parmi les questions qu'il se pose sur ce qui pourrait éventuellement le précipiter dans le gouffre de ce qu'il fantasme comme « anormalité » s'inscrivent au premier chef celles sur l'« homosexualité ». À cet égard, il importe que ses parents, d'une part, l'aident à penser la question autrement que dans les termes absurdes et sclérosants de la « normalité », et, d'autre part, lui rappellent que la recherche identitaire de l'adolescence passe toujours – et pour tout le monde – par des émois, des attirances pour des personnes du même sexe que soi. Et même par des expériences avec elles, qui ne préjugent en rien de l'avenir. Et qu'il peut donc vivre ce qu'il a besoin de vivre sans craintes et sans culpabilité.

Un accompagnement « sexué »

Mais, rappelons-le, il est important que l'accompagnement parental soit, dans le domaine de la sexualité, sexué. Filles et garçons ont en effet besoin d'interlocuteurs du même sexe qu'eux, qui puissent – parce qu'ils ont vécu, avec un corps semblable au leur, les mêmes problèmes que ceux qu'ils évoquent – en parler avec eux.

• Le garçon a besoin d'un père – ou d'un substitut paternel – à qui il puisse confier sa méconnaissance et sa peur des filles ; son étonnement devant leur corps, leurs réactions, etc.

• La fille a besoin d'une mère – ou d'un substitut maternel – avec qui elle puisse évoquer son rapport à son corps, à la séduction, au regard des hommes ; sa peur des premières relations, de l'acte sexuel, etc.

Et les adolescents des deux sexes ont évidemment besoin d'être rassurés sur leur aptitude à séduire.

Réassurances d'autant plus importantes que chacun a tendance à penser que le partenaire convoité ne peut le voir… que comme lui-même se voit. Et va donc se trouver rebuté par les « défauts » qu'il croit être les siens : « Avec mon nez (ma poitrine, mes jambes, etc.) je ne plairai jamais. »

Malentendu essentiel, générateur de bien des drames. Une fille, par exemple, persuadée qu'elle n'est pas séduisante, s'imagine toujours, si le garçon dont elle rêve ne lui fait pas d'avances, que son indifférence supposée est due au fait qu'il ne lui trouve aucun charme. Et n'envisage évidemment jamais qu'il puisse s'abstenir par peur (des filles en général, ou d'elle en particulier), parce que, de la même façon qu'elle se trouve « moche », il pense, lui, n'être en aucun cas « à la hauteur ». Craignant l'échec, elle fait donc en sorte de l'ignorer. Et, ce faisant, accroît (et même valide) les craintes imaginaires de son (pourtant possible) amoureux. De tels pièges – véritables cercles vicieux – peuvent emprisonner très longtemps les adolescents. Alors même qu'une simple discussion avec un adulte attentif suffit souvent à les en libérer.

Garder ses distances

Mais, si les parents doivent rester à l'écoute de leur fils ou de leur fille à l'heure où il (elle) s'initie à la sexualité adulte, ils doivent aussi faire en sorte, ce faisant, de ne pas mettre à mal l'interdit de l'inceste. Cet interdit impose en effet aux enfants de ne rien savoir de ce qui se passe dans la chambre de leurs parents. Mais il implique aussi que ceux-ci ignorent ce qui se joue dans celle de leurs enfants.

La tâche des parents est donc une fois de plus complexe et subtile, et, de surcroît, parfaitement contradictoire : puisqu'ils doivent, dans le même temps, accompagner l'adolescent dans sa découverte de la sexualité et supporter qu'elle leur échappe, c'est-à-dire éviter aussi bien l'intrusion (« Alors, avec ta nouvelle copine, ça marche ? ») que la trop grande complicité. Celle-ci est en effet toujours, pour l'adolescent, un facteur de régression. Elle l'infantilise, car elle le met en position de « tout dire » (comme lorsqu'il était petit) à ses parents. D'en faire les confidents d'une partie de sa vie qui devrait, à son âge, rester « privée ». Intimité excessive, d'autant plus problématique pour lui que, accordant à ses parents un droit de regard sur sa sexualité, elle revêt inévitablement une dimension incestueuse.

Il est important de le souligner, car les complicités de ce type sont, à notre époque, non seulement très répandues, mais très valorisées. Notamment entre mères et filles. Il n'est pas rare, par exemple, que les premières racontent – aussi bien en consultation que dans la vie – combien, avec les secondes, elles partagent (des vêtements aux confidences en passant par le gynécologue) absolument… tout. Il n'est pas rare qu'elles vantent cette intimité extrême, et s'en montrent d'autant plus satisfaites qu'elle compense, disent-elles, les rapports sans chaleur ni confiance qu'elles ont eus autrefois avec leur propre mère. Or, si les relations avec leur génitrice ont été pour ces femmes certainement difficiles, il n'est pas sûr que celles qu'elles entretiennent avec leurs filles soient, pour ces dernières, comme elles l'imaginent, structurantes.

Il est en effet important qu'une mère, qu'un père répondent aux questions de leurs enfants et discutent avec eux. Mais ils doivent se méfier des proximités excessives, et se montrer à cet égard vigilants. Car l'adolescent ne se confie pas toujours à eux parce qu'il en a besoin, mais parce qu'il est – inconsciemment – persuadé qu'il leur serait insupportable de ne pas tout savoir de lui. Craignant qu'ils ne souffrent, il leur fait l'offrande de ses confidences. Il est donc essentiel, dans ce cas, qu'ils « rectifient le tir » et lui donnent l'autorisation de garder pour lui ce qu'il ne souhaite pas partager : « Je veux bien parler avec toi de tes problèmes, si tu penses que cela peut t'être utile. Mais tu n'es pas obligé de me raconter en détail tout ce que tu fais. C'est ta vie. Cela ne me regarde pas. »

Disons-le encore une fois, évaluer la limite à poser est difficile. Car la frontière entre la confidence « positive » et celle qui peut devenir dangereuse est toujours très ténue. Le problème est donc trop complexe pour pouvoir être résolu par quelques « il faut » catégoriques. Et il y aurait quelque indécence à prétendre, en la matière, donner des leçons. On peut néanmoins inciter les parents à la prudence, car une trop grande proximité avec ceux-ci n'est pas seulement dangereuse pour l'adolescent en ce qu'elle le dépossède de sa vie privée, elle l'est aussi en ce qu'elle risque de bouleverser bien des repères essentiels.

Pris dans l'engrenage du « tout raconter », il peut en effet être amené à faire progressivement passer ses parents du statut d'« interlocuteurs privilégiés » à celui de « meilleur copain » et « meilleure copine ». Changement des plus dangereux. D'une part parce que, annulant – au profit d'une illusion d'amitié – la différence des générations, l'adolescent risque de se retrouver privé d'une véritable présence parentale dont, nous l'avons vu, il a plus que jamais besoin. D'autre part, parce que, nanti de parents qui ne seront plus alors tout à fait des parents, il peut se trouver dans l'impossibilité de les quitter. Trouvant en effet, au sein de sa famille, un équivalent – ou plus exactement un ersatz – de ce qu'il devrait construire hors ses murs, il peut en conclure qu'il n'a aucune raison de partir… Prisonnier du confort leurrant d'un « dedans familial » où tout lui semble possible sans efforts et sans risques, il risque de désinvestir l'extérieur et de devenir peu à peu incapable de nouer, dans la société, des relations.

Les analystes reçoivent ainsi régulièrement en consultation des adultes qui, à trente ou quarante ans, n'ont pour tout horizon relationnel que leurs parents. Et qui s'imaginent en général que leur incapacité à tisser des liens avec des gens de leur âge est cause de cette omnipotente présence de leurs géniteurs. Alors que c'est évidemment cette présence qui, occupant depuis toujours leur « espace affectif », leur interdit d'initier et de développer d'autres relations.

Le conflit nécessaire

Mais la distance qu'il leur faut maintenir entre l'adolescent et eux n'est pas, à cette époque, le seul problème que rencontrent les parents. Car ils doivent aussi supporter qu'il entre en conflit avec eux. C'est-à-dire s'oppose, en les critiquant systématiquement, à tout ce qu'ils disent et font ; conteste leur autorité ; et souvent les rejette avec la plus grande violence.

Cette épreuve que l'on banalise souvent – à tort – est toujours, pour eux, extrêmement pénible ; et même, dans nombre de cas, douloureuse. Car ils ont à cette époque le sentiment que non seulement leur enfant leur échappe, mais que ce qu'ils ont toujours redouté – ne plus être aimés – devient, comme dans un cauchemar, réalité.

En fait – il faut qu'ils le comprennent –, l'amour, pour l'adolescent, n'est pas ici en cause. Même aux pires moments de sa révolte, il ne cesse jamais – on s'en rend compte en consultation – de les aimer. Ce dont il s'agit pour lui, c'est d'affirmation de soi.

Il a en effet besoin de se prouver à lui-même qu'il est capable d'exister seul. Et doit, pour s'en assurer, rejeter tout ce qui l'a jusque-là soutenu. Vouer aux gémonies les contraintes imposées par ses géniteurs, leurs idées, les principes éducatifs qu'ils ont, avec lui, mis en œuvre, leur personnalité, leur mode de vie, etc. Il s'y emploie avec acharnement, revenant, telle la vague qui frappe sans fin le rocher, mille et mille fois à la charge.

Il veut que plus rien ne soit comme avant. Alors, pour être sûr qu'il est devenu « grand », il vide d'un coup et à grand bruit l'armoire de son enfance. Et se fait un devoir d'en jeter ostensiblement, à la face du monde, le contenu (quitte, d'ailleurs, on le sait, à récupérer plus tard, dans les vestiges de ses années passées, ce qui lui conviendra encore...).

Mais, ce faisant, ce ne sont pas ses parents qu'il rejette. Ce qu'il refuse, c'est lui-même : ce « lui » qu'il était avant et dont il ne veut plus. Il s'acharne contre ses géniteurs parce qu'il essaie, à travers eux, de brûler ce qu'il a adoré ; de tordre le cou à son enfance. Parce qu'il est obligé, pour naître enfin à la vie (presque) adulte, d'accomplir la lourde tâche de faire mourir en lui cette enfance.

Une réussite éducative

Il nous faut ajouter que loin d'être, comme les parents souvent le pensent, la preuve de leur échec, ce conflit est au contraire le signe qu'ils ont réussi l'éducation de leur enfant.

Tous les adolescents ont en effet un besoin absolu de cette révolte. Mais tous ne se permettent pas de la vivre :

• soit parce qu'ils ne se sentent pas autorisés par leurs géniteurs à devenir adultes, c'est-à-dire à se déprendre de leur influence pour trouver leur propre voie ;

• soit parce que, ne pensant pas leurs géniteurs suffisamment solides pour supporter l'épreuve, ils les protègent en ne la leur imposant pas ;

• soit encore parce que, doutant de l'amour parental, ils craignent d'être, s'ils se montrent opposants, rejetés.

Ils continuent donc, tels des enfants sages, à s'habiller comme papa et maman le souhaitent. À vivre et à penser comme on le leur a appris. Et étouffent ainsi la vie qui crie en eux, leur devenir en marche.

Nombre d'hommes et de femmes découvrent ainsi sur le divan d'un psychanalyste qu'ils sont, pour leur malheur, restés, sans le savoir, en deçà de ce passage. Et qu'aliénés à leur famille, ils n'ont toujours – à trente, quarante ou cinquante ans – emprunté que des routes qu'elle avait choisies pour eux. Découverte inévitablement bouleversante, car elle oblige ceux qui la font à prendre la mesure de tout ce qui leur a été ainsi volé…

Une navigation difficile

Les parents peuvent donc – même si elle leur impose des moments pénibles – se féliciter de cette révolution bruyante qu'accomplit leur enfant. Elle est la preuve qu'ils l'ont conduit aux portes de la vie adulte, et à cette nouvelle naissance qui, comme le fut la première, ne peut être que violente.

Mais l'adolescence, comme toute naissance, n'est qu'un passage. Et les parents, soucieux de permettre à l'adolescent de le franchir le plus favorablement possible, s'interrogent souvent sur la façon dont ils doivent agir. À ce niveau, une fois encore, leur tâche est difficile. Car continuer à naviguer à ses côtés suppose qu'ils essaient d'éviter deux écueils majeurs :

• Ils doivent en effet, quand il les critique, accepter de discuter. C'est-à-dire supporter, par exemple, de réinterroger l'éducation qu'ils lui ont jusque-là donnée, au lieu de clore le débat par un : « Nous avons tout fait comme il le fallait. Tu n'as rien à nous reprocher. » Un tel refus de la discussion est toujours terrible pour l'adolescent, car l'enjeu des affrontements qu'il provoque est plus important pour lui que ses parents ne le croient. En exigeant qu'ils admettent leurs « erreurs éducatives » présentes et passées[1], il ne

1. « Tu m'as toujours obligé(e), même quand j'étais petit(e), à faire (à manger) ceci ou cela, à aller ici ou là, etc. »

leur demande pas seulement de lui donner raison sur tel ou tel point particulier ; il attend d'eux une reconnaissance de sa personne, et ce geste est d'autant plus complexe qu'il se situe, si l'on peut dire, à deux niveaux : il veut qu'ils prennent acte de ce qu'il est devenu : un individu qui, désormais autonome, ne partage plus leurs idées ; mais aussi qu'ils concèdent qu'il était déjà, lorsqu'il était petit, un garçon ou une fille nanti(e) d'une sensibilité différente de la leur, et dont les désirs et besoins n'étaient pas ceux qu'ils imaginaient.

En fait, ce que l'adolescent réclame lorsqu'il se confronte à ses parents, c'est qu'ils reconnaissent, pour le présent mais aussi, de façon rétroactive, pour ses années d'enfance, son statut de personne à part entière, séparée d'eux et pourvue d'une incontournable valeur.

Quand il énonce sans fin le bilan d'un passé qu'il proclame calamiteux, et somme ses parents d'admettre leurs torts, il cherche, à travers ses reproches, à donner des racines à l'identité qu'il essaie de construire. Et il leur demande, pour l'élaboration de ces racines, leur aide.

• Toutefois, s'ils doivent supporter d'être mis en cause par l'adolescent, ses parents n'ont pas pour autant à accepter d'être harcelés en permanence par lui et mis à tout propos et à longueur de journée en position d'accusés. Certains pourtant y consentent, mus qu'ils sont le plus souvent par une culpabilité inconsciente que son questionnement réactive. Ils ont tort. Car une telle attitude lui est toujours préjudiciable. Elle lui permet en effet de passer insensiblement de la critique – constructive – à la « démolition systématique », et d'entrer avec eux dans une sorte de guerre permanente. Guerre qui, source de jouissance inconsciente, n'est en rien, pour lui, un facteur de libération, puisqu'il est obligé, pour conserver le plaisir qu'il prend (sans le savoir) à son harcèlement, de se maintenir dans un « collage » agressif et problématique avec eux. Laisser la contestation se transformer ainsi en « jeu de massacre » est dangereux.

Le maintien des places

Les parents ne sont pas des « punching-balls ». Il faut que l'adolescent le sache. Et ce, d'autant plus qu'il a besoin, à cette étape de sa vie, que les adultes auxquels il s'adresse aient, comme on dit, du « répondant ». C'est-à-dire lui prouvent qu'ils peuvent, face à lui, exister, lui répondre et, quand il le faut, lui tenir tête. Et il a surtout besoin qu'ils continuent à faire respecter leur place.

On peut faire des reproches (même violents) à ses parents – sans oublier pour autant qu'ils sont... ses parents. Et qu'il n'est donc, pas plus qu'auparavant, possible de leur parler « comme à des copains ».

Contrairement à ce que l'on pourrait croire, ce type d'exigence n'est pas référable au seul exercice de la politesse. Il est, pour l'adolescent, essentiel. Car il lui permet de comprendre qu'il peut s'exprimer sans pour cela mettre à mal un cadre symbolique qui lui est, nous l'avons vu, plus que jamais nécessaire.

Le temps des pièges

Par ailleurs, les parents doivent essayer de ne pas tomber dans les pièges qu'inconsciemment il leur tend. Ce qui est toujours difficile. Notamment dans les cas – ils sont fréquents – où il choisit de faire de son avenir l'enjeu du conflit.

Certains adolescents organisent en effet leur vie future en fonction d'intérêts, de passions nés à la faveur de leur scolarité ou d'activités qu'on leur a permis de faire. Ces désirs peuvent ne pas plaire à leurs géniteurs. Mais ils sont réels et doivent être respectés.

À l'inverse, d'autres, au même âge, ont besoin, pour s'affranchir de la tutelle parentale, de fantasmer des avenirs aussi éloignés que possible de l'univers de leurs parents. Et, pour ce faire, jettent leur dévolu sur des « carrières » qui, loin d'être le fruit d'un réel désir, ne sont là que pour exprimer[1] leur révolte. Le fils de parents athées militants peut ainsi décider un beau matin de se faire moine. Celui dont le père est anarchiste, de s'engager comme militaire, etc.

La position des géniteurs est, dans ce cas, délicate, car la situation présente pour l'adolescent un double danger :

• Il peut en effet, si ses parents, croyant respecter son désir, acceptent son projet, s'engager dans une voie qui ne lui convient pas, et s'en rendre compte – découverte souvent des plus amère – une fois passé le temps de la rébellion.

1. Mais l'adolescent consciemment l'ignore.

• Mais si ses parents, à l'inverse, font acte d'autorité et l'empêchent de faire ce qu'il a imaginé, il peut :

– soit s'entêter pour ne pas leur céder, et se retrouver dans la même impasse que s'ils l'avaient laissé faire ;

– soit, au contraire, par soumission, renoncer, et ainsi (éventuellement) sauver son avenir professionnel. Mais au prix d'hypothéquer, en restant un « enfant obéissant », la construction de son « être adulte ».

Il est donc nécessaire que les parents, quand ils sont confrontés à ce genre de problème, entendent que son choix de carrière n'est, pour l'adolescent, qu'un prétexte. Qu'il l'a – inconsciemment – fait pour tester la confiance qu'ils lui font, leur capacité à supporter qu'il leur échappe et devienne ce qu'il a envie d'être. Et il leur faut, à partir de là, essayer (et ce n'est jamais facile) de déjouer le piège. C'est-à-dire éviter l'interdiction pure et simple qui empêcherait tout débat et, surtout, remettrait l'adolescent en position d'enfant. Et, laissant la possibilité du projet en suspens, changer de terrain et discuter avec lui de sa réalité.

Autrement dit, accepter l'éventualité de la carrière « choisie » : « Effectivement, être moine, ça peut être une idée... », et parler de ce qu'elle implique : « Le problème, évidemment, c'est que ça suppose de ne pas avoir de vie sexuelle, pas d'enfants, etc. Tu y as pensé ? »

Mais, soulignons-le, il ne s'agit en aucun cas, pour les parents, de manipuler, pour l'amener à céder, l'adolescent (ce qui serait pour lui parfaitement destructeur) ; mais de tenter de lui faire entendre qu'ils peuvent respecter sa personnalité et son désir sans pour autant renoncer à discuter ses choix ou ses idées.

Le départ nécessaire

Ce conflit de générations (inévitable) est aussi – il faut que les parents le sachent – nécessaire à l'adolescent, car il est la clef de son départ (le moment venu) hors de la famille.

Départ qui est – ou en tout cas devrait être – le but de toute éducation. Et qui, réussi, est à porter lui aussi au crédit des parents, puisqu'il marque que celui qu'ils ont, tout au long de son enfance, soutenu et aidé à se construire est désormais capable de vivre sans leur appui.

Affronter le vide

Mais cette étape est, on le sait, souvent pénible à vivre pour eux. Signant la fin de leur « accompagnement », elle leur impose une dernière et douloureuse épreuve. Car elle les confronte à un sentiment de vide. Sentiment inévitable et normal – on ne le dira jamais assez –, mais aussi complexe, car il exprime à la fois un désarroi affectif – on ne se sépare jamais aisément de ceux que l'on aime – et un déséquilibre intérieur qu'il va leur falloir pallier.

Tout parent qui voit partir son enfant doit en effet – même si celui-ci n'était par le « tout » de sa vie – trouver à employer ailleurs l'« énergie libidinale » qu'il avait jusque-là investie dans son éducation et dans la relation (si proche) avec lui. Car l'ex-enfant ne disparaît pas – loin s'en faut – de l'univers familial. Mais il aborde les rivages de la vie adulte. Et cela suppose toujours que, passant le pont qui y mène, il laisse sur l'autre rive – celle de son enfance – ses parents.

Son éloignement les oblige donc à modifier leur vie et à faire en sorte qu'elle soit sur tous les plans (affectif, professionnel, social, amical, sexuel, etc.) suffisamment remplie pour être – même sans lui – satisfaisante.

Or, à ce niveau, très souvent, c'est là que le bât blesse. Car nombre de parents ne soutiennent (sans le savoir) leur existence que de leur fonction parentale. N'ayant ni amours, ni amis, ni passions, ni hobbies, ils sont, à l'idée que leurs enfants partent, angoissés, et, redoutant le vide, ils freinent leur envol autant qu'ils le peuvent : « Il est encore jeune. La vie lui fait peur. C'est plus facile pour lui de vivre ici, etc. » Pourtant, ce départ qui consiste pour le jeune adulte non seulement à quitter le domicile parental, mais à prendre sa vie en main, lui est indispensable.

Se séparer une dernière fois

Dans le voyage au long cours que fut son éducation, cette épreuve est la dernière séparation qu'ont à subir – et à lui imposer – ses parents. Et, comme toutes celles qu'ils ont, depuis le début de sa vie, affrontées ensemble, elle est difficile. Car cette naissance (à la vie adulte) ne peut, pas plus que la précédente, s'accomplir sans souffrance de part et d'autre. Mais cette ultime prise de distance est, comme toutes celles qui l'ont précédée, constructive et porteuse de vie.

Pour souligner l'émancipation essentielle que constitue, pour un être humain, ce « décollage » d'avec sa famille, le psychanalyste Jacques Lacan lui confère d'ailleurs le statut d'un nouveau sevrage. Et en fait la condition même de la constitution d'une personnalité : « Tout achèvement de la personnalité, écrit-il, exige ce nouveau sevrage. Hegel formule que l'individu qui ne lutte pas pour être reconnu hors du groupe familial n'atteint jamais à la personnalité avant la mort[1]. »

Les parents doivent donc – c'est leur dernier « travail éducatif » – favoriser le départ de l'adolescent devenu « jeune adulte ».

Il faut néanmoins le noter, cela leur est aujourd'hui – les consultations le prouvent – de plus en plus difficile. Du fait sans doute des difficultés sociales et économiques que connaît notre société. Mais surtout du fait de l'idéologie ambiante et de « l'amour » qui la domine. Quand on « s'aime », c'est bien connu, on ne se quitte pas… Il leur faut pourtant, s'ils veulent aider leur « ex-enfant » à terminer sa construction, non seulement l'aider à partir, mais l'*obliger* à franchir ce pas décisif s'il ne parvient pas, seul, le moment venu, à s'y résoudre. Françoise Dolto le dit clairement : « Les adultes sont là pour aider les jeunes à entrer dans les

1. J. Lacan, « Les complexes familiaux », in *Autres écrits*, Paris, Le Seuil, 2007, p. 36.

responsabilités et à ne pas être ce qu'on appelle des adolescents attardés[1]. »

Continuer à fournir le gîte et le couvert à un « jeune » alors que son travail lui permet de subvenir à ses besoins, l'autoriser à vivre « dedans » ce qu'il devrait vivre dehors – à avoir, par exemple, dans la maison familiale une vie de couple dont la place est à l'extérieur –, c'est en effet le maintenir dans une adolescence interminable qui le coupe de la vie réelle, de son avenir, et donc de lui-même.

C'est, alors qu'il sait marcher, lui proposer le secours d'une poussette. Situation confortable, mais aussi mortifère que leurrante. Et qui ne peut devenir, à terme, pour lui, qu'invalidante.

Une violence salutaire

De ces dangers, les parents sont très souvent conscients. Et il n'est pas rare qu'ils s'inquiètent de séjours au domicile familial qui, alors qu'ils ne sont plus nécessaires, s'éternisent. Mais nombre d'entre eux hésitent néanmoins à contraindre au départ leur fils ou leur fille. Car ils sont – comme il l'ont été lors des étapes précédentes – terrifiés à l'idée de leur faire violence.

Et, sur ce point, ils ont raison : obliger un « jeune » à partir alors qu'il n'ose pas le faire revient incontestablement à lui faire violence. Mais cette violence est non seulement indispensable, mais salutaire.

1. *La Cause des adolescents*, p. 16.

• D'abord parce qu'elle est, si l'on peut dire, dans « l'ordre des choses de la vie ». De la même façon, en effet, que l'on passe neuf mois dans le ventre de sa mère et que l'on ne pourrait sans dommages y rester plus longtemps, on ne peut, sans danger pour soi-même, prolonger indéfiniment son enfance et son adolescence.

• Ensuite parce qu'en dépit des apparences elle est, pour le jeune adulte, profondément rassurante. En effet, contrairement à ce que croient ses parents, ce ne sont pas leurs paroles d'encouragement qui peuvent lui donner foi en ses capacités, cette foi qui lui manque pour partir, mais bien l'obligation de le faire face à laquelle ils le placent. Car elle seule peut lui apporter la preuve – incontournable – qu'ils le pensent capable de vivre sans leur aide.

La contrainte parentale, loin d'être négative, constitue donc, pour lui, un irremplaçable facteur de confiance en lui-même. Et, à ce titre, un point d'appui intérieur déterminant pour le reste de son existence.

Cette importance justifie d'ailleurs que l'on pose qu'obliger un enfant devenu grand à partir n'est pas seulement, pour le parent qui entend mener son éducation à son terme, un droit, mais véritablement un devoir. Le départ de l'adolescent devenu jeune homme ou jeune fille clôt son éducation. Il inaugure une nouvelle ère des relations parents/enfants (que nous n'aborderons pas ici), durant laquelle les protagonistes vont apprendre progressivement à construire entre eux un lien nouveau : celui d'adultes désormais égaux, mais qui demeurent séparés par la différence des générations. Différence qui permet aux uns (les enfants) de demander conseil aux autres (les parents), et à ceux-ci de leur transmettre, de leur expérience, ce qu'ils peuvent pour les aider à « exister » (aussi bien dans leur vie personnelle que sociale) comme hommes et femmes. Et à devenir – s'ils le souhaitent – parents à leur tour.

Le relais de la vie ainsi passé, on pourrait dire : tout est bien qui finit bien. Et qui ne finit bien que pour commencer plus loin, aussi bien...

Mais, avant de refermer, en même temps que le chapitre sur l'adolescence, la porte de ce domicile familial qui fut si longtemps le « chez moi » de l'enfant puis de l'adolescent, il nous faut faire un (bref) retour en arrière pour évoquer les difficultés qui, on le sait, amènent certains d'entre eux à déraper ; et les empêchent de prendre, comme ils le devraient, leur envol.

De la fragilité à la fracture : les pathologies de l'adolescence

Les problèmes psychologiques de l'adolescence sont en effet nombreux et tiennent, pour la plupart, aux difficultés relationnelles que garçons et filles rencontrent aussi bien dans leur famille qu'à l'extérieur. Ces difficultés sont (quasi) inévitables et peuvent, à ce titre, être dites normales. Mais elles sont susceptibles de rendre problématique – voire impossible – leur dialogue avec leurs parents. Et donc de les contraindre à une solitude qui les rend particulièrement vulnérables.

Une énigme vivante

Nombre de parents arrivent ainsi en consultation profondément déstabilisés, en proie à un sentiment de totale impuissance. Car tout se passe comme si leur enfant, face auquel ils pouvaient jusque-là – même si ce n'était pas toujours facile – se situer, avait tout à coup disparu pour laisser place à un être étrange et étranger dont ils ne comprennent plus les réactions et qui devient pour eux, de ce fait, une sorte d'énigme vivante.

Ses attitudes les déconcertent et les blessent, car ils se sentent rejetés. Ils ne parviennent plus à le comprendre, à le saisir. Ils ont le sentiment que tout contact avec lui est rompu ; qu'il leur échappe chaque jour un peu plus. Il n'est plus, leur semble-t-il, attaché à rien, et surtout pas à eux. Ils ont l'impression qu'il flotte et n'est en permanence que de passage.

Cet éloignement qu'ils perçoivent devient, avec lui, source d'incessants conflits. Car, essayant de le ramener à la fois « sur terre » et à eux, ils le lui reprochent sans cesse : « Où es-tu ? À quoi rêves-tu ? Pourquoi ne peux-tu pas être avec nous ? » Etc.

Cet aspect du rapport de l'adolescent aux adultes en général et à ses parents en particulier fait partie du malentendu qui préside à leurs relations. Car son isolement (dont il n'est pas forcément conscient) n'est pas – même s'il les agresse – dirigé contre eux. Il ne refuse pas, en effet, d'être avec eux. Il n'est pas, comme on l'en accuse (dans sa famille, au collège, ou ailleurs), « de passage ». Il est *dans* un passage. Rien n'est sûr pour lui. Et c'est son instabilité, son incertitude, son errance et sa peur qu'il fait à son insu – et à leur insu – passer aux adultes. Et qui, parce qu'elles les déstabilisent profondément, les angoissent.

La parole dangereuse

Le « blocage de la communication » dont il souffre tient également au rapport nouveau qu'il entretient, à cette époque de sa vie, avec les mots (les siens et ceux des autres).

À cette étape, en effet, la parole des adultes est souvent ressentie par lui comme angoissante. Et il tente de s'en protéger. Car, alors que tout bouge en lui et autour de lui, alors qu'il n'est que mouvement, très souvent elle le « cloue sur place ».

Ses aînés – parents, enseignants, proches – sont en effet soucieux de l'aider, et, pour ce faire, essaient en général de mettre des mots sur ce qui (ils le supposent) l'agite ou le désespère. Mais ils le font – là est le problème – alors qu'il est encore, lui, dans l'incapacité de cerner les contours de ses douleurs. De ce fait, toujours en avance sur lui et voulant, pour lui, nommer sa souffrance, leurs mots le fixent – le figent – à une place qu'il ressent comme n'étant pas la sienne.

« Ma mère dit toujours que je suis mal dans ma peau. Et mes profs disent la même chose. Mais ce n'est pas ça. Je ne sais pas ce que c'est. Mais ce n'est pas ça ! »

En fait, la parole des adultes, à cette époque, est (souvent) problématique pour l'adolescent, parce qu'ils l'utilisent comme ils le faisaient pendant son enfance : sur le mode de l'anticipation. Or, durant l'enfance, l'anticipation de la parole parentale est, pour l'enfant, positive, parce qu'elle lui permet d'avancer. Et constitue même l'un des facteurs essentiels de son évolution. C'est en effet parce qu'une mère parle à son bébé alors qu'il ne peut, lui, pas encore le faire, que, peu à peu, il parvient à la parole. C'est parce qu'elle lui dit qu'il existe qu'il prend conscience de son existence, etc. Mais, à l'adolescence, ce type de fonctionnement n'est plus opérant et peut même devenir invalidant. Car, à cette étape, l'adolescent ne peut plus se contenter de mettre, pour avancer, ses pas dans ceux de ses aînés. Il ne peut plus en rester à leurs énoncés. Il lui faut trouver les siens et apprendre à parler seul en son nom, avec tous les risques que cela suppose.

Le temps du silence

Le (difficile) chemin pour y parvenir passe inévitablement, pour lui, par un temps où sa parole n'est que silence. Les « vieux mots », en effet – ceux de l'enfance –, sont morts (« aimer », par exemple, n'a plus le même sens qu'autrefois). Et les nouveaux ne sont pas encore advenus. Il est donc sans mots. Et vit, au niveau du langage, dans une sorte d'« informe de la nomination » (parallèle à l'« informe », à l'« entre-deux formes » de son corps), dans un « impossible à nommer ».

C'est un moment difficile à vivre pour lui, mais positif. Parce que cette alternance d'informe et de silence, pour douloureuse qu'elle soit, lui appartient en propre. Parce qu'elle est à lui. Parce qu'elle est « lui ». Le « non-informe », la « forme » que, croyant l'aider, les adultes lui proposent est problématique parce qu'elle risque de venir occuper la place que devrait pouvoir prendre, plus tard, sa « forme » à lui. Elle est négative, comme l'auraient été les bras d'un adulte s'ils s'étaient, quand il était petit, efforcés de le soutenir encore alors qu'il était devenu capable de marcher seul. Elle est pour lui un handicap, une aide dont il n'a plus besoin ; qu'il accepte parfois parce qu'elle lui donne une impression – provisoire et illusoire – de sécurité, mais qui l'empêche, en fait, de trouver le moyen de marcher sur ses propres jambes.

S'ils veulent aider l'adolescent, ses parents doivent donc – sur ce plan-là aussi – inventer un autre mode de présence que celui dont ils ont, tout au long de son enfance, usé. Ils ne peuvent plus dire pour lui. Et ne peuvent qu'être à ses côtés, attentifs, aimants et vigilants. Avec des mots qui l'accompagnent, mais ne prétendent jamais ni le précéder ni dire, à sa place, sa vérité.

Ils doivent être attentifs à sa sensibilité à la parole que Françoise Dolto[1], pour en souligner l'importance, compare à celle du bébé. Ce bébé dont on ne sait pas, dit-elle, qu'il entend tout ce qui est dit de lui, et qu'il peut, de ce que ses oreilles enregistrent, rester marqué sa vie entière.

1. *La Cause des adolescents*, p. 16-17.

La mort en filigrane

Si l'adolescent inquiète ses parents du fait de son rapport au langage, il les angoisse aussi à cause de celui, tout à fait particulier, qu'il entretient avec la mort. Et qu'ils ressentent toujours, même s'il ne s'exprime pas, chez lui, par des idées explicitement suicidaires.

Ce rapport à la mort, inhérent à l'adolescence, est difficile à vivre aussi bien pour lui que pour ses parents. Mais il s'explique. L'adolescence comporte en effet, comme toute mutation, une dimension de mort : celle – inévitable – de la période qui l'a précédée. À l'instar de la naissance qui signait la fin de la vie intra-utérine, elle marque la fin de l'enfance. Une époque meurt pour qu'une autre advienne…

Cette mort qui imprègne l'adolescence ne cesse de s'y décliner de maintes façons :

• Elle y est présente d'abord parce que sa naissance à la vie adulte réactive (inconsciemment), pour l'adolescent, le risque de mort qui a présidé à sa venue au monde. Risque de mort inhérent à l'opération puisque – il faut s'en souvenir, et Françoise Dolto le rappelle – le fœtus ne peut devenir bébé qu'au prix de « risquer sa peau » : « Le fœtus risque sa peau. Sans quoi, il ne naîtrait pas. S'il ne s'asphyxiait pas, il ne pourrait pas commencer le travail de l'accouchement. Il faut donc qu'il risque de mourir. Et, en effet, il meurt en tant que fœtus pour devenir un nourrisson. Mais il y a un risque[1]. »

---

1. *Paroles d'adolescents ou le Complexe du homard*, *op. cit.*, p. 126.

• La mort est également présente pour l'adolescent parce qu'elle habite – sans qu'il le sache – le registre (si important pour lui à cette époque) de l'amour. Son « premier amour », porteur de tant de découvertes, d'avancées, de promesses et donc de vie, se joue en effet toujours, lui aussi, sur fond de mort puisqu'il sonne – à son insu – le glas des liens incestueux de son enfance.

• Enfin, la mort est, à l'adolescence, incontournable, parce que l'adolescent signe avec la vie, à cette étape et en son nom, un pacte qui renouvelle celui qu'il avait passé avec elle en naissant. Or, accepter de vivre, c'est accepter de mettre, dans les cartes de son jeu, la mort. C'est – qu'on le sache ou non – exister avec elle ; pour elle ; et, pourrait-on dire, malgré elle.

Cela, intuitivement, l'adolescent le sait. Il pressent que devenir adulte implique de se situer face à la mort autrement que durant son enfance, cette époque où, abrité derrière ses parents, ses grands-parents, parfois même ses arrière-grands-parents qu'en premier lieu elle visait, il n'était pas obligé de penser qu'un jour lui aussi disparaîtrait. Et n'avait en aucun cas à prendre conscience de sa finitude.

Cette place nouvelle donnée à la mort fait partie de ce qu'il a inconsciemment à affronter. Et il a besoin que ses parents l'assistent : qu'ils l'aident à mettre cette mort à sa place, à accepter de vivre avec elle. Mais aussi à mesurer son importance. Tâche parentale essentielle, car l'adolescent, à cette époque de sa vie, ne dissocie pas toujours la mort réelle du fantasme qu'il en a. Et il a tendance, pris dans une sorte d'exaltation, à l'utiliser lorsqu'il a des problèmes comme si elle était la seule solution, la seule issue possible à la souffrance.

Il n'est pas rare, ainsi, d'avoir, en thérapie, à lutter pied à pied avec un adolescent pour contrecarrer ses : « De toute façon, si "ça" (cet amour, ce projet, etc.) ne marche pas, je me tuerai. » Parce qu'on entend très bien qu'il pourrait – même s'il n'est pas dans un moment particulièrement « suicidaire » – mettre sa menace à exécution. Par romantisme, par passion ou par défi. Parce que la mort est pour lui un objet de fascination, voire un instrument de toute-puissance magique. Capable d'effacer – serait-ce au prix de sa propre disparition – un trop-plein de douleur.

Le rapport de l'adolescent à la mort est complexe. Il est toujours à prendre au sérieux. Il n'est jamais sûr, en effet, qu'un adulte qui annonce son envie de mourir ne passe pas à l'acte. Mais le danger – les « soignants » le savent – est bien plus grand encore avec un adolescent. En de telles circonstances, il a besoin non seulement qu'on lui parle, mais qu'on lui offre (tout en respectant la distance nécessaire) présence et chaleur. Il a besoin d'un « bain de vie », d'un « contenant » qui, le rassurant sur sa valeur et sur la place qu'il occupe pour l'autre, lui permette de mesurer la gravité de l'acte contre lui-même qu'il pourrait commettre.

Les pathologies de l'adolescence

Cette fragilité de l'adolescent, que l'on mesure, nous venons de le voir, lorsqu'il parle de sa mort possible, est pour lui la porte ouverte à tous les maux. Car les « failles » – normales – de cette époque peuvent, dans certains cas, se transformer en fractures. Les problèmes sont alors nombreux, et s'expriment en général soit par la violence, soit, au contraire, par le repli sur soi. Quant à leurs causes, elles sont multiples.

L'héritage de l'enfance

Certains proviennent en droite ligne de ce que l'adolescent a vécu pendant son enfance.

• L'éducation qu'il a reçue peut en effet porter atteinte à ses possibilités d'autonomie. C'est le cas s'il a été, par exemple, trop « couvé », trop assisté. Car il est alors dans l'incapacité de se débrouiller seul ; il n'a pas de « copains ». Et aborde donc avec un lourd handicap un tournant de sa vie pour lequel il n'a pas été préparé.

• Elle peut aussi influer sur le développement de sa sexualité. Le bouleversement sexuel de l'adolescence remet en effet en scène tout ce qui s'est (bien ou mal) passé avant et pendant l'œdipe. Si l'interdit de l'inceste n'a pas été clairement posé, si l'adolescent a vécu dans un climat incestueux, l'accès à la sexualité adulte peut être pour lui plus difficile encore qu'il ne le devrait. D'une part, parce que la séduction de personnes extérieures à sa famille (qui lui a été – de fait – jusque-là interdite) peut lui sembler à la fois impossible et dangereuse ; d'autre part, parce que les émois nouveaux qu'il éprouve, le renvoyant inévitablement à ceux – incestueux – de son enfance, font naître en lui une culpabilité inconsciente qui l'angoisse et l'inhibe.

Confiné dans sa famille, il peut donc être terrifié à l'idée d'avoir, hors ses murs, des relations sentimentales et sexuelles, et se replier sur la masturbation. Celle-ci devient alors très vite un piège. Car, lui rendant de plus en plus difficile l'abord de celles (ou ceux) qu'il convoite, elle l'installe progressivement dans une impasse. Et accroît notablement son inquiétude : les fantasmes qui la sous-tendent restant (au moins en grande partie) incestueux.

La sexualité se réduit donc peu à peu pour lui à cette pratique qu'il vit mal parce qu'il la juge honteuse. Elle devient une sorte de prison et il s'y enferme dans la solitude et la culpabilité.

Condamné ainsi par lui-même à l'isolement, il peut même en venir à des actes qu'il réprouve et qui vont accroître encore son mal-être. Certains adultes racontent ainsi, en analyse, que, pris dans des configurations familiales de ce type, ils ont eu, à cette époque, des rapports érotisés avec les animaux familiers (chats ou chiens) de la maison (ils les utilisaient pour se caresser ou tentaient même de les masturber). Rapports qui, contrairement à ce dont ils s'accusent, n'avaient rien à voir avec un penchant pour la zoophilie, mais seulement avec leur errance et leur désespoir de « devenant adultes », d'adultes en herbe qui, ayant été, dans leur enfance, abandonnés à leurs pulsions, privés de toute parole structurante et relégués dans une sorte d'animalité sinistre, se trouvaient dépassés par le renouveau pulsionnel qu'ils sentaient en eux. Et totalement incapables de le « gérer ».

Françoise Dolto évoque clairement ces adolescences douloureuses et honteuses : « Les pulsions sont vécues sans mots, sans images. Le corps est ému. Ils ne savent quoi en faire, ni à qui en parler. Et cela peut susciter des comportements pervers, souvent compulsifs et masturbatoires, dont ils se sentent coupables et à travers lesquels ils évitent en fait le travail d'arriver à leurs fins. C'est-à-dire de parler, de rendre visite à celui (ou celle) qu'ils aiment dans leurs fantasmes et dans le secret de leur masturbation[1]. »

• Mais l'« héritage » de la période précédente peut aussi se manifester dans un registre autre que celui de la sexualité. Car l'adolescent peut, à cette étape, développer des problèmes dus au fait qu'il a – dans son enfance et sans que cela soit, pour ses proches, perceptible – repris (inconsciemment) à son compte les difficultés de tel ou tel de ses parents auquel il s'est identifié. Certains garçons (ou certaines filles) développent ainsi des « dépressions » dont on se rend compte en thérapie qu'elles ne sont pas les leurs, mais celles de leurs pères ou de leurs mères qui les ont, toute leur vie, tant bien que mal « colmatées ». Et qui – parce que ces difficultés datent en général de leur propre enfance – n'en ont jamais mesuré la profondeur.

Identifié à la souffrance de l'un de ses parents, l'adolescent se trouve donc, au moment où il aurait besoin, pour aborder la vie adulte, de toutes ses forces de vie, lesté d'un poids de mort qui ne lui appartient pas. Ce poids est parfois si lourd qu'il le fait chuter. Et peut même, dans les cas extrêmes, le mener à des tentatives de suicide. Tentatives qui paraissent alors tou-

1. *L'Image inconsciente du corps*, p. 338.

jours inexplicables à l'entourage, car rien, dans la vie réelle de l'intéressé, ne semble pouvoir en être cause.

Les difficultés au moment de l'adolescence

D'autres adolescents n'abordent pas l'adolescence avec un aussi lourd passif. Car leur enfance s'est passée sans trop de difficultés, mais ils sont perturbés par ce qu'ils doivent, lors de cette étape, affronter.

Certains parents rendent en effet très difficile – parfois même impossible – le passage de leurs enfants à la vie adulte :

• soit parce qu'ils refusent de perdre le pouvoir qu'ils avaient, durant leur enfance, sur eux, et, multipliant les interdictions abusives, font preuve d'un autoritarisme qui leur rend toute vie impossible ;

• soit parce qu'en rivalité inconsciente avec eux, ils ne parviennent pas à supporter leurs réussites ou leur accès à des domaines qui leur ont été, à eux, interdits par leurs propres parents (« À son âge, madame, moi, je travaillais déjà depuis longtemps ! ») ;

• soit encore parce qu'ils se montrent incestueux, ou – ce qui est une autre façon de l'être – « copains ». C'est-à-dire annulent la différence des générations pour s'offrir, par l'entremise de leur fils ou de leur fille, une deuxième jeunesse (« Ce n'est pas possible ! Ma mère me prend mes tee-shirts et elle drague mes copains ! »).

D'autres adolescents souffrent parce qu'ils sont soumis, dans leur famille ou au-dehors, à des agressions qui peuvent viser leurs capacités intellectuelles ou leur aspect physique, et leur infliger des blessures narcissiques, particulièrement invalidantes à cette période.

Mais elles peuvent aussi présenter un caractère ouvertement sexuel. Certains adolescents racontent ainsi les souffrances insupportables causées par les regards concupiscents dont ils sont l'objet de la part des adultes. Ou par les remarques déplacées que ceux-ci leur font sur leurs « poils de barbe qui poussent » ; leurs « seins qui pointent » ; leurs « poils pubiens », etc. Remarques dont on ne dira jamais assez à quel point elles sont, à cet âge, destructrices.

D'autres ont à subir dans leur vie privée (et notamment sexuelle) des intrusions incessantes qui leur donnent le sentiment d'être mis à nu, transparents aux adultes et privés de toute intimité.

D'autres enfin pâtissent d'une absence d'accompagnement qui les laisse seuls face à leurs peurs, lesquelles sont, à cette époque, si nombreuses. Peur, chez les filles, de la taille du pénis des garçons, de la pénétration, de l'accouchement, etc. Peur, chez les garçons, de leur ignorance du corps des filles, de leur propre inexpérience, du ridicule, de l'impuissance, etc. Et, chez les deux sexes, peur (nous en avons déjà parlé) de l'« homosexualité ». Des émois suscités par les ami(e)s du même sexe. Émois fréquents, car ces « homosexualités » (très souvent transitoires) font partie, à cet âge, de la recherche de soi. Elles sont une façon de passer, pour identifier ses propres émotions, par un corps identique au sien. Et ont donc, à ce titre, valeur de rencontre non pas avec l'autre, mais avec soi-même.

Françoise Dolto le dit clairement : « Il y en a certains qui, effectivement, vont se découvrir cette particularité et devoir s'assumer comme tels, mais c'est pour la plupart une expérience transitoire. Elle fait partie du passage. C'est une expérience narcissique. Ce n'est pas une expérience homosexuelle. C'est soi-même avec soi-même. Un moyen de connaître ses sensations avec un double de soi, mais ce n'est pas encore une relation procréatrice avec un autre. C'est une relation épidermique. C'est un frôlage, ce n'est pas une rencontre vraie[1]. »

Ces expériences sexuelles avec un être semblable à soi ont pour chaque sexe une fonction. Elles peuvent être, par exemple, pour certaines jeunes filles que leur mère n'a pas pu aider à « s'aimer », une façon – inconsciente – de signifier qu'un corps de femme est « aimable » ; et leur servir, à ce titre, à reconstruire, à restaurer une féminité dont la valeur n'était pas, jusque-là, assumable par elles. Pour un garçon, elles mettent souvent en place une complicité (avec un être du même sexe qu'eux) qu'ils n'ont pas pu avoir avec leur père, et qui pourtant leur aurait permis, en étant pour eux un point d'appui, de tempérer leur peur des femmes[2].

Toutes ces difficultés peuvent arrêter l'adolescent dans sa course, l'empêcher d'atteindre sereinement l'âge adulte, et même le faire régresser.

---

1. *La Cause des adolescents*, p. 164.

2. Pour comprendre cette dimension – essentielle – de la fonction qu'occupe, pour un garçon, un père, on se reportera à l'article de Michèle Montrelay, « L'entame paternelle », in *Che vuoi ? Revue de psychanalyse*, n° 2, Paris, L'Harmattan, 1994.

L'envol empêché

Enfin, une dernière catégorie de problèmes survient quand la route vers l'avenir est, pour l'adolescent, barrée ; quand il est « empêché » de partir.

L'obstacle des parents

Il peut l'être par ses géniteurs s'ils entendent le garder près d'eux et, pour ce faire, jouent de la culpabilité. Arme terrible qui, on le sait, fait mouche à tout coup. Oubliant qu'ils n'ont fait, en l'élevant après l'avoir mis au monde, qu'accomplir leur « devoir parental », certains parents font ainsi croire à leur enfant qu'il est, envers eux, en dette. Qu'il leur « doit » tout ce qu'ils ont, selon la formule consacrée, « fait pour lui ». Dette impayable s'il en est et, de plus, absurde, puisqu'elle revient à exiger de lui qu'il « rende » la vie même qu'ils prétendent par ailleurs lui avoir donnée, mais dette à laquelle croient, pour leur malheur, bien des jeunes adultes qu'elle conduit à laisser, pour la « rembourser », leur existence en jachère : « Après tout ce que mes parents ont fait pour moi, je ne peux pas les laisser tout seuls. Je ne partirai pas en Angleterre faire cette école. Je vais en trouver une ici… »

Par rapport à cette « créance » (supposée) qui enchaîne si souvent les enfants à la névrose parentale, Françoise Dolto était – à juste titre – impitoyable : « Certains parents pervertissants, écrit-elle, parlent sans cesse de sacrifices faits à leurs enfants : ces sacrifices sont en fait inhérents à leur responsabilité de parents et n'entraînent donc aucune dette de leurs enfants vis-à-vis d'eux[1]. »

Et elle ne manque jamais de souligner le caractère destructeur de ce « dû » revendiqué par les géniteurs. Posant même – là encore, avec raison – qu'il est susceptible d'hypothéquer l'avenir des générations suivantes : « Si [...] les parents revendiquent à la période de latence, et encore plus à l'adolescence, un dû d'amour et de reconnaissance, il y a dommage pour leur enfant ; et, par les effets à long terme de cette culpabilité, dommage pour leurs petits-enfants[2]. »

Sortant l'offrande (d'amour, de travail, d'argent, de temps, etc.) que font les géniteurs à leur progéniture de l'ornière de la culpabilité, elle la resitue à sa vraie place : dans la chaîne de la vie. Cette vie qui sans fin circule de génération en génération. Parce que les parents la reçoivent de leurs propres parents pour la transmettre à leurs enfants qui, à leur tour, en feront don, le jour venu, aux enfants qui leur viendront.

Et Françoise Dolto poursuit par cette phrase dont tout analyste (parce qu'il sait le poids d'errances et de souffrances qu'elle pourrait, si elle était comprise, éviter) souhaiterait qu'elle soit inscrite dans les bureaux d'état civil, et lue par les familles qui viennent, lorsqu'un enfant « paraît », l'y déclarer : « S'ils [les parents] veulent enseigner à leur enfant le respect qu'il leur doit, ce n'est qu'en lui donnant l'exemple de res-

1. *L'Image inconsciente du corps,* p. 206.
2. *Ibid.*

pecter sa personne. Leur enfant en tout cas ne leur "doit" rien. C'est à ses enfants qu'il (ou elle) fera – devenu père ou mère – ce que ses parents ont fait pour lui (ou elle)[1]. »

L'obstacle de la société

Mais l'envol de l'adolescent peut aussi être empêché par la société. C'est le cas quand – lui barrant, du fait du chômage, la route vers l'avenir – elle l'oblige à rester, pour survivre, au domicile parental.

Chacun connaît ce drame social. Et les portraits, si souvent faits dans la presse, de ces jeunes qui, dans les quartiers dits « défavorisés », en sont réduits à, comme ils disent, « tenir les murs ». Expression terrible qui dit l'image d'inutilité radicale que leur renvoie d'eux-mêmes notre société, et qu'ils font leur. Mais aussi le monde à l'envers dans lequel on les contraint à vivre. Car ces murs qu'ils disent « tenir » alors que l'on s'attendrait, aux termes d'une acception commune, à ce qu'ils leur servent d'appui, sont un symbole : celui de l'absence totale de soutien à laquelle les condamne le monde des adultes.

Ce problème si souvent évoqué du chômage d'une grande partie de la jeunesse, Françoise Dolto ne manque pas de l'évoquer. Mais elle a le mérite d'aller plus loin. Et de l'éclairer bien au-delà des repères sociologiques dont on use généralement pour en rendre compte. Elle montre en effet le retentissement qu'a, sur le développement psychologique de

1. *Ibid.*

celles et ceux qui la subissent, cette exclusion du monde du travail. Et permet ainsi de prendre la mesure du « gâchis humain » qu'elle implique, des destructions individuelles qu'elle provoque : « Les difficultés économiques actuelles de nos pays à fort chômage, écrit-elle [dans un livre qui pourtant date de plus de vingt ans], sont dramatiques pour les jeunes, parce que beaucoup y régressent à un narcissisme prégénital[1]. »

Le jeune adulte, explique-t-elle, que l'accès à la sexualité adulte – « génitale » – pousse vers l'extérieur à sa famille[2], se voit arrêté dans son élan, puisque le manque d'emploi l'empêche de gagner l'argent qui lui permettrait de partir.

Il ne peut donc appuyer, comme il aurait besoin de le faire, son narcissisme – c'est-à-dire l'idée qu'il se fait de lui-même et de sa valeur – sur des réalisations socialement reconnues et en accord avec son âge. Il est privé par exemple de la fierté – si importante et si structurante – de « décrocher son premier job » ; d'être remarqué pour ses succès ou engagé par une entreprise à l'issue d'une période d'essai.

Il est donc obligé, pour garder en lui la certitude qu'il « vaut » quelque chose, de se rabattre sur ce qui pouvait autrefois le valoriser. C'est-à-dire sur une image d'un « lui plus jeune ». Mais, outre que cette image ancienne – décalée par rapport à ce qu'il est

1. *Ibid,* p. 207. Rappelons que *L'Image inconsciente du corps* date de 1984.

2. Puisque, à l'intérieur, cette sexualité ne peut, du fait de l'interdit de l'inceste, trouver à se réaliser.

devenu – est pour lui un facteur de déséquilibre, elle est difficile à maintenir. Car le manque de travail empêche l'adolescent de mettre en œuvre ce qui, pour l'essentiel, la soutenait : la capacité de « faire » qu'il avait acquise au moment de la « castration anale », lorsqu'il avait appris, grâce à ses parents, à se débrouiller seul dans la vie, et était devenu actif et industrieux.

« L'impossibilité licite d'échapper aux parents en gagnant de l'argent par son travail, écrit Françoise Dolto, sape le sens de la vie inhérent aux pulsions génitales et contredit les pulsions anales du faire qui valoriseraient l'adolescent dans sa classe d'âge, s'il pouvait travailler[1]. »

Le chômage lui interdisant tout « faire » adapté à son âge, l'adolescent se trouve réduit à la passivité. Et, de ce fait, renvoyé inconsciemment à bien avant la « castration anale », aux temps lointains de sa petite enfance où, comme aujourd'hui, ses parents le nourrissaient, le logeaient, l'assistaient…

Cette aide qu'ils continuent de lui apporter lui permet de vivre ou, du moins, de survivre. Mais il la paie toujours d'un prix exorbitant. Car elle l'accule à n'être pour lui-même qu'une sorte de nourrisson adulte profondément dévalorisé et malheureux. Et, de plus, en grand danger. Car, condamné de la sorte à la régression, il peut – Françoise Dolto le souligne – sombrer très facilement dans la délinquance :

• soit sous la forme d'agressions et de vols qui sont autant de tentatives pour accéder à une activité et à un

1. *L'Image inconsciente du corps,* p. 207.

enrichissement qui lui sont, par les voies légales, interdits ;

• soit sous la forme de la drogue qui lui donne l'illusion – momentanée – de combler le vide de sa vie, mais accroît encore sa passivité. Drogue dont on peut dire d'ailleurs qu'avec ses plaisirs fugitifs, pris clandestinement sur fond de mort programmée, elle est, à elle seule, une métaphore du destin que la société, méthodiquement, lui « fabrique ».

Comment être fier de soi quand rien ne permet de l'être ? Comment, sans argent, trouver du plaisir dans un monde où tout plaisir est monnayable ? Comment soutenir un projet de vie – et se soutenir soi-même de ce projet – quand l'horizon est, sans que l'on y puisse rien, bouché ? Pour nombre d'adolescents et de jeunes adultes, la délinquance est une tentative – ratée – d'échapper à l'« impossible à vivre » auquel on les condamne…

Tout a une fin… même l'adolescence !

« Ça finit un jour, l'adolescence ? » « Et ça finit quand ? »… Ces questions, bien des parents la posent. Ironiques, désabusés ou angoissés. Attendant souvent, sans trop y croire, que l'interlocuteur, au nom de son savoir professionnel ou de sa propre expérience de parent, leur dise s'ils peuvent espérer voir un jour le bout du tunnel, la fin de leurs épreuves.

Situer avec précision la fin de cette période difficile n'est évidemment pas possible. Car chaque « ex-enfant » a besoin, pour naître à la vie adulte, d'un temps particulier. On ne peut donc, comme ils le voudraient, prédire avec certitude aux parents le retour, après la tempête, du ciel bleu qu'ils espèrent.

Mais on peut en revanche leur fournir, sur le « comment » finit l'adolescence, quelques pistes de réflexion. En prenant, là encore, appui sur l'enseignement de Françoise Dolto.

Elle pose en effet que l'adolescence est terminée lorsque l'adolescent, parce qu'il a trouvé sa propre voie et n'a plus besoin, pour se sentir « être », de combattre leur influence, cesse d'être en conflit avec ses parents. Et surtout quand, suffisamment sûr de sa propre « vérité », il n'a plus un besoin vital de leur approbation et peut, sans dommages excessifs, se passer, même pour des choses importantes, de leur aval.

Elle écrit : « Un jeune individu sort de l'adolescence lorsque l'angoisse de ses parents ne produit plus sur lui aucun effet inhibiteur. Ce que je dis n'est pas très agréable pour les parents, mais c'est la vérité qui peut les aider à être clairvoyants. Leurs enfants ont atteint le stade adulte lorsqu'ils sont capables de se libérer de l'influence parentale en ayant ce niveau de jugement : "Les parents sont comme ils sont, je ne les changerai pas et je ne chercherai pas à les changer. Ils ne me prennent pas comme je suis, tant pis pour eux ! Je les plaque !" Et sans culpabilité de les plaquer[1]. »

Cette notation n'est pas sans donner à réfléchir. Car si la capacité de se passer de l'approbation de ses

1. *La Cause des adolescents,* p. 24.

parents est seule capable de signer l'entrée dans l'âge adulte, on peut soutenir que bien des personnes officiellement « grandes » ne le sont en fait qu'en apparence...

BIBLIOGRAPHIE

Ariès Philippe, *L'Enfant et la vie familiale sous l'Ancien Régime*, Paris, Le Seuil, 1973.

Badinter Élisabeth, *L'Amour en plus. Histoire de l'amour maternel, XVIIe-XXe siècle*, Paris, Flammarion, coll. « Champs », 1981.

Becchi Egle, Julia Dominique, *Histoire de l'enfance en Occident*, 2 vol., Paris, Le Seuil, 1998.

Berger Maurice, *L'Échec de la protection de l'enfance*, Paris, Dunod, 2003.

Bruel Alain, « Un itinéraire dans la justice des mineurs », *Esprit*, n° 268, octobre 2000.

Chaillou Philippe, *Le Juge et l'Enfant*, Toulouse, Privat, coll. « Travail social », 1992.

—, *L'Enfant et sa famille face à la justice*, Toulouse, Privat, coll. « Pratiques sociales », 1992.

—, *La Violence et les jeunes,* Paris, Gallimard, coll. « Sur le champ », 1996.

Cyrulnik Boris, *Sous le signe du lien*, Paris, Hachette Littératures, coll. « Pluriel », 1997.

Dolto Françoise, *Le Cas Dominique*, Paris, Le Seuil, 1971.

—, *Au jeu du désir*, Paris, Le Seuil, 1981.

—, *Séminaire de psychanalyse d'enfants*, vol. 1, Paris, Le Seuil, 1982.

—, *L'Image inconsciente du corps*, Paris, Le Seuil, 1984.

—, *Dialogues québécois*, Paris, Le Seuil, 1987.
—, *La Difficulté de vivre*, Paris, Gallimard, 1995.
—, *La Cause des adolescents*, Paris, Robert Laffont, 1997.
—, *Les Étapes majeures de l'enfance*, Paris, Gallimard, 1998.
—, *Les Chemins de l'éducation*, Paris, Gallimard, 2000.
—, *Paroles pour adolescents ou le Complexe du homard*, Paris, Gallimard-Jeunesse, 2003.
— et Winter Jean-Pierre, *Entretiens*, Paris, Gallimard, 2002.
Duby Georges et Perrot Michelle (dir.), *Histoire des femmes en Occident*, 4 vol., Paris, Plon, 1991.
Freud Sigmund, *Essais de psychanalyse appliquée*, Paris, Gallimard, 1971.
—, *Nouvelles conférences d'introduction à la psychanalyse*, Paris, Gallimard, 1984.
—, *Métapsychologie*, Paris, Gallimard, 1985.
—, *Trois essais sur la théorie sexuelle*, Paris, Gallimard, 1989.
—, *Introduction à la psychanalyse*, Paris, Payot, 1996.
—, *L'Interprétation des rêves*, Paris, PUF, 1999.
—, *Résultats, idées, problèmes*, vol. 2, Paris, PUF, 2002.
—, *La Vie sexuelle*, Paris, PUF, 2002.
Genet Jean, *Œuvres complètes*, vol. 3, Paris, Gallimard, 1951.
Hamon Marie-Christine, *Pourquoi les femmes aiment-elles les hommes ?*, Paris, Le Seuil, 1992.
Lacan Jacques, *Écrits*, vol. 1, Paris, Le Seuil, 1999.
—, *Autres écrits*, Paris, Le Seuil, 2001.
Laneyrie-Dagen Nadeije (dir.), *Les Grands Événements de l'histoire des enfants*, Paris, Larousse, coll. « Mémoires de l'humanité », 1995.
Lasch Christopher, *La Culture du narcissisme*, Castelnau-le-Lez, Climats, 2000.

Lévi-Strauss Claude, *Les Structures élémentaires de la parenté*, Berlin, Mouton-de Gruyter, 2002.

Miller Alice, *C'est pour ton bien. Racines de la violence dans l'éducation de l'enfant*, Paris, Aubier Montaigne, 1984.

Montaigne Michel de, *Essais*, Paris, Gallimard, « Bibliothèque de la Pléiade », 2007.

Moraly Jean-Bernard, *Jean Genet, la vie écrite*, Paris, La Différence, coll. « Essais », 1988.

Ouzilou Colette, *Dyslexie, une vraie-fausse épidémie*, Paris, Presses de la Renaissance, 2001.

Pradel Jean, *Droit pénal général*, Paris, Éditions Cujas, 1992.

Rouanet Marie, *Les Enfants du bagne*, Paris, Payot, coll. « Documents », 1992.

Roudinesco Élisabeth et Plon Michel, *Dictionnaire de la psychanalyse*, Paris, Fayard, 1997.

Roudinesco Élisabeth, *La Famille en désordre*, Paris, Fayard, 2002.

Vasse Denis, *Un parmi d'autres*, Paris, Le Seuil, 1978.

—, *Se tenir debout et marcher*, Paris, Gallimard, 1995.

Youf Dominique, « Repenser le droit pénal des mineurs », *Esprit*, n° 268, octobre 2000.

Table

Du même auteur :

L'Autorité expliquée aux parents (entretiens avec Hélène Mathieu), Paris, NIL, 2008.

Pourquoi l'amour ne suffit pas. Aider l'enfant à se construire, Paris, NIL, 2006.

Parler, c'est vivre, Paris, NIL, 1997.

Composition réalisée par NORD COMPO

Achevé d'imprimer en juillet 2011 en Espagne par
Black Print CPI Iberica S.L.
Sant Andreu de la Barca (08740)
Dépôt légal 1re publication : septembre 2010
Édition 03 – juillet 2011
LIBRAIRIE GÉNÉRALE FRANÇAISE – 31, rue de Fleurus – 75278 Paris Cedex 06

30/1856/1